Gytha Lo

WER AUF DICH WARTET

Kriminalroman

Aus dem Englischen
von Kristian Lutze

Hoffmann und Campe

Die Originalausgabe erschien 2020 unter dem Titel
Watching from the Dark bei Penguin Books Ltd, London.

1. Auflage 2021
Taschenbuchausgabe

www.hoffmann-und-campe.de
Umschlaggestaltung: Vivian Bencs nach einem
Originalentwurf von © Penguin Random House UK
Umschlagabbildung: © Lee Avison / Trevillion Images
Satz: Pinkuin Satz und Datentechnik, Berlin
Gesetzt aus der Minion Pro
Druck und Bindung: C. H. Beck, Nördlingen
Printed in Germany
ISBN 978-3-455-00997-2

HOFFMANN
UND CAMPE

Ein Unternehmen der
GANSKE VERLAGSGRUPPE

Dieses Buch ist zwei Pauls gewidmet. Herrn Paul Brooke, dem leidenschaftlichen, inspirierenden Englischlehrer. Sie haben so vielen Ihrer Schüler beigebracht, Bücher zu lieben, und sie so zu Schriftstellern gemacht. Grazie. Und Herrn Dr. Paul Worth alias der sexy Neurologe. Ich bin äußerst dankbar, einen so unermüdlich unterstützenden, intelligenten, freundlichen und unglaublich albernen Menschen an meiner Seite zu haben. Dir gilt all meine Liebe und mein Dank.

PROLOG

Ein Klicken im Haus ließ ihn erstarren. Mit rasendem Herzen blickte er zu der geschlossenen Tür. War das die Haustür? War jemand hereingekommen?

Aidan wandte den Kopf und lauschte angestrengt. Ein Schritt, raschelnde Bewegungen.

Aber da war nichts. Bloß das Knarren von Holz, das sich irgendwo zusammenzog, die normalen Geräusche des Hauses.

Er versuchte, gegen seine Anspannung anzuatmen. Die ganze Woche hatte er sich auf diesen Abend gefreut. Er hatte ausnahmsweise einmal keine Verpflichtungen und hatte sich ausgemalt, ungestört Zeit mit Zoe zu verbringen. Aber so war es natürlich nicht gekommen. Vielleicht hatte er Zeit, aber Zoe hatte ihre eigenen Pläne. Er wartete wieder einmal auf elf Uhr. Ein normaler frustrierender Donnerstag.

Anstatt es sich mit einem Film auf dem Sofa bequem zu machen, hatte er vor seinem Rechner gehockt und Zoes Skype-Icon beobachtet, um den Moment nicht zu verpassen, in dem sie ihren Rechner einschaltete. Aber es war hartnäckig rot geblieben, und er hatte Stunden damit vergeudet, sich durch Nachrichtenseiten zu scrollen und Artikel zu lesen.

Wie viele Abende hatte er schon so verbracht, nur darauf wartend, dass Zoe endlich online ging? Jedes zweite Mal war sie zu spät. Anfangs hatte er deswegen geschmollt, bis er begriffen hatte, dass sein Schmollen sie rebellisch machte. Sie musste sich frei fühlen.

Er hatte ihre Bedingungen wohl oder übel zu akzeptieren gelernt. Er war eben nicht der Einzige, der ein geschäftiges Leben führte, um das herum geplant werden musste.

Um Viertel nach zehn wurde Zoes Icon grün. Er brauchte nicht länger als eine Sekunde, um die Verbindung herzustellen.

Sein Anruf wurde sofort angenommen, und er lächelte schon erwartungsvoll, bevor das Bild erschien. Aber dann sah er, dass Zoes Stuhl leer war. Sie war nicht in Sichtweite der Kamera, ein sich bewegender Schatten an der Wand der einzige Beweis für ihre Anwesenheit. Was machte sie?

Er stellte die Lautstärke höher und hörte im Hintergrund Wasser laufen. Wollte sie ein Bad nehmen? Jetzt? Es musste sich um eine Art Spiel handeln. Wie wenn sie sich für ihn auszog, ihr Blick distanziert, ihr Mund nur ganz leicht geöffnet. Es hatte ihn wahnsinnig gemacht.

Aber was brachte es, wenn er sie nicht sehen konnte? Frustriert passte er seinen eigenen Bildschirm an, aber das änderte natürlich nichts an dem Bildausschnitt des Raumes, den die Kamera erfasste. Er sah nur den leeren Stuhl und dahinter die Wand mit einem Stück Vorhang an einem und den Türangeln der Haustür am anderen Rand.

Das Geräusch des laufenden Wassers verstummte, und man hörte Bewegungen und das Quietschen nasser Haut auf der Kunststoffbeschichtung der Wanne. Aidan seufzte. Sie nahm tatsächlich ein Bad, während er hier saß und wartete.

Er überlegte, aus Protest aufzulegen. Aber dann würde er womöglich verpassen, sie nackt und tropfnass zu sehen. Oder ihre Brüste nur knapp von einem Handtuch gehalten, während sie sich zur Kamera beugte.

Er vernahm ein weiteres Geräusch in seinem eigenen Haus, und obwohl es aus dem ersten Stock kam, hielt er inne und lauschte, den Blick starr auf die Wand gerichtet. Als nichts weiter zu hören war, entspannte er sich wieder. Warum war er heute Abend bloß so nervös?

Und dann hörte er ein Klicken. Er sah die Bewegung auf dem Bildschirm und begriff, dass es die Tür von Zoes Wohnung war. Sie bewegte sich, schwang nach innen, wie der kleine Ausschnitt verriet, der in seinem Blickfeld lag.

Im selben Moment erfasste ihn nackte Angst. Hatte sie einen anderen Mann eingeladen? Erlaubte sie jemandem, sie beim Baden zu betrachten, sie womöglich zu berühren, während er zum Zusehen gezwungen war?

Er wartete, dass der Ankömmling einen Gruß rufen würde, doch die Tür wurde fast lautlos wieder geschlossen, und auch sonst blieb es still. Er drehte seinen Lautsprecher noch ein wenig lauter. Er hörte ein leises Summen und dahinter das Geplätscher von Wasser, als Zoe sich in der Badewanne bewegte. Wenn er sich sehr konzentrierte, konnte er leise Schritte vernehmen. Wer immer hereingekommen war, ging durch das Zimmer.

Kurz darauf hörte man eine plötzliche Bewegung aus dem Bad und Zoes überrascht erhobene Stimme.

»Was … mein Gott. Was soll das denn?« Und dann etwas, das beinahe klang wie ein Lachen, aber ein ängstliches Lachen. »Also, ich … es … es tut mir wirklich leid …«

Es klickte zweimal kurz hintereinander, und das Geplätscher wurde leiser. Wer immer hereingekommen war, hatte die Badezimmertür zugemacht und abgeschlossen.

Sein Herz schlug wieder wie wild. Wer war ins Badezimmer gegangen? Wer zum Teufel schloss sich dort mit ihr ein?

Und dann waren andere Geräusche zu hören. Geräusche, die eindeutig auf einen Kampf hindeuteten. Zoes gedämpfte Stimme klang heiser und verzweifelt.

Dann trat abrupt Stille ein. Absolute Stille.

Seine Angst war jetzt anders. Irgendetwas war bei Zoe ganz und gar nicht in Ordnung.

Er musste etwas unternehmen. Er musste ihr helfen. O Gott, was, wenn er zu spät kam?

Er wühlte hektisch auf seinem Schreibtisch herum, bis er das Telefon fand, und hatte bereits begonnen, dreimal die Neun zu wählen, als ihm klar wurde, was das für ihn bedeuten würde. Er zögerte. Er sah es vor sich: den Anruf, die Folgen, man würde ihn auffordern, eine Aussage bei der Polizei zu machen. Alles würde schließlich ans Licht kommen, und sein Leben wäre zerstört.

Und dann hörte er es erneut zweimal klicken, als die Badezimmertür wieder geöffnet wurde. Dieselben leisen, gemessenen Schritte und dann eine Pause. Ein Schlurfen, das er nicht zu deuten wusste. Er versuchte, den Eindringling mit schierer Willenskraft dazu zu bewegen, ins Bild zu treten und sein Gesicht zu zeigen. Aber nach einer Weile gingen die Schritte weiter, und die Tür schwang auf. Die Gestalt, die er nie gesehen hatte, verließ die Wohnung, und die Tür fiel wieder ins Schloss.

1.

Jonah hätte die Angelegenheit beinahe unter den Tisch fallenlassen. Den Anruf. Die Meldung wäre ihm beinahe durchgerutscht.

Später fragte er sich, welchen Unterschied das gemacht hätte. Wie man es eben tat, wenn man einen Fall abschloss. Man suchte nach Fehlern und dem Gegenteil, nach dem, was man gut gemacht hatte. Man fragte sich, wie das die Ermittlung beeinflusst hatte, und in diesem Fall schwebte das größte Fragezeichen über der Meldung eines Mordes, die ihm beinahe durchgerutscht wäre. Er fragte sich, ob die Dinge anders gelaufen wären, wenn er früher gehandelt hätte, und wie sie sich entwickelt hätten, wenn er gar nicht reagiert hätte.

Es war durchaus möglich, dass weder das eine noch das andere irgendetwas bewirkt hätte. Vielleicht wären die Ereignisse trotzdem unerbittlich auf dieses Ende zugesteuert. Aber vielleicht wäre auch alles ganz anders gekommen.

Zum ersten Mal war ihm der Anruf am Ende einer quälenden freitagmorgendlichen Dienstbesprechung untergekommen. Die Abwesenheit von Detective Chief Inspector Wilkinson hatte das Ganze noch schlimmer gemacht. Ohne sein gnadenloses Pochen auf die Tagesordnung war das Meeting in Diskussionen über jedes Detail ausgeufert, eine deprimierend langwierige Veranstaltung.

Zuletzt hatten sie sich noch dazu durchgerungen, die anstehenden Fälle zu verteilen, und Yvonne Heerden, seine engagierte Amtskollegin bei der uniformierten Polizei, hatte ohne Wenn und Aber drei Diebstähle und einen Verkehrsunfall übernommen.

Dann sagte sie: »Wir haben von der Zentrale eine unbestätigte Meldung über einen Mord weitergereicht bekommen. Ich habe

Ihnen eine Kopie zukommen lassen«, fuhr sie an Jonah gewandt fort, »aber ich glaube nicht, dass sich daraus irgendwas ergibt, deshalb können wir die Sache auch übernehmen. Der Anrufer behauptet, seine Freundin sei ermordet worden, während er mit ihr geskypt hat. Den Mörder hat er allerdings nicht gesehen. Als die Zentrale nach seinem Namen und weiteren Details gefragt hat, hat er aufgelegt. Die Kollegen haben versucht, das zu überprüfen, konnten jedoch im Netz keine Spur einer Frau dieses Namens finden.«

Jonah überflog den Bericht, bis er auf den Namen des Mädchens stieß: Zoe Swardedeen.

Ich muss … Meine Freundin ist ermordet worden … las er.

Heerden hatte wahrscheinlich recht. Vermutlich ging es nur um simple Schreibtischarbeit. Eine Anfrage bei der Vermisstenstelle. Ein paar alternative Schreibweisen des Namens abfragen.

»Okay?«, fragte Heerden, während er weiterlas.

Irgendetwas an den Formulierungen des Anrufers ließ Jonah zögern. Irgendetwas beunruhigte ihn.

Aber Heerden wartete auf eine Antwort, und schließlich vertraute er darauf, dass sie und ihr Team die Sache richtig einschätzten. Seine eigenen Leute steckten bis zum Hals in einem komplizierten Erpressungsfall und hatten keine Zeit für Fleißarbeit.

»Klar«, sagte er. »Halten Sie mich auf dem Laufenden, falls sich etwas ergibt.« Als Nächstes stand ein Verkehrsunfall mit mehreren Todesopfern auf der Tagesordnung, der vermutlich von einem Lkw-Fahrer verursacht worden war, der auf sein Handy geguckt hatte. Jonah war froh, dass er sich damit nicht beschäftigen musste. Solche Fälle hinterließen Narben. Fälle, bei denen man sich schnell vergewisserte, dass es seinen Liebsten gut ging. Fälle, die das Leben flüchtig und die Welt wie einen willkürlichen, gleichgültigen Ort erscheinen ließen.

Und während ihm diese Gedanken durch den Kopf gingen, wurde sein Unbehagen über die seltsame anonyme Meldung eines Mordes in den Hintergrund gedrängt.

Eigentlich hatte Aidan viel zu tun. Drei Studenten hatten ihre Essays geschickt, und er hatte einen Haufen Verwaltungskram für die Fakultät zu erledigen, doch er hatte es nicht geschafft, auch nur eine einzige Zeile zu lesen. Er hatte E-Mail um E-Mail geöffnet, ohne dass er bei dem lauten Herzklopfen und Rauschen in seinen Ohren irgendetwas verstanden hätte. Er nahm die Worte gar nicht wahr; er sah nur die sich öffnende und wieder schließende Tür, in Endlosschleife.

Die Ungewissheit war das Schlimmste. Erst hatte er sich einzureden versucht, dass das Ganze ein Missverständnis oder ein Traum gewesen sein müsse, bevor er sich daran erinnerte, dass Zoe nicht mehr aus dem Badezimmer gekommen war, solange er den Bildschirm beobachtet hatte. Tief im Innern wusste er, dass sie dringend Hilfe gebraucht und sie vermutlich nicht erhalten hatte.

Direkt nach dem Aufstehen hatte er die Nachrichten und sozialen Netzwerke auf Hinweise durchkämmt, eine Suche, die er seitdem in regelmäßigen Abständen wiederholt hatte. Aber nirgendwo fand er eine Meldung über einen Mord oder ein Gewaltverbrechen in Southampton. Nichts über einen Angriff auf eine junge Frau. Ein absolut schwarzes Loch.

Es gab natürlich einen Weg, es herauszufinden, so er denn wollte. Er könnte noch einmal bei der Polizei anrufen, und wenn man ihn diesmal nach seinem Namen und seiner Adresse fragte, könnte er sie nennen.

Gestern Abend war er kurz davor gewesen. Die Zentrale hatte ihn zu einer Polizistin durchgestellt, die alles, was er gesagt hatte, mitgetippt und in Daten verwandelt hatte. Sie hatte auch weitergetippt, als er gestanden hatte, dass er die Nummer des Einweg-Handys nicht wusste, von dem aus er anrief, weil es ein Ersatztelefon war, das er aus einer Schreibtischschublade gekramt hatte. Und sie hatte mitgeschrieben, als er ihr erklärte, weshalb er glaubte, dass seine Freundin ermordet worden war.

Ganz zum Schluss hatte die Polizistin ihn nach seinem Namen gefragt, und während des langen, aufgeladenen Schweigens, das folgte, hatte er ihm schon auf der Zunge gelegen. Dann hatte er gehört, wie irgendwo draußen eine Wagentür zugeschlagen wurde.

Er hatte aufgelegt und krank vor Anspannung auf weitere Geräusche gelauscht. Er versuchte, sich einzureden, dass er nichts zu befürchten hatte, doch er wusste, dass das nicht stimme. Er hatte allen Grund, sich zu ängstigen. Weil Zoe vor seinen Augen ermordet worden war. Weil die ganze Wahrheit ans Licht kommen könnte.

Das durfte er nicht zulassen. Für ihn stand alles auf dem Spiel. Alles.

Er hatte überlegt, dass Skype-Fenster zu schließen, um die Szene auszublenden. Aber es war seine einzige Möglichkeit, nach Zoe zu schauen. Zu sehen, ob die Polizei bei ihr eintraf.

Mitternacht war gekommen und gegangen.

Es war jetzt elf Stunden her, dass er gesehen hatte, wie die Tür zu Zoes Wohnung aufgeschwungen war. Elf Stunden und kein Zeichen, keine Nachricht. Sollte er noch einmal bei der Polizei anrufen? Alles noch einmal durchgehen und sich zu erkennen geben?

Aber allein der Gedanke ließ ihn jedes Mal in kalten Schweiß ausbrechen. Das konnte er nicht riskieren, er spürte es geradezu körperlich, im Magen und in den Lenden. Und es machte das Stillsitzen unerträglich.

Zoe, dachte er, als könnte er sie mit schierer Willenskraft dazu bringen, sich zu melden. *Zoe, bitte. Ruf an, verdammt noch mal.*

Jonah ging zu Domnall O'Malley, dem einzigen Mitglied seines Teams, das er auf seinem Weg durch die modernen, hell erleuchteten Räumlichkeiten des CID entdeckte.

»Sind Sie ernsthaft der Erste am Arbeitsplatz?«, fragte er ungläubig.

»Himmel, nein«, antwortete O'Malley und lehnte sich mit dem ganzen Gewicht seines massigen Körpers auf dem Stuhl zurück. »Ich bin vor fünf Minuten gekommen. Juliette ist schon seit vor acht hier. Aber Lightman kommt ein wenig später, hat er gesagt.«

»Lightman hat gesagt, er würde *zu spät* kommen?«

»Ich weiß«, sagte O'Malley. »Hat mich auch überrascht. Vielleicht hat er sich endlich eine Freundin zugelegt und nicht gut geschlafen.«

»Aber wir reden von Ben Lightman«, entgegnete Jonah. »Er braucht keinen Schlaf.«

»Ja, da haben Sie auch wieder recht. Nun, was auch immer, ich habe jedenfalls vor, ihn damit gnadenlos aufzuziehen.«

Grinsend ging Jonah in sein Büro und ließ die Tür offen. Er zog kurz sein Handy aus der Tasche und fragte sich, ob Jojo ihm heute schreiben würde oder ob sie sich wieder an irgendeinem entlegenen Ort ohne Funknetz aufhielt.

Ihr Nachrichtenaustausch war fraglos einer der Lichtblicke seiner Tage. Ihre Neckereien und ihr Humor konnten seine Stimmung nachhaltig heben, sie war wirklich erfrischend. So viele Monate hatte er Michelle hinterhergeweint, seiner jüngsten Exfreundin. Er hatte schon gedacht, dass er vielleicht den Rest seines Lebens damit verbringen würde, sie zu vermissen.

Aber all das hatte sich geändert, seit Jojo, in die er schon als Teenager verknallt gewesen war, wieder in seinem Leben aufgetaucht war. Sie hatten sich darauf verständigt, dass die Ermittlung, in die sie verwickelt gewesen war, erst abgeschlossen werden musste, bevor sie sich treffen konnten. Und dann hatte Jojo beschlossen, auf Reisen zu gehen, während ihr Haus repariert wurde. Nachdem ihr Freundeskreis ebenfalls von der Mordermittlung erschüttert worden war, war ihr Bedürfnis nach Abstand nur allzu verständlich. Trotzdem hatte Jonah einen Stich gespürt, als sie ihm von ihren Plänen erzählt hatte.

Jetzt war sie in Namibia auf einer Tour zu spektakulären Klettersteigen, die alle meilenweit entfernt von der Zivilisation lagen. Der Gedanke, dass sie sich allein dort draußen in der Wildnis herumtrieb, hätte Jonah eigentlich nervös machen sollen, doch das war er aus irgendeinem Grund nicht. Vielleicht hatte es etwas damit zu tun, dass Jojo sich schon immer zu helfen gewusst hatte und gerade einen Mordanschlag überlebt hatte. Keine Nachricht von ihr. Er legte das Handy beiseite und loggte sich in seinen Computer ein. Einige weitere Dateien zu der Erpressungsermittlung waren zur Akte hinzugefügt worden, doch er überflog sie nur flüchtig. Aus irgendeinem Grund gingen ihm die Worte im Kopf herum: *Bitte helfen Sie ihr. Vielleicht lebt sie noch.*

Wie auf Autopilot machte Juliette Hanson sich einen Kaffee, den sie heute Morgen eigentlich gar nicht gebraucht hätte. Sie stand ganz kurz vor einem Durchbruch, das spürte sie bis ins Mark. Sie war schon vor sechs aufgewacht, und durch ihren Kopf schwirrten eine Reihe von Zahlungen auf verschiedene Konten, die mit Sicherheit etwas mit ihrem Fall zu tun hatten. Sie war in ihrem Element.

Seltsam, dass sie den finanziellen Aspekt des Falles beinahe gemieden hätte. Normalerweise wäre das eher ein Job nach Ben Lightmans Geschmack gewesen. Lightman war in ihrem Team der Penibelste und Akribischste und hatte das beste Gedächtnis. Aber er steckte mitten in etwas anderem, und sie hatte das Gefühl gehabt, einspringen zu müssen.

Sie war überrascht, dass Lightmans Schreibtisch noch unbesetzt war. In den vier Monaten, die sie jetzt zu dem Team gehörte, war es noch nie vorgekommen, dass er sich verspätet hatte, und man konnte sich nur schwer vorstellen, dass ihn unvorhersehbare Ereignisse von der Arbeit abhielten. Doch als sie gerade O'Malley nach Lightman fragen wollte, kam er durch die Tür des CID, unerschüttert wie eh und je.

»Lightman, alter Junge«, sagte O'Malley mit einem breiten Grinsen. »Was ist passiert? Hast du verschlafen?«

Lightman lächelte knapp und warf seine Wagenschlüssel auf den Schreibtisch. »Ich hatte noch etwas zu tun.«

»Aah«, erwiderte O'Malley mit einem wissenden Nicken. »Also eine Frau? Die dich den Schlaf gekostet und nicht aus dem Haus gelassen hat?«

Lightman schüttelte lachend den Kopf, sagte jedoch nichts, während er seinen Mantel auszog und sich auf seinem Stuhl niederließ.

Statt seine Tutorien vorzubereiten, ertappte Aidan sich dabei, die Polizei von Southampton zu googeln. Southampton, las er, gehörte zur Hampshire Constabulary, die eine eigene Website hatte. Er klickte sie an, obwohl unklar war, was er dort suchte. Er bezweifelte, dass sie Einzelheiten von Fällen oder Berichte über Einsätze zur Rettung verletzter Frauen veröffentlichten.

Natürlich gab es nichts dergleichen. Nur eine Reihe von Kästen mit großen Überschriften, die dem Besucher diverse Optionen anboten. Er entschied sich für Hilfe und Ratschläge. Aber dort gab es nichts Relevantes.

Zurück auf der Homepage fiel sein Blick auf ein Formular, mit dessen Hilfe sich Verbrechen online melden ließen. Wenn die Polizei von Southampton seinen Anruf nicht ernst genommen hatte, könnte er es vielleicht auf diesem Weg noch einmal versuchen.

Als Erstes wurde er nach der Postleitzahl des Tatorts gefragt, worauf er am liebsten die Stirn auf die Tischplatte geschlagen hätte. Es gab kein Kästchen, in das man schreiben konnte: »Ich weiß die Scheißpostleitzahl nicht!« Immerhin konnte er Southampton eingeben und weiter klicken.

Nachdem er Einzelheiten des Verbrechens geschildert hatte, wurde er nach seiner E-Mail-Adresse oder Telefonnummer gefragt. Er gab Zoes E-Mail-Adresse an, weil er das Gefühl hatte, dass er damit keinen Verrat mehr beging, und hoffte, die Polizei würden keine Zeit damit verschwenden, diese erst zu überprüfen, bevor sie etwas unternahm.

Aber als er das Formular abgeschickt hatte, empfand er keine Erleichterung. Er spürte gar nichts, während Zoe womöglich im Sterben lag. Oder vielleicht schon tot war.

Daran durfte er nicht denken, und das Leugnen machte es noch schlimmer. Immerhin hatte er etwas getan. Er hatte etwas getan und sie nicht einfach dort liegen gelassen.

Als Jonah am späten Nachmittag seinen Bericht über den Erpressungsfall geschrieben hatte, wanderten seine Gedanken zurück zu der Lagebesprechung am Vormittag. Ob Heerdens Team herausgefunden hatte, was hinter der Mordmeldung steckte?

Er fand den Fall in der Datenbank und las, dass ein Constable aus Heerdens Team versucht hatte, die Identität des mutmaßlichen Opfers zu ermitteln. Aber in ganz Großbritannien gab es keine Zoe Swardedeen, und eine Vermisstenmeldung lag auch nicht vor. Der Constable hatte vorgeschlagen, den Fall zu schließen.

Jonah seufzte unzufrieden und fragte sich, wieso der Constable es nicht mit anderen Schreibweisen des Namens versucht hatte. Warum beschäftigte ihn dieser Anruf bloß so?

Bitte helfen Sie ihr. Vielleicht lebt sie noch …

Er stellte sich den verzweifelten Klang der Stimme vor und entschied, sich die Originalaufnahme anzuhören. Sie war nur eine Minute lang. Die Stimme der Beamtin in der Zentrale dröhnte so laut, dass Jonah die Lautstärke hastig leiser drehte, um sie ebenso rasch wieder lauter zu stellen, als der Anrufer zu sprechen begann. Er flüsterte kaum hörbar.

Jonah spürte, wie er beim Zuhören eine Gänsehaut am Hals und an den Armen bekam. Er hatte schon öfter Anrufe dieser Art gehört, meistens als Beweismittel vor Gericht. Die ängstlich gesenkte, angespannte Stimme ließ ihn an Opfer häuslicher Gewalt denken, die sich vor ihrem Partner versteckten.

Die Stimme ging ihm unter die Haut, vor allem weil der Anrufer den Zwischenfall offenbar nur über eine Webcam verfolgt hatte.

»Wir waren zusammen online. Ich konnte nicht sehen, was passiert ist, aber ich habe es gehört. Jemand hat ihre Wohnung betreten …«

Als der Anrufer kurz darauf nach seinem Namen gefragt wurde, beendete er das Gespräch. Jonah lauschte den gedämpften Geräuschen, bevor die Verbindung unterbrochen wurde, und starrte dann auf den Bildschirm.

So saß er noch da, als ein fröhliches Zwitschern des Computers vermeldete, dass der Akte eine neue Datei hinzugefügt worden war. Es handelte sich um ein Verbrechen, das am Vormittag über die Homepage gemeldet worden war und nach Ansicht der Zentrale mit diesem Fall zu tun haben könnte.

Jonah öffnete sie eilig und las eine praktisch gleichlautende Schilderung. Diesmal wurde der Name des Mädchens Zoe Swardadine geschrieben.

Er gab die neue Schreibweise in die Suchmaschine ein und fand das Bild einer jungen Frau mit dunkelbrauner Haut und dunklen Locken. Als er es anklickte, landete er auf ihrer Website, eine schlichte WordPress-Seite über eine in Southampton lebende Künstlerin, die stilisierte Figuren auf bedrohlich dunklen Hintergründen malte. Ganz unten auf der Seite war eine Telefonnummer angegeben, was ihm ein wenig vertrauensselig vorkam. Aber vielleicht stolperten nicht allzu viele Menschen über Zoes Seite.

Er rief die Festnetznummer an. Es klingelte achtmal, bevor der Anrufbeantworter ihn informierte, dass der Teilnehmer nicht erreichbar war, und ihn aufforderte, eine Nachricht zu hinterlassen.

Er gab seine Nummer auf dem Kommissariat und seine Handynummer an und bat um Rückruf. Dann legte er mit einem Gefühl zunehmender Dringlichkeit auf. Zoes Vater im Netz zu finden war nicht schwer. Martin Swardadine war Investmentbanker bei einem Unternehmen namens Knight and Maynooth. Oben auf der Seite prangte ein einschüchterndes Schwarz-Weiß-Porträt, das aus einem Winkel aufgenommen war, der Martins kantiges Kinn betonte. Darunter fand sich eine Biographie des Mannes. Im letzten Absatz erfuhr Jonah, dass Martin mit einer Ärztin verheiratet war und seine Tochter angehende Künstlerin war.

Martin nahm seinen Anruf mit einem forschen Gruß entgegen, der signalisierte, dass das Telefonat ihm Zeit für sehr wichtige andere Angelegenheiten raubte, wichtige und vergnügliche Angelegenheiten, die eine Menge reicher Leute noch reicher machen würden.

»Hier ist DCI Jonah Sheens von der Hampshire Constabulary.

Wir möchten uns vergewissern, dass es Ihrer Tochter gut geht. Ein Freund von ihr hat sich Sorgen gemacht.«

»Vergewissern, dass mit … Zoe alles in Ordnung ist?« Sein selbstbewusster Ton wurde ein wenig brüchig.

»Ja«, bestätigte Jonah. »Haben Sie zum Beispiel heute schon mit ihr gesprochen oder von ihr gehört?«

»Ich … Nein, heute noch nicht«, sagte ihr Vater. »Aber ich habe mit ihr zu Mittag gegessen am … Anfang der Woche. Wahrscheinlich hat sie mir inzwischen eine SMS geschickt. Warten Sie.«

In der Leitung war ein Rascheln und Kratzen zu hören, während Martin vermutlich seine Nachrichten abrief.

»Sie hat mir gestern Abend eine SMS geschickt.«

»Danke«, sagte Jonah. »Um wie viel Uhr war das?«

»20:12 Uhr, steht hier.« Es entstand eine kurze Pause, und als er weitersprach, klang seine Stimme verändert.

»Gibt es Anlass, sich Sorgen zu machen?«

»Ein Freund hat vergeblich versucht, sie zu erreichen«, erklärte Jonah. »Es könnte sich auch als gegenstandslos erweisen. Das ist häufig so. Aber könnten Sie vielleicht bei Zoes Freundinnen nachfragen? Oder bei ihrer Mutter?«

»Okay. Ich … höre mich um.«

Jonah gab ihm die Nummer der Zentrale und legte auf. Er las die zweite Meldung noch einmal sorgfältig durch. Der Absender hatte keine Kontaktdaten angegeben. Die E-Mail-Adresse lautete »zswardadine@soton.ac.uk«, was beunruhigend war. Als Adresse des Tatorts wurde lediglich Southampton genannt.

Sieben Minuten später rief Martin Swardadine zurück, um mitzuteilen, dass seit gestern Abend niemand von Zoe gehört hatte. Weitere zehn Minuten später hatte Jonah das Kommissariat verlassen und raste zu Zoes Wohnung.

Angeline konnte nicht aufhören zu zittern. Das hatte mit dem Polizeiauto angefangen. Bis dahin hatte sie sich eigentlich keine Sorgen gemacht. Das Ganze schien ihr vor allem lästig, aufs Rad zu steigen und im kalten Gegenwind dorthin zu radeln, während sie eigentlich müde und mit ihren Abgabeterminen im Verzug war. Außerdem hatte sie kein geladenes Fahrradlicht gefunden, und es war um halb drei schon so trüb, dass es früh dämmern würde.

Aber der Streifenwagen hatte das irgendwie geändert. Sie hatte sich den Detective, mit dem sie gesprochen hatte, als normale Person vorgestellt, nicht als jemanden in Uniform. Er hatte so gelassen geklungen. Er hatte sie gebeten, einigen Polizisten Zoes Wohnung aufzuschließen. Er würde selbst in Kürze eintreffen und sich vergewissern, dass alles in Ordnung war.

Er hatte so ruhig geklungen, dass sie sich gar nichts dabei gedacht hatte. Aber als sie sich jetzt einem Streifenwagen und einem Polizisten und einer Polizistin in Uniform gegenübersah, wurde ihr fast übel vor Angst.

Sie nickte ihnen zu, lehnte ihr Fahrrad an die Mauer neben der Haustür. Sie brauchte drei Anläufe, um es abzuschließen, so heftig zitterten ihre Hände.

»Sind Sie Angeline?«, frage der große stämmige Polizist. Die schwarze Uniform stand ihm nicht, dachte sie. Die gefütterte Weste mit den vorstehenden Taschen ließ ihn noch fülliger wirken, als er ohnehin war.

»Ja«, antwortete sie und fragte dann ängstlich: »Sie waren doch nicht schon drinnen, oder?«

»Nein, wir haben geklingelt, aber niemand hat aufgemacht. Wir warten nur auf Sie und den Schlüssel«, sagte er mit einem angedeuteten Lächeln. »Wenn Sie uns hereinlassen, sehen wir nach Zoe.«

Angeline nickte mit einem Schauder und kramte den schweren Schlüsselbund aus ihrem Beutel. Nach einer Weile gelang es ihr, den kleinen Ring mit dem klobigen Sicherheitsschlüssel und dem kleineren für die Wohnung zu lösen, den Zoe ihr gegeben hatte.

Sie schloss auf und ließ die Beamten in den Hausflur, der gut zwei Jahre nach dem Erstbezug immer noch nach neuen Teppichen roch.

Dabei hätte sie die Tür beinahe versehentlich zufallen lassen, bevor der Polizist eingetreten war. Sie entschuldigte sich, doch er wirkte unbekümmert.

»Ganz nette Adresse für eine Studentenbude«, sagte er locker. Sie merkte, dass er versuchte, sie zu beruhigen.

Das machte es nur noch schlimmer. Ihr war eiskalt, als sie vor den beiden Polizisten die Treppe hinaufging.

Im zweiten Stock führte sie sie durch die lackierte Feuerschutztür in den Flur. Die Tür war ihr sonst immer schwer vorgekommen, doch heute schien sie nichts zu wiegen. Diesmal dachte sie immerhin daran, die Tür hinter sich aufzuhalten.

Der Flur war leer. Zoes Tür war die in der Mitte mit der Nummer sechzehn in großen silbernen Ziffern. Angeline blieb davor stehen und betrachtete ihr Spiegelbild in der Sechs.

»Soll ich …?«, fragte sie und zeigte auf die Tür. Die Polizistin nickte, und sie klopfte. Ihre Knöchel erzeugten fast keinen Laut auf dem Holz. Der stämmige Beamte beugte sich vor und klopfte noch einmal lauter.

»Zoe?«, rief er und senkte den Kopf, als könnte er so besser hören. »Zoe, machen Sie bitte die Tür auf?«

Danach war es still bis auf einen sehr leisen Bass-Beat, der aus einem anderen Stockwerk zu ihnen drang.

»Okay«, sagte der Polizist. »Wenn Sie bitte aufschließen könnten …«

Angeline schaffte es irgendwie, den Schlüssel ins Schloss zu stecken und ihn umzudrehen. Sie trat einen Schritt zurück, sobald sich die Tür einen Spalt geöffnet hatte.

»Können Sie …?« Sie war unfähig, ihre schreckliche Furcht, die Wohnung zu betreten, in Worte zu fassen, aber die Beamten verstanden sie offenbar auch so.

»Wir sind gleich wieder da«, sagte der Polizist, sah seine Kollegin an, und sie betraten hintereinander die Wohnung.

Angeline schlang die Arme um den Körper, um das Zittern und das wilde Pochen ihres Herzens zu lindern. Noch nie hatte sie sich so sehr gefürchtet. Es fühlte sich an, als könnte sie vor Angst sterben, und je mehr sie daran dachte, desto benommener wurde sie. Als ob ihr Herz schon beschädigt sein könnte.

In der Wohnung blieb es lange still. Dann wurde klickend eine Tür geöffnet, eine Stimme sagte leise etwas, eine zweite antwortete.

Sie hörte leise Schritte, dann tauchte die Polizistin wieder an der Tür auf.

»Geht es ihr gut?«, fragte Angeline, bevor die Frau etwas sagen konnte.

»Es sieht so aus, als hätte sie einen Unfall gehabt«, antwortete die Polizistin sanft. Im Hintergrund hörte Angeline ihren stämmigen Kollegen reden. Wahrscheinlich sprach er in ein Telefon oder Funkgerät. »… Krankenwagen und Spurensicherung.«

Angeline spürte eine furchtbare Kälte im ganzen Körper. Sie sagte nichts, sondern stürzte nur vorwärts und drängte sich an der Polizistin vorbei, die sie scharf aufforderte, stehen zu bleiben. Beinahe wäre Angeline gegen ihren Kollegen geprallt, der der von Knistern und Knacken begleiteten Antwort aus seinem Walkie-Talkie lauschte. Seine stämmige Gestalt versperrte die Lücke zwischen Schreibtisch und Tür. Sie wollte an ihm vorbei, doch die Polizistin fasste unvermittelt ihren Oberarm.

»Es tut mir leid, aber das ist keine gute Idee«, sagte sie.

Angeline entwand sich dem Griff und rannte zum Schlafzimmer und der offenen Tür zum Bad, das direkt davon abging.

Dann wurde sie von zwei Händepaaren gepackt und entschlossen weggezerrt.

»Kommen Sie, Angeline«, sagte der stämmige Mann. »Sie können da nicht reingehen. Es tut mir leid.«

»Ich muss sie sehen! Bitte lassen sie mich zu ihr.«

Aber dann war ihre Widerstandskraft mit einem Schlag verpufft, und die Polizisten mussten sie stützen. Sie führten sie hinaus in den Flur und setzten sie auf die breite niedrige Fensterbank an dessen Ende.

»Wir besorgen Ihnen ein Glas Wasser«, sagte der stämmige Polizist sanft. »Oder einen Tee. Wie wär's mit einer Tasse Tee?«

Sie nickte, obwohl sie ihm eigentlich ins Gesicht schreien wollte, dass Tee gar nichts besser machen würde.

»Zoe ist tot, oder?«, fragte sie. Keiner der beiden antwortete.

2.

MÄRZ – ZWANZIG MONATE VORHER

Es war sechs nach zwölf, als Zoe mit ihrem Augen-Make-up fertig war. Noch vierzehn Minuten, um das Haus zu verlassen und in ein Taxi zu steigen, damit sie rechtzeitig zu der Hochzeit kamen. Reichlich Zeit.

Sie steckte die Pinsel weg, rollte das Schminktäschchen aus Nylon zusammen und zog ein Fach ihrer Schmuckkassette auf. Ihre neuen silbernen Spiralohrringe funkelten, als sie sie zur Hand nahm, die perfekte Ergänzung zu ihren silbern bestäubten Lidern.

Eine Etage tiefer im ersten Stock ging die Badezimmertür auf. »Wie weit bist du, Maeve?«, rief Zoe, während sie die Ohrringe in ihr Ohrläppchen steckte.

»Fast fertig!«, antwortete Maeve, und in ihrem nordirischen Akzent schwang die leicht gehetzte Fröhlichkeit der chronisch Verspäteten mit.

»Hast du deine Kleider tatsächlich schon an?«

»Überwiegend!«, lautete die Antwort, und dann hörte man eilige Schritte, die Maeves Schlafzimmer ansteuerten.

Zoe musste lachen. Maeves Problem war, dass sie ständig versuchte, zu viele Dinge in einen Tag zu packen. Für Zoe hatte ein Taxi um zwanzig nach zwölf bedeutet, dass sie nach dem Frühstück nur eine Stunde gearbeitet und sich dann zwei Stunden genommen hatte, um sich fertig zu machen. Für Maeve hatte es bedeutet, sich erst mit einer Freundin zum Kaffee zu treffen, dann joggen zu gehen, anschließend auf der Suche nach ihren Kleidern zwanzig Minuten lang panisch ihr

Zimmer auf den Kopf zu stellen und schließlich unter die Dusche zu stürzen.

»Hast du eine Strumpfhose für mich, Zoe?«, rief Maeve wenig später.

»Ja«, rief sie zurück. Sie betrachtete sich kurz im Frisierspiegel und zog dann die obere linke Schublade ihrer großen Eichenkommode auf. »Was für eine?«

»Vielleicht ... hautfarben?« Maeves Stimme wurde lauter, als sie an den Treppenabsatz kam. »Oder schwarz?«

»Ich hab nur schwarze«, antwortete Zoe, weil sie dachte, dass es vielleicht nicht der beste Zeitpunkt für ein Gespräch darüber war, dass »hautfarbene« Strumpfhosen nutzlos waren, wenn man Halbkenianerin war. Sie zog drei Strumpfhosen aus der Packung, nahm ihre Schultertasche und stöckelte vorsichtig die Stufen hinab. Die Louboutins waren vielleicht die hübschesten Schuhe, die sie je besessen hatte, aber ganz bestimmt nicht ideal für Treppen. Oder unebenen Boden. Oder für längere Strecken. Zoe war sich nicht sicher, ob sie im Laufe des Tages nicht doch irgendwann in ihre flachen Ballerinas wechseln musste, die sie in ihre Tasche gepackt hatte, doch sie war entschlossen, es zu versuchen.

Als Zoe die Treppe bewältigt hatte, war Maeve immerhin schon angezogen. In dem engen knappen Top und dem hochtaillierten ausgestellten Rock sah sie aus wie eine Schönheit aus den fünfziger Jahren, obwohl ihr nasses, auf ihre Schultern tropfendes Haar dem Gesamteindruck abträglich war. Ebenso wie der Mascarafleck, der beim Schminken auf ihrer Wange gelandet war.

Zoe erkannte, dass die hastigen Bewegungen ihrer Freundin nur noch größeres Chaos anrichten würden. Augen-Make-up gelang nie richtig, wenn man in Eile war.

Sie warf die Strumpfhosen aufs Bett. »Lass mich das machen«, sagte sie und streckte die Hand nach der Wimperntusche aus. »Du kannst dir dabei die Haare föhnen. Multi-Tasking.«

»Danke!«, sagte Maeve. »Eyeliner brauche ich auch noch.«

Zoe wartete, bis sie den Föhn eingeschaltet hatte, bevor sie sich mit einem Wattebausch und Make-up-Entferner an die Arbeit machte. Das Mascara ließ sich leicht auftragen, obwohl Maeve jedes Mal blinzelte, wenn sie mit dem Pinsel in die Nähe der Augen kam.

Zoe warf einen Blick auf die Leuchtanzeige des Weckers neben dem Bett, bevor sie mit dem Eyeliner begann. Sieben Minuten. Zeit genug für ein vernünftiges Styling. Maeve konnte sich die Strumpfhose anziehen, während Zoe schon zum Taxi hinunterging.

Einen Moment lang betrachtete Zoe nachdenklich Maeves hellblaue Augen, um zu entscheiden, wie sie sie am besten zur Geltung brachte. Keinen Unterstrich, dachte sie.

»Hör auf, mich so anzugucken«, sagte Maeve laut über den Föhn hinweg. »Du siehst aus, als wolltest du jeden Moment auf die Knie fallen und mir einen Heiratsantrag machen.«

»Und wenn?«, fragte Zoe grinsend. »Okay, jetzt musst du eine Weile stillhalten.« Sie arbeitete schnell und nahm zuletzt ein Haarnetz mit Glitzersteinen, um Maeves immer noch feuchte braune Locken zu bändigen.

Maeve betrachtete sich im Spiegel und lächelte ihr schmales, leicht widerwilliges Lächeln.

»Na gut. Besser als das präraffaelitische Chaos, das ich geplant hatte.«

Zoes Handy klingelte. »Das Taxi«, sagte sie, ohne aufs Display zu blicken.

»Scheiße, ich muss noch meine Schuhe finden«, sagte Maeve.

»Weiß deine Mami, dass du fluchst?«, fragte Zoe grinsend, als sie wieder in ihre Pumps schlüpfte.

»Sie hat mir all die Wörter beigebracht«, erwiderte Maeve, tauchte beinahe vollständig in ihren Kleiderschrank und zog eine Reihe nicht zueinanderpassender Schuhe heraus. »Ich bin sofort so weit, wirklich. Geh schon vor.«

Etwa elf Minuten später stürmte Maeve aus der Haustür. Trotz ihrer geröteten Wangen und des Gürtels ihrer Jacke, der über den

Boden schleifte, sah sie kein bisschen weniger hinreißend aus, dachte Zoe.

Man hätte sich einen entspannteren Auftritt bei einer Hochzeit gewünscht. Der Taxifahrer hatte aus einem unerfindlichen Grund die Route durch die Innenstadt gewählt, was sie eine weitere Viertelstunde gekostet hatte, in der sie die von zahllosen samstäglichen Einkaufsbummlern bevölkerte The Mall im Schritttempo hinunter gekrochen waren. Maeve hatte sich in einem fort bei Zoe entschuldigt, bis diese nachdrücklich erklärt hatte, dass es nicht Maeves Schuld sei, und dann entschlossen das Thema gewechselt hatte, indem sie Maeve aufforderte, ihr von ihrem Date am Abend zuvor zu erzählen.

»Oh, es ist ganz gut gelaufen, würde ich sagen.« Maeve wandte den Blick ab und betrachtete die Fußgänger, an denen das Taxi quälend langsam vorbeirollte. »Ich meine, er war nett. Ein bisschen altmodisch. Man konnte sich gut mit ihm unterhalten.«

Zoe lachte spöttisch. »Was soll bei einem von der Kirche arrangierten Date auch sonst passieren? Da ist ein altmodischer netter Typ quasi garantiert.«

Maeve schnaubte abschätzig. »Gut die Hälfte von denen ist *kein bisschen* so, sag ich dir. Es gibt da genauso viele sexistische Flachwichser wie nette Typen.«

Zoe lächelte. »Klingt genau wie bei nichtchristlichen Dates.«

»Stimmt«, pflichtete Maeve ihr bei und seufzte dann. »Ich weiß nicht. Ich glaube nicht, dass ich ihn noch mal treffe. Er war einfach nicht … interessant genug.«

Das bedeutete, er war nicht wie Isaac. Zoe wünschte sich wieder, dass Maeve diese Schwärmerei endlich überwinden und jemanden finden würde, der sie wirklich wollte. Jemanden, der sie als Mensch schätzte und nicht nur sein Ego von ihr streicheln ließ.

»Man kann es nicht erzwingen«, sagte Zoe nur leichthin.

»Ah, ich komme auch allein zurecht«, erklärte Maeve mit einer wegwerfenden Handbewegung. »Ich fühle mich mit mir selbst wohl, daran muss ich mich erinnern.«

»Ja«, stimmte Zoe ihr zu. »Immerhin bist du irgendwie interessant. Manchmal.«

»Hau ab«, sagte Maeve lächelnd.

Während der übrigen Fahrt versiegte ihr Gespräch. Sie versanken in angespanntes Schweigen, während immer offensichtlicher wurde, dass sie zu spät kommen würden. Um 12:58 Uhr, zwei Minuten vor dem offiziellen Beginn der Zeremonie, traf das Taxi schließlich bei der Vinery ein und hielt ein Stück hinter einem silbernen Rolls-Royce, der gerade eine Gruppe in weiße und lavendelfarbene Spitze gehüllte Gestalten vor den Eingangsstufen abgesetzt hatte.

Zoe hastete auf ihren hohen Absätzen unbeholfen über den Gehsteig.

»Sorry«, sagte sie grinsend zu Gina, die in ihrem hochgeschlossenen figurbetonten Brautkleid mit Schleppe gegenüber ihrer praktischen Alltagserscheinung wie verwandelt aussah.

»Zoe!«, stieß sie hervor und lachte dann rau. »Wir wollten gerade reingehen!«

»Maeves Schuld«, keuchte Zoe. Im selben Moment tauchte Maeve hinter ihr auf und bestätigte: »Ja, es lag an mir! Tut mir schrecklich leid!«

Sie liefen über die Marmorfliesen in das große Gewächshaus, in dem mit Pfingstrosen geschmückte Bänke aufgestellt waren. Die Hälfte der Anwesenden drehte sich um, weil sie trotz fehlender Einzugsmusik die Braut erwarteten. Zoe versuchte, ein Lachen zu unterdrücken, als sie Angelines aufgerissene Augen sah. Sie saß mit Victor in der Mitte und hatte zu Zoes Erleichterung zwei Plätze für sie frei gehalten.

Angeline rutschte kopfschüttelnd in der Bank auf, um Zoe und Maeve hereinzulassen.

»Wir dachten schon, ihr hättet einen Unfall gehabt!«, flüsterte sie ziemlich laut. »Wir sind schon seit einer *Ewigkeit* hier.«

Zoe grinste nur und drehte sich um, als Streicherklänge vom Band den Einzug der Braut verkündeten. Es war schwer, nicht ein wenig sentimental zu werden, als Gina hereinkam.

Zoe kannte niemanden, der so hart arbeitete wie Gina, ihre Chefin. Der Erfolg ihres phantastischen kleinen Cafés war ebenso sehr der allumfassenden Herzlichkeit seiner Besitzerin wie den Speisen und Getränken zu verdanken. Und selbst wenn Michael, der Typ, den sie heiratete, ein bisschen langweilig wirkte, war er der Mann, der für sie da sein und sie mit Liebe überschütten würde. Zoe fand, dass Gina genau das verdient hatte.

3.

Der Anruf erreichte Jonah im Auto, als sie noch etwa zehn Minuten von Zoes Wohnung entfernt waren, und als er hörte, wie der Sergeant »Sir« sagte, wusste Jonah Bescheid. Sie ermittelten jetzt in einem Todesfall, und er war froh, dass O'Malley bereitgestanden hatte, ihn zu begleiten. Von seinen drei Teammitgliedern war er am meisten abgehärtet, und sie mussten sich nun auf den Tatort eines Gewaltverbrechens einstellen.

Bis Lightman und Hanson ankämen, würde es schon leichter sein. Die Kriminaltechniker würden bereits vor Ort sein mit ihren Post-its, Pfeilen und Etiketten, Utensilien, die einen sterilisierenden Effekt hatten. Es würde aussehen wie ein Labyrinth von Indizien und darüber fast vergessen lassen, dass dort ein Mensch gelitten hatte und gestorben war.

Er parkte den Mondeo in der Latterworth Road, einer vorstädtisch anmutenden Wohnstraße, die an der A35 Richtung Norden endete. Er und O'Malley waren an einer Reihe identischer Häuser aus den dreißiger Jahren vorbeigefahren: flache Erkerfenster, die obere Haushälfte weiß gestrichen, rechteckige Vorgärten. Zoes Apartmentblock war das einzige Gebäude, das aus der Reihe tanzte. Es sah aus, als wäre es auf der Fläche von zwei Doppelhäusern ohne erkennbare Rücksicht auf die ansehnliche Nachbarschaft errichtet worden. Ein ultramoderner Bau mit einer abgestuften rechteckigen Fassade, die beinahe aggressiv wirkte.

Sie wurden von einem Police Constable durchgewunken, der an der Tür stand. Eine unglaublich dünne Frau, bei der es sich um

Angeline Judd handeln musste, saß mit einer Polizistin auf einer Fensterbank und hielt einen Becher Tee mit beiden Händen an die Brust gedrückt, neben sich eine Reihe zerknüllter Papiertaschentücher. Ihre Augen waren vom Weinen gerötet.

Die Polizistin nickte ihm zu, während Angeline ihn ängstlich musterte wie ein gefährliches Raubtier.

»Ich bin DCI Sheens«, sagte er und blieb vor ihr stehen. »Ich leite die Ermittlung und will herausfinden, was Zoe zugestoßen ist. Ich möchte Ihnen einige Fragen stellen, in Ordnung?«

Angeline starrte ihn an und antwortete dann: »Ja. Ja, das ist okay.«

Wenn man sie in ihrer zu großen grauen Strickjacke und den grünen Leggings betrachtete, konnte man kaum übersehen, wie hager sie war. Die Arme und Beine schienen beinahe skelettartig, und ihr unglaublich dürrer Körper ließ ihr Gesicht übergroß wirken, die riesigen Augen wie die einer Puppe, ihr kurzes flaumiges Haar kraftlos.

Jonah fragte sich, ob sie vielleicht krank war. Sie wirkte fast kindlich, was seinen Beschützerinstinkt weckte.

Er bedankte sich sanft für ihre Hilfe und sprach ihr sein Beileid aus. Schließlich erklärte sie, dass sie bereit sei, einige Fragen zu beantworten. Aber ihre Antworten bestanden hauptsächlich aus Kopfschütteln zu allem, was er auch andeutete, und dabei kullerten Tränen über ihre Wangen.

Ihres Wissens hatte Zoe keine Feinde gehabt. Keine Geldsorgen. Keinen Streit in letzter Zeit. Kein sonderbares Verhalten gezeigt.

»Sie war – so liebenswürdig«, sagte Angeline am Ende mit belegter Stimme.

Sie musste ein paarmal schlucken, bevor sie weitersprechen und Jonah erzählen konnte, dass sie Zoe von der Uni kannte.

»Studieren Sie auch Kunst?«, fragte er lächelnd.

»Oh. Nein. Ich mache … Tanz, ein Aufbaustudium fürs Lehramt.«

Ihre Antworten fielen, egal was Jonah fragte, mehr oder weniger gleich aus. Schließlich sagte er, dass er mit Zoes Freund sprechen müsse. Angelines Blick wurde klar, und sie sah ihn scharf an.

»Sie hatte … Meinen Sie Aidan?«

»Vielleicht müssen Sie uns das erklären«, sagte Jonah behutsam, während er den Namen notierte. »Zoes Freund hat uns alarmiert und gebeten, nach ihr zu sehen, aber wir wissen nicht, wie wir ihn erreichen können.«

»Ich habe seine Nummer«, sagte Angeline, zog ihr Handy aus der Tasche und las sie vor. Jonah schrieb sie in sein Notizbuch. »Ich dachte mir schon, dass sie vielleicht wieder zusammen sind«, fügte sie hinzu, und es klang, als verletzte sie das persönlich.

»Sie hatten sich getrennt?«

»Ja, schon ein paarmal.«

»Sie haben nicht zusammen gewohnt?«

Angeline schüttelte den Kopf. »Nein, sie hat allein gelebt. Früher hat sie mit einer Freundin zusammengewohnt, aber dann ist sie hierhergezogen.«

»Wann war das?«

»Im Juni … glaube ich.«

Jonah nickte langsam. »Es wäre großartig, wenn Sie in den nächsten Tagen aufs Kommissariat kommen könnten«, sagte er. »Aber fürs Erste gehen Sie am besten nach Hause und geben gut auf sich acht. Können Sie irgendjemanden anrufen …?«

Angeline nickte und brach unvermittelt wieder in Tränen aus. »Ich muss wohl meine Mum anrufen. Normalerweise – normalerweise rufe ich immer Zoe an.«

Zoes Wohnung wirkte genauso modern und unversöhnlich wie die Fassade des Gebäudes. Sie war karg möbliert, und in zwei Ecken des Wohnbereichs standen Umzugskartons. Die in Schwarz gehaltene Küche wies Spuren von Benutzung auf. Verschmierte Abdrücke auf dem Backofen. Krümel auf der Arbeitsplatte, mehrere Gläser mit Rotweinresten.

»Vielleicht hatte sie gestern Abend Besuch«, sagte Jonah leise zu O'Malley.

In der Ecke der Küche stand ein Napf mit Katzenfutter und eine Schale mit Wasser, die Katze selbst war nirgends zu sehen. Vielleicht hatte sie sich aus Angst vor der Polizei verkrochen.

Rechts neben der Tür stand ein Schreibtisch, der von einem Desktop-Computer dominiert wurde. In der unteren Ecke des Bildschirms blinkte langsam ein orangefarbenes Licht: im Ruhezustand, aber nicht ausgeschaltet. Unter dem Bildschirm lag ein Handy. Es juckte Jonah in den Fingern, doch er ließ es für die Techniker liegen.

Auf der anderen Seite des Raumes blickte ein Sofa ins Leere. Kein Fernseher. Keine Gemälde. Jenseits davon nur zwei Umzugskartons, auf einen war mit Edding »Skulpturen« geschrieben.

Das Ganze kam ihm seelenlos vor. Kahl. Ganz anders, als er sich die Wohnung einer Künstlerin vorgestellt hätte. Sie hatte seit Juni hier gelebt, hatte Angeline gesagt. Aber in diesen fünf Monaten hatte sie nicht einmal die Kisten fertig ausgepackt, geschweige denn sich eingerichtet.

Er ging zu der gegenüberliegenden Tür, die ins Schlafzimmer führte. Sie befand sich im Bad, hatten die uniformierten Kollegen berichtet. Die Tür zur Linken.

Er zwängte sich durch die offene Tür, ohne sie zu berühren, und sah Zoe in der Wanne liegen. An einem Ende ragten nur Schultern, Kopf und Oberarme aus dem Wasser, in der Mitte bildeten ihre Knie zwei winzige Inseln. Wenn ihr Verletzungen zugefügt worden waren, wurden sie von dem tiefroten Wasser verdeckt.

Eine nadeldünne Spur dunklen Bluts verlief von einem Messer mit rotem Griff auf dem Wannenrand bis ins Wasser. Ein Teppichmesser, dachte er, das Werkzeug eines Künstlers.

Sein Blick wanderte flüchtig über ihr zu einem Dutt gebundenes Haar und ihr Gesicht. Die Züge waren schlaff, die Haut war bronzefarben mit einem lila Schimmer. Die Augen waren geschlossen, doch sie sah nicht aus, als würde sie schlafen. Ihr Antlitz hatte die unverkennbare Leere des Todes.

Er spürte O'Malley hinter sich, der wartete, bis er an der Reihe war, Jonahs Platz einzunehmen.

Jonah trat einen Schritt zurück und wollte, dass O'Malley seine Gedanken in Worte fasste und sagte, auf den ersten Blick sehe es aus wie ein Selbstmord. Absolut eindeutig. Der einzige Grund, etwas anderes zu vermuten, waren zwei Meldungen, bei denen er sich nicht sicher war, ob er ihnen traute.

Sein Telefon klingelte, und er seufzte, als er die Nummer auf dem Display sah.

»Zoes Vater«, sagte er zu O'Malley. »Sehen Sie sich um, während ich mit ihm spreche.«

Er wurde nie leichter, dieses erste Gespräch mit der Familie. Zoes Vater hatte unter erstickten Tränen kaum ein Wort herausgebracht und das Telefon an seine Frau weitergereicht, die Jonah nur immer wieder gefragt hatte, warum es passiert war. Natürlich hatte er keine Antwort für sie. Das hatte er bei diesem ersten Anruf selten.

Er hatte sein Möglichstes getan, sie zu beruhigen, und ihnen versichert, dass der Tod wahrscheinlich schnell und schmerzlos eingetreten sei. Er hatte überlegt, ihnen zu erklären, dass das warme Badewasser den Prozess des Verblutens beschleunigt hatte, doch das waren Details, mit denen er sie noch nicht belasten wollte. Im Moment hatten sie genug zu verkraften.

»Bitte sagen Sie mir die Wahrheit«, hatte Zoes Mutter irgendwann verlangt. »Es ist doch kein … Sie hat sich das nicht selbst angetan, oder?«

Jonah hatte vernehmlich ausgeatmet. »Das wissen wir leider erst, wenn wir den Tatort genauer untersucht und ihre letzten Tage rekonstruiert haben.«

Er hatte sie gefragt, ob sie nach Southampton kommen wollten. Dabei hatte er an die formelle Identifizierung und all die Dinge gedacht, die er ihnen persönlich sagen musste.

»Es ist nicht notwendig, sofort herzukommen«, fügte er hinzu.

»Häufig wird die Identifikation auch per Video-Link vorgenommen.« Er sagte nicht, *weil es nicht so qualvoll ist.*

»Nein«, hatte Zoes Mutter erklärt. »Wir wollen kommen. Sofort. So bald wie möglich.«

Während er auf die Spurensicherung wartete, überlegte Jonah, um welche praktischen Fragen er sich kümmern musste. Heute würde wahrscheinlich ein sehr langer Tag werden. Er schlug im Geist seinen Kalender auf, dankbar dafür, dass er freitagsabends nur selten Termine hatte. An Samstagen versuchte er normalerweise, seine Mutter zu besuchen, aber die war zum ersten Mal seit acht Jahren nicht da.

Es hatte ihn komplett überrascht, dass seine vom katholischen Glauben abgefallene Mutter von der örtlichen anglikanischen Gemeinde adoptiert worden war. Die Mitglieder hatten entschieden, dass sie Hilfe brauchte, was Jonah schlecht bestreiten konnte, und hatten einen Turnus von Aktivitäten und Besuchen organisiert, der die Zeit, die sie allein mit dem Alkohol verbrachte, drastisch reduziert hatte. Das Ganze war eine Riesenerleichterung für Jonah gewesen, ungeachtet der leicht vorwurfsvollen Blicke, die ihm die Kirchendamen zuzuwerfen pflegten, wenn sich ihre Wege kreuzten. Er wartete allerdings immer noch darauf, dass seine Mutter sie alle zu hassen begann. Oder dass sie sie so wüst beschimpfte, dass man ihr nicht verzeihen konnte. Sie hatte die Angewohnheit, alle Bemühungen, ihr zu helfen, zunichtezumachen. Samstag konnte er also problemlos den ganzen Tag arbeiten. Vielleicht würde er die Einladung zum Polterabend seines Radfahrerkumpels Roy am Samstagabend absagen müssen. Selbst wenn er sein Tagespensum rechtzeitig erledigte, wollte er danach vermutlich nicht mehr ausgehen. Mordermittlungen und trinkselige Abende passten in der Regel nicht gut zusammen.

Seine Leute hatten wahrscheinlich eigene Pläne. Pläne, die sie weniger begeistert aufgeben würden. Es wurde Zeit, Lightman und Hanson über die neuesten Entwicklungen zu informieren.

Juliette Hanson war vollkommen in ihre finanzielle Schnitzeljagd vertieft, als der Chef anrief. Sie ließ das Telefon mindestens viermal klingeln, während sie noch rasch das Zwischenergebnis notierte, und versuchte, nicht allzu verärgert zu klingen, als sie abnahm.

»Chef?«

»Ist Lightman in der Nähe? Dann kann ich Sie beide gleichzeitig auf Stand bringen.«

»Ja, er ist hier«, sagte Hanson, als ihr Blick Lightmans traf. »Ich stelle den Anruf in ein Besprechungszimmer durch.«

Nachdem sie den Anruf wieder aufgenommen hatten, lauschten beide schweigend, während Sheens schilderte, wie man Zoe gefunden hatte.

»Alles sieht nach Selbstmord aus«, sagte der Chef. »Nur dass man uns erzählt hat, sie sei angegriffen worden. Deshalb ist der erste Punkt auf meiner Liste, ihren Freund aufzuspüren. Außerdem brauche ich einen von Ihnen am Tatort, und ich fürchte, für denjenigen wird es ein langer Abend werden. Die Spurensicherung ist gerade eingetroffen, die Familie ist unterwegs, und ich werde eine Obduktion beantragen.«

»Tut mir leid, Sir. Ich kann nicht«, sagte Lightman, und Hanson sah ihn überrascht an. »Ich muss heute um vier Uhr los.«

Hanson hätte beinahe eingewandt, dass er unmöglich etwas vorhaben konnte. Es war Freitag. Pub-Abend. Freitags gingen sie immer zusammen in den Pub. Zumindest hatten sie das in den letzten vier Monaten getan. Wenn sie nicht völlig in irgendeinem Fall versunken waren, gingen sie die Straße runter zum Anchor und blieben bis acht oder neun. Lightman trank nie mehr als zwei Bier und redete selten viel, aber er kam immer mit.

»Kein Problem«, sagte Sheens. »Juliette?«

»Ich kann kommen«, sagte sie und notierte sich die Adresse, die er ihr nannte.

Als sie den Anruf beendeten, ertappte sie sich dabei, Lightman genau zu mustern. Er schrieb noch etwas auf und erhob sich, so schwer zu durchschauen wie immer. Dabei war sie extrem neugierig zu erfahren, was los war.

»Typisch«, sagte sie und stand ebenfalls auf. »Ich habe drei Wochen gebraucht, um mich in die Erpressungssache einzuarbeiten, und jetzt, wo ich endlich Fortschritte mache, werde ich zu einem anderen Fall abberufen.«

»Ah, tut mir leid«, sagte Lightman mit einem Grinsen. »Meine Schuld. Du hast einen gut bei mir.«

Und damit verließ er das Besprechungszimmer ohne ein weiteres Wort. Hanson sah ihm schlechtgelaunt nach. Eine Erklärung hätte nicht wehgetan, dachte sie.

Aber vielleicht brauchte sie auch gar keine Erklärung. Es war Freitagabend, und Lightman hatte offenbar keine Probleme, weibliche Aufmerksamkeit anzuziehen. Irgendeine Frau, die versuchte, ihn anzumachen, gehörte zum festen Programm ihrer Pub-Abende. Und sie wusste, dass er schon mit Frauen ausgegangen war.

Gut, dachte sie. *Soll er zu irgendeinem Date gehen, während ich die harte Arbeit erledige.*

4.

MÄRZ – ZWANZIG MONATE VORHER

Die Hochzeitsparty war in vollem Gange und hatte sich in zwei Gruppen geteilt: Die eine drängte sich lautstark und erhitzt an der langen schmalen Bar des Hotels, die andere war eine dezent beleuchtete Plauderrunde in dem größeren Speisesaal auf der anderen Seite der Lobby, wo immer noch sieben oder acht Tische besetzt waren.

Zoe hatte sich auf den Weg zur Bar gemacht, jedoch irgendwann den Versuch aufgegeben, einen Drink zu bestellen. Das Problem mit kostenlosen Getränken war, dass alle zu viel bestellten, weshalb alle lange warten mussten und die Situation weiter verschlimmerten, indem sie, wenn sie endlich an der Reihe waren, Getränke auf Vorrat orderten. Deshalb kehrte Zoe mit leeren Händen in den Speisesaal zurück, wo Angeline in ein ernstes Gespräch mit Maeve vertieft war.

Vorhersehbarerweise hielt Maeve Angeline einen leidenschaftlichen Vortrag über positives Denken.

»Hör zu, also, ich meine, ich weiß, dass ich dauernd darüber rede, aber es geht nicht nur darum, sich zu ermahnen, dass man sich selbst aufmuntern muss. Es geht darum, sich zu *entscheiden*, glücklich zu sein. Sich innerlich und auch laut zu sagen, dass man ein wertvoller Mensch ist.« Maeve hielt sich eine offene Hand vors Gesicht. »Ich sage es mir vor dem Spiegel. Ich sage: ›Ich bin stark, und ich bin schön, und ich bin liebenswert.‹ Und es hilft.«

Zoe musste lächeln. Maeve glaubte so entschieden an die Kraft positiven Denkens, wie sie an Gott glaubte, und sie wiederholte entschlossen ihre persönlichen Mantras darüber, wie sehr sie sich und all jene liebte, die sie verschmähten. Das Problem war nur, dass Maeve von Natur aus alles andere als ein geduldiger und optimistischer Mensch war, und egal wie oft sie sich all diese Dinge einredete, schimmerte manchmal eine ehrlichere Version ihrer selbst durch. Eine, die die Nase von allem voll hatte und andere Menschen bedürftig und nervig fand.

Victor, der rechts neben Maeve saß, spielte mit den Glückssteinen, die auf dem Tisch liegen geblieben waren. Eigentlich sollte man eine Botschaft darauf schreiben und sie in einen Krug legen, doch Victor ignorierte die Stifte und schob die Steine zu einem Haufen zusammen. Er sah aus, als wäre er schlechtgelaunt. Was kaum überraschend war. Offenbar hatte er bis vier Uhr morgens Videospiele gespielt, außerdem fühlte er sich selbst ausgeruht bei gesellschaftlichen Anlässen wie diesem nie sehr wohl.

Zoe ließ sich auf den Stuhl neben ihm sinken und fragte sich, wie sie ihn aus seiner Stimmung herausreißen konnte. Zum Tanzen konnte sie ihn nicht bewegen, obwohl die Band an der Stirnseite des Saales sich als halbwegs brauchbar erwies.

Sie fühlte sich erschöpft. Während des Abendessens hatte es einige angespannte Momente gegeben. Ginas Cousin, ein lauter, wichtigtuerischer Mann um die fünfzig, hatte beobachtet, wie Angeline »zu rosa« gemurmelt und einen Teller mit Räucherlachs weggeschoben hatte. »Komm schon! Hau rein!«, hatte er zu ihr gesagt. »Niemand mag dürre Mädchen!«

Die Wirkung war unmittelbar und verheerend gewesen. Angeline war aschfahl geworden, aufgesprungen und aus dem Saal gestürzt. Maeve hatte Zoe mit hilfloser Miene kopfschüttelnd angesehen, und Zoe war Angeline nachgeeilt. Sie hatte sie weinend in einer Kabine der Damentoilette gefunden und zwanzig Minuten gebraucht, um sie zur Rückkehr an den Tisch zu überreden. Bis dahin waren die Vorspeisen abgeräumt und das aufgetischte Beef Wellington fast kalt.

Während des weiteren Essens hatte es zehn ruhige Minuten gegeben, bis Maeve aufgestanden war, um sich mit der Braut zu unterhalten, stolperte und eine schlanke Frau Mitte vierzig in einem elfenbeinfarbenen Seidenkostüm mit Rotwein bekleckerte. Natürlich hatte es eine Sauerei gegeben, doch das Opfer war trotz Maeves ausgiebiger Entschuldigung boshaft und zickig geblieben, hatte jede Hilfe beim Aufwischen abgelehnt und erklärt, dass ihr Kostüm ruiniert sei und ersetzt werden müsse.

Schließlich hatte Maeve die Frau laut angefaucht: »Sie haben Wein auf Ihre Kleider bekommen, na und? Deswegen müssen Sie sich nicht benehmen wie ein Arschloch. Sie sind erwachsen und sollten langsam wissen, dass nicht immer alles nach Ihren Wünschen läuft, okay?«

Zoe hätte ihre Freundin liebend gern abgeklatscht, aber weil der gesamte Tisch des Brautpaars herübergestarrt hatte, musste sie ihre Schadenfreude unterdrücken. Aber sie hatte Ginas Blick aufgefangen und ihr zugezwinkert.

Victor hatte sich während des gesamten Essens benommen und es sogar geschafft, Ginas anderen Cousin in eine politische Diskussion zu verwickeln, die freundlich geblieben war. Er hatte sich höflich die Reden der anderen angehört, und Zoe war unendlich dankbar gewesen, dass er seinen Jähzorn im Zaum hielt.

Aber jetzt hatte sie ein flaues Gefühl im Magen. Sie erkannte die Anzeichen. Er versank in schlechter Laune, und meistens konnte nur Zoe ihn wieder herausreißen. Aber selbst sie war nicht immer erfolgreich, und das Bemühen, ihn irgendwie zu bändigen, konnte erschöpfend sein.

Sie versuchte es mit einem naheliegenden Thema. »Guck dir mal die verdammte Torte an«, sagte sie und stand auf.

Victor erhob sich nicht mit ihr, deshalb näherte sie sich allein der Kreation in Pink und Weiß und zückte ihr Handy, um ein Foto zu machen. Sie wusste, dass Gina die Torte selbst gemacht hatte. Gott, sie war wirklich gut.

Sie wartete, dass Victor sich noch zu ihr gesellen würde, aber er blieb sitzen, und es war Felix, der irgendwann an ihrer Seite auftauchte. Der Silberfuchs, wie die anderen Kellnerinnen ihn nannten. Er war ein Stammgast des Cafés, immer elegant gekleidet und der attraktivste Mann über fünfzig, den Zoe kannte. Wie die anderen weiblichen Baristas flirtete auch Zoe gern locker mit ihm und tauschte Komplimente aus; die Galanterie, mit der er darauf einging, war immer ein Höhepunkt des Tages.

Als sie ihn jetzt sah, in seinem hellgrauen Anzug und der azurblauen Krawatte noch weltmännischer als üblich, musste sie lächeln. »Todschick!«

»Das wollte ich gerade sagen«, erwiderte er und beugte sich vor, um Zoe flüchtig zu umarmen. »Sie sollten ernsthaft erwägen, dieses Outfit zur Arbeit zu tragen«, fügte er lächelnd hinzu.

»Ha, es wäre binnen Minuten ruiniert«, entgegnete sie. »Sie haben ja keine Ahnung, wie viele Flecken ein schwarzes T-Shirt verbirgt.« Sie legte eine Hand auf seinen Arm. »Schön, dass Sie hier sind. Ich habe Sie bei der Trauung gar nicht gesehen.«

»Ich war zu spät«, sagte er mit einem angedeuteten Seufzer. »Meine Mieterin hatte sich ausgesperrt, und dann hat sich herausgestellt, dass sie den Schlüssel in Wahrheit seit Wochen nicht mehr gesehen und die Tür seitdem einfach angelehnt hatte. Ich musste also ein neues Schloss besorgen und anbringen.« Er schüttelte den Kopf. »Ich überlege, im Fragebogen für meine potenziellen Mieter abzufragen, wie organisiert jemand ist. Und vielleicht um einen Prokrastinationstest.«

»Oh, ich helfe Ihnen!«, bot Zoe an. »Ich habe neulich eine Dokumentation darüber gesehen, wie man erkennt, ob jemand lügt.«

»Sie sind engagiert«, sagte er. »Dafür kriegen Sie zehn Prozent von meinem Stück von der Hochzeitstorte.«

»Hey! Ich will mindestens die Hälfte.«

»Ich sag Ihnen was, wie wär's wenn ich Ihnen einen Gin spendiere, und Sie dürfen den ganzen Kuchen behalten?«

»Wenn Sie sicher sind, dass Sie sich bis zur Bar durchschlagen können«, sagte Zoe und zog eine Augenbraue hoch.

Felix legte einen Arm um ihre Schulter. »Deswegen müssen Sie mitkommen und mich beschützen.«

Und dann war auf einmal Victor neben ihnen und sagte leise und unfreundlich: »Verzeihung. Haben Sie sie gefragt, ob Sie sie anfassen dürfen?«

Felix ließ den Arm sinken und sah Victor erstaunt an.

»Alles in Ordnung, Victor«, sagte Zoe bemüht locker. »Ich wollte ihm bloß helfen, sich an die Bar vorzukämpfen.«

Victor machte einen Schritt auf Felix zu. »Sie ist nicht bei der Arbeit. Sie können gehen, sich Ihren Drink holen und sie in Ruhe Spaß haben lassen.«

»Victor«, sagte Zoe und spürte die Hitze in ihrem Gesicht.

»Schon okay«, sagte Felix ruhig und nickte Victor zu. »Ich verstehe, dass Sie auf Ihre Freunde aufpassen. An Orten, wo der Alkohol in Strömen fließt, können Menschen verwundbar sein. Besser, man gibt aufeinander acht.«

Es folgte ein langes angespanntes Schweigen, Victor starrte Felix an. Und Victor konnte wirklich starren. Sie hatte gesehen, wie jüngere, kräftigere Männer vor ihm zurückgewichen waren. Aber Felix wirkte nicht im Geringsten eingeschüchtert.

Das Blickduell wurde unterbrochen, als die Band auf der anderen Seite des Raumes die Mikrophone testete. Felix lächelte. »Ich steuere die Bar an. Ihr jungen Leute solltet tanzen.«

Zoe fasste Victors Arm und spürte die angespannten Muskeln in seinem Unterarm, während er Felix nachsah. Sie versuchte zu lachen. »Wir sind junge Leute. Das bedeutet, wir *müssen* tanzen.«

»Auf keinen Fall«, sagte Victor, dessen Blick immer noch an Felix' sich entfernender Gestalt klebte.

»Im Ernst«, sagte Zoe, »mach dir seinetwegen keine Gedanken. Er ist eine alte Tunte, die gern flirtet, und wäre beschämt, denken zu müssen, dass er sich danebenbenommen hat.«

»Er ist schwul?«, fragte Victor.

»Ja, alle Mädchen glauben das«, sagte Zoe überzeugter, als sie war.

In Wahrheit hatte sie keine Ahnung von Felix' sexueller Orientierung, und es war auch vollkommen belanglos. Er war so alt wie ihr Vater, Herrgott noch mal.

Angelockt von der Musik, strömten zahlreiche Gäste zurück in den Speisesaal. Zoe fragte sich, ob Gina und Michael den Tanz eröffnen würden, doch die Musik, die gespielt wurde, war eher lebhaft. Offensichtlich wollte man die anderen Gäste zum Tanzen animieren.

»Die Bar leert sich«, sagte Zoe. »Geh und rette Angeline vor dem Lebensphilosophie-Vortrag, und ich besorg uns Jägerbombs.«

Victor sah sie skeptisch an, setzte sich jedoch in Bewegung, als sie ihm einen Stups gab.

Lächelnd ließ sie ihn zurück, doch als sie sich einen Weg durch die tanzende Menge bahnte, fühlte sie sich noch erschöpfter als zuvor. Die Sorge um Victor und seinen Jähzorn war wie ein zusätzliches Gewicht, das sie mit sich schleppte.

Diesmal war es nicht ganz so beschwerlich, bis an die Bar vorzudringen. Sie sah sich nach Felix um, hatte vor, sich bei ihm für Victors Verhalten zu entschuldigen. Sie hoffte, dass er es verstehen würde. Aber im Moment genoss sie es auch, einfach unbeobachtet zwischen den Gästen zu stehen und keine Konversation machen zu müssen.

Die Bar leerte sich, als sie sich anstellte, bis hinter ihr schließlich niemand mehr wartete. Nur sie, ein Paar rechts neben ihr und ein einsamer Trinker auf einem Hocker links von ihr.

»Was möchtest du?«, fragte das Mädchen hinter dem Tresen.

Aus irgendeinem Grund war es immer das Gleiche, wenn Zoe Shots bestellte. Sie fing mit einer niedrigen Zahl an und steigerte sich dann zu immer neuen Höhen, während sie im Kopf ständig weitere Leute auf die Liste der Empfänger setzte. Aus »Vier Jägerbombs« wurde: »Nein, eigentlich acht.«

Die Barkeeperin strahlte sie an, als hätte sie nie eine großartigere Bestellung entgegengenommen. Der Typ auf dem Barhocker wandte den Kopf, um sie anzusehen. »Wenn die alle für dich sind, bin ich ehrlich beeindruckt.«

Zoe blickte in seine Richtung, musterte die Lederjacke, das dunkle Haar, die markanten Wangenknochen und die vollen Lippen, die ihn aussehen ließen, als würde er schmollen. Er lächelte sie auf eine Weise an, die sich von all den anderen Lächeln unterschied, die sie an diesem Tag eingefangen hatte. Sein Lächeln war … respektloser. Und auf eine seltsame Art vertraulicher.

»Führe mich nicht in Versuchung«, sagte sie grinsend. Es war eigentlich keine bewusste Entscheidung. Doch sein Lächeln nicht zu erwidern war einfach zu schwer. Sie spürte die Grübchen in ihren Wangen, bevor sie sich dazu entschlossen hatte.

»Oh, schlechten Tag gehabt?«

Sie schüttelte den Kopf. »Dies ist eine Hochzeit. Natürlich war es ein schlechter Tag.«

Er lachte ein tiefes Lachen. »Das heißt, du stehst weder der Braut noch dem Bräutigam besonders nahe.«

»Doch, eigentlich schon«, erwiderte Zoe und beobachtete eine Weile, wie die Barkeeperin Jägermeister-Shots in die Gläser schenkte. »Gegen die beiden hab ich nichts.«

»Welchen von beiden?«

»Welchen …? Oh. Ich kenne Gina.« Sie sah ihn an. »Und du?«

Er beugte sich vor und blickte mit listig funkelnden Augen an ihr vorbei. »Weder noch. Ich wollte etwas trinken und habe erst später gemerkt, dass ich in eine geschlossene Veranstaltung mit Gratis-Drinks gestolpert bin.«

Ihr Lachen hatte einen unwillkürlich schockierten Unterton. »Das ist schrecklich!«

»Ich weiß«, sagte er. »Glaubst du, sie können es sich leisten?«

»Wahrscheinlich«, erwiderte Zoe. »Aber ich würde nicht davon ausgehen. Einige von uns haben so etwas wie Moral, weißt du.«

»Nicht die, die auf meiner Seite des Tresens sitzen«, entgegnete er, hob ein Glas, das aussah, als würde es Gin Tonic enthalten, und kippte den Rest hinunter.

Während er schluckte, beobachtete Zoe seinen Hals, und ihr Blick wanderte weiter über seine Schultern und seinen Oberkörper, als er es nicht sehen konnte. Er war älter, dachte sie. Nicht annähernd so alt wie Felix, aber auf jeden Fall über dreißig. Wahrscheinlich ein Alter, auf das sie sich bei einer Dating-App nur zögernd eingelassen hätte.

Aber er war fit. Das war offensichtlich. Sie hätte darauf gewettet, dass sich unter dem Hemd ansehnliche Muskeln versteckten.

Und dann zwang sie sich, den Blick abzuwenden, weil es definitiv keine gute Idee war, ihn, fünf Minuten, nachdem sie sich begegnet waren, auf diese Weise anzusehen.

»Fertig«, sagte die Barkeeperin fröhlich und reihte die Shots zwischen den Gläsern mit Red Bull auf der Bar auf. Zoe ging auf, dass sie ihre Bestellung niemals allein in den Nachbarraum tragen konnte.

»Machen Sie noch mal vier?«, fragte ihr Barhocker-Nachbar. »Ich will mittrinken.«

Der Kellnerin nahm es mit Fassung. Zoe schüttelte leicht den Kopf. »Müssen es wirklich vier sein?«

»Ich dachte, das sind zwei für jeden«, erwiderte er. »Niemand – *niemand* – sagt nein zu einem Jägerbomb.«

Er sagte es mit einem gespielten Ernst, der Zoe zum Lachen brachte. Es war einer dieser Lachanfälle, die man nur schwer wieder stoppen konnte. Das Lachen lauerte immer noch, als sie ihre beiden Shots vor ihm leerte. Er versprach, sie bei der nächsten Runde zu schlagen.

»Wer sagt, dass es eine nächste Runde gibt?«, fragte Zoe, doch sie sagte es mit einem Lächeln.

»Die kleine Stimme deines Gewissens«, entgegnete er. »Sie sagt: ›Lass Aidan nicht alleine trinken. Schau dir den armen Mann an. Er kennt sonst niemanden hier.‹«

»Das liegt daran, dass du nicht eingeladen bist!«, sagte Zoe halb empört, halb gefangen von seinem Namen. Auf der Schule war sie mal in einen Jungen namens Aidan verliebt gewesen. Er spielte Schlagzeug, und die Haare hingen ihm ins Gesicht.

»Und darüber bin ich sehr froh«, sagte er erneut für einen Augenblick beinahe ernst, der sie unvorbereitet erwischte. »Erzähl mal«, fuhr er fort, »warum war die Hochzeit so schlimm? Eine weit zurückgehende Fehde?«, bohrte er weiter. »Streit mit deinem Freund? Exfreund?« Und dann nach einer Pause: »Mit deiner Freundin?«

»Nein«, antwortete sie und gab sich plötzlich große Mühe, ihr Vergnügen zu verbergen. Er versuchte herauszufinden, ob sie Single war, und die Vorstellung machte sie ganz zappelig vor Aufregung. »Bloß Freunde, und einige von ihnen haben eine schwere Zeit durchgemacht. Eigentlich sind sie diejenigen, für die es hart war, nicht ich. Mir geht es gut.«

Er sah sie nachdenklich an und sagte: »Das ist schade. Nicht, dass es dir gut geht. Der Rest.« Er blickte zu der Reihe von Gläsern. »Die kriegst du nie alle getragen …«

Zoe blickte ebenfalls zu den Gläsern, und wieder sprudelte ein Lachen aus ihr heraus. »Nein, ich weiß. Das passiert mir immer.«

»Ich könnte ein Gentleman sein und anbieten, ein paar für dich zu tragen«, sagte er.

Der Gedanke machte Zoe seltsam nervös. Wenn er sie begleitete und mit ihren Freunden sprach, würde er womöglich für den Rest des Abends dabeibleiben. Die Vorstellung, wie Victor darauf reagieren würde, wenn sie mit einem weiteren älteren Mann zurückkehrte, war kein bisschen verlockend.

Aber noch bevor sie widersprechen konnte, fuhr Aidan schon fort: »Leider bin ich kein guter Gentleman. Deshalb wollte ich vorschlagen, wir trinken sie, um dir das Leben zu erleichtern.«

»Und wie soll ich das den anderen erklären?«, fragte sie. »Nach zwanzig Minuten mit leeren Händen zurückzukommen?«

»Geh einfach nicht zurück«, sagte er mit einem Schulterzucken und einem weiteren mutwilligen Lächeln.

»Dann geht Victor an die Decke …«, sagte Zoe unwillkürlich und bereute es augenblicklich.

»Also Victor, der kein Freund oder Exfreund sein kann …«, sagte Aidan langsam und hob sein Glas. »Er muss …«

»Nur ein Freund«, sagte sie rasch und spürte, wie sie rot wurde. »Er ist bloß … so ein Anstandswauwau.« Sie lachte gezwungen. »Eben wollte er auf einen unserer sehr schwulen Stammgäste losgehen, weil er den Arm um mich gelegt hat.«

»Verstehe«, sagte Aidan, und als Zoe zu ihm aufblickte, lächelte er. »Das könnte spaßig werden.«

5.

Linda McCullough war kurz nach dem Team der Spurensicherung in der Wohnung eingetroffen, und sobald sie die Schwelle überschritten hatte, fühlte Jonah sich besser. Die Hampshire Constabulary konnte sich ungemein glücklich schätzen, eine Forensikerin zu haben, die nicht nur jeden Tatort persönlich in Augenschein nehmen wollte, sondern neben ihrem Abschluss in Kriminaltechnik auch noch studierte Biologin und Chemikerin war.

Außerdem konnte man gut mit ihr zusammenarbeiten. Ihr unerschütterlicher Humor und ihre staubtrockene Art waren unschätzbar, und Jonah hatte gelernt, sich auf ihr Urteil und ihr Auge fürs Detail zu verlassen. Er wusste nur zu gut, wie viele seiner Fälle ohne sie nie zur Anklage gekommen wären.

»Versuchen Sie, nicht im Weg rumzustehen, Sheens«, sagte McCullough mit einem knappen Lächeln, nachdem sie ihnen ein Stück Plastikplane zugewiesen hatte, auf das sie sich stellen sollten.

»Ich werde mir alle Mühe geben«, erwiderte Jonah im gleichen Ton. »Irgendwelche Neuigkeiten vom Gerichtsmediziner?«

»Er hat gesagt, er wäre in zwanzig Minuten hier.« McCullough blickte auf ihre Uhr. »Das heißt, er müsste in fünf Minuten ankommen. Wir fangen hier draußen an. Ich warte, bis er da ist, bevor ich mir die Leiche ansehe.«

»Auf der Arbeitsplatte stehen mehrere Gläser, bei denen ich an Fingerabdrücken oder DNA-Spuren interessiert wäre«, sagte Jonah und wies mit dem Kopf Richtung Küche.

»Das kann ich mir vorstellen.« McCullough setzte einen Mundschutz auf und ging an ihm vorbei in die Küche.

Jonahs Telefon klingelte. Der schrille Weckruf verriet ihm, dass der Detective Chief Superintendent ihn erreichen wollte.

»Ist das allen Ernstes Ihr Klingelton?«, fragte McCullough, drehte sich um und starrte ihn ungläubig an.

»Nur für Wilkinson«, antwortete er lächelnd und nahm den Anruf entgegen. »Sir«, meldete er sich und trat in den Flur.

»Ich habe gehört, Sie haben eine neue Mordermittlung aufgenommen?«, fragte der DCS und klang höflich interessiert.

»Da haben Sie richtig gehört. Obwohl ich mein Urteil darüber, ob es ein Mord war, noch aufschieben möchte. Es sieht nach Selbstmord aus, aber der Freund des Opfers behauptet, die Tat während eines Skype-Anrufs beobachtet zu haben. Ich bin jetzt am Tatort, und der Gerichtsmediziner sollte jede Minute eintreffen.« Er zögerte. »War es okay für Yvonne, dass ich die Sache übernommen habe?«

»Ja, natürlich. Das ist kein Fall für sie«, sagte der DCS. »Allerdings sind wir angehalten, den Erpressungsfall endlich abzuschließen.«

»Verstanden«, sagte Jonah. »Ich werde die Hälfte meines Teams weiter daran arbeiten lassen.«

»Klar«, erwiderte Wilkinson trocken. »Das sind dann exakt anderthalb Mann.«

»Genau, Sir«, sagte Jonah mit einem Grinsen, obwohl niemand da war, der es sehen konnte.

»Okay. Halten Sie mich auf dem Laufenden.«

Das war das Gute an Wilkinson, dachte Jonah, als er das Gespräch beendete. Der DCS war stets geneigt, Jonahs Entscheidungen zu vertrauen.

Als er das Handy einsteckte, öffnete sich die Tür zum Treppenhaus, und ein Mann Mitte dreißig in Anzug und Krawatte tauchte auf. Der Gerichtsmediziner, nahm er an, obwohl sie sich noch nicht begegnet waren. Bis jetzt hatte bei Jonahs Fällen immer der deutlich ältere und weniger eifrig wirkende Dr. Stephen Russell die Untersuchungen durchgeführt. Jonah fragte sich, ob dies ein jüngerer Kollege war, der vielleicht auf seine Chance zu glänzen gewartet hatte.

Es war wahrscheinlich irrelevant, aber Jonah war trotzdem leicht besorgt. Sie hatten es mit dem Tatort eines potenziellen Mordes zu tun, der vordergründig wie ein Selbstmord aussah. Falls sie in einem Mordfall ermittelten, war Präzision vonnöten. Und erst recht ein Gerichtsmediziner, der vor Gericht überzeugend klingen würde.

Übersehen Sie bloß nichts, dachte Jonah, als er ihm zunickte.

Jonahs Sorgen erwiesen sich als unbegründet. Dr. Peter Shaws Untersuchung war so methodisch und gewissenhaft, wie Jonah es sich nur wünschen konnte, und seine Kommentare strahlten eine ruhige Autorität aus.

Eine Beobachtung interessierte Jonah besonders, und das war das Fehlen sichtbarer Blutspuren um die Badewanne. Wenn die junge Frau angegriffen und nach unten gedrückt worden war, würde man Blutflecken erwarten, bemerkte der Gerichtsmediziner. Und wahrscheinlich auch im ganzen Badezimmer Spritzer von blutgetränktem Badewasser.

»Das deutet also eher auf einen Selbstmord hin«, meinte Jonah, unsicher, was er davon halten sollte.

»Ja, aber es könnte auch andere Gründe geben«, erwiderte der Gerichtsmediziner.

Als er sich vorbeugte und dicht am Mund der Toten schnupperte, wurde Jonah kurz übel.

»Interessant. Ein deutlich wahrnehmbarer chemischer Geruch.« Er stellte den Koffer mit seiner Ausrüstung neben die Wanne und zog ein kleines Plastikröhrchen mit hellblauem Deckel heraus. »Ich werde einen Abstrich machen.«

»Können Sie näher definieren, was Sie mit ›chemisch‹ meinen?«, fragte Jonah, während der Gerichtsmediziner den Deckel abschraubte und das kleine Wattestäbchen herauszog.

»Nun, zum jetzigen Zeitpunkt lässt sich die Substanz nur schwer bestimmen, aber es ist auf jeden Fall ein markantes Aroma. Leicht süßlich, aber beißend.«

»Es könnte nicht etwas sein, das sie gegessen hat?«

»Das glaube ich nicht«, sagte er und strich mit dem Wattestäbchen über Zoes Haut. Er nahm ein zweites Stäbchen und wiederholte den Vorgang behutsam in ihren Nasenlöchern. »Ich vermute, etwas aus der Chloroform-Familie.« Er richtete sich auf und sah sich um. »Das könnte das Fehlen von Kampfspuren erklären, und wenn es zutrifft, wäre ein Selbstmord ausgeschlossen.«

»Wie lange dauert es, bis wir das Ergebnis haben?«

»Normalerweise bis nach dem Wochenende, aber vielleicht könnte Ihre Forensikerin …«

»Ich bin sicher, sie kann uns helfen«, sagte Jonah grinsend. Vielleicht würde McCullough nicht besonders begeistert davon sein, ihren Freitagabend im Labor zu verbringen, aber er wusste, dass sie es trotzdem machen würde.

Juliette Hanson war erleichtert, dass der Gerichtsmediziner seine Untersuchung bereits beendet hatte, als sie am Tatort eintraf. Das Team der Spurensicherung bereitete gerade Zoes Abtransport vor.

Nicht Zoe, dachte sie. *Die Leiche. Nur die Leiche.*

Aber bei aller Erleichterung wollte sie genauso viel Einblick haben wie der DCI und O'Malley, deshalb nahm sie sich, während McCullough Sheens die diversen Fingerabdrücke und Fußspuren erläuterte, die Kamera des forensischen Fotografen und scrollte durch die Fotos.

Selbst auf den kleinen Bildern war der Anblick verstörend. Die blutleeren Arme, das krasse Rot im Kontrast zu der weißen Wanne. Sie sah, was der DCI gemeint hatte, als er von fehlenden Spritzern gesprochen hatte. Bis auf eine lange, schmale getrocknete Spur, die vom Messer den Wannenrand hinunterlief, war Blut nur in dem dunkelroten Wasser zu erkennen, das beinahe fest wirkte.

Sie klickte weiter zu verschiedenen Ansichten des Badezimmers. Die vierte zeigte das Waschbecken. Auf dem Wannenrand stand deutlich sichtbar eine Medikamentenpackung.

Sie konnte das Etikett nicht lesen, aber als sie weiterklickte, fand sie eine Nahaufnahme. Das Rezept für das Medikament, aufgedruckt auf das Etikett, war auf Zoe Swardadine ausgestellt, 7,5 mg Zopiclone, einzunehmen einmal täglich.

»Haben Sie das gesehen?«, fragte sie Sheens. »Zoe nahm Zopiclone.«

Der DCI blickte auf das Display. »Ja«, sagte er. »Ich wollte es nachschlagen.«

Hanson wurde rot, als sie sagte: »Es ist ein Schlafmittel. Ich habe es während des Studiums manchmal genommen. Ich hatte damals Schlafprobleme.«

Der DCI nickte. »Ist das Rezept aktuell?«

»Ausgestellt vor einer Woche«, sagte Hanson mit einem Blick auf das Datum. »Und es ist unwahrscheinlich, dass sie es schon viel länger eingenommen hat. Wenn man es zu lange nimmt, wirkt es nicht mehr. Nicht mehr als vier Wochen, hat man mir gesagt.«

Sheens nickte erneut. »Interessant.«

Sonst gab es auf den Fotos aus dem Bad nicht viel zu sehen. Sie erkannte die Post-its und Pfeile, wo das Team der Spurensicherung eine Reihe von Fingerabdrücken auf der Türklinke, am Wannenrand und an der Wand markiert hatte.

Sie ging wieder zu ihrem Chef, der jetzt neben McCullough vor der Wohnungstür kauerte und weitere Abdrücke betrachtete. Die Fingerabdrücke waren um das Schloss und den Türknauf verteilt, und die winzigen Post-its sahen aus wie bunte Wimpel.

Sheens richtete sich auf und wandte sich ihr zu. »Ein Yale-Schloss.«

»Das heißt, die Tür war entweder angelehnt«, erwiderte Hanson, »oder der Mörder hatte einen Schlüssel.«

Victor stellte sein Rad in dem kleinen Hinterhof des Cafés ab, genervt vom Knirschen der Pedale. Das ging jetzt schon seit Wochen so und wurde immer schlimmer. Aber er dachte nur daran, es reparieren zu lassen, wenn er gerade damit fuhr. Außerdem war das Rad sowieso Schrott. Er überlegte, es zu verticken und sich ein neues zu kaufen.

Er öffnete den Personaleingang auf der Rückseite und nickte Mieke zu, die in der engen Vorratskammer des Lokals Kisten hin und her schob.

»Hey, Victor. Hältst du das mal eben?«, fragte sie und drückte ihm eine in Plastik eingewickelte Palette Kaffeebohnen in die Arme. »Ich muss nur kurz …«

Er stand da, während sie diverse Objekte hin und her rückte.

»Das reinste Chaos«, sagte sie gereizt. »Und ich hatte heute Morgen keine Zeit für Chaos.«

»War es sehr voll?«, fragte Victor und verlagerte das Gewicht der Kaffeebohnen in seinen Armen, die wegen der rutschigen Verpackung schwer zu halten waren.

»Nicht übermäßig voll, aber ich war allein«, sagte Mieke. »Hast du irgendwas von Luca gehört? Zoe ist nicht gekommen.«

Victor war plötzlich unbehaglich zumute. »Ist sie krank?«, fragte er heiser.

»Uns hat sie jedenfalls nichts davon gesagt«, antwortete seine Kollegin, nahm ihm endlich die Kaffeebohnen ab und legte sie auf einen Stapel Kisten. »Sie ist einfach nicht gekommen und geht auch nicht ans Telefon. Ich dachte, Lucas hätte dich gebeten, früher zu kommen.«

»Er hat nichts gesagt«, erwiderte Victor und räusperte sich. »Ich schicke Zoe eine SMS. Das sieht ihr gar nicht ähnlich.«

»Findest du? Wenn ich mich recht erinnere, kam das letztes Jahr ständig vor, als ihr neuer Typ sie um den Schlaf gebracht hat.«

Grummelnd schloss Mieke die Vorratskammer ab. Victor wollte Zoe verteidigen, doch er hatte diese Zeit selbst gehasst. Die Vorstellung, dass sie überhaupt mit jemandem zusammen war, hatte ihn … was? Erzürnt? Verletzt? Sein Herz gebrochen?

All das, dachte er, als er seine Tasche vom Rücken auf den Bauch schwang und sein Handy herauszog. All das.

Was er seinen Studenten hier lieferte, war quälend schlecht, das wusste Aidan. Aber er konnte sich einfach nicht konzentrieren. Drei- oder viermal hatte er sich dabei ertappt, wie er in dem Lehrbuch geblättert hatte ohne eine Ahnung, was er suchte oder sagen wollte. Als er aufblickte, merkte er, dass seine Studenten ihn mit unterschiedlichen Mienen ansahen. Einige schienen besorgt. Andere gaben sich sichtlich Mühe, nicht zu lachen.

»Tut mir leid«, sagte er schließlich. »Ich habe mörderische Kopfschmerzen. Ich bin offen für alle Beiträge, die die Diskussion in eine fruchtbarere Richtung lenken.«

Das löste Gelächter aus, und dann fragte Leena, eine seiner Lieblingsstudentinnen, mitfühlend: »Möchten Sie eine Nurofen?«

»Ist schon okay …«, sagte er und merkte, dass er klang wie die Leute, die er hasste. Die über Kopfschmerzen klagten, dann aber erklärten, sie würden »keine Schmerztabletten nehmen«. Was sie seinetwegen auch gerne lassen konnten, solange sie einräumten, dass sie damit jedes Recht auf Gejammer verwirkt hatten. »Nein, ähm, das wäre ehrlich gesagt super«, verbesserte er sich, ohne zu wissen, warum es ihn überhaupt kümmerte, welchen Eindruck er heute machte. Er wartete, während Leena die Tabletten aus ihrer Tasche kramte und sie geräuschvoll aus der Plastikverpackung in seine Hand drückte.

Sie lächelte schüchtern, und er bedankte sich mit einem Nicken.

»Okay«, sagte er, als sie sich wieder gesetzt hatte. »Ideen. Mal sehen, wer heute besser ist als ich.«

Dann summte sein Telefon, und Angst stieg in ihm auf. Er zog es aus der Tasche, bemüht, die roten Kapseln, die er immer noch nicht geschluckt hatte, nicht fallen zu lassen. Auf dem Display leuchtete eine Nummer, die er nicht kannte.

»Entschuldigen Sie, da muss ich kurz rangehen«, wandte er sich an die Studenten, die ihn unsicher musterten. In einer einzigen Bewegung stand er auf und nahm das Gespräch an. »Hallo?«

Er war auf dem Weg zur Tür, als eine Männerstimme fragte: »Spreche ich mit Aidan Poole?«

»Ja«, sagte er, ging hinaus und zog die Tür hinter sich zu, während er weiter das Gefühl hatte, seine Beine und Arme würden in zäher Flüssigkeit treiben.

»Hier ist DCI Jonah Sheens, Hampshire Constabulary. Sie haben gemeldet, dass Sie Zeuge einer Gewalttat an Ihrer Freundin Zoe Swardadine waren?«

Einen Moment lang war er unsicher, was er sagen, unsicher, ob er es leugnen sollte. Aber sie hatten ihn angerufen. Sie wussten, wer er war.

»Ja«, antwortete er. »Das stimmt. Ist sie …?«

»Es tut mir leid, Ihnen mitteilen zu müssen, dass Zoe unter ungeklärten Umständen zu Tode gekommen ist«, erklärte der Mann ruhig. »Ich weiß, das ist bestimmt eine erschütternde Nachricht.«

»Ja«, sagte er noch einmal und klang selbst in seinen eigenen Ohren wie ein dämliches Echo. »Ja, ich …«

Er wusste nicht, was er sonst sagen sollte, doch der Polizist redete weiter. Er bat ihn, ins Kommissariat zu kommen.

»Okay«, sagte er. »Ich unterrichte bis … ich schätze, ich könnte um sechs Uhr dort sein, wenn …«

Und er meinte: *Wenn ich das ertrage.*

»Sechs passt gut«, sagte der Polizist. »Vielen Dank, Mr Poole.«

Dann war er mit dem Rauschen des Blutes in seinen Ohren wieder allein. Sein Blick fiel auf die bonbonroten Nurofen in seiner Hand, und er schluckte sie in der irrationalen Hoffnung, sie könnten ihm helfen.

Anschließend ging er langsam zurück in den Seminarraum und setzte sich auf seinen Stuhl vor die Studenten. Er hatte Mühe, sie anzusehen. Oder eigentlich, seinen Blick auf irgendetwas zu fokussieren.

»Gut. Ich werde tun, was ich schon früher hätte tun sollen, und das Seminar an einem Tag wiederholen, an dem mehr mit mir anzufangen ist.« Wieder gab es Gelächter, und er sagte: »Sie hören von mir. Genießen Sie die vierzig Minuten unvermuteter Freiheit. Und nutzen Sie sie gut.«

Hal und einige der anderen eher arbeitsscheuen Studenten waren sofort verschwunden, die meisten anderen folgten zügig. Leena nahm sich mehr Zeit, ihre Sachen einzupacken, und sagte: »Ich hoffe, Sie fühlen sich schon besser.«

»Danke«, erwiderte Aidan und nickte ihr zu. Er brachte es nicht über sich, sie wie sonst anzulächeln. Sie lief dann meistens rot an, und er fand es herzerwärmend, dass er diese Wirkung auf eine hübsche Neunzehnjährige hatte.

Sie ging, und eine Minute lang herrschte in dem Seminarraum vollkommene Stille. Er lauschte den leiser werdenden Gesprächen der Studenten auf dem Flur.

Dann beugte er sich auf seinem Stuhl vor, bis sein Kopf fast die Knie berührte, sackte weiter in sich zusammen, sodass sein ganzer Körper zur Seite kippte, rutschte tiefer und tiefer und brach in Tränen aus.

»Und wie lautet unser Matchplan?«, fragte Hanson, nachdem Jonah das Gespräch mit Aidan Poole beendet hatte. Sie standen immer noch herum, während das Team der Spurensicherung seine Arbeit fortsetzte.

O'Malley steckte sein Handy ebenfalls ein, und Jonah fragte sich, ob der Sergeant etwas nachgesehen oder nur aus Langeweile im Netz gesurft hatte.

»Ich möchte, dass Sie Zoes Freundin Angeline anrufen, die einen Schlüssel besitzt und uns in die Wohnung gelassen hat. Vielleicht weiß sie, ob es noch mehr Schlüssel gibt, außerdem hätte ich von ihr gern eine Liste von Zoes Freunden. Sie ist ein wenig fragil, also …«

Hanson nickte. »Ich werde behutsam vorgehen.«

»Und anschließend die Überwachungskameras, in Ordnung?«

»Klar.«

»Domnall, könnten Sie mit der Überprüfung der Familie und des Freundes beginnen? Und wenn Sie die Kontaktdaten von Zoes anderen Freunden von Juliette bekommen haben, suchen Sie die bitte auch auf.«

»Das heißt, wir glauben, der Freund, der es gemeldet hat, könnte es in Wahrheit selbst gewesen sein?«, fragte O'Malley.

»Achtzig Prozent aller Frauen«, sagte Hanson bedeutungsvoll und zog ihr Telefon aus der Tasche, um Angelines Nummer einzugeben. Jonah musste lächeln. Sie hatten in der Woche zuvor über diese Erkenntnis gesprochen. Die Tatsache, dass vier von fünf ermordeten Frauen von einem Partner getötet wurden, hatte Schlagzeilen gemacht, und die Studie war eine Bestätigung dafür gewesen, wie sie ihre Mordermittlungen angingen. Man nahm sich immer den Partner vor. Immer.

»Statistisch gesehen, ist es weniger wahrscheinlich, wenn sich herausstellt, dass er zu dem Zeitpunkt tatsächlich von zu Hause aus mit ihr geskypt hat«, wandte O'Malley grinsend ein.

Jonah bemerkte, dass sie alle davon ausgingen, es mit einem Mord zu tun zu haben. Nach Aidan Pooles Anruf und dem chemischen Geruch schien das mehr oder weniger eine gegebene Tatsache zu sein. Trotzdem bereitete es Jonah Unbehagen. Voreilige Schlüsse waren ihm zutiefst zuwider.

McCullough rief ihn vom Eingang der Wohnung, und er kehrte zu ihr zurück. »Nichts Dramatisches, aber ich habe die Dose gefunden, aus der das Messer stammt. Wir haben die Fingerabdrücke gesichert, danach habe ich hineingeschaut, und es ist definitiv die richtige.«

Er folgte ihr zu einem aufgeklappten Karton in einer Ecke der Wohnung, in dem eine offene Metalldose stand, darin ein leerer Umriss in Hartschaum, in dem das Messer gelegen hatte.

»War die Dose offen, als Sie sie gefunden haben?«

»Nein. Sie war geschlossen und säuberlich in dem Karton verstaut«, antwortete McCullough.

»Ziemlich ordentlich«, sagte Jonah.

»Für einen Mörder?«, fragte McCullough. »Sie meinen, wenn jemand es wie Selbstmord aussehen lassen wollte, hätte er die Schachtel offen liegen lassen, um deutlich zu machen, dass es ihr Messer ist?«

»Möglich«, sagte Jonah, der sich nicht zu irgendwelchen Schlüssen verlocken lassen wollte. Es zählte zu McCulloughs größten Freuden, brillante Theorien von übertrieben selbstgewissen Beamten abzuschießen. »Aber für einen Selbstmord wäre es auch ziemlich ordentlich. Es sagt uns also nicht viel. Es ist bloß merkwürdig.«

»So sind die Menschen, habe ich festgestellt« sagte McCullough. »Selbst die nichtkriminellen.«

Angeline erwies sich als schwierig. Juliette rief sie aus dem Erdgeschoss des Gebäudes an, wo sie sich auf eine Fensterbank gesetzt hatte und ein Notebook auf dem Schoß balancierte. Angeline weinte offensichtlich schon, als sie ans Telefon ging.

»Ich muss Sie nur ein paar Dinge fragen«, sagte Hanson in beruhigendem Tonfall. »Mein DCI sagt, dass Sie einen Schlüssel zu Zoes Wohnung haben. Gibt es dafür einen besonderen Grund?«

»Damit ich ihren Kater füttern kann.« Angeline schluchzte unvermittelt laut los. »O Gott. Was ist mit ihm passiert? Ich habe nicht … Vielleicht hat die Polizei ihn rausgelassen, und er ist … er ist überfahren worden oder …«

»Ich schaue nach ihm«, erwiderte Juliette rasch. »Schon gut. Wie heißt er?«

»Monkfish«, sagte Angeline mit bebender Stimme. »Es ist eine Perserkatze.«

»Ist er … weiß?«, erkundigte Juliette sich, deren Kenntnis über Katzen sich darauf beschränkte, diejenigen zu streicheln, die ihre Freunde zufällig besaßen.

»Ja«, bestätigte Angeline. »Wie … wie Blofelds Katze, hat Zoe immer gesagt.«

»Danke«, sagte Juliette und notierte das ohne besonderen Grund ebenfalls. »Hatte sonst noch jemand einen Schlüssel?«

»Nein«, antwortete Angeline. »Ich glaube nicht … Oh, vielleicht Felix.«

»Felix?«, fragte Juliette und dachte kurz an eine weitere Katze.

»Der Vermieter.«

»Ah, verstehe. Haben Sie seine Adresse?«

»Er wohnt unten.«

»In dem Stockwerk unter Zoe?«, fragte Juliette und dachte, dass das ziemlich unüblich war.

»Ja«, sagte Angeline. »Ich weiß seine Apartmentnummer nicht, aber … wenn Sie sich auf dem Treppenabsatz im ersten Stock rechts halten, ist es die erste Tür auf der linken Seite.«

»Das ist wirklich hilfreich, vielen Dank«, sagte Juliette in einem Tonfall, den man gegenüber einem Kind anschlagen würde. »Hatte sie außer Ihnen noch andere enge Freunde?«

»Ja. Maeve. Sie hat früher mit ihr zusammengewohnt. Und Victor. Aus dem Café.«

»Dem Café? Hat sie in einem Café gearbeitet?«

»Ja«, sagte Angeline, und ihre Stimme brach erneut. »Sie hätte heute Morgen dort sein sollen.«

»Es tut mir leid«, war alles, was Juliette sagen konnte, bevor sie nach den Telefonnummern der beiden fragte, die Angeline ihr bereitwillig nannte, obwohl Juliette hören konnte, dass sie nach wie vor kaum beieinander war.

»Oh«, sagte Angeline plötzlich. »Ich bin mir nicht sicher, ob das Victors aktuelle Nummer ist. Er hat eine neue und … ich vergesse immer, sie zu speichern.«

»Ich probiere es einfach«, erklärte Juliette ihr. »Keine Sorge. Nur noch eine letzte Frage, und dann können wir Sie für eine Weile in Frieden lassen. Wann haben Sie Zoe zum letzten Mal gesehen, und welchen Eindruck hat sie gemacht?« Das waren eigentlich zwei Fragen, doch Angeline schien es nicht zu bemerken.

»Gestern Vormittag«, antwortete sie. »Ich muss immer wieder daran denken … ich war wütend auf sie. Ich wollte ihr Modell stehen, und sie … sie hat mich verletzt, und je länger ich darüber nachdenke, desto mehr glaube ich, dass sie das gar nicht getan hat, sondern … ich war einfach dumm!«

»Inwiefern?«, fragte Juliette. Die Antwort sprudelte ausnahmsweise förmlich aus Angeline heraus, sodass Juliette sich fragte, ob sie darauf gewartet hatte, dieses kleine Geständnis zu machen.

»Sie hat gesagt, es sei meine … meine Gebrochenheit, die sie an mir mögen würde. Wenn ich ihr für ihre Zeichnungen oder Gemälde Modell gesessen habe. Und das hat wehgetan. Ich dachte, sie würde mir sagen, dass ich schön bin.«

»War das … ungewöhnlich für Zoe? Dass sie schroff war?«

Es entstand eine Pause, bevor Angeline sagte: »Ja. Also … ich weiß nicht. In letzter Zeit vielleicht nicht.«

»Sie meinen, dass sie sich in letzter Zeit verändert hatte?« Juliette wartete. »Dass sie wütender oder unfreundlicher geworden war?«

»Irgendwie schon. Ich weiß nicht. Sie hat sich einfach zurückgezogen, wissen Sie.«

»Gab es einen Grund dafür?«

Wieder zögerte Angeline, bevor sie mit zittriger Stimme sagte: »Diese Beziehung hat sie wirklich beschädigt. Ich meine, er war nett zu ihr, aber gleichzeitig fühlte sie sich seinetwegen auch schlecht.«

»Ist er … in irgendeiner Weise ausfällig oder gewalttätig geworden?«

»Nein, nein«, erwiderte Angeline hastig. »Das will ich damit nicht sagen. Nur … manchmal sind Menschen einfach nicht gut für einander.«

Im Wagen ließ Domnall O'Malley den Chef in Ruhe nachdenken. Er hatte schon vor langer Zeit gelernt, den DCI nicht zu stören, wenn der sich alle Details durch den Kopf gehen ließ. Und auch O'Malley war es lieber, wenn die ersten Eindrücke sich ungestört setzen konnten.

Im CID marschierte Sheens direkt in sein Büro. Lightman war gegangen, vermutlich um seine Pläne für den Abend zu verfolgen, was immer er vorhatte, und auch sonst waren an einem Freitagnachmittag um kurz vor fünf nicht mehr viele andere Detectives da. Es herrschte die Art Ruhe, die entweder der Konzentration förderlich war oder lähmend wirkte.

O'Malley erweckte seinen Computer zum Leben, loggte sich in die Datenbank ein und suchte nach möglichen Vorstrafen aller Personen, die ihnen im Zusammenhang mit dem Fall bislang namentlich untergekommen waren. Er begann mit Zoes Eltern, fand jedoch auch mit diversen Varianten der Schreibweise ihres Namens keinen Eintrag, weshalb er mit Aidan Poole weitermachte, der ebenfalls eine reine Weste hatte.

Angeline Judd tauchte hingegen zu O'Malleys kurzer Erregung im System auf, wie sich herausstellte, handelte es sich jedoch lediglich um einen Verweis wegen Besitzes von Marihuana im Alter von fünfzehn Jahren. Sie war mit einer Gruppe Freundinnen aufgegriffen worden, und die Sache war folgenlos geblieben. O'Malley machte sich eine Notiz, glaubte jedoch nicht, dass es für den Fall von Bedeutung war.

Da auch seine weiteren Abfragen ergebnislos blieben, versuchte er es im Netz. Angeline schien dort nur minimal präsent zu sein, mit Ausnahme von Twitter, wo sie moderat aktiv war. Die meisten ihrer Posts handelten davon, dass sie sich traurig oder betrogen fühlte. In den anderen kamen vor allem Kätzchen vor, was nur wenig Rückschlüsse auf mögliche mörderische Absichten zuließ. Aber als er einige ihrer eher morbiden Einträge von vor ein paar Monaten anklickte, sah er, dass Zoe Swardadine einer der ganz wenigen Menschen gewesen war, die ihr geantwortet hatten. Die Grundbotschaft war immer die gleiche: Halte durch. Sei stark. Du wirst geliebt. Alles wird gut.

Aber im Laufe der Monate waren Zoes Antworten sporadischer geworden, was O'Malley ihr kaum verdenken konnte.

Aidan Poole hingegen war online sehr viel präsenter. Der oberste Treffer war eine Seite des Lehrpersonals der Southampton University. O'Malley öffnete sie und sah sich dem irgendwie düsteren Porträt eines dunkelhaarigen Mannes gegenüber. Es war seitlich von oben aufgenommen, eine künstlerische Fotografie, die Poole auf eine mürrische Art attraktiv aussehen ließ, über die O'Malley leise lachen musste. Denn was das Bild weniger vermittelte, war Professionalität, aber vielleicht hatte Aidan das Foto nicht selbst ausgesucht.

O'Malley las den kurzen Lebenslauf und erfuhr, dass Aidan Poole seinen Abschluss in Warwick gemacht hatte, wo auch Juliette Hanson studiert hatte. Aber dazwischen lagen gut fünfzehn Jahre, sodass diese Verbindung wahrscheinlich ziemlich nutzlos war.

Ansonsten bot die Seite wenig von Interesse, sodass er weitersuchte und es mit einem Eintrag der Royal Economic Society probierte. Aidans Foto war dasselbe leicht mürrische Porträt, also musste Aidan es doch selbst ausgesucht haben. Darin lag eine Eitelkeit, die O'Malley sowohl interessant als auch amüsant fand.

Nachdem er außer einer Reihe wissenschaftlicher Veröffentlichungen nichts weiter gefunden hatte, wählte er die Nummern von Victor Varos und Maeve Silver. Beide gingen nicht dran, aber Hanson hatte noch aus Zoes Wohnung eine E-Mail geschickt, die auch die Adresse und Telefonnummer des Cafés Gina enthielt, wo Victor arbeitete. Dazu den Vermerk, dass er dort anzutreffen sein sollte.

Seufzend stand O'Malley wieder auf und nahm seinen Mantel und seine Schlüssel. Auf dem Weg hinaus klopfte er an die Tür des DCI.

»Ich versuche, einen der Freunde zu erwischen«, sagte er. »Soll ich unterwegs die Universität anrufen, um die Nachricht zu überbringen?«

»Das habe ich vor ein paar Minuten schon probiert«, antwortete Sheens mit einem Kopfschütteln. »Ich hatte eine Sekretärin dran, die steif und fest behauptete, dass der Dekan den ganzen Tag beschäftigt ist.«

»Ich frage mich, was ihn bewegen würde, nicht mehr beschäftigt zu sein«, sagte O'Malley und überlegte. »Wenn Sie wollen, könnte ich anrufen und sagen, bei ihm zu Hause sei eingebrochen worden.«

Sheens lachte. »Wenn er sich nicht meldet, komme ich darauf zurück.«

Von außen sah das Café Gina teuer aus, stilvoll beleuchtet mit einer Reihe von modischen Deckenlampen in Form von Glühbirnen im Retrodesign. An der Decke kreuzten sich diverse Rohre, die so niedrig hingen, dass O'Malley sich sicher war, dass sie zur Dekoration nachträglich angebracht worden waren. Vor der Tür stand eine große Tafel, auf der in Handschrift stand: »Kaffee ist wie das Leben zum Genießen da.« Ihm kam der seltsame Gedanke, dass Zoe das geschrieben haben könnte, wenn sie hier gearbeitet hatte.

O'Malley betrat das warme, helle Lokal. Von innen wirkte es ebenfalls teuer. Die Tische waren mit Absicht wackelig. Sie sollten den Anschein erwecken, dass jeder einzelne von ihnen aus einem Eichenstamm geschnitzt wurde, von jemandem, dem es ein Anliegen war, dass man die Handarbeit auch sah. Auf einer großen Tafel hinter dem Tresen standen verzierte Listen mit Speisen und Getränken. O'Malley entdeckte einen Kaffee für fast fünf Pfund.

Im Moment stand nur eine Person hinter dem Tresen, ein kleiner untersetzter Mann mit einem leicht amüsierten Gesichtsausdruck.

O'Malley trat auf ihn zu und lächelte knapp. »Ich suche Victor.«

»Oh, er ist …« Der Barista wies vage zum anderen Ende des Tresens, doch im selben Moment kam ein großer schlanker Mann mit sehr dunklem Haar und durchdringenden blauen Augen aus einer Tür zu den hinteren Räumen des Cafés.

»Victor«, sagte O'Malley. »Ich würde Sie gern kurz sprechen. Ich bin von der Polizei.«

Victor erstarrte. Irgendwo hinter ihm regte sich etwas, und eine junge weibliche Stimme mit nordirischem Akzent durchschnitt die Stille.

»Geht es um Zoe? Was ist passiert?«

O'Malley musste sich umdrehen, um sie anzusehen. Sie war direkt hinter ihm stehen geblieben. Ihr Gesicht war bis auf zwei rote Flecken auf ihren Wangen sehr weiß.

»Sind Sie mit Zoe befreundet?«

»Ja. Ich bin … ich war ihre Mitbewohnerin. Ich bin Maeve.«

O'Malley nickte ihr zu. »Ah. Ich habe versucht, Sie zu erreichen.«

»Mein Handy war …« Sie wies auf einen Tisch an der Wand, wo ein iPhone mit einem verworrenen Kabel in eine Steckdose gestöpselt war. »Was ist passiert? Ich hab Polizeiautos gesehen.«

O'Malley bedachte sie mit einem Lächeln, das er sich für das Überbringen von schlechten Nachrichten vorbehielt, und wandte sich dann an Victor. »Gibt es ein Hinterzimmer, in dem wir uns unterhalten können?«

Maeve sah verängstigt aus, aber bei Victor war es schlimmer. Genau genommen hatte sein Gesicht den Ausdruck eines Mannes, dessen Welt gerade zusammengebrochen war.

6.

APRIL – NEUNZEHN MONATE VORHER

Seit Ginas Hochzeit wurde Zoe täglich in wahllosen Abständen von plötzlicher Erregung gepackt; beim Malen, beim Radfahren, in Vorlesungen oder im Gespräch mit Freunden. Sie konnte ihr Lächeln kaum unterdrücken, jedes Mal wenn ihr etwas einfiel, was Aidan ihr geschrieben hatte, oder sein Gesichtsausdruck in der Bar, als er sich schließlich von ihr verabschiedet hatte, in den langen Sekunden, bevor er sich vorgebeugt und sie geküsst hatte.

Gott, was für ein Kuss. Elektrisierend. Muskelerweichend. Alles, was ein Kuss sein sollte.

So hatte sie sich schon lange nicht mehr gefühlt. Alle ihre früheren Beziehungen hatten mit intensiven Gesprächen über die traurigsten Momente in ihren Leben begonnen. Keine mit der ständigen Lust zu lachen. Es war nur ganz miserables Timing, dass Aidan zehn Tage weg gewesen war. Bis gestern hatte sie sich mit Mails, Nachrichten und gelegentlichen Skype-Chats begnügen müssen. Aber nun war endlich Donnerstag, am Abend würde sie ihn treffen, und sie war aufgekratzt, als sollte sie einen Preis bekommen.

Aidan hatte ein Hotelzimmer gebucht, damit er nicht nach Hause »in die Wildnis von Alton« fahren musste, und dieses Hotelzimmer hatte sich ein paarmal in ihre Gedanken geschlichen. So lief das normalerweise nicht bei ihr. In der Regel brauchte sie Zeit, um jemanden kennenzulernen und das Gefühl zu entwickeln, dass eine gemeinsam verbrachte Nacht der natürliche nächste Schritt war. Aber mit Aidan … mit Aidan fühlte sie sich wie ein vollkommen anderer Mensch.

Wie eine Frau, die impulsiv war, bereit, aus einer Laune heraus alles zu wagen.

Als sie die Haustür aufschloss, dachte sie gerade wieder an jenen Kuss und wurde deshalb völlig auf dem falschen Fuß erwischt, als sie in den Wohnbereich weiterging und Maeve in der Küche entdeckte, die offensichtlich geweint hatte, bleicher war, als Zoe sie jemals gesehen hatte, und mit ruckartigen Schritten in der Küche auf und ab ging.

»Hey«, sagte Zoe und stellte ihre Tasche auf einem der Sessel ab. »Alles in Ordnung?«

»Mir geht es … Die Schweine in der Kirche haben … sie haben Lügen über mich verbreitet«, sagte Maeve, bevor sie sich abwandte, um ihre Tränen zu verbergen.

»Was?« Zoe ging zu ihr und blieb vor ihr stehen, unsicher, ob sie sie umarmen sollte. Sie wusste, dass Maeve es unter normalen Umständen nicht gefallen würde, womöglich gefiel es ihr sogar noch weniger, wenn sie wirklich aufgewühlt war. Zoe entschied sich für ein kurzes Schulterreiben. »Hey, wenn sie lügen, können wir etwas dagegen tun. Das können sie nicht einfach so machen.«

»Sie haben es schon überall verbreitet!« Maeve drehte sich wieder um und blickte, um die Tränen zu zurückzuhalten, zur Decke. »Es … es war schrecklich, alle waren so seltsam, dass ich wusste, dass … dass irgendwas im Busch war. Und dann hat Alison … Alison hat mir erzählt, dass Isaacs Frau etwas gesagt hat …«

Einen Moment lang war Zoe zu schockiert, um zu antworten. »Was …? Aber du bist ihr nie begegnet! Wie kann sie sich über dich beklagen?«

Maeve schüttelte den Kopf und wischte sich mit dem Ärmel die Augenwinkel. »Ich weiß nicht.«

»Hat sie deine Nachrichten gesehen?«, fragte Zoe, und ihr Magen zog sich zusammen. In ihren Textnachtrichten hatte Maeve ihr Herz ausgeschüttet. Sie hatte Zoe einige davon gezeigt. Wenn Isaacs Frau es herausbekommen hatte … Nun, dann würden beide nicht gut aussehen, aber am Ende war es nie der Ehebrecher, der in der Tinte saß.

Es war immer die andere Frau, die von allen verurteilt wurde. Jedenfalls nach Zoes Erfahrung.

Nicht dass es ein richtiger Ehebruch gewesen war, weil Maeve Sex vor der Ehe ablehnte. Die beiden hatten nie mehr getan, als sich zu küssen, und auch das nur zweimal, wonach Isaac erklärt hatte, er würde sich deswegen sehr schlecht fühlen.

Zoe war sich nicht sicher, ob sie ihm glaubte, so fest Maeve es auch tat. Er war nicht nur verheiratet, sondern auch Pastor ihrer Kirche. Ein Glaubensführer. Er hätte sich nie mit einer Studentin einlassen dürfen. Und er hätte sie ganz bestimmt nicht hinhalten und ihr erklären dürfen, dass er seine Frau und seine Kinder verlassen würde, um mit ihr zusammen zu sein, ohne es je wirklich wahrzumachen.

Die ganze Geschichte hatte Zoe maßlos frustriert. Nachdem sie eine Stunde lang zugehört hatte, wie Maeve den Mann verteidigte, war sie zu dem Schluss gekommen, dass Isaac ein Arschloch war. Und selbst wenn er ein geringfügig besserer Mensch sein sollte, als Zoe glaubte, und es tatsächlich ernst meinte, wenn er davon sprach, seine Frau zu verlassen, wünschte sie, dass Maeve willensstärker wäre. Immerhin ging es um eine Familie, die sie zerstören würde. Um Kinder. Es war so verkehrt.

Und dann war alles besser geworden. Maeve hatte die Sollbruchstelle erreicht und Isaac erklärt, dass sie die Nase voll hatte. Sie hatte Zoe gegenüber beteuert, dass es vorbei war. Sie hatte sich mit anderen Männern verabredet und über andere Dinge geredet. Es schien ihr besser zu gehen. Warum passierte das jetzt? War es bloß ein dummer Zufall?

»Was hat sie gesagt?«

Maeve schüttelte erneut den Kopf, riss etwas von der Küchenrolle ab und schnäuzte sich die Nase. »Tut mir leid. Ich bin so … so erbärmlich …«

»Sei nicht albern!«, sagte Zoe. »Manchmal muss man weinen. Man kann nicht optimistisch sein, wenn das Leben einen mit Scheiße bewirft.«

»Aber ich bin immer optimistisch«, jammerte Maeve fast wie ein kleines Kind. »Selbst nachdem er mich auf einen blöden Kaffee eingeladen und mir dann erklärt hat, er könne nicht aufhören, an mich zu denken, bin ich stark geblieben. Und dann … dann erzählt sie überall herum, ich sei eine Verführerin.«

»Oh, Maeve«, sagte Zoe. »Er hat nicht zugegeben, dass es seine Schuld war?« Eigentlich brauchte sie die Frage gar nicht zu stellen.

»Ich weiß nicht«, sagte Maeve. »Er geht nicht ans Telefon.«

Zoe verzog das Gesicht. Wenn Maeve ihn dauernd anrief, würde sie nur noch zwanghafter wirken. »Hör mal«, sagte sie. »Wenn er … wenn er ihr erzählt hat, alles wäre von dir ausgegangen, um sich so auf deine Kosten rauszureden, ist das beschissen von ihm. Es ist verständlich, aber trotzdem beschissen. Bitte gib nicht allen anderen außer ihm die Schuld.«

»Das tue ich auch nicht«, sagte Maeve. »Wirklich nicht. Aber er hat es ihnen nicht erzählt. Sie war es …«

Zoe spürte eine vertraute Mutlosigkeit, als Maeve wieder in das Muster glitt, Isaacs Frau für alles verantwortlich zu machen. Einer Frau, der genau wie ihr unrecht getan worden war.

Sie blickte an Maeve vorbei und sah, dass es viel später war, als sie gedacht hatte. Sie hatte nur noch eine halbe Stunde, um sich fertig zu machen, bevor sie das Haus verlassen musste, wenn sie pünktlich zu ihrem Treffen mit Aidan kommen wollte. Da sie noch duschen und die Haare föhnen musste, wäre das auch ohne ein Gespräch mit Maeve knapp geworden. Und sie konnte sie jetzt nicht einfach stehenlassen.

»Ich mach uns einen Tee«, erklärte sie entschieden, »und dann überlegen wir, was wir machen können, damit das Gerede aufhört.«

Während sie den Kessel aufsetzte, schickte sie Aidan eine Nachricht.

Kleine Krise hier. Können wir unser Treffen eine halbe Stunde nach hinten schieben? Tut mir wirklich leid. Erkläre später alles. xx

Sie goss gerade Milch in den Tee, als Aidan antwortete.

> Ich bin sicher, das ist nur eine List, um mich warten zu lassen. Aber ich werde es tun. Du bist es wert. xx PS Rede dich nicht heiser. Ich will von dir alles über dich wissen.

Zoe lächelte erleichtert und machte sich daran, Maeve den Tee einzuflößen.

Sie kam trotzdem noch ein paar Minuten zu spät. Sie wollte spektakulär aussehen, aber anders spektakulär als auf der Hochzeit, also hatte sie sich ein schwarzes Kleid und einen Oversized-Pullover gekauft, der, wie sich herausstellte, einen Flecken hatte, den sie rausschrubben musste. Das Augen-Make-up, für das sie sich entschieden hatte, war eine Mischung aus Ice-White und Hot Pink und nicht gerade leicht aufzutragen.

Schließlich war sie, fünf Minuten bevor sie bei Brown's sein sollte, aus dem Haus gestürzt, eine zwölfminütige Radfahrt vor sich. Auf dem Weg aus der Tür hatte sie Maeve zugewinkt, die auf dem Sofa zusammengerollt *Frühstück bei Tiffany* guckte und schon deutlich weniger elend aussah. Zoe zog ihr Rad aus dem Seitengang, brauste los und machte im Fahren das Licht an.

Aidan saß an der Bar und studierte die Speisekarte, als sie hereinstürmte. Mit seinen dunklen, in die Stirn fallenden Locken und den wie zu einem Ausdruck leichter Belustigung geformten Lippen war er im Profil leicht zu erkennen. Gott, er war schön. Einfach schön. Sie spürte ein Kribbeln.

Er blickte zu ihr auf und lächelte freundlich. Gefährlich. »Unbedingt des Wartens wert«, sagte er, stand auf und küsste sie. Seine Lippen streiften nur kurz die ihren, doch die Berührung schien sich durch alle Nerven fortzusetzen und einen Punkt irgendwo in der Mitte ihres Unterleibs zu treffen.

»Ich habe uns Gin bestellt«, sagte er, als er sich von ihr löste. »Leider habe ich ein Lokal ausgesucht, das offenbar keine Jägerbombs ausschenkt.«

Grinsend streifte Zoe ihre Tasche von der Schulter und setzte sich. »Durchgefallen. Aber wir können später bestimmt noch irgendwo anders hingehen.«

»Das klingt wie einer dieser Abende, nach denen ich am nächsten Morgen unerklärlicherweise krank bin und meine Seminare verpasse«, sagte er.

»Seminare?«, fragte sie, beugte sich vor und stützte die Ellbogen auf die Knie. »Bist du ein überreifer Student?«

Aidan schüttelte den Kopf. »Schlimmer. Ein unreifer Dozent.«

Zoe stieß ein kleines schockiertes Lachen aus. »O nein! Das ist wie … nein, schlimmer als Politiker. Du bist einer von *ihnen*.«

»Alles klar«, entgegnete er und nahm ihr mit dem verschmitzten Lächeln, das sie schon kannte, ihren Gin Tonic weg, »den nehm ich zurück.«

»Nein, nicht! Den brauche ich!« Sie streckte lachend die Hand aus, doch er hielt das Glas außerhalb ihrer Reichweite.

»Leuten, die mich mit Politikern vergleichen, spendiere ich keine Drinks«, sagte er.

»Na gut, na gut«, sagte Zoe. »Du bist nicht so schlimm wie ein Politiker. Außer du bist Dozent für Politikwissenschaft, dann …«

»Nicht ganz«, sagte er mit einem Kopfschütteln. »Wirtschaft. Bin ich zugelassen?«

»Ooh, also richtig klug«, sagte sie mit einem Grinsen. »Ja, du bist zugelassen.«

Nachdem sie ihren Drink zurückhatte, fragte sie ihn ein wenig ernster: »Aber du hast nichts dagegen? Du weißt schon, mit einer Studentin auszugehen?«

»Ich unterrichte dich schließlich nicht, oder?«, fragte er achselzuckend. »Und du bist ja auch nicht gerade eine milchgesichtige kleine Achtzehnjährige. Du bist … sechsundzwanzig, hast du gesagt, richtig? Praktisch schon eine ältere Dame.«

»Alles klar. Ich rede nicht mehr mit dir«, sagte sie.

»Doch«, erwiderte er. »Ausführlich. Du hast es versprochen.«

Bis sie an ihrem Tisch platziert wurden, hatte er ihr bereits Maeves komplette Geschichte sowie die Langfassung von Victors seltsamen Anwandlungen entlockt. Die Art, wie er nachdenklich zuhörte, Fragen stellte und umsichtige Vorschläge machte, gefiel ihr. Er gab ihr das Gefühl, als wäre all das jetzt auch sein Problem.

Danach war sie bei ihrem Vater gelandet, seiner Alkoholsucht, die er vor ihrer Mutter verbarg, und den Anlässen, bei denen sie zu seiner Rettung hatte eilen müssen.

»Ist es nicht unfair, dass er sich auf dich verlässt?«, fragte Aidan am Ende sanft. »Du bist schließlich die Tochter. Also, ich finde, er sollte sich um dich kümmern.«

Zoe zuckte die Schultern und lächelte knapp und verlegen. »Ich brauch niemanden, der sich um mich kümmert.«

Es hatte etwas Köstliches, wie Aidan langsam nickte und sagte: »Das werden wir sehen.«

Irgendwann drehte sie den Spieß um und fragte ihn über sein Leben aus; sie erfuhr von der Mutter, für die nichts jemals gut genug gewesen war, die Freundinnen, die er gewählt hatte, weil sie ihn an sie erinnerten, von ihrem Tod und seiner komplizierten Trauer.

»Findest du, dass ich bin wie sie?«, fragte Zoe.

»Nein«, sagte Aidan lächelnd und mit leuchtenden Augen. »Du bist überhaupt nicht wie sie. Und ich glaube, dass ich dieses Trauma vielleicht endlich überwunden und eine gewählt habe, die tatsächlich gut für mich ist.«

Es hätte peinlich sein sollen, doch das war es nicht. Stattdessen spürte sie eine Wärme von innen und einen leichten Schwindel.

Es schien unvermeidlich, dass sie von dem Restaurant zu Aidans Hotelzimmer gingen, sich langsam gegenseitig auszogen und ihre Körper verschmelzen ließen.

»Mein Gott, du bist wundervoll«, murmelte er danach und aus irgendeinem Grund standen beiden Tränen in den Augen.

7.

»Ich nehme an, Sie sind von der Polizei?«

Felix stand in der Tür. Juliette registrierte den hellgrauen Anzug und das offene Hemd, das perfekt frisierte Haar und den sauber gestutzten Bart. Er sah aus, als wäre er gerade von der Arbeit heimgekommen oder hätte sich für einen gediegenen Abend außer Haus extra umgezogen.

Juliette lächelte ihn an. »Woher wissen Sie das?«

»Es ist einfach Ihre Art«, sagte Felix und grinste. »Und vielleicht die Streifenwagen vor der Tür. Aus meinem Küchenfenster kann ich die Straße überblicken.«

Als Juliette den Mund aufmachte, um vorzuschlagen, drinnen weiter zu reden, sagte er: »Sie sehen aus, als wollten Sie mir ein paar heikle Fragen stellen. Kommen Sie doch rein. Wenn ich meine Nachbarn verpfeife, würde ich es lieber vertraulich tun.«

Er trat einen Schritt zurück, um Juliette hereinzulassen. Der Grundriss der Wohnung war eine Spiegelung von Zoes, wie sie erkannte. Wahrscheinlich war die Wohnung genauso groß, aber vollständig möbliert wirkte sie kleiner. In der Mitte des Raumes stand ein großes Sofa, und eine Wand wurde komplett von einem spießigen Bücherregal beherrscht, in dem ordentlich aufgereiht oben Taschenbücher und unten gebundene Bücher standen. Ein paar Bilder gab es auch, Seestücke an zwei Wänden sowie mehrere gerahmte Urkunden und ein paar kleinere Fotos auf einem zweiten Regal. Auf einem TV-Regal stand ein riesiger Plasmabildschirm, darunter eine akkurate Reihe DVDs.

Während in Zoes Wohnung alle Ablageflächen vollgestellt gewesen waren, war bei Felix alles aufgeräumt und blitzsauber, der Wischlappen über dem Spülbecken und das Handtuch an der Ofentür waren exakt mittig ausgerichtet und sahen aus, als wären sie gebügelt worden.

»Bitte«, sagte er, holte sich einen Stuhl aus der Küche und wies auf das Sofa, »nehmen Sie Platz.«

»Danke«, sagte Juliette und setzte sich vorsichtig. »Meines Wissens sind Sie Zoe Swardadines Vermieter. Ist das korrekt?«

Felix erstarrte kurz, bevor er Platz nahm, als wäre nichts gewesen.

»Ja«, antwortete er. »Ist dies … Geht es ihr gut?«

»Zoe ist in ihrer Wohnung tot aufgefunden worden«, sagte Juliette sanft. »Es tut mir leid, Ihnen diese Nachricht überbringen zu müssen.«

»Ist das … ist das Ihr Ernst?« Der Ausdruck in den Augen des Mannes wirkte beinahe gehetzt. »Ich habe gestern noch mit ihr gesprochen.«

»Ein Freund von ihr hat sich Sorgen um sie gemacht hat und uns angerufen.« Juliette wählte ihre Worte mit Bedacht. »Als wir in die Wohnung kamen, war sie bereits tot.«

»Mein Gott«, sagte Felix und dann noch einmal: »Mein Gott.« Er stand auf und stützte sich auf die Arbeitsplatte. »Hat sie … hat sie es selbst getan?«

Hanson fand die Frage merkwürdig. »Es ist noch zu früh, um das mit Bestimmtheit zu sagen«, antwortete sie. »Haben Sie Grund zu der Annahme, dass sie selbstmordgefährdet war?«

»Nein, natürlich nicht«, sagte Felix und fügte hinzu: »Dann hätte ich … Ich hätte etwas getan …«

Es entstand ein Schweigen, und Juliette hatte den Eindruck, dass er tief in eine Erinnerung versunken war.

»Soweit ich weiß, besitzen Sie einen Schlüssel zu ihrer Wohnung«, sagte sie schließlich.

»Ja, selbstverständlich. Ich muss Zugang haben, damit ich Dinge reparieren oder Handwerker hereinlassen kann.« Juliette wunderte sich über seinen defensiven Tonfall. Felix blickte zu einer Reihe von Haken neben der Wohnungstür. »Brauchen Sie ihn …? Ich könnte ihn raussuchen. Aber ich habe nur den einen …«

»Ich frage den Chef«, erwiderte Juliette. »Es wäre wahrscheinlich nützlich, ihn griffbereit zu haben. Sie haben gesagt, Sie hätten gestern mit ihr gesprochen. Wann genau war das?«

»Am Vormittag«, sagte er rasch. »Nur ein kurzer Plausch.«

Juliette lächelte. »Sprechen Sie häufig mit Ihren Mietern?«

»O nein. Ich habe nur diese eine Wohnung, die ich vermiete, und Zoe war mehr eine Freundin als nur eine Mieterin. Ich kannte sie aus dem Café, bevor sie eingezogen ist. Mein Gott.« Er ließ beide Arme hängen und wirkte plötzlich kraftlos.

»Wie ging es ihr, als Sie mit ihr gesprochen haben?«, fragte Juliette.

Felix zuckte die Schultern. »Schwer zu sagen. Sie wirkte beschäftigt, nehme ich an. Sie schien nicht so viel Zeit zu haben wie üblich.«

»Und nach diesem Gespräch haben Sie sie nicht mehr gesehen?«, bohrte Hanson weiter.

»Nun … gesehen habe ich sie schon. Als sie nach Hause gekommen ist.«

»Sie haben sie gesehen …?«

»Unten«, sagte er und wies mit dem Kopf auf das Küchenfenster, von dem aus man auf die Straße blicken konnte. Juliette stand auf und trat an das Fenster. Sie probierte aus, ob man auch die Haustür beobachten konnte. Aber selbst wenn sie ganz rechts stand, sah sie nur den Bürgersteig direkt davor. Trotzdem konnte man problemlos verfolgen, wer das Haus betrat und verließ.

»Um wie viel Uhr war das?« Sie wandte sich zu Felix um.

»So gegen acht, würde ich sagen.« Er zuckte erneut die Achseln. »Es war dunkel. Ich habe nicht auf die Uhr gesehen, doch es war schon eine Weile dunkel.«

Juliette notierte das in ihrem Block und schob ihn zusammen mit dem Stift zurück in ihre Tasche.

»Vielen Dank«, sagte sie. »Das ist wirklich hilfreich. Der Chef möchte bestimmt, dass Sie diese Aussage noch einmal auf dem Kommissariat zu Protokoll geben. Ist das in Ordnung? Haben Sie … eine Beschäftigung?«

Nach einer kurzen Pause antwortete Felix: »Nein. Nein, das ist kein Problem. Ich kann mir die Zeit nehmen.«

Er brachte Juliette zur Tür, und sie trat nachdenklich in den Flur. Auf halbem Treppenabsatz blieb sie stehen und schickte dem Chef per SMS eine kurze Zusammenfassung ihres Gesprächs mit Zoes Vermieter, bevor sie sich auf die Suche nach Überwachungskameras machte.

O'Malley kehrte ins Kommissariat zurück, bevor Aidan Poole und Zoes Eltern eingetroffen waren, und gab Jonah einen knappen Abriss dessen, was er von Victor Varos und Maeve Silver in dem Café erfahren hatte.

»Es gibt offenbar starke Gefühle«, fasste er seinen Eindruck zusammen. »Vor allem bei Victor. Ich würde vermuten, dass er sie vergeblich angeschmachtet hat. Ich denke, mit beiden sollten wir uns noch einmal gründlicher unterhalten.«

Jonah hatte zugestimmt und O'Malley gebeten, sich darum zu kümmern, bevor er sich noch einmal die Abschrift von Aidans erstem Anruf vorgenommen und sie mit der Verbrechensmeldung verglichen hatte, die er am darauffolgenden Vormittag online gemacht hatte. Die schreiend offensichtliche Frage lautete, warum Aidan die Polizei gerufen hatte, statt selbst zu Zoe zu eilen. Zwischen den beiden Meldungen waren zwölf Stunden vergangen, und Aidan Poole hatte danach offenbar nicht mehr über das Wohlbefinden seiner Freundin gewusst als zu Beginn.

Dafür waren Jonah mehrere mögliche Erklärungen eingefallen. Die erste war, dass Aidan und Zoe wegen irgendetwas gestritten hatten und sie nicht auf seine Anrufe und Besuche reagiert hatte. Ein solcher Streit wäre für Aidan natürlich ein weiterer Grund gewesen, sich Sorgen um sie zu machen. Diese Theorie ging davon aus, dass die vorgebliche Beobachtung eines Mordes reine Fiktion gewesen war, um die Polizei dazu zu zwingen, nach ihr zu sehen.

Sein zweiter Gedanke war, dass Aidan ganz genau wusste, dass Zoe tot war, weil er sie selbst umgebracht hatte. Weil er geglaubt hatte, verdächtig zu wirken, wenn er derjenige war, der ihre Leiche fand, und um den Verdacht in eine andere Richtung zu lenken, hatte er die Polizei angerufen und gehofft, dass sie unverzüglich anrücken würde. Als nichts passierte, hatte er es noch einmal versucht.

Was Jonah als Drittes einfiel, war viel unkomplizierter und passte zu der Tatsache, dass Aidan als Tatort »Southampton« angegeben hatte. Die dritte Theorie lautete, dass Aidan nicht selbst vorbeigefahren war, weil er gar nicht wusste, wo Zoe wohnte. Und obwohl das die einfachste Erklärung war, warf sie genauso viele Fragen auf wie die beiden anderen. Wenn Zoe schon seit fünf oder sechs Monaten dort lebte, wie konnte er ihre Adresse nicht gekannt haben?

Am Ende traf Aidan vor den Eltern ein, worüber Jonah erleichtert war. Es gab eine Menge Fragen, auf die er eine Antwort wollte, ehe er mit Mr and Mrs Swardadine sprach.

Leibhaftig wirkte Dr. Aidan Poole deutlich weniger weltgewandt als auf seinem Foto, doch Jonah war bereit einzuräumen, dass das den Umständen geschuldet sein konnte. Sein Jackett und die Jeans waren durchaus ordentlich, doch seine Haut glänzte unvorteilhaft, und der eigentlich gesunde Teint wirkte blass und ebenso kränklich wie die glasigen, blutunterlaufenen Augen. Alles Spuren der Trauer, die das perfekte Porträt verschrammt und verschmiert hatten, bis es schäbig und unattraktiv wirkte.

»Ich hätte meinen Namen angeben sollen, als ich angerufen habe«, erklärte der Dozent, sobald das Aufnahmegerät lief. »Es tut mir furchtbar leid. Hat es … hat die Verzögerung einen Unterschied gemacht?«

Jonah blickte von der Abschrift auf, die er mitgebracht hatte. »Schwer zu sagen«, erwiderte er neutral. »Es hätte vielleicht einen kleinen Unterschied machen können.«

Aidans Kiefer verspannten sich, als er sich nickend abwandte.

»Zoe war also Ihre Freundin?«, fragte Jonah, als Aidan stumm blieb. Der Dozent nickte, und Jonah fuhr fort: »Sie müssen mir erzählen, was Sie gesehen haben. So genau wie möglich.«

»Ja«, sagte Aidan. Sein Kinn blieb angespannt, und Jonah konnte förmlich spüren, wie er die Zähne aufeinanderbiss.

Aidan erzählte alles noch einmal, wobei sein Tonfall vor Nervosität zwischendurch immer wieder schrill wurde. Der Skype-Anruf. Der Eindringling, den er gehört hatte. Die Geräusche eines Kampfes.

Für Jonah klang seine Schilderung nicht einstudiert. Immer wieder entstanden Pausen, in denen Aidan seine Worte genau wählte. Und die waren es, die Jonah tatsächlich am meisten interessierten.

»Deshalb haben Sie die Polizei angerufen?«

»Ja.« Er sah Jonah ein wenig verzweifelt an. »Aber ich habe es nicht besonders gut hingekriegt zu erklären, was sie tun mussten, und das … das bereue ich wirklich.«

Seine Stimme verlor sich. Jonah beobachtete ihn genau, dann sagte er: »Sie wissen, dass es sich um eine Mordermittlung handelt. Deshalb sind andere Erwägungen weniger wichtig als sonst.«

Aidan wich instinktiv vor ihm zurück.

»Ich muss wissen, was Sie mir verschweigen«, fuhr Jonah fort.

Aidan schüttelte den Kopf. »Sie ist … Studentin.« Er verzog das Gesicht. »Ich bin Dozent. Wir haben unsere Beziehung geheim gehalten, weil es sie eigentlich nicht hätte geben dürfen. Die Universität würde es ohne Frage missbilligen, und wenn ihr etwas zugestoßen ist und ich darin verwickelt bin …«

Jonah sah ihn lange fest an. Aidan erwiderte den Blick kurz und wandte sich dann wieder ab.

»Haben Sie Grund zu der Vermutung, dass jemand Zoe etwas antun wollte?«, fragte Jonah leise.

»Ich weiß nicht«, antwortete er. »Aber ich frage mich immer wieder, ob sie jemanden kennengelernt hatte, wissen Sie? Ob es einen anderen gab und das der Grund war, warum sie nicht zu erreichen war … Vielleicht wollte sie es mir an dem Abend sagen. Könnte er sie umgebracht haben? Wenn es einen anderen gab? Jemanden, dem sie den Schlüssel gegeben hatte.«

»Sie hat nie etwas in der Richtung angedeutet?«

Aidan schüttelte den Kopf und fügte dann zögernd hinzu: »Aber es gab, Sie wissen schon … Interessenten. Vor allem einen. Ihr Kumpel Victor, der mit ihr in dem Café gearbeitet hat.«

»Wie kommen Sie darauf, dass er in sie verliebt war?«

»Das konnte jeder Blinde sehen«, sagte Aidan, und seine Stimme klang wieder ein wenig kräftiger. »Als ihm klar wurde, dass wir zusammen waren, wollte er auf mich losgehen, und dann hat er meinen Laptop ruiniert. Man hätte ihn verdammt noch mal feuern sollen. Danach hat er zwei Monate lang nicht mehr mit uns gesprochen, und er hat mich ganz offensichtlich gehasst.«

Jonah sah Aidan nachdenklich an und fragte: »Kennen Sie Zoes Adresse?«

Er bemerkte, dass Aidan leicht errötete.

»Nicht ihre neue«, sagte er.

»Wann ist sie dorthin gezogen?«

»Ich … vor etwa vier Monaten vielleicht.«

Jonah sah ihn einfach weiter an, und Aidan ließ den Blick wieder sinken.

»Ich weiß, es klingt ein bisschen seltsam. Als wir uns vor einer Weile getrennt hatten, ist sie weggezogen, weil sie neu anfangen wollte. Aber als es dann wieder losging mit uns, haben wir es so gemacht wie ganz am Anfang. Wir haben uns verabredet und sind jedes Mal in meinem Hotel gelandet …« Er schloss kurz die Augen. »So … so hört sich das wirklich schrecklich an. Aber das war es nicht. Es war … wunderbar.«

Der schimmernde Glanz in seinen Augen quoll über, und Aidan wischte sich verlegen die Tränen weg. Jonah beschloss, es fürs Erste dabei zu belassen. Er hatte das starke Gefühl, dass Aidan Poole eine Menge zurückhielt, doch er war sich auch bewusst, wie es sich auf der

Aufnahme anhören würde, wenn er einen offensichtlich trauernden Zeugen drangsalierte. Und falls es zum Prozess kam, wurde jedes Wort von ihm auf die Waagschale gelegt.

»Das ist für den Augenblick alles«, sagte er. »Aber wir müssen noch Ihre Fingerabdrücke nehmen. Ich schaue nach, ob gerade jemand Zeit hat.«

»Warum?«, fragte Aidan, und wieder spürte Jonah seine Anspannung. »Sie wissen, dass ich es nicht war.«

»Das müssen wir mit Sicherheit ausschließen. Selbst wenn Sie nie in der Wohnung waren, werden Sie Dinge berührt haben, die Zoe gehörten.«

»Oh«, sagte Aidan. »Natürlich. Tut mir leid.«

Jonah stand auf. »Ich bringe Sie nach unten.«

Juliettes Suche nach Überwachungskameras hatte zwei Treffer ergeben. Auf dem Parkplatz hinter dem Wohnblock gab es eine Kamera, die auf das Tor gerichtet war und durch den Torbogen unter dem Gebäude die Straße im Blick hatte. Der Eingang zu den meisten Wohnungen befand sich direkt neben dem Torbogen, sodass eine gute Chance bestand, dass die Kamera jeden erfasst hatte, der aus Richtung Innenstadt gekommen oder gegangen war.

Am unteren Ende der Latterworth Road auf dem Weg in die Stadt gab es eine weitere Kamera an einem Laternenmast mit Blick auf den aus der City kommenden Verkehr. Das andere Ende der Straße war leider gar nicht abgedeckt. Nur wer aus südlicher Richtung gekommen war, konnte von den Kameras erfasst worden sein.

Natürlich hatte es während ihrer gesamten Erkundungsmission geregnet. Nur durch Kopftuch und ihre Jacke geschützt, war Juliette völlig durchnässt, als sie wieder zu ihrem Wagen kam. Sie stieg ein und drehte die Heizung auf, sodass ihre Kleidung zumindest wieder halbwegs trocken war, als sie das Kommissariat erreichte.

DI Walker, einer der Detectives für East Hampshire, lächelte mitfühlend, als sie hereinkam. »Von Tür zu Tür gelaufen?«

»So ähnlich«, antwortete sie. »Überwachungskameras suchen.«

»Ich hab immer eine Regenhose im Wagen«, vertraute er ihr leise an. »Die sehen beschissen aus, aber …« Er zuckte die Schultern. »Besser, als sich den ganzen Tag den Arsch abzufrieren.«

»Guter Tipp«, sagte Juliette. Sie erzählte ihm nicht, dass sie wochenlang wasserdichte Kleidung im Wagen gehabt hatte, in einer gepackten Reisetasche, die zur Sicherheit immer im Kofferraum gestanden hatte, damit sie jederzeit Reißaus nehmen konnte vor ihrem gewalttätigen Freund, mit dem sie zusammengelebt hatte. Die Tasche herauszunehmen, nachdem sie sich endlich von ihm befreit hatte, war psychologisch ein wichtiger Schritt gewesen. Pech bloß, dass es praktisch gesehen ziemlich dumm gewesen war.

Sie fuhr den Computer auf ihrem Schreibtisch hoch und ging noch einmal die Tatortfotos durch. Bei einem der Fotos aus der Küche, auf dem zwei Futternäpfe zu sehen waren, hielt sie inne. Sie hatte die Katze vergessen.

Das wollte sie gerade dem DCI erzählen, als sie ihn mit einem dunkelhaarigen, leicht verstimmt wirkenden Mann Ende dreißig aus dem Vernehmungszimmer kommen sah. Sein verzweifelter Gesichtsausdruck verbarg eine attraktive Erscheinung, dachte sie, einen launischen Künstlertyp, so wie sie sich Lord Byron immer vorgestellt hatte.

Sie begriff, dass das der Freund sein musste. Der den Tod seiner Freundin angeblich online verfolgt hatte. Verdeckt von ihrem Bildschirm musterte sie ihn eingehend, um zu sehen, ob seine Trauer echt war und ob er die Wahrheit gesagt hatte. Aber er schien ziemlich schwer zu durchschauen.

Jonah begleitete Aidan zum Fahrstuhl, anstatt mit ihm die Treppe hinunterzugehen, eine instinktive Vorsichtsmaßnahme. Der Dozent schien sich vor Jonahs Augen aufzulösen, sein Blick war in weite Ferne gerichtet, seine Schultern hingen mutlos herunter.

Aidans Blick blieb unfokussiert, bis sich die Fahrstuhltür im Erdgeschoss öffnete. Dann war es, als würde sein gesamter Körper von einem Stromschlag durchzuckt.

»O Gott«, sagte er sehr leise.

Er löste seinerseits eine ebenso starke Reaktion bei dem Paar aus, das vor dem Aufzug stand. Jonah erkannte Martin Swardadine sofort und nahm an, dass die attraktive, elegant gekleidete schwarze Frau neben ihm seine Ehefrau war. Aus dem Blick, mit dem beide Aidan ansahen, sprach blankes Entsetzen.

Jonah seufzte leise. Er hätte es vorgezogen, wenn Aidan Poole und Zoes Eltern sich zu diesem Zeitpunkt noch nicht begegnet wären, obwohl die Heftigkeit der jeweiligen Reaktion unbestreitbar interessant war.

Jonah trat vor Aidan aus dem Fahrstuhl und streckte den Swardadines eine Hand entgegen.

»Ich bin DCI Sheens. Ich bin sofort bei Ihnen. Ich muss nur noch Mr Poole hinausbegleiten.«

Zoes Mutter nickte knapp, während ihr Blick zu Aidan zuckte. Es war kein freundlicher Blick.

Während er Aidan zur Tür brachte, nahm Jonah sich vor, im Besprechungszimmer so taktvoll wie möglich danach zu fragen, was dieser Blick zu bedeuten hatte, doch so lange musste er nicht warten. Sobald er zu dem Paar zurückkehrte, fragte Zoes Mutter mit leiser, angespannter Stimme: »Was macht der hier?«

Jonah entschied, dass der Empfangsbereich nicht der geeignete Ort für diese Unterhaltung war, und sagte nur: »Mr Poole war derjenige, der uns alarmiert hat.«

Zoes Mutter warf ihrem Mann einen seltsamen Blick zu. Voller Wut und Schmerz.

»Vielleicht reden wir besser oben«, sagte Jonah so besänftigend, wie er konnte.

8.

APRIL – NEUNZEHN MONATE VORHER

Zoe war schon den ganzen Tag von einem wohligen Gefühl erfüllt, das beim Mittagessen mit Aidan im Mercure nur noch intensiver wurde. Sie hatten sich zum Essen in seinem Hotel verabredet, was ohne Zweifel auf Sex hinauslaufen würde. Aidan hatte erst um vier Uhr wieder Seminare, und Zoe dachte bereits daran, mit ihm nach oben zu gehen, als ihre Tagliatelle serviert wurden. Die ganze Woche hatte sie hauptsächlich mit Tagträumen von ihrer gemeinsamen Nacht verbracht, und in den sechs Tagen, die er schon wieder weg gewesen war, hatte sich eine für sie untypische Ungeduld in ihr angestaut, sodass sie es kaum erwarten konnte, ihn auf sein Zimmer zu zerren.

Der Wein half auch nicht. Warum hatte sie bloß ein zweites Glas Rosé bestellt? Anscheinend verführte sie seine Gegenwart dazu, all die falschen Dinge immer wieder zu tun.

Sie waren fast mit dem Essen fertig, als Zoes Handy klingelte.

»Angeline«, sagte sie knapp und lächelte gezwungen.

»Du willst doch wohl nicht etwa drangehen, oder?«, fragte er mit leicht zusammengekniffenen Augen.

»Ich … ich weiß nicht …« Sie stieß einen frustrierten Seufzer aus. »Es geht ihr nicht besonders gut, und ich glaube, sie bekommt nicht die Hilfe, die sie braucht. Sie macht dumme Sachen. Na ja …« Zoe seufzte. »Sie trinkt, und dann ritzt sie sich. Es kommt einem vermutlich nicht so dumm vor, wenn man verzweifelt ist.«

Das Telefon summte immer noch. Angeline gab nicht auf.

»Ruft sie immer dich an?«, fragte er und sah ihr fest in die Augen.

»Ich … ich glaube schon«, antwortete sie.

»Findest du das fair dir gegenüber?«

Aidan stellte die Frage so sanft, dass Zoe sich nicht angegriffen fühlte. Sie fragte sich vielmehr flüchtig, ob es wirklich fair war. Aber dann sah sie Angelines schlaffen Körper vor sich, der wie ein Haufen Abfall auf ihrem Schlafzimmerfußboden lag. Das war beim letzten Mal dabei herausgekommen, als Zoe nicht da gewesen war. Es gab sonst niemanden, der geholfen hätte.

Schließlich hörte das Telefon auf zu klingeln, und Zoe blickte elend auf das Display. Aidan fasste ihre Hand und drückte sie. »Tut mir leid. Ich wollte nicht sagen, dass du ihr nicht helfen sollst. Natürlich sollst du das. Ich möchte nur nicht, dass du dich auslaugst. Vielleicht sollte sich hin und wieder auch mal jemand um dich kümmern.«

Er strich mit dem Daumen über ihren, drehte ihr Handgelenk und streichelte die Unterseite, wo ihre Haut am blassesten und empfindlichsten war. Sie spürte die Berührung bis tief in ihr Inneres. Sich zu vergewissern, dass es Angeline gut ging, schien auf einmal nicht mehr so wichtig.

»Lassen wir die Rechnung kommen«, sagte Aidan vielversprechend und lächelte dann trocken. »Und ich muss noch mal kurz verschwinden. Ich kann nämlich nur begrenzt viel Wein halten.«

»So ein alter Mann«, murmelte sie.

Er stand lachend auf.

Zoe gab dem Kellner ihre Karte, den Kopf voller Gedanken an das Hotelzimmer und seine Liebkosungen.

»Kann ich zahlen, bitte?«

Der Kellner schien überrascht. Er hatte offensichtlich erwartet, dass sie länger bleiben würden. Wenig später kam er mit einem Lesegerät zurück, und sie gab ihm, ohne den Betrag zu überprüfen, ihre Kreditkarte und tippte die PIN ein.

Aidan kam zurück, als sie die Karte gerade wieder einsteckte.

»Warte, ich erlaube nicht, dass du alles bezahlst«, sagte er.

»Warum nicht?«, fragte Zoe und hob das Kinn.

»Weil es extravagant war und ich mehr Wein getrunken habe als du«, sagte er. »Und beim letzten Mal hast du auch die Hälfte bezahlt. Warte, ich überweise dir das Geld.« Er zog sein Handy aus der Tasche. »Wenn du beschließt, dass du mich genug magst, um mich wiedersehen zu wollen, kannst du mich nach Herzenslust einladen und verwöhnen, aber jetzt hätte ich ein schlechtes Gewissen.«

Zoe seufzte übertrieben. »Na gut. Aber nur die Hälfte. Das sind … ungefähr zweiundvierzig.« Sie kramte ihre Karte wieder hervor und lies ihn die Kontonummer lesen.

»Schau nach, ob ich keinen Fehler gemacht habe«, sagte er, als sie sie wieder einsteckte. Zoe verdrehte die Augen, loggte sich aber trotzdem bei ihrem Konto ein.

»Yup, erledigt«, sagte sie und ließ ihren Blick über die Zeile mit dem Kontoinhaber schweifen. *Mr & Mrs A. Poole.*

Es dauerte einen Moment, bis sie begriff, was sie da las, und dann breitete sich eine schreckliche Kälte in ihrer Brust aus.

»Du bist verheiratet«, sagte sie flach und hart. Sie blickte auf, sah seinen Gesichtsausdruck und wusste, dass es stimmte. »Mr und Mrs A. Poole.«

Er blickte auf sein Telefon und sagte: »Oh … das gemeinsame Konto …« Und einen Moment lang wirkte er verloren. Der wortgewandte, charmante, faszinierende Aidan war plötzlich sprachlos.

Nach einer Weile seufzte er und blickte zu ihr auf. »Ja, das bin ich«, sagte er fest und hielt ihrem Blick stand. »Aber nicht so, wie du denkst. Ich bin formell noch verheiratet, weil ich meine Frau nicht austricksen will. Ich will mich nicht scheiden lassen, ein paar Monate bevor das Erbe meiner Mutter fällig wird.« Er richtete sich auf, seine Haltung wirkte offen. Ehrlich. »Es ist keine Ehe. Es ist eine verdammte Farce. Wir wohnen im selben Haus, und wir haben keine Ahnung mehr, wer der andere ist. Ich glaube, sie hätte mich schon lange verlassen, wenn ich ihr nicht trotz allem ein bisschen leidgetan hätte.«

»Verdammte Scheiße«, sagte Zoe und wandte den Blick ab, weil sie ihn schubsen wollte. Und sie wollte, dass das, was er sagte, stimmte.

»Zoe«, sagte er und griff nach ihrer Hand, doch sie riss sie zurück und schüttelte den Kopf, sodass er eindringlicher wiederholte: »Zoe. Ich wollte dir nichts vormachen. Ich habe versucht, den Mumm aufzubringen, es dir zu sagen, seit ich dich kennengelernt habe. Ich hatte Angst, dass du weglaufen würdest, nur wegen einer Ehe, die schon lange nichts mehr bedeutet.«

»Ja, ich wäre weggelaufen«, sagte sie und drängte sich an ihm vorbei. »Ich laufe jetzt weg.«

»Bitte nicht«, sagte er und fügte leise und ernst hinzu: »Wir würden es beide bereuen.«

Zoe schüttelte den Kopf. Diese schreckliche Kälte breitete sich immer weiter in ihrem Körper aus. Zoe ging weiter.

»Du würdest nicht gehen, wenn du wüsstest, wie unglücklich Greta und ich waren«, sagte er hinter ihr. »Ich weiß, ich hätte es beenden sollen, bevor ich mich anderweitig umschaue, aber manchmal sind die Menschen nicht so. Und sie ist nicht … sie hat es nicht verdient, dass ich sie um die Hälfte dieses Geldes betrüge«, fuhr er fort. »Sie hat sich während der gesamten Krankheit genauso um meine Mutter gekümmert wie ich.«

An der Tür des Restaurants zögerte Zoe. Sie spürte, wie ihr Herz in ihrer Brust pochte. Gott, sie wollte so sehr, dass es stimmte, was er sagte. Aber was, wenn er nicht besser war als Isaac, der Maeve monatelang angelogen hatte? Ohne sich umzudrehen, sagte sie: »Versuch nicht, mich anzurufen.«

Sie schaffte es, ihre Tränen zurückzuhalten, bis sie das Hotel verlassen hatte, aber dann weinte sie so sehr, dass es sich anfühlte, als würde ihr das Innerste aus dem Leib gerissen. Sie musste hier weg, doch es schien auf der Welt plötzlich keinen Ort mehr zu geben, der ihr irgendetwas bedeutete.

9.

Trotz ihrer unerledigten Arbeit an dem Erpressungsfall hoffte Juliette insgeheim, dass sie zu dem Gespräch mit Zoes Eltern hinzugezogen werden würde. Nachdem sie die Anfragen für die Aufnahmen der Überwachungskameras abgeschickt hatte, kreisten ihre Gedanken wieder um die Wohnung, das Mädchen und das Blut. Die Spur des Geldes, die sie verfolgt hatte, kam ihr auf einmal trivial vor.

Das Gespräch mit zwei trauernden Eltern würde wahrscheinlich alles andere als erfreulich werden, trotzdem wollte Juliette dabei sein. Sie hatte Zoes Leiche gesehen und spürte ein leises Echo des Verlustes, den ihre Eltern empfinden mussten. Sie wollte ihnen zeigen, dass jeder von ihnen alles geben würde, um herauszufinden, was geschehen war.

Außerdem wollte sie sehen, wie der DCI die Sache anging. Man konnte immer etwas lernen. Obwohl sie überzeugt war, in Vernehmungen selbst ziemlich gut zu sein, erkannte sie den Unterschied. Sheens spielte in einer eigenen Liga.

Mehr als einmal war sie von anderen Beamten der Hampshire Constabulary gefragt worden, warum Sheens so viel Routinearbeit selbst übernahm und Vorwände fand, so viele Sitzungen und Anlässe zu verpassen, bei denen sich Chancen auf eine Beförderung auftaten. Die meisten Polizisten wollten verständlicherweise in den Rängen aufsteigen. Nur wenige waren damit zufrieden, auf dem Rang eines Detective Sergeant oder Detective Inspector stehenzubleiben, weil mit einer Beförderung die Besoldung drastisch anstieg. Und die Position eines Superintendent, die der nächste Schritt auf der Leiter war, wurde regelrecht üppig entlohnt.

Sie hatte nur schwer erklären können, warum Sheens selbst so sehr in jede Ermittlung involviert blieb, vor allem bei den Vernehmungen. Sie hatte immer erwidert, dass er gut darin war, was stimmte. Aber diese Erklärung ging nicht annähernd weit genug. Es war, als würde ein sehr wichtiger Teil von Sheens nur existieren, wenn er ein Subjekt hatte, dass er sezieren und manipulieren konnte.

Sheens hatte Zoes Eltern im Besprechungszimmer zurückgelassen und bat Juliette mitzukommen. Er nickte Lightman kurz zu, lud ihn jedoch nicht dazu ein.

»Gerne«, sagte Juliette lächelnd. »Ich bin so weit, wenn Sie es sind. Ich habe die Anfragen für die Aufnahmen der Überwachungskameras schon abgeschickt, und ansonsten ist mir nur noch eingefallen, dass ich morgen früh mal zu Zoes Wohnung fahren muss, um zu sehen, ob ich ihre Katze finde.«

Sheens musterte sie mit einem schmalen Lächeln. »Was haben Sie mit ihr vor?«

»Sie füttern?«, schlug sie vor. »Man kann nie wissen. Könnte eine wichtige Zeugin sein.«

Jonah war sehr erleichtert darüber, dass Hanson mit ihm vor Zoes Eltern saß, auch wenn er das nie zugegeben hätte. Nicht nur, weil sie gut darin war, Mitgefühl auszudrücken, ohne es zu übertreiben. Eine Kollegin oder ein Kollege an seiner Seite bewahrte Jonah auch davor, sich zu tief in die Trauer der Familie hineinziehen zu lassen. Es hätte auch Lightman, O'Malley oder eine uniformierte Beamtin sein können, das spielte eigentlich keine Rolle. Ihre schiere Anwesenheit wirkte wie ein Anker. Jemand, vor dem er seine coole Fassade wahren musste.

»Was ist mit ihr geschehen?«, fragte Zoes Mutter. Suki. Nein. Siku.

Siku, dachte er. *Merk dir das.*

Die Katze seiner Mutter hieß Suki, was ein kleines Problem war. Unter Druck passierte es ihm schnell, dass er Namen verwechselte, auch ohne die zusätzliche Verwirrung.

»Allem Anschein nach wurde sie im Bad angegriffen«, antwortete er. »Sie wurde vermutlich mit Chloroform oder einer ähnlichen Substanz außer Gefecht gesetzt, danach konnte der Angreifer ohne Gegenwehr ihre Handgelenke verletzen. Todesursache war der Blutverlust.«

Siku nickte und fragte: »Arterien?« Jonah fiel wieder ein, dass sie praktische Ärztin war, was die Sache schwieriger machte. Er würde nicht so viele Details überspielen können.

»Ja, davon geht der Gerichtsmediziner aus«, sagte er. »Die Arterie radialis auf beiden Seiten. Die Obduktion sollte das bestätigen.«

Er sah, wie sie nachdachte. Sie musste wahrscheinlich nicht fragen, wie lange es gedauert hatte. Sie würde wissen, dass es nur ein Zeitfenster von zehn bis fünfzehn Minuten gegeben hatte, in dem Zoe das Bewusstsein hätte wiedererlangen können, bevor die fehlende Blutzufuhr zum Gehirn bleibende Schäden angerichtet hätte. Und dass das Badewasser für steten Blutfluss gesorgt hatte.

Sikus bohrender Blick landete wieder auf ihm, und sie fragte: »Womit?«

»Siku«, sagte Martin erstickt. Jonah bemerkte seine kränklich weiße Gesichtsfarbe. Er wollte nichts von all dem hören.

»Tut mir leid«, sagte seine Frau leise, legte ihre Hand auf seine und drückte sie. »Ich muss es wissen.«

Sie blickte wieder Jonah an, der, während Martin sich abwandte, so tonlos wie möglich antwortete: »Ein Teppichmesser aus ihrem Werkzeugkasten.«

Es entstand eine Pause, in der nur Martins unregelmäßiger Atem zu hören war, bevor Siku feststellte: »Er kannte sie also. Er wusste, dass er bei ihr eine Waffe finden würde.«

»Außerdem hatte er Zugang zu ihrer Wohnung«, sagte Jonah. »Wir werden das überprüfen, aber nach unserer Kenntnis hatten der Vermieter und Angeline einen Schlüssel. Gibt es sonst noch jemanden, von dem Sie wissen?«

Siku sah Martin an und schüttelte den Kopf. »Wir hatten nie einen.

Ich glaube nicht, dass sie wahllos Schlüssel zu ihrer Wohnung verteilt hätte.«

»Sie war ziemlich vorsichtig«, sagte Martin. »Vor allem nach dem ganzen Theater zwischen ihr und Aidan.«

»Inwiefern?«, fragte Jonah möglichst neutral.

Martin sah seine Frau lange fragend an. Sie hob das Kinn, und Martin sagte: »Sie haben ihn befragt. Ermitteln Sie gegen ihn?«

»Wir möchten auf jeden Fall unbedingt wissen, was passiert ist«, antwortete Jonah vorsichtig.

»Er hätte nirgendwo in ihrer Nähe sein sollen«, sagte Siku leise und wütend. »Sie hatte sich von ihm getrennt.«

Jonah zog seine Augenbrauen hoch. »Sie hatten also nicht den Eindruck, dass die beiden wieder zusammengekommen waren?«

»Nein«, antwortete Siku entschieden. »Sie hatte eine Entscheidung getroffen und endlich aufgehört, sich immer wieder von ihm überreden zu lassen. Sie hat seine Anrufe und Nachrichten blockiert und ist umgezogen, um von ihm wegzukommen. Dass sie umziehen musste, war schrecklich. Schrecklich. Sie hatte mit Maeve zusammen eine entzückende Wohnung in St. Denys, mit Blick auf die Flussmündung. Sie hatte so viel mehr Charme als dieser gesichtslose Kasten. Der Umzug hat ihr das Herz gebrochen, und er war offensichtlich völlig umsonst.« Sie schüttelte den Kopf. »Er muss sie gefunden haben.«

»Aidan Poole wusste offenbar tatsächlich nicht, wo sie wohnte«, gab Jonah ganz bewusst preis. »Trotzdem hat es den Anschein, als hätten die beiden ihre Beziehung womöglich wieder aufgenommen.«

»Wer hat Ihnen das erzählt?«, fragte Siku mit einer Stimme wie aus Stahl. »Er?«

»Es gibt auch andere Indizien, die darauf hinweisen«, antwortete Jonah sanft. »Es war Aidan Poole, der das Verbrechen gemeldet hat. Seinen Angaben nach wurde sie angegriffen, während sie miteinander geskypt haben. Das überprüfen wir zwar noch, doch wir halten es zurzeit für ziemlich unwahrscheinlich, dass er in diesem Punkt gelogen hat, vor allem wenn er irgendetwas mit dem Mord zu tun hat.«

Nach einer Pause sagte Siku: »Gott, warum sollte sie ihre Zeit mit ihm vergeudet haben?«

»Weil sie ein zu großes Herz hatte«, sagte Martin, und seine Augen schimmerten in dem grellen Deckenlicht. Er legte eine Hand auf Sikus Schulter. »Und vielleicht wollte sie mit ihm zusammen sein. Du hast ihn früher doch auch gemocht.«

»Bevor ich erkannt habe, wie er wirklich ist«, sagte Siku harsch.

»Sie haben die Beziehung also nicht gutgeheißen«, sagte Hanson leise, während Jonah den Gesichtsausdruck der Mutter beobachtete.

»Wie könnten wir?«, fragte Siku zurück. »Wer würde schon wollen, dass die eigene Tochter sich mit einem verdammten verheirateten Mann trifft, der nicht bereit ist, seine Frau für sie zu verlassen?«

Jonah blickte zu Hanson, deren Miene sein eigenes Erstaunen widerspiegelte. »Verzeihung?«

Siku lehnte sich zurück. »Dieses kleine Juwel hat er Ihnen verheimlicht, was?«

»Das war uns in der Tat nicht bekannt«, sagte Jonah.

»Er ist ein Lügner«, sagte sie bestimmt. »Sonst nichts. Er hat ihr seine Frau verheimlicht, und als sie es herausgefunden hat, hat er behauptet, sie würden sich scheiden lassen. Und als das nicht passierte, hat er Verzögerungen vorgeschoben. Er hat gelogen und wieder gelogen und sie hingehalten und todunglücklich gemacht. Und jetzt hat er sie umgebracht.«

Sie werden erzählen, dass ich verheiratet bin, dachte Aidan. Er hatte es bis zum Bahnhof geschafft, war jedoch an der Schranke wie angewurzelt stehen geblieben. Als hätte ihn die Gewohnheit nur bis hierhin getragen. Im Kopf war er hundert Meilen entfernt von Fahrkartenautomaten und Zügen. Manchmal war er auch ein Jahr weit weg und erinnerte sich, wie er Zoe kennengelernt hatte. Und im nächsten Atemzug war er wieder in einem Vernehmungszimmer und wusste, dass sie tot war.

Mittlerweile würde es passiert sein, begriff er. Siku und Martin würden der Polizei alles erzählt haben. Sie wussten es.

Natürlich wussten sie es, verdammt noch mal. Aidan hatte sich etwas vorgemacht. Er hätte Gretas Existenz nie geheim halten können. Maeve, Angeline, Victor … sie wussten alle, dass er verheiratet war.

Es war ein grandioser Schlamassel und komplett selbst verursacht. Er hatte all das geschehen lassen, obwohl er rückblickend das Gefühl hatte, ein anderer müsste diese dummen Entscheidungen getroffen haben. Das konnte doch nicht er gewesen sein?

Schon an jenem ersten Abend war er sich vorgekommen, als würde ein Fremder seinen Körper bewohnen. Jemand, der witziger und charmanter war als er. Jemand, der frei war, zu flirten und Versprechungen zu machen. Dass er mit ihr Telefonnummern ausgetauscht hatte, hatte er fast schon beim Verlassen der Hochzeit bereut, weshalb er sich gedrängt gefühlt hatte, Greta sofort anzurufen.

Er fragte sich oft, ob es anders gekommen wäre, wenn Greta an dem Wochenende nicht verreist gewesen wäre. Dann wäre er nach einem Kinobesuch mit Freunden gar nicht erst noch etwas trinken gegangen. Er wäre nach Hause zu Greta gefahren und hätte etwas zu Abend gegessen, anstatt acht Drinks auf leeren Magen zu kippen.

Und selbst wenn er all diese Dinge aus irgendeinem Grund doch gemacht hätte, hätte er hinterher zu ihr nach Hause zurückkehren und ihr ins Gesicht sehen müssen. Und in diesem Moment hätte er sich an all die wunderbaren Dinge erinnert, die sie zusammen hatten. Und dann hätte er Zoes Nummer gelöscht und blockiert. Er wusste, dass er genau so gehandelt hätte.

Stattdessen hatte er aus dem Taxi seine Frau angerufen.

»Ist alles in Ordnung?«, hatte Greta gefragt, und er hatte den Subtext verstanden. Wenn alles in Ordnung *war*, sollte er nicht anrufen und sie beim Netzwerken stören.

»Oh, alles gut. Ich wollte bloß … mal hören, wie's geht.«

»Alles klar. Also, ich stehe hier mit einigen Redakteuren an der Bar. Können wir später reden?«

»Klar«, sagte er locker, konnte es sich dann aber doch nicht verkneifen, noch trotzig hinzuzufügen: »Obwohl ich vielleicht schon schlafe, bis du fertig bist.«

»Okay, also, wenn ich dich nicht mehr erwische, reden wir morgen Vormittag.«

Und das hatte all seine Empfindungen zementiert. Dieser letzte Satz sagte ihm, dass es ihr eigentlich egal war, ob sie miteinander sprachen oder nicht. Dass sie sehr viel wichtigere Dinge zu bedenken hatte.

Er hatte aufgelegt und war direkt zu seinen Nachrichten gewechselt. Drei Bemerkungen seiner Frau hatten gereicht, um sämtliche Reue auszuradieren. Er tippte schnell, obwohl er hinterher ein paar Fehler korrigieren musste. Er war sturzbetrunken, und das Geschaukel des Taxis machte die Sache nicht besser.

Es war schön, dich kennenzulernen. Ich bin froh, dass ich heute Abend ein mieser Schnorrer war. Hoffe, wir sehen uns bald wieder. A xx

Und er hatte sich so übersprudelnd gefreut, wie man es tut, wenn man frisch verliebt ist und sein Dauergrinsen einfach nicht ablegen kann, als er nur zwei Minuten später eine Antwort bekommen hatte.

Finde ich auch. Manchmal ist es offensichtlich gut, ein mieser Schnorrer zu sein. Sag Bescheid, wann du Zeit für einen Drink hast.

Damit war die Schlacht im Grunde schon verloren gewesen.

Gleichwohl hatte Gretas Rückkehr aus Berlin wieder die schlimmsten Selbstvorwürfe ausgelöst. Als sie im Flur ihr Gepäck hatte fallen lassen, ihn lange und innig geküsst und dann angelächelt hatte, hatte er sich gefragt, ob er sich doch in ihr getäuscht hatte. War sie nicht doch viel warmherziger, als er gedacht hatte, und viel zärtlicher? Er hatte ihren Kuss leidenschaftlich erwidert, und am Ende waren sie nach oben gegangen und hatten miteinander geschlafen, so lustvoll und befriedigend wie nur selten.

Hinterher hatte er neben ihr gelegen, sich gesagt, dass er ein Idiot war, der seinen Fehler zum Glück noch erkannt hatte. Dass er kurz davor gewesen war, seine wundervolle Ehe grundlos aufs Spiel zu setzen.

Und dann war Greta duschen gegangen, und sein Telefon hatte summend eine Nachricht von Zoe gemeldet. Zwar hatte er sein Handy so eingestellt, dass sie nicht auf dem Bildschirm angezeigt wurde, trotzdem wurde er kurz von Angst durchzuckt.

Es war eine schlichte Nachricht gewesen, doch aus irgendeinem Grund hatte sie sich durch alle Schuldgefühle direkt in das Belohnungszentrum seines Gehirns gebohrt. Die Erregung, die er immer wieder spürte, seit er sie getroffen hatte, hatte ihn aufs Neue gepackt.

Hey Aidan. Wie geht's? Ich habe in dem Café gerade Judi Dench bedient. Kein Witz. JUDI DENCH! IRRE. xx

Er grinste in sich hinein. Und antwortete, dass er ihr nicht glaubte und einen fotografischen Beweis verlangte. Damit hatte er seine letzte Chance zu entrinnen irgendwie verpasst. Selbst während der Trennungsphasen, die folgen sollten, waren sie nie wieder voneinander losgekommen.

All das hatte ihn zu diesem Punkt geführt; er hatte das Gefühl, am Rand eines Abgrunds zu stehen. Der Verlust eines guten Menschen, der ihm am Herzen lag, würde nach und nach auch alles andere Gute mit sich reißen.

Auf die kommenden Stunden freute Juliette sich nicht, auch wenn sie sich bereitwillig gemeldet hatte, sich dem DCI anzuschließen. Sie war noch nie bei einer Obduktion dabei gewesen, wusste jedoch, dass ihr wahrscheinlich irgendwann sehr übel werden würde. Aber selbst das war womöglich noch besser, als Siku und Martin Swardadine anschließend zur Identifizierung der Leiche ihrer Tochter zu begleiten.

Während sie und Sheens in den Mondeo stiegen, machten die Swardadines sich auf den Weg, um ein Hotel in der Nähe zu finden, ein Wartezimmer, in dem sie die Zeit totschlagen konnten, bis Zoes Leiche fertig war. Danach mussten ihnen Fingerabdrücke abgenommen werden, und sie würden höchstwahrscheinlich auch noch einmal befragt werden. Aber im Moment waren sie nur trauernde Eltern.

Juliette sah Martin Swardadines elegantem BMW nach, als dieser den Parkplatz verließ, und sagte dann: »Scheint ein ziemlich manipulativer Typ zu sein, dieser Aidan Poole. Denken Sie, dass das, was die Eltern glauben, ganz oder teilweise stimmen könnte?«

»Er ist offensichtlich ein Lügner«, antwortete der DCI nachdenklich, startete den Wagen und fuhr auf die Straße. »Ich will überprüfen, ob er wirklich von zu Hause aus geskypt hat und mir auch die Fingerabdrücke ansehen. Aber ich glaube, was den Mord angeht, sagt er die Wahrheit. Sein Anruf bei der Polizei … Er klang ehrlich verängstigt. Und ich wüsste nicht, warum er lügen sollte. Wenn er sie umgebracht und sich all die Mühe gemacht hat, es wie einen Selbstmord aussehen zu lassen, warum sollte er uns dann anrufen und erzählen, dass es Mord war? Es wäre viel sicherer gewesen, einfach nichts zu tun.«

»Ja, vermutlich«, stimmte Juliette ihm zu und fragte sich, ob es albern war vorzuschlagen, dass das Ganze ein Bluff sein könnte. Machten Menschen so etwas wirklich? Und wäre Aidan der Typ? »Was ist mit der Ehefrau?«

»Darüber müssen wir mit ihm reden«, antwortete Sheens. »Ich werde ihn bitten, freiwillig noch einmal herzukommen, wenn wir im Leichenschauhaus fertig sind.« Er sah Juliette an. »Schon okay. Sie müssen nicht dabei sein.«

»Würde ich aber ehrlich gesagt gern«, entgegnete sie ein wenig verlegen. »Wenn Sie nichts dagegen haben.«

»Wenn Sie wirklich Ihren Freitagabend ruinieren wollen, freue ich mich immer über Gesellschaft«, sagte er.

»Da gibt es nichts zu ruinieren«, erwiderte sie mit einem schrägen Grinsen. »Unsere Drinks im Pub sind abgesagt, und ich bin ein trauriger Fall, der keinen Plan B hat.«

»Sie auch?«, sagte Sheens mit einem Kopfschütteln. »Wir müssen uns beide ernsthaft darum kümmern, ein Leben nach dem Feierabend zu bekommen, Juliette.«

Die Leichenhalle war ganz anders, als Juliette sie sich vorgestellt hatte. Vielleicht hatten amerikanische Cop-Serien bei ihr die leicht verzerrte Erwartung geweckt, dass alles düster sein würde, mit flackernder Deckenbeleuchtung und Metallschubladen.

Die Realität war eine dezent beleuchtete, beruhigende Eingangshalle, die zu einem Raum führte, der aussah, als würde er zu einer Privatklinik gehören. Durch den Spalt konnte man nicht viel mehr sehen als ein paar Seestücke an den Wänden, doch es wirkte weder bedrückend noch grauenvoll.

Zwei Personen erwarteten sie bei ihrer Ankunft. Die erste war der Gerichtsmediziner, ein gewisser Dr. Shaw. Neben ihm stand eine Frau Mitte vierzig, die sich als Pauline vorstellte und erklärte, dass sie hier arbeite. Juliette hatte keine Ahnung, was das bedeutete. War sie eine Art Bestatterin, oder gehörte sie zum Personal? Und wie würde man ihren Beruf bezeichnen? Sie musste den Chef danach fragen.

»Ich wäre bereit anzufangen«, sagte Shaw. Seine Stimme war sanft, und er sprach mit leichtem schottischen Akzent. Er hatte die Angewohnheit, den Kopf einzuziehen und sie über seine Brille hinweg anzusehen, was ihn älter aussehen ließ, als er war. Anfang dreißig, schätzte Juliette. Nicht viel älter als sie. Wie hatte er sich so abgehärtet, dass er es verkraftete, regelmäßig Leute aufzuschneiden?

Er führte sie in die hinteren Räume der Leichenhalle, die Juliettes Erwartungen nach und nach mehr entsprachen. Der Teppich wich einem graumarmorierten Linoleumboden, und hinter einer der Türen befand sich ein klinisch aussehender Raum mit einem Tisch in der Mitte.

Darauf lag eine halb bedeckte Gestalt, und Juliette spürte die aufflackernde Angst, dass sie das nicht schaffen würde. Das Opfer war zu real für sie, obwohl sie Zoe nicht gekannt hatte.

Aber als Shaw zu beschreiben begann, was er bisher getan hatte, wirkte seine Stimme beruhigend auf sie.

»Ich habe mehrere Abstriche von einer Substanz am Mund des Opfers genommen«, sagte er. »Die Proben befinden sich jetzt bei Ihrer forensischen Chemikerin, aber ich habe eine behalten und den Geruch mit diversen Chemikalien in ähnlich geringer Dosierung verglichen. Ich bin mir ziemlich sicher, dass es sich um Spuren von Desfluran handelt, einer Substanz, die das Opfer bei wirksamer Anwendung binnen Sekunden bewusstlos gemacht hätte.«

»Das bedeutet, mit einem Lappen auf ihrem Gesicht?«, fragte der Chef.

»Ja«, bestätigte Shaw.

»Und wie lange hätte die Wirkung angehalten?«

»Fünf bis zehn Minuten«, antwortete Shaw. »Und es wird nur etwa zehn Minuten gedauert haben, bis das Opfer wegen des Blutverlustes ohnehin das Bewusstsein verloren hat. Wenn sie also noch einmal aufgewacht sein sollte, wäre sie desorientiert und unkoordiniert gewesen und deshalb außerstande, sich selbst zu retten.« Juliette gab sich alle Mühe, sich das nicht vorzustellen.

»Weiter zu den ersten Beobachtungen. Schnittverletzungen an beiden Unterarmen haben, wie bei der ersten Inaugenscheinnahme vermutet, die Arterie radialis durchtrennt.« Er hob behutsam den rechten Arm an und drehte ihn ein wenig. »Am rechten Arm gibt es zwei Schnitte, von denen einer aussieht wie ein Fehlversuch.«

»Kommt das bei Angriffen oft vor?«

»Häufiger bei Selbstmorden«, antwortete Shaw. »Aber in einer Situation, in der der Täter wohlbedacht und nicht im Affekt handelt, kann es sicher ebenfalls passieren.« Er verharrte bei ihren Händen und hob sie schließlich hoch, um sie eingehender zu betrachten. »Es gibt eine Schwellung und Abschürfungen am linken Fingerknöchel«, sagte er, und der DCI trat näher heran. »Außerdem einen kleineren Bluterguss.«

»Spuren eines Kampfs mit ihrem Angreifer?«, fragte Sheens.

Shaw zögerte und sagte dann langsam: »Möglich. Aber die Schnitte an ihrem Arm sind so sauber, dass das unwahrscheinlich ist. Und auf einigen Abschürfungen hatte sich bereits ein dünne Kruste gebildet. Ich würde sagen, es ist vermutlich früher am selben Tag passiert.«

Juliettes und Sheens Blicke trafen sich. »Sie hatte im Laufe des Tages einen Kampf mit jemandem?«

»Oder sie ist gestürzt«, sagte Shaw, »und hat sich mit geballter Faust abgefangen. Aber ich mache trotzdem Abstriche. Wenn sie mit jemandem gekämpft hat, besteht die Chance, dass wir auf ihren Knöcheln oder unter ihren Fingernägeln DNA-Spuren des Angreifers finden.«

»Wollen wir es hoffen«, sagte Sheens.

Juliette zitterte, als Shaw endlich eine Assistentin aufforderte, Zoes Körper wieder zuzudecken, aber sie hatte es geschafft. Sie hatte sich nicht übergeben, als der Gerichtsmediziner Zoes Leiche geöffnet hatte, um festzustellen, dass Zoes Magen leer war. Und sie hatte zu keinem Zeitpunkt das Gefühl gehabt, sie müsse in Tränen ausbrechen oder ohnmächtig werden.

Zum Abschluss seiner Bemerkungen hatte Shaw ihnen eine bedauerlich große Zeitspanne als möglichen Todeszeitpunkt genannt, was daran lag, dass der Körper im Wasser gelegen und keine Nahrung im Magen gehabt hatte, deren mehr oder weniger fortgeschrittene Verdauung man hätte bestimmen können. Zoe war irgendwann zwischen dem späten Nachmittag und dem frühen Morgen des darauffolgenden Tages gestorben, eine Spanne, die immerhin den Zeitraum umfasste, in dem Aidan Poole den Angriff beobachtet haben wollte, und auch mit Felix' Aussage in Einklang zu bringen war, der Zoe angeblich um 20.30 Uhr gesehen hatte.

Juliette grübelte über die Blutergüsse an Zoes Hand und ihren leeren Magen nach. Sie war am späten Abend gestorben und hatte wahrscheinlich seit dem Vortag nichts gegessen. Juliette hatte Zoes schmales Gesicht, ihren knochigen Körper und ihre zarten Gliedmaße noch einmal so leidenschaftslos wie möglich betrachtet. Nachdem sie vor der Tür des Raumes ihre Handschuhe abgestreift hatte, hatte sie auf ihrem Smartphone die Website aufgerufen, die der DCI entdeckt hatte.

Die dort abgebildete Zoe hatte ein rundes Gesicht. Kurven. Grübchen, wenn sie lächelte. Juliette fragte sich, wie es dazu gekommen war, dass sie mit leerem Magen und kaum mehr als der Hälfte ihres ursprünglichen Körpergewichts gestorben war.

Siku und Martin nahmen eigentlich nicht viel wahr, soweit Juliette es erkennen konnte. Pauline, die Assistentin des Pathologen, erläuterte das Verfahren, und der DCI fügte hinzu, dass sie sich Zeit lassen und auch jederzeit abbrechen konnten. Aber ihre Blicke schweiften immer wieder zu der Tür zum Nebenzimmer. In ihrer Miene lag eine so komplexe Mischung aus Furcht, Sehnsucht, Entschlossenheit und Trauer, dass es schwerfiel, einen von beiden anzusehen.

Pauline führte sie in das Zimmer, und Juliette war froh, dass sie nicht mit ihnen hineingehen musste. Stattdessen saßen sie und Sheens auf weichen Stühlen im Empfangsbereich. Juliette hörte mit, während der DCI Aidan Poole anrief und ihn in neutralem Tonfall aufforderte, erneut aufs Kommissariat zu kommen. Dann zupfte er schweigend Flusen von seiner Hose.

»Sie haben sich da drinnen gut gehalten«, sagte er plötzlich. »Das wollte ich noch sagen. Ich musste während meiner ersten Obduktion rausgehen und kotzen. Und dann habe ich versucht, jede weitere zu vermeiden, bis der Gerichtsmediziner mich förmlich reingezerrt hat.«

»Ich hoffe, nicht kotzen zu müssen, ist gut«, entgegnete Juliette und zog eine Grimasse.

»Nun, es bedeutet, entweder sind Sie gut darin, sich in einer äußerst belastenden Situation zusammenzureißen«, sagte Sheens, »oder Sie sind eine Psychopathin. Aber ich bin sicher, es gibt so oder so einen Platz in meinem Team für Sie.«

Juliette prustete los und unterdrückte ihr Lachen sofort wieder, weil es unangemessen war, während Zoes Eltern nebenan die Leiche ihrer Tochter betrachteten. Sie versuchte, still zu sitzen und ernst zu wirken, obwohl sie bei all dem Adrenalin, das noch in ihrem Blut pulsierte, am liebsten aufgesprungen und auf und ab gelaufen wäre.

Siku kam als Erste heraus; in ihren Augen standen Tränen, doch in ihrem Blick loderte auch ein Feuer.

»Was wird unternommen, um herauszufinden, wer das getan hat?«, verlangte sie zu wissen.

Sheens stand auf, und Juliette erhob sich ebenfalls. »Alles Nötige«, sagte er mit einem knappen Nicken. »Wir suchen nach möglichen Zeugen, sichten die Aufnahmen der Überwachungskameras, befragen Personen aus ihrem Umfeld und suchen nach möglichen Motiven, warum jemand ihr etwas antun wollte. Ich werde morgen eine Pressekonferenz abhalten und dazu aufrufen, dass alle, die etwas zu wissen glauben, sich bei uns melden.«

Nicht zum ersten Mal war Juliette erleichtert, den DCI an ihrer Seite zu haben. Sie war sich nicht sicher, wie sie diese Frage beantwortet hätte. Defensiv wahrscheinlich.

Siku nickte langsam und fasste den Arm ihres Mannes. Während sie förmlich zu brennen schien, wirkte Zoes Vater nur erschüttert. Es war seine Frau, die ihn hinter sich herzog, weg von der Leiche ihrer einzigen Tochter, hinaus in den Novemberabend.

10.

APRIL – NEUNZEHN MONATE VORHER

Zoe war eine Stunde lang ziellos herumgelaufen, während in ihrem Kopf wütende, verletzte Gespräche mit Aidan in Endlosschleife liefen. Sie malte sich aus, ihn anzuschreien und zu fragen, wie er ihr das hatte antun können. In den besseren Versionen gestand er, ein schrecklicher Mensch zu sein, und dann ging sie. In den schlechteren, schwächeren Varianten erklärte er ihr, dass er seine Frau schon verlassen habe, und zwar ihretwegen, weil sie alles war, was er je gewollt hatte.

Nach einer turbulenten Stunde fand sie sich auf einem Bahnsteig wieder. Sie musste irgendwohin mit ihren Gefühlen, musste sie in irgendwas umwandeln. Sie stieg in den Zug nach Winchester und lief auf dem Teppichquadrat vor den Türen auf und ab, bis der Zug im Bahnhof einfuhr. Sie stieg aus, und dann stand sie schon vor der Kunsthochschule, ohne sich vor lauter Wut bewusst zu sein, wie sie hergekommen war. Wusste der Himmel, wie sie es geschafft hatte, sicher eine Straße zu überqueren.

Im Atelier war es still. So früh im Sommersemester ließen die meisten Studenten es noch gemächlich angehen. Tranken. Entspannten sich. Prokrastinierten.

Zoe stellte ihre Tasche ab. Ihr Teil des Ateliers war vom Durcheinander großer Produktivität gezeichnet. So viele leere Stunden, die sie auf Nachrichten von Aidan wartete, hatte sie mit Malen zugebracht. Sie versuchte, nicht daran zu denken, wie gern sie ihm ihr jüngstes Werk hatte zeigen wollen. Sie brauchte seine Bestätigung nicht.

Sie war so glücklich über das Bild gewesen. Es hatte etwas, das es über alle anderen Bilder heraushob, die sie bisher gemalt hatte. Vielleicht lag es an der Pose, zu der sie Angeline aufgefordert hatte: den Rücken gewölbt, einen Arm über den Kopf gestreckt und den Mund leicht geöffnet. Sie sah aus wie ein Mensch im Augenblick tiefster Leidenschaft. Oder von Schmerzen gemartert.

Die Pose hatte sie beschwingt von dem Treffen mit Aidan ausgesucht. Aus Hunderten von Fotos hatte dieses sofort etwas in ihr angesprochen. Und das Gemälde hatte schnell Gestalt angenommen und war fast vollendet. Sie hatte einen Hintergrund von sich auftürmenden Wolken hinzugefügt, darunter Wellen, die sich an einer Küste brachen.

Aber als sie das Bild jetzt betrachtete, erkannte sie, dass es noch nicht annähernd fertig war. Einige überaus wichtige Elemente fehlten.

Nun, das ließ sich beheben. Sie würde es zu dem Gemälde machen, das es sein sollte, ein wahres Werk und nicht eines, das auf einer Wunschvorstellung basierte. Der Anblick von Angelines Gestalt weckte kurz ein Schuldgefühl, weil sie den Anruf nicht beantwortet hatte, doch dann packte Zoe ihre Farben aus.

Sie drückte Braun-, Schwarz- und grelle Rottöne auf die Palette und begann, mit einer eigenartigen Losgelöstheit zwei vollkommen neue Figuren auf die Leinwand zu malen. Die Erste war schattenhaft und wand sich um die Gestalt von Angeline, ohne sie zu verdecken. Es fehlte ihr an Form. An Echtheit. Trotzdem verschränkte sie ihre mit Angelines ausgestreckter Hand. Sie war die Ursache für Angelines Pose, die andere Hälfte eines grotesken Liebesakts.

Das Einfügen der Figur war ein Risiko, aber so verletzt, wie sie war, hatte Zoe keine Angst, etwas falsch zu machen. Fast so, als wäre alles belanglos, sodass sie ebenso gut ihrem Impuls folgen konnte.

Nachdem die schattenhafte Gestalt fertig war, begann sie unverzüglich mit einer dritten Figur, die so dicht bei den Liebenden stand, dass sie sie hätte berühren können. Eine weitere Frau, nackt wie Angeline und ebenso kantig, aber stolz aufrecht stehend und lächelnd.

Sie schien nicht zu bemerken, dass die beiden ausgestreckten Hände ihren Bauch aufgeschlitzt hatten.

Zoe gestaltete den Schnitt mit sonderbarem Entzücken blutig und verheerend, malte eine Schicht Fett in das aufgerissene Fleisch und eine vage Andeutung verworrener Innereien. Danach trug sie großzügig Scharlach- und Purpurrot auf, um die Blutspur bis zum Boden unter den Füßen der Frau zu verlängern.

Stunden später trat sie schwer atmend und mit hämmerndem Herzen einen Schritt zurück. Nachdem es geschafft war, fühlte sie sich viel besser, obwohl das Gemälde ein Abbild ihrer eigenen Schuld war. Eine Darstellung von sich und Aidan und dem, was sie seiner Frau angetan hatten.

Sie ließ ihren Blick über das Gemälde schweifen, um ihr Werk zu spüren. Sie war froh, dass mittlerweile noch ein paar andere Studenten im Atelier waren, die es ebenfalls sehen konnten. In dem Schuldgefühl darüber, was sie unwissentlich getan hatte, lag eine eigenartige Befriedigung. Trotzdem beschlichen sie Zweifel. Etwas stimmte noch nicht.

Sie legte den Kopf zur Seite, um die zweite Frau zu betrachten, die Gestalt der imaginären Mrs Poole. Dann beugte sie sich vor und verschmierte und zerkratzte die halb getrockneten Augen. Sie hatte sie durchdringend blau gemalt, doch sie erkannte nun, dass das verkehrt war. Die Gestalt sollte überhaupt keine Augen haben.

Als Zoe fertig war, wurden sie von einem fleischfarbenen Streifen verdeckt, als wäre die Frau geblendet worden.

Lange nachdem die Lichter draußen angegangen waren, packte Zoe ihre Farben wieder ein. Es war sieben Uhr, ein schöner Aprilabend dämmerte, das Gelände vor dem Fenster schimmerte in verführerischem Dunkelblau. Sie blickte hinaus und fragte sich, warum sie anscheinend gar nichts spürte. Dabei war sie ein Mensch, der immer ein Auge für Schönheit hatte.

Vielleicht war sie zu erschöpft. Oder es nützte eben einfach nichts mehr, dass die Welt schön war.

Und dann kehrte ein Gefühl in ihren tauben Körper zurück, doch es war kein linderndes Balsam, sondern die schwere Last der Verantwortung, die sie gegenüber Angeline empfand, die dringend jemanden brauchte, der sich um sie kümmerte. Angeline hatte ein selbstzerstörerisches Wesen, und Zoe war die Einzige, die sie vor sich selbst beschützen konnte.

Sie nahm ihr Handy und seufzte tief.

Im Hintergrund lief Musik, als Angeline sich meldete; es klang, als wäre sie auf einem Fest.

»Tut mir leid, dass ich deinen Anruf verpasst habe«, sagte Zoe und wollte es erklären, aber sie schaffte es nicht. »Bist du irgendwo unterwegs? Brauchst du Hilfe?«

»Warum bist du nicht … gekommen?«, fragte Angeline.

Zoe spürte den Stich eines vertrauten Schuldgefühls und dann eine seltsame Sehnsucht, dass Angeline sich einmal um sie kümmerte. Dass sie sie in den Arm nahm, während Zoe sich wegen Aidan die Seele aus dem Leib schluchzte.

»Ich komme jetzt«, antwortete sie so locker wie möglich. »Sag mir, wo du bist, Süße. Dann komme ich vorbei.«

»Ich sag dir nicht, wo ich bin«, flötete Angeline ins Telefon. Und dann fing sie auf einmal an zu weinen und erklärte Zoe, dass sie ganz allein sei und Angst habe.

Zoe brauchte eine Viertelstunde, um ihr zu entlocken, dass sie in einer Weinbar am Hafen war, die sich Zoo nannte, nachdem man sie aus dem Restaurant geworfen hatte, in das sie zum Mittagessen gegangen war.

»Was für ein Restaurant?«, fragte Zoe.

»Ich sollte dort … mit einem Mann zu Mittag essen, aber er hat mich versetzt.«

Zoe war skeptisch. Wen hätte Angeline treffen sollen? Irgendeinen Typen von Tinder? Mitten am Tag? Wahrscheinlich war sie allein losgegangen und hatte gehofft, sich an jemanden zu hängen, der ihr ein paar Drinks spendierte.

Zoe rief ein Taxi. Angeline war offensichtlich komplett hinüber, und wenn Zoe erst noch mit Zügen und Fahrrädern hantierte, handelte sich ihre Freundin noch Ärger ein. Sie würde ihr Fahrrad morgen früh zu Fuß am Bahnhof Southampton abholen.

Der Taxifahrer kannte die genaue Adresse des Zoo nicht, aber schließlich fanden sie das Lokal. Oder zumindest ein Schild, das darauf hinwies. Offenbar war es nur zu Fuß erreichbar.

»Warten Sie hier?«, fragte Zoe und gab ihm einen Zehner. »Ich muss bloß meine Freundin abholen und nach Hause bringen.«

»Ich weiß nicht, ob ich hier stehen bleiben kann«, erwiderte der Fahrer skeptisch. »Aber wenn ich den Platz frei machen muss, fahre ich einmal um den Block.«

»Danke«, sagte Zoe mit einem freundlichen Lächeln. »Ich beeil mich. Lassen Sie das Taxameter laufen.« Die Weinbar lag direkt am Wasser auf der Hafenseite von Ocean Village, einem modernen Viertel mit flachen Wohnblocks und zahlreiche Bars und Restaurants mit Blick auf Anlegestellen für kleinere Schiffe. Aus dem Zoo drang leise Jazzmusik. Es war definitiv nicht die Art Laden, in dem man sich vor dem Abendessen betrank.

Sie sah Angeline, sobald sie hereinkam. Sie saß in sich zusammengesackt auf einem hohen Holzhocker an der Bar, und sie war nicht allein. Direkt neben ihr saß ein Fremder.

Zoe verspürte ein Unbehagen, das stark genug war, um durch den kleinen Klumpen aus Schmerz zu dringen, den sie mit sich herumtrug. Es lag nicht nur daran, dass sie diesen Typen nicht kannte. Es war die Art, wie er besitzergreifend einen Arm um Angeline gelegt hatte und mit dem Finger über ihren Oberschenkel strich. Er war vermutlich ein paar Jahre älter als Zoe, doch mit seinem Dreitagebart war sein Alter schwer zu schätzen. Außerdem war er ziemlich groß, was Angeline umso kleiner und zerbrechlicher erscheinen ließ.

Er nahm ein volles Cocktailglas und flüsterte ihr etwas ins Ohr. Sie kicherte und richtete sich kurz gerade auf, um sich die hellrosafarbene Flüssigkeit in den Mund zu kippen.

»Angeline«, sagte Zoe laut.

Ihre Freundin stutzte und kleckerte die Hälfte des Drinks auf ihre Kleidung. Mit schuldbewusster Miene versuchte sie, sich den Mund abzuwischen.

»Zoe, was … was machst du hier?« Sie schwankte auf dem Hocker, offensichtlich unfähig, den Blick auf Zoes Gesicht zu fokussieren.

»Du hast mich gebeten zu kommen«, sagte Zoe mit einem unechten Lächeln, ohne den Typen zu beachten, der halb über Angeline hing. »Zeit, nach Hause zu gehen, schon vergessen?«

»Warum?«, fragte Angeline stirnrunzelnd.

»Weil wir einiges zu erledigen haben«, sagte Zoe.

»Hey, ich glaube nicht, dass sie schon gehen will«, sagte der Typ und grinste selbstzufrieden. »Sie hat auch was zu erledigen.«

»Oh, wirklich?«, fragte Zoe und zog die Augenbrauen hoch. »Und du glaubst, sie ist nüchtern genug, das zu entscheiden? Ich glaube das nämlich verdammt sicher nicht.«

Sie blickte zu dem Barkeeper, der ein paar Schritte entfernt ein Tropfgitter leer räumte. Sie fragte sich, ob sie auf ihn zählen könnte, wenn der Typ aggressiv wurde.

»Interessant, dass du dir plötzlich solche Sorgen machst«, sagte er und zog seinen Arm ein Stück zurück. »Warst du vor ein paar Stunden, als sie versucht hat, dich anzurufen, auch so besorgt?«

Zoe spürte, wie ihr Gesicht heiß wurde. Angeline hatte ihm also von ihr erzählt. Angeline ließ den Kopf sinken und griff nach dem leeren Glas.

»Ich habe mich schon dafür entschuldigt, dass ich den Anruf verpasst habe«, sagte Zoe ruhig. »Jetzt bin ich für sie da. Wie meistens.«

»Bloß nicht, als sie aus einem Pub geschmissen wurde«, sagte der Typ leise, nahm ein halb volles Glas mit roter Flüssigkeit, sah ihr in die Augen und trank. Die Geste hatte etwas Bedrohliches, doch Zoe war nicht in der Stimmung, sich einschüchtern zu lassen.

»Oh, und du weißt vermutlich alles darüber«, sagte sie laut. »Nachdem du sie eben erst kennengelernt hast. Mein Gott. Wie heißt du überhaupt? Ich glaube nämlich nicht, dass einer von uns beiden dich kennt.«

»Ich bin Richie«, sagte er. »Und Angeline kennt mich ziemlich gut.«

Er lächelte knapp, und zu Zoes Widerwillen lehnte Angeline sich an ihn und legte ihren Kopf an seine Schulter.

Zoe ergriff ihre Hand. »Lass uns nach Hause fahren. Ich mach dir einen Tee, und dann kuscheln wir uns aufs Sofa.«

Das fand Richie offenbar nicht amüsant, doch Angeline, die nichts mehr mochte, als umsorgt zu werden, lächelte schüchtern. »Das klingt nett«, sagte sie, richtete sich auf und rutschte, immer noch Zoes Hand haltend, von dem Barhocker.

»Möchtest du dein Glas nicht leer trinken?«, fragte Richie sichtlich verärgert.

»Ich glaube, sie hatte genug«, sagte Zoe mit einem kalten Lächeln.

»Na gut«, meinte Richie achselzuckend. »Bis bald, Angeline.«

»Komm«, sagte Zoe, legte einen Arm um ihre Freundin und stützte sie. Gut, dass sie so leicht war.

»Tschüss, Richie«, rief Angeline.

»Ich komm dich besuchen«, rief er zurück, und Zoe gefror das Blut in den Adern, als sie sich zu ihm umdrehte. Sie hoffte wirklich, dass Angeline nicht so dumm gewesen war, ihm ihre Adresse zu geben.

11.

Das Ende von allem begann hier.

Aidan stand neben dem Zug, in den er hatte steigen wollen, und wappnete sich dafür, Greta zu erklären, dass er heute Abend später nach Hause kommen würde. Er hatte ein Dutzend erfundene Ausreden einstudiert, doch am Ende wurde ihm klar, dass diese Geschichte noch eine Weile weitergehen konnte. Er musste ihr irgendeine Version der Wahrheit erzählen.

Während er wartete, dass sie abnahm, stellte er sich vor, wie Greta am Küchentisch sitzen, barsch antworten und seinen Erklärungsversuchen mit kaltem Schweigen lauschen würde. Dann war sie plötzlich wirklich am Apparat, ihre Stimme klar und freundlich in seinem Ohr.

»Hey!«, sagte sie und dehnte die Silbe mit einem kleinen Lachen in der Stimme. »Wie geht's?«

All seine vorbereiteten Ausflüchte zerbröselten. Er hatte mit Kälte und Argwohn gerechnet. Aber dieses leise Lachen brachte ihn aus dem Tritt. Nicht zum ersten Mal hatte er das Gefühl, dass er seine Frau irgendwie falsch sah. Sobald er nicht in ihrer Gegenwart war, verzerrte sich sein Bild von ihr.

Am Ende brachte er es einfach nicht über sich, ihre gute Laune zu verderben. Er hatte Greta in den vergangenen anderthalb Jahren schon genug angetan.

»Es ist so ärgerlich«, sagte er so locker wie möglich nach einer vermutlich zu langen Pause. »Ich komme später nach Hause. Ich muss leider noch mal zur Polizei. Ich habe gestern in der Stadt einen Überfall beobachtet und muss eine Aussage machen. Die ganze Geschichte ist wirklich lästig.«

Auf der Fahrt zurück zum Kommissariat rief Jonah McCullough an, weil er hoffte, dass bereits Ergebnisse zu den gesicherten Fingerabdrücken vorlagen. Aber McCullough schnaubte nur spöttisch, während sie den Rachmaninow leiser drehte, der im Hintergrund lief.

»Fingerabdruckabgleiche an einem Freitagnachmittag? Da müssten Sie schon sehr großes Glück haben«, sagte sie. »Die haben sich doch um vier alle ins nächste Pub verpisst. Zoes haben sie vorher noch erledigt, alles andere wird bis Montag dauern. Aber wenn Sie wollen, kann ich Ihnen meine Zusammenfassung vortragen.«

Jonah seufzte. »Besser als nichts.«

Er hörte das Rascheln von Papier, bevor sie weitersprach.

»Wir haben im Haus vier verschiedene markante, wahrscheinlich männliche Fingerabdrücke gefunden. Ich werde nicht mit Gewissheit behaupten, dass sie männlich sind. Es gibt Frauen, deren Fingergröße in dem Bereich zweier der gesicherten Abdrücke liegt. Ausreißer, aber es gibt sie.«

»Okay, und wo haben Sie diese Fingerabdrücke gesichert?«, fragte Jonah.

»Die der ersten männlichen Person sind am deutlichsten, sie finden sich innen und außen an der Wohnungstür, auf einem der beiden Gläser, die wir sichergestellt haben, sowie an dem Lichtschalter. Keine an der Badezimmertür.« Sie machte eine Pause und fuhr dann fort. »Die Abdrücke der zweiten männlichen Person sind nicht so deutlich und überall in der Wohnung verteilt, auch an der Badezimmertür sowie diversen anderen Stellen im Bad. In manchen Fällen überlagert, also ein häufiger Besucher, aber wahrscheinlich nicht an dem Abend.«

»Danke«, sagte Jonah. »Und die anderen beiden?«

»Die männliche Person Nummer drei ist auffällig«, sagte McCullough. »Ihre Abdrücke finden sich nur am Schloss der Badezimmertür, sonst nirgendwo. Und sie sind ziemlich markant und nicht überdeckt.«

»Das ist sehr interessant«, sagte Jonah. »Wenn die Tür von dem Mörder abgeschlossen und wieder aufgeschlossen wurde, würde das solche Spuren hinterlassen, richtig?«

»Ja, obwohl ich hinzufügen möchte, dass die Abdrücke vielleicht nicht so frisch sind, wie sie aussehen, wenn die Tür normalerweise nicht abgeschlossen wurde«, sagte McCullough. »Und wir haben daran kaum Abdrücke von Zoe gefunden.«

»Treffender Einwand«, gab Jonah zu. »Und die vierte männliche Person?«

»Vor allem an der Wohnungstür und an einer Glühbirne«, antwortete McCullough. »Könnte also ein Handwerker gewesen sein.«

»Okay. Und was ist mit den Frauen?«

»Es gibt drei verschiedene Sätze von Abdrücken«, sagte McCullough, und Jonah hörte, wie sie eine Seite umblätterte. »Eine von ihnen ist Zoe. Die beiden anderen haben ihre Abdrücke ziemlich flächendeckend verteilt, vor allem in der Küche.«

Jonah überlegte eine Weile. »Und im Schlafzimmer keine fremden Abdrücke?«

»Keine vollständigen«, sagte McCullough. »Ein paar stark überdeckte Teilabdrücke, doch ich würde vermuten, dass sie größtenteils von der Vormieterin stammen.«

»Das ist super, vielen Dank.«

»Ich habe mir die Substanz in den Abstrichen um den Mund angesehen«, fuhr McCullough mürrisch fort. Jonah musste lächeln. Er hatte gewusst, dass sie es heute noch erledigen würde.

»Und?«

»Desfluran. Shaw lag richtig.«

Jonah nickte zufrieden vor sich hin, auch weil der Geruch, den Shaw bemerkt hatte, wahrscheinlich nur für kurze Zeit wahrnehmbar gewesen war. Wenn Jonah die Meldung nicht weiterverfolgt und nach Zoe gesucht hätte, hätte es mehrere Tage dauern können, bis sie gefunden worden wäre, und bis dahin wäre keine Spur der Chemikalie mehr nachzuweisen gewesen. Und wenn niemand den

Zusammenhang zwischen der fehlgeleiteten Verbrechensmeldung und der Entdeckung der Leiche hergestellt hätte, wäre das Ganze als Selbstmord behandelt worden.

»Das ist wirklich großartig«, sagte er freundlich zu McCullough. »Selbstmord ist also ausgeschlossen.«

»Sieht ganz so aus.«

»Danke, Linda, gehen Sie jetzt nach Hause?«

»Ist das eine subtil verschlüsselte Bitte, noch länger zu bleiben für den Fall, dass ich gebraucht werde?«, fragte McCullough trocken.

Jonah lachte. »Nein, es war ausnahmsweise einmal nur der Versuch einer privaten Unterhaltung. Ich habe noch eine Vernehmung, doch es sieht nicht so aus, als gäbe es für Sie noch etwas zu tun, bis die Ergebnisse der Fingerabdrücke und der Blutproben vorliegen.«

»Das ist mal eine gute Nachricht«, erwiderte McCullough. »Dann verschwinde ich hier, bevor doch noch was passiert. Viel Spaß.«

Sobald er fertig war, sagte Hanson: »Die dritte männliche Person ist interessant, denke ich. Ich wüsste gern, wessen Abdrücke das sind.«

»Ich auch«, stimmte Jonah ihr zu. »Aber es sieht so aus, als müssten wir bis Montag warten, ehe dieses kleine Rätsel gelöst wird, vorausgesetzt, wir schaffen es vorher, die Fingerabdrücke des Betreffenden zu nehmen. Aber mit Sicherheit zu wissen, dass es sich um einen Mord handelt, ist ein guter erster Schritt.«

Nach kurzem Schweigen sagte Hanson: »Ich frage mich, was mit ihrem Vater ist. Er sagt kaum etwas und wirkt so gehetzt. Da denkt man unwillkürlich, dass es Schuldgefühle sein könnten.«

»Ja, darüber habe ich auch schon nachgedacht«, sagte Jonah. »Trotzdem wäre es nicht richtig gewesen, sie heute nach Alibis zu fragen, aber das hole ich morgen nach.« Er seufzte. »Vor ein paar Jahren habe ich mal in einem Fall ermittelt, in dem ein Vater seine Tochter in einem Wutanfall getötet hatte. Er war … völlig zerstört.«

»Menschen können so verkorkst sein«, murmelte Hanson. »Da hab ich mit meinem miesen Lügner und Ehebrecher von einem Vater vermutlich noch Glück gehabt.«

Jonah dachte an seinen eigenen gewalttätigen Vater und lächelte dünn. »Ja, vermutlich.«

»Nun«, sagte Sheens, nachdem er Aidan übertrieben förmlich begrüßt hatte, »bei Ihrer letzten Befragung haben Sie unerwähnt gelassen, dass Ihre Beziehung zu Zoe einen Haken hatte.«

»Ja«, bestätigte Aidan leise. Er wirkte tatsächlich ein wenig gefasster als beim Verlassen des Kommissariats vor ein paar Stunden. Weniger weggetreten, dachte Hanson. Trotz der schlimmeren Situation, in der er sich jetzt befand.

»Warum genau dachten Sie, Sie müssten Ihre Ehefrau verschweigen, mit der Sie zusammen in Alton leben?«

»Es tut mir leid«, sagte Aidan und sah den DCI flehentlich an. »Ich weiß, ich hätte es erwähnen sollen. Ich hatte einfach schreckliche Angst, dass Greta alles erfahren würde. Es war nicht einmal … Hören Sie, wenn ich klarer gedacht hätte, wäre mir bewusst gewesen, dass es keinen Unterschied macht. Aber ich habe mir wohl vorgestellt, dass Sie Greta befragen wollen würden und dass dann alles rauskommen würde. Und … nachdem Zoe jetzt nicht mehr da ist, ist die Vorstellung, auch sie zu verlieren, einfach …«

»Wenn Ihnen etwas an Zoe gelegen hat, wollen Sie doch bestimmt, dass wir herausfinden, wer sie umgebracht hat«, erwiderte Sheens.

»Ja«, sagte Aidan und richtete sich ein wenig auf. »Natürlich will ich das. Ich dachte bloß … Wenn ich überhaupt etwas gedacht habe, dann wohl, dass meine Ehe nichts damit zu tun hatte.«

»Sie glauben nicht, dass das von Bedeutung ist?«, fragte Sheens und warf einen Blick auf die handschriftlichen Notizen, die er sich bei der ersten Befragung gemacht und bisher noch nicht abgetippt und in der Datenbank abgelegt hatte. »Sie haben zum Beispiel Zoes Freund Victor erwähnt, der wütend über Ihre Beziehung war. Meinen Sie nicht, dass die Tatsache, dass Sie verheiratet sind, seine Verbitterung verstärkt haben könnte?«

Aidan sah Sheens verunsichert an. »So denke ich nicht darüber, nein.«

»Was hat Ihre Frau gestern Abend gemacht?«

Die neue Stoßrichtung erwischte Aidan offensichtlich auf dem falschen Fuß. »Was? Greta?«

»Ob das ihr Vorname ist, müssen Sie mir sagen«, erwiderte Sheens. »Nachdem ich bisher nur sehr wenig über sie gehört habe, bin ich mit ihr nicht per du.« Die Bemerkung triefte vor Sarkasmus, und Aidan Poole tat Juliette ein wenig leid. Es sah ganz so aus, als stünde ihm eine unangenehme Zeit bevor.

»Sie heißt Greta«, sagte Aidan, nachdem er Luft geholt hatte, »sie ist vierzig Jahre alt, und wir sind seit vierzehn Jahren verheiratet.«

»Und gestern Abend?«, wiederholte Sheens. »Ich nehme an, sie war nicht im Haus, während sie heimlich mit Ihrer Freundin gechattet haben, oder haben Sie gewartet, bis sie ins Bett gegangen ist?«

Aidan schüttelte den Kopf. Juliette sah, wie er um Selbstbeherrschung rang und den Kiefer anspannte. Wenn der DCI wollte, konnte er die meisten Menschen einschüchtern.

»Sie war bei einem Abendessen anlässlich einer Preisverleihung«, sagte Aidan schließlich. »Sie schreibt als Wissenschaftsjournalistin für viele große Zeitungen. Sie hat den Preis überreicht.«

»Und wo war das?« Der DCI blickte auf seinen Block. Er hatte begonnen, sich Notizen zu machen. Irgendwie schaffte er es, selbst die bloße Handlung des Schreibens bedrohlich wirken zu lassen.

»In London. In … irgendeinem Hotel.«

»Geht das vielleicht ein bisschen genauer? Der Name der Organisation, die den Preis verliehen hat, wäre zum Beispiel hilfreich«, sagte Sheens.

»Oh. Ja … die Press Association, glaube ich.«

»Wann ist Ihre Frau nach Hause gekommen?«

»Eins … halb zwei.«

»Und Sie sind sicher, dass sie zum Zeitpunkt von Zoes Ermordung in London war?«, fragte Sheens

»Ja, verdammt noch mal«, erwiderte Aidan. »Warum sollte Greta irgendetwas damit zu tun haben? Sie hat nie von Zoe gehört.«

»Sie wusste also nichts von der Affäre?«, bohrte Sheens nach.

»Nein«, sagte Aidan. »Glauben Sie ernsthaft, sie würde noch mit mir zusammen sein wollen, wenn sie wüsste, dass ich eine siebenundzwanzigjährige Studentin gevögelt habe?«

»Sie waren also vorsichtig«, schaltete Juliette sich ein und beugte sich vor, bemüht, den Eindruck zu erwecken, sie sei die Verständnisvollere von beiden.

»Ja«, antwortete Aidan und hob resigniert die Hand. »Ich war ein total verlogenes Arschloch. Ich hab mein Handy so eingestellt, dass es Zoes Nachrichten nicht angezeigt hat. Ihre E-Mails wurden per Filter automatisch in einem Arbeitsordner abgelegt. Und ich habe ausnahmslos alles gelöscht. So geht das, wenn man eine beschissene Affäre hat. Man lernt, permanent zu lügen.«

»Und seit gestern Abend?«, fragte Juliette. »Haben Sie Ihr Skype-Anrufprotokoll gelöscht?«

Aidan blinzelte sie an. »Oh. Nein, habe ich nicht. Es war das einzige Mal, dass ich es nicht getan habe. Ich brauchte es noch.«

»Weil es Ihr Alibi war?«, fragte der DCI ironisch.

»Nein!«, antwortete Aidan sichtlich frustriert. »Um mir zu beweisen, dass … dass es wirklich passiert war.«

»Wir möchten, dass Sie uns diese Unterhaltung zeigen«, sagte Sheens.

»Haben Sie die App auf Ihrem Handy?«, fragte Juliette, blickte kurz zu ihrem Chef und dann wieder zu Aidan Poole.

»Ja.« Aidan richtete sich ein wenig gerader auf. »Ja, habe ich. Ich zeige sie Ihnen.« Er fummelte kurz an seinem Handy herum, bis er eine Unterhaltung mit Zoe Swardadine aufgerufen hatte. Das Foto war ganz offensichtlich das des Mädchens, das sie tot in der Badewanne und auf dem Stahltisch in der Gerichtsmedizin gesehen hatten.

Juliette fragte den DCI mit einem Blick um Erlaubnis, nahm das Handy und klickte auf das Profil von Zoe Swardadine. Die Skype-ID bestand aus Zoes erstem und zweitem Vornamen in einem Wort geschrieben. Juliette notierte sie sich, und Jonah beschrieb für die Tonaufnahme, was passierte. Juliette überprüfte die Anrufzeit, gestern Abend um 22:52 Uhr. Der Anruf hatte drei Stunden und neunundvierzig Minuten gedauert.

»Um 02:42 Uhr haben Sie also schließlich aufgelegt?«, fragte sie, als sie ihm das Handy zurückgab.

»Ja«, sagte er. »Als Greta angerollt kam.«

»Sie war betrunken?«, fragte Juliette.

»Sehr, wie üblich nach diesen Empfängen«, sagte Aidan. »Und darüber war ich sehr erleichtert, weil sie sich hingelegt hat und eine Minute später tief und fest eingeschlafen war und nicht mitgekriegt hat, dass ich mehrmals aufgestanden bin.« Er schüttelte den Kopf. »Ich konnte nicht schlafen. Ich habe versucht, mir einzureden, dass ich das Gesehene falsch gedeutet haben könnte, aber in Wirklichkeit wusste ich es.«

Der DCI nickte und beugte sich vor. »Ich denke, dabei können wir es für heute Abend belassen. Es kann durchaus sein, dass wir Sie dieses Wochenende noch einmal brauchen, das hängt von den weiteren Entwicklungen ab.«

»Gut«, sagte Aidan, stand auf und steckte sein Handy wieder ein. »Sagen Sie einfach Bescheid. Ich möchte helfen, selbst wenn ich mich in dieser Affäre wie ein Idiot benommen habe.«

Sie begleiteten ihn aus dem mittlerweile leeren CID. O'Malley und Lightman waren schon weg gewesen, als sie aus der Leichenhalle zurückgekommen waren.

Nachdem die Tür hinter Aidan Poole zugefallen war, wandte Juliette sich an den DCI. »Ich überprüfe, ob das wirklich Zoes Skype-Konto ist.«

»Klar«, sagte Sheens, »aber ich bin mir ziemlich sicher, dass es so ist.«

»Sie glauben nicht, dass er schuldig ist?«

»Oh, ich denke, er ist in vielerlei Hinsicht schuldig«, erwiderte

Sheens grinsend, »und alles wird ans Licht kommen. Ich glaube bloß nicht, dass die Ermordung einer jungen Frau dazugehört.«

»Wir gehen also davon aus, dass er wirklich Zeuge ihrer Ermordung war?«, fragte Juliette ein wenig spitz.

Der DCI schüttelte lächelnd den Kopf. »Wir gehen von gar nichts aus, wie Sie sehr wohl wissen. Wir ermitteln so gründlich gegen ihn wie gegen alle anderen. Aber wenn ich eine Vorhersage machen müsste, würde ich sagen, sobald Aidan Poole mit diesem Theater aufhört und nicht mehr alles daran setzt, sich selbst zu schützen, wird er uns helfen, den Fall zu lösen. Denn es ist zu neunundneunzig Prozent sicher, dass Zoe ihren Mörder kannte, und ich wette, Aidan Poole kannte ihn auch.«

Juliette schaltete den Computer auf ihrem Schreibtisch aus und streckte sich. Es war acht Uhr, und sie überlegte, ob sie noch irgendetwas erledigen oder Feierabend machen sollte. Ohne den üblichen Pub-Ausflug mit den Kollegen hatte sie einen freien Abend, an dem sie etwas unternehmen konnte, was nichts mit der Arbeit zu tun hatte. Sie müsste dankbar sein, anstatt sich ein wenig verloren zu fühlen.

Wenn sie schon Zeit hatte, sollte sie etwas damit anfangen. Sie zog ihr Handy aus der Tasche und grübelte, welche ihrer Freundinnen und Freunde sie zu lange nicht gesehen hatte, als eine Nachricht von Ben Lightman eintraf.

Bin jetzt frei. Könnten wir doch noch in den Pub gehen?

Für einen Moment war Juliette verärgert. War sein Date schlecht gelaufen? Waren sie und O'Malley die Lückenbüßer, von denen womöglich noch erwartet wurde, dass sie sich anhörten, wie schrecklich alles gewesen war?

Aber irgendwie konnte sie sich nicht vorstellen, dass Lightman wortreich seinen Kummer ersäufen wollte, und schrieb mit einem Seufzer zurück, sie sei noch da, O'Malley jedoch schon weg.

OK. In zwanzig Minuten?

Juliette hatte sich an einen Tisch am Fenster der Marriott-Bar gesetzt. Das Lokal war ihre Wahl gewesen. Da O'Malley nicht dabei war, konnten sie auch in eine Bar mit Weinkarte gehen anstatt in einen Alt-Männer-Pub.

Sie trug immer noch ihre Arbeitsklamotten und fragte sich, ob Lightman legerer als üblich gekleidet erscheinen würde. Oder sich zum Ausgehen aufgebrezelt hatte?

Sie nahm ihr iPad und scrollte durch die Abschriften der Befragungen von Aidan Poole. Sie verglich die beiden Aussagen miteinander und mit dem, was Zoes Eltern ihnen erzählt hatten. Dabei machte sie sich handschriftliche Notizen, hatte jedoch Mühe, sich richtig zu konzentrieren.

Sie war sich nicht sicher, wie es sein würde, mit Lightman allein ein Glas zu trinken, und das machte sie nervös. Sie ertappe sich dabei, immer wieder zur Tür blicken.

Als er schließlich kam, stellte sie erleichtert fest, dass auch er immer noch denselben Anzug trug. Sie hob eine Hand, und er kam grinsend zu ihrem Tisch

»Für einen Freitag hast du doch bestimmt genug gearbeitet?«

Sie lächelte trocken. »So kriegen sie einen, oder? Sie geben einem das Gefühl, du hättest Freizeit, machen dich aber so neugierig auf den Fall, dass du nicht anders kannst, als weiterzuarbeiten.«

»Könnte ich dich stattdessen neugierig auf einen Drink machen?« Er blickte zur Bar.

»Ich glaube schon«, sagte Hanson. »Gin für mich.«

»Mit irgendwas …?«

»Na ja, Tonic, wenn es sein muss.«

Der Barkeeper war langsam, deshalb las Juliette auch noch O'Malleys Befragung von Victor und Maeve zu Ende, während Lightman am Tresen wartete. Dann schaltete sie das iPad aus und steckte es zusammen mit dem Notizbuch in ihren Rucksack.

»Bitte sehr«, sagte Lightman, als er schließlich zwei Highball-Gläser auf den Tisch stellte.

»Danke.« Sie trank zwei tiefe Züge Gin und sagte dann wie nebenbei: »Ich war überrascht, als du dich gemeldet hast. Du klangst … sehr beschäftigt.«

»Ja«, sagte Lightman, und seine Miene verriet ein leichtes Unbehagen. »Ich habe eine Menge auf dem Zettel, aber …«

Juliette kam sich auf einmal vor, als würde sie einen widerwilligen Zeugen befragen. Sie wandte den Blick ab. »Tut mir leid. Ich wollte nicht zudringlich sein.«

»Bist du nicht«, versicherte Lightman. »Ich musste meinen Dad besuchen. Es geht ihm nicht gut.«

Auf Neuigkeiten dieser Art war Juliette nicht gefasst gewesen. Es war etwas so vollkommen anderes als das Gejammer über ein misslungenes Date, dass eine verlegene Pause entstand.

»Tut mir leid«, sagte sie schließlich noch einmal und legte kurz eine Hand auf seinen Arm, bevor sie sie auf den Tisch stützte. »Ist das … eine plötzliche Sache?«

Lightman schüttelte den Kopf. »Nein, nicht direkt. Wir dachten, er hätte sich komplett wieder erholt, aber jetzt ist es zurückgekommen.«

»Oh. Das ist … beschissen«, sagte sie leise. »Dein armer Vater.«

»Ja«, sagte er. »Wie dem auch sei, was glaubst du, wer der Mörder von Zoe Swardadine ist? Irgendwelche Wetten?«

Sie war ein wenig enttäuscht. Sie hatte gedacht, er würde sich ihr öffnen und alles erzählen. Aber so funktionierte Ben Lightman vermutlich nicht.

Trotzdem begann sie, über den Fall zu sprechen, so leise, dass keiner der Gäste am Tresen sie hören konnte. Sie berichtete ihm von Aidan Poole, seiner Affäre mit Zoe und der Tatsache, dass er in seiner ersten Befragung glatt verschwiegen hatte, verheiratet zu sein, obwohl klar war, dass es herauskommen würde.

»Deshalb glaube ich, Dinge zu vertuschen ist für ihn eine tiefsitzende Angewohnheit«, sagte sie. »Meiner Erfahrung nach sind solche Menschen so gewöhnt daran, eine Lüge zu leben, dass Sie instinktiv alles verheimlichen.«

Er sah sie mit einem sehr dünnen Lächeln an. »War das der Stil deines Ex? Alles zu vertuschen?«

Juliette nickte knapp. Sie hatte ihm nie die ganze Geschichte von Daiman erzählt, jedoch ein paar der Belästigungen angedeutet, und Lightman war schlau genug zu erkennen, dass sie eine toxische Beziehung beschrieben hatte. »Klar. Er hat seine Nachrichten an andere Frauen verheimlicht, seine Versuche, alte Flammen wiederzutreffen, jede Verabredung … Quittungen für absurd teure Einkäufe …« Sie lachte kurz. »Daiman hat gern so getan, als hätte er all die Sachen, die er sich gekauft hat, ›schon seit Ewigkeiten‹. Oder von seiner Mutter zum Geburtstag geschenkt bekommen. Dabei schuldete er mir Tausende, die er nie zurückzahlte.« Sie schüttelte den Kopf. »Wie dem auch sei, Aidan mag ein großer Narzisst sein oder auch nicht, aber ich erkenne mögliche Parallelen.«

»Einverstanden«, sagte Lightman. »Hast du O'Malleys Zusammenfassung der Unterhaltung mit Victor Varos gelesen? Ich musste an *Villette* denken, den Brontë-Roman. Darin ist die Heldin offensichtlich in einen attraktiven jungen Mann verliebt, der überhaupt nicht mitbekommt, dass er sie tief verletzt, als er sich in eine andere verliebt.«

»Moment mal. Du hast ein *Buch* gelesen?«, fragte Juliette.

»Sei still«, sagte Lightman freundschaftlich.

»Ich habe es jedenfalls nicht gelesen«, gab Juliette grinsend zu. »Bringt sie ihn um? In dem Buch?«

Lightman griff lachend nach seinem Gin. »Nein, sie verliebt sich in einen anderen.«

»Dann ist die Relevanz eher fragwürdig«, erwiderte Juliette.

»Hey«, widersprach Lightman. »Wir stehen noch ganz am Anfang eines neuen Falles. Und wie der Chef sagt …«

»Besser quer denken als gar nicht«, sagte Juliette und schüttelte den Kopf. »Ich bin mir nicht sicher, ob er das gemeint hat, Ben.«

Lightman grinste und leerte sein Glas. »Ich brauche noch einen. Vielleicht auch noch drei oder vier.«

»Ich bin dabei«, erwiderte Juliette lächelnd. »Aber die nächsten beiden gehen auf mich. Und danach brauche ich eine richtig fettige Pizza. Nur damit du gewarnt bist.«

»Ich bin sicher, das lässt sich machen.«

Danach wurden sie ziemlich schnell betrunken. Betrunken war Lightman überraschend albern. Auf Juliettes scherzhafte Bemerkung, er sei ein ordnungsfanatischer Zwangsneurotiker, reagierte er mit einem lauten »Okay« und begann dann, ihren Tisch absichtlich in Unordnung zu bringen.

Juliette lachte ihn aus.

»Was?«

»Das ist jetzt nicht direkt ein Durcheinander, oder? Zwei Gläser am Rand und daneben eine Speisekarte.«

»Du willst ein Durcheinander sehen«, fragte Lightman, stand auf und sammelte von mehreren kürzlich frei gewordenen Tischen gut sechs Gläser ein, die er ineinanderstapelte. Die Gäste, die noch am Tresen standen oder an anderen Tischen saßen, blickten verwirrt in seine Richtung.

»Was machst du?« Juliette lachte inzwischen so heftig, dass sie nicht mehr aufhören konnte, selbst wenn sie es versuchte.

»Ich mache Unordnung«, erwiderte Lightman ernsthaft und trug die wackeligen Stapel mit unterschiedlichen Gläsern zurück zu ihrem Tisch. »Siehst du.« Er fing an, die Gläser abzustellen. »Durcheinander. Siehst du?« Noch ein paar Gläser. »Und es macht mir gar nichts aus.«

Nachdem Juliette sich wieder eingekriegt hatte, sagte sie: »Schon gut, schon gut. Du bist kein Zwangsneurotiker. Du bist bloß … ein Idiot. Okay?«

Lightman lächelte sie triumphierend an und setzte sich vor die Ansammlung schmutziger Gläser. »Viel besser.«

Juliette sah ihn kopfschüttelnd an, und er erwiderte ihren Blick mit einem eigenartigen Ausdruck. Dann atmete er langsam aus. »Wir müssen morgen wahrscheinlich arbeiten«, sagte er.

Juliette versuchte, weiterzulächeln. »Ja. Aber wir haben noch Ewigkeiten Zeit, um wieder nüchtern zu werden.«

Er blickte auf die Gläser und sagte dann: »Ich sollte dich nicht … dazu verleiten, zu spät ins Bett zu gehen und zu trinken. Aber vielen Dank für die Aufmunterung.«

»Jederzeit«, sagte sie, während er unvermittelt aufstand. Sie hatte das Gefühl, als hätte sich plötzlich alles umgekehrt. Sie blickte ihm verwirrt nach und fragte sich, warum.

12.

APRIL – NEUNZEHN MONATE VORHER

Zoe hatte Angeline nach Hause gebracht, weg von Richie und dem, was auch immer Angeline mit ihm in der Bar geplant haben mochte. Sie hatte ihr Tee eingeflößt und ihr übers Haar gestrichen, bis sie während einer Folge von *Auf der Flucht* eingeschlafen war. Aidan hatte sie nicht erwähnt. Sie hatte sich gesagt, dass es nicht fair wäre, solange Angeline eigene Probleme hatte, aber in Wahrheit tat allein der Gedanke an ihn zu weh. Angeline zu erzählen, dass er gelogen hatte, würde bedeuten, dass es wirklich vorbei war, und das schmerzte zu sehr.

In den nächsten vier Stunden versuchte sie herauszufinden, ob Aidan die Wahrheit gesagt hatte. Sie durchsuchte seine Facebook-Seite und die Seiten der Universität auf die Erwähnung einer Frau, die immer noch seine Lebenspartnerin war, und fand nichts. Das war wie ein Hoffnungsstrahl. Aber vielleicht war er auch nur ein notorischer Ehebrecher, der gut darin war, seine Spuren zu verwischen.

In der Dunkelheit nach Sonnenuntergang fielen ihr schließlich einige seiner Worte wieder ein. Sie erinnerte sich daran, dass er seine Frau verteidigt hatte, die es, wie er sagte, nicht verdient hatte, um das Geld betrogen zu werden. Er hatte ihr keine Vorwürfe gemacht. Ganz anders als Isaac, der seine Frau gegenüber Maeve als schreckliche kontrollsüchtige Hexe hingestellt hatte.

Während ihr all das wieder einfiel, spürte sie einen Widerhall. Es hatte echt geklungen, erkannte sie. Es hatte wahr geklungen. Und der Ausdruck in seinen Augen war aufrichtig gewesen.

Nachdem ihre Wut verflogen war, wollte sie nur noch sehnlichst hören, dass alles gut war, dass sie ihn nicht gehenlassen musste. Sie zog einen Pullover an und ging langsam nach unten. An der Tür hörte sie Maeve in der Küche hantieren, und der Gedanke, entdeckt und zum Reden gezwungen zu werden, machte sie nervös. Sie nahm ihren Mantel und floh aus dem Haus.

Auch dann war sie sich noch nicht sicher, fand sich jedoch auf dem Weg zurück zu dem Hotel wider. Sie ging so langsam, dass sie vierzig Minuten brauchte, und als sie ankam, waren ihre Hände steif vor Kälte.

Sie blieb in dem dunkelroten und beigefarbenen Eingang stehen und zog schließlich ihr Handy aus der Tasche. Sie hatte ihm so viele Dinge zu sagen gehabt, doch nun hatte sie nicht mehr die Kraft dafür.

Er nahm beim ersten Klingeln ab, und sie hörte die Furcht in seiner Stimme, als er ihren Namen nannte.

»Ich bin in der Lobby«, sagte sie und ließ sich schwer auf einen Stuhl sinken.

Eine Minute später trat er aus einem der Fahrstühle und kam auf sie zu. Als sie aufstand, streckte er die Hand aus und strich über ihre Wange, eine zutiefst beruhigende Geste. Nicht nur die Berührung, sondern die Tatsache, dass er sich offen und frei mit ihr sehenließ. Er versuchte nicht, sie zu verstecken. Es war, als wäre alles legitim. In Ordnung. Moralisch.

»Es tut mir leid«, sagte er mit gebrochener Stimme. »Es tut mir so leid.«

»Schon okay«, sagte sie. Und dann schob sie ihre Hand in seine und folgte ihm zum Aufzug.

»Wirtschaft?«, fragte Maeve ein wenig tadelnd. »Komm schon. Wenn du mit einem Dozenten ausgehst, solltest du dir zumindest jemanden aussuchen, der deine Arbeiten benotet.«

»Ja, ich weiß. Es ist bedauerlich«, sagte Zoe und stieß ein kurzes Lachen aus.

»Vielleicht könnte er wechseln«, schlug Maeve vor. Sie saß im Schneidersitz auf dem abgewetzten, durchhängenden Sofa, das sie mit allen Hausbewohnern teilten.

Zoe stand in der Kochnische und packte Einkäufe aus einer Tesco-Tüte in den Kühlschrank und in ihre beiden Schränke. Sie arbeitete nicht besonders effektiv, weil sie zu sehr auf das Gespräch konzentriert war. Sie war hin- und hergerissen zwischen dem Bedürfnis, über Aidan zu sprechen, und dem Wunsch, lieber gar keine Fragen zu beantworten.

In Wahrheit hatte sie Angst vor Maeves Missbilligung. Sie hatte Angst, dass Maeve ihr all die Dinge sagen würde, die sie Maeve über Isaac erklärt hatte, dass sie sie spüren lassen würde, dass das, was sie tat, falsch war. Was vielleicht okay gewesen wäre, wenn eine Stimme in Zoes Kopf nicht genau das Gleiche sagen würde.

Am Abend zuvor hatte sie die Sache mit Aidan gründlich ausdiskutiert. Alles, was er gesagt hatte, hatte so vernünftig geklungen. Überzeugend. Beruhigend. Er hatte von der Kälte gesprochen, die in seiner Ehe gewachsen war, seine Frau jedoch weiter verteidigt. Er hatte gesagt, es sei einfach nur sehr traurig und nicht ihre Schuld. Und er hatte Zoe mit einem klaren, offenen und aufrichtigen Blick angesehen. Als sie diesen Blick erwiderte, hatte sie das Gefühl gehabt, direkt in seine Seele zu schauen.

Hätte er Greta als eine furchtbare Person dargestellt, dann hätte Zoe die Beziehung abgebrochen. Sie war nicht so jung und naiv, dass sie darauf hereinfiel, und sie würde sich nicht in eine dieser Frauen verwandeln, die ihrer Rivalin die Schuld gaben. Nicht wenn ihre Rivalin völlig im Recht war. Auch wenn ihre Ehe nur noch zum Schein bestehen mochte, wurde Greta mit jeder Berührung und jedem Kuss zwischen Zoe und Aidan betrogen. Sie hatte ein Recht, es zu erfahren.

Aber Aidan hatte erklärt, er sei sicher, dass Greta ihn in der Vergangenheit auch schon betrogen habe, was ebenfalls dazu beigetragen hatte, dass Zoe sich besser fühlte.

»Sieben Monate lang hat sie mich kaum zur Kenntnis genommen«, sagte er mit einem leicht verbitterten Lächeln. »Elan hatte sie offenbar nur, wenn sie zu einem ihrer Meetings ging. Dann hat sie auch … sehr viel Mühe auf ihr Aussehen verwandt. Ganz anders als zu Hause.«

»Hast du sie deswegen je zur Rede gestellt?«, hatte Zoe ihn gefragt.

»Ich war … hin- und hergerissen«, hatte er nachdenklich geantwortet. »Einerseits habe ich mich elend gefühlt, andererseits wollte ich beinahe, dass es weiterging und zu einer Krise kam, damit wir die Sache beenden konnten, ohne dass es meine Schuld war.«

Man musste einfach Mitgefühl mit ihm haben. Zoe konnte sich nicht vorstellen, wie es war, die Person, die man geheiratet hatte, nicht mehr zu lieben, jedoch auch nicht hartherzig genug zu sein, sie einfach zu verlassen.

»Er ist also vierzig«, sagte Maeve, »war er schon mal verheiratet? Hat er Kinder?«

»Er ist neununddreißig«, sagte Zoe und spürte einen nervösen Knoten im Magen. »Und er hat keine Kinder.« Sie nahm eine Dose und wandte sich dem Schrank zu, bevor sie hinzufügte: »Er hat allerdings eine Beinahe-Exfrau.«

»Beinahe-Ex?« Maeves Ton war scharf wie ein Peitschenhieb. »Was soll das heißen?«

»Dass er es noch nicht geschafft hat, sich von ihr scheiden zu lassen«, erwiderte Zoe, weiter mit dem Rücken zu Maeve. Die sonst schreckliche Vorstellung, ihre Schränke aufzuräumen, erschien ihr mit einem Mal überaus reizvoll. Sie musste ihre Hände irgendwie in Bewegung halten.

»Hat er die Scheidung schon eingereicht?«

Zoe nahm mehrere Dosen aus dem Schrank und stapelte sie auf der Arbeitsfläche. »Das wird er bald tun«, sagte sie. »In zwei Monaten. Wenn die Erbschaft seiner Mutter auf seinem Konto ist. Er will seine Frau nicht um ihren Anteil betrügen, indem er das Verfahren schon jetzt einleitet.«

Es entstand eine Pause, nur untermalt, von dem Geräusch der Dosen, die sie auf den Tresen packte.

»Glaubst du, das ist wahr?«, fragte Maeve schließlich.

Zoe atmete leise aus und drehte sich zu ihrer Freundin um. Der Ausdruck in Maeves blassen Augen gefiel ihr nicht. Sorgenvoll, aber sie meinte auch eine leise Befriedigung darin zu erkennen.

Zoe konnte ziemlich viel in Maeves Blick lesen. Verhaltene Euphorie darüber, dass sich das Blatt gewendet hatte, und vielleicht auch eine gewisse Überlegenheit, nachdem sie Isaac erklärt hatte, dass sie ihn nie wiedersehen wollte. Das fand Zoe ungeheuer unfair, weil Isaac im Gegensatz zu Aidan ein glücklich verheirateter Mann gewesen war, bevor Maeve aufgekreuzt war.

»Ich glaube schon, ja«, sagte sie schließlich. »Ich glaube, er ist ein anständiger Mann. Er erzählt mir nicht, wie schrecklich sie ist. Er sagt, dass sie unglücklich sind, sei zum großen Teil seine Schuld, und er ist verzweifelt traurig darüber, dass ihre Liebe verschwunden ist. Er sagt, sie wissen es beide.«

»Das heißt, er hat mit ihr darüber gesprochen?«

Es entstand eine weitere Pause, diesmal, weil Zoe sich sicher zum fünfzigsten Mal Aidans genaue Worte ins Gedächtnis rief. Sie hatte auf jeden Fall den Eindruck bekommen, dass die beiden irgendwann übereingekommen waren, dass ihre Ehe nicht mehr funktionierte, aber wenn sie versuchte, sich daran zu erinnern, dass er das ausdrücklich gesagt hatte, fiel ihr nichts ein.

»Ich weiß nicht, wie offen sie darüber gesprochen haben«, sagte sie schließlich. »Soweit ich erkennen kann, scheint ziemlich klar zu sein, dass die Sache beendet ist. Andererseits … kann ich mir auch vorstellen, dass man an einen Punkt kommt, an dem keiner es mehr zur Sprache bringen will.«

Maeve beobachtete sie noch ein wenig länger und wandte sich dann seufzend ab. »Das kann ich auch, aber ich kann mir auch eine Situation vorstellen, in der er beschlossen hat, dass es vorbei ist, während sie weiter glaubt, alles wäre okay.«

»Ich bin sicher, so ist es nicht«, erwiderte Zoe entschieden. »Und sie hat ihn vor einer Weile auch betrogen, worauf er sie nie angesprochen hat.«

»Okay«, sagte Maeve und nahm ihren Teebecher. Sie blickte immer noch nachdenklich ins Leere. »Das heißt … sie weiß nichts von dir?«

Zoe spürte ein flaues Gefühl im Magen. Zum Teil, weil sie die Wahrheit zugeben musste, und zum Teil, weil sie wusste, dass Maeve ihr einen Vortrag halten würde. Maeve, die sie ständig um Rat fragte und ihn dann nie befolgte, die, gefangen in einer Endlosschleife, jedes Mal dieselben Fragen stellte. Maeve, die immer die falsche Entscheidung traf. Maeve, die ein Jahr lang einem verheirateten Mann nachgelaufen war.

»Nein«, gab Zoe zu. »Nein. Sie weiß es nicht. Aber sie wird es erfahren.«

Maeve nickte ganz langsam und sah Zoe dann direkt in die Augen. Diesmal lag kein Urteil in ihrem Blick, sondern nur Mitgefühl. »Sei vorsichtig, Zoe«, sagte sie. »Sei bloß vorsichtig.«

13.

Juliette machte sich Porridge und spähte in die Welt hinaus. Die Welt sah grau und trist aus, momentan jedoch trocken. Sie überlegte, was sie machen sollte, und beschloss, laufen zu gehen. Vor ein paar Monaten hatte sie sich einen leichten Rucksack gekauft, mit dem sie an ein paar Vormittagen in der Woche zur Arbeit joggen konnte. Im Kommissariat hatte sie Waschzeug und ein Handtuch deponiert, und wenn sie ihr Kostüm in den Rucksack stopfte, konnte sie sich auf der Arbeit umziehen.

Sie gab sich alle Mühe, nicht weiter über den gestrigen Abend nachzudenken, die Drinks mit Lightman und das abrupte Ende. Sie hatte sich schon mehrmals gesagt, wie froh sie war, keinen Kater zu haben, und sich dann auf den anstehenden Tag konzentriert.

Sie machte sich auf die Suche nach ihrer Jogging-Kleidung und zog sich nach und nach an, während sie immer wieder in ihrem Porridge rührte. Sie war schon immer gerne gelaufen. Sie war zwar nie besonders schnell gewesen, doch das Gefühl, von allem und jedem wegzukommen, hatte einen eigenen Reiz. Außerdem mochte sie die Art, wie ihre Gedanken schweiften und sie manchmal beim Laufen zu Entscheidungen oder Lösungen kam. Genau genommen hatte sie das Laufen nur als Belastung empfunden, als sie mit Damian zusammen gewesen war. Damals war es schrecklich gewesen, ihre Gedanken schweifen zu lassen. Es hatte ihr Raum und Zeit gelassen, sich der Negativität ganz hinzugeben, und manchmal war sie unvermittelt stehen geblieben, ehe es ihr selbst bewusst geworden war, ihre Beine zu schwer, um weiterzulaufen, während in ihrem Kopf ein wildes Karussell kreiste.

Das Gefühl hatte ihr sogar noch nachgehangen, nachdem sie sich von ihm getrennt hatte. Er hatte sie weiter mit Nachrichten belästigt und so dafür gesorgt, dass sie ihn nicht vergessen konnte. Alles Aspekte seines Narzissmus, der ihn zu einem grässlichen Tyrann machte.

Aber nach vier Monaten, in denen sie jede Kommunikation mit ihm blockiert hatte, war sie zum Laufen zurückgekehrt und hatte es wieder lieben gelernt. Sie mochte sogar die Vorbereitung, das Planen der genauen Strecke. Und sie achtete darauf, vorher und hinterher die richtigen Sachen zu essen und zu trinken.

Heute Morgen füllte sie den größten Teil des Porridge in eine Tupperdose, die sie ganz unten in ihrem Rucksack verstaute. Mehr als den kleinen Rest schaffte sie vor dem Laufen nicht; sie aß ihn am Herd stehend und stellte den Topf dann ins Spülbecken.

Sie war startbereit und streifte gerade ihren Rucksack über, als das Telefon klingelte. Sie knurrte leise und zog es aus dem kleinen Fach oben an dem Rucksack, bemüht, nicht das Kabel ihres Kopfhörers zu verheddern, doch sie schaffte es nicht rechtzeitig. Angeline hatte ihr auf die Mailbox gesprochen, sie erklärte, dass sie Mist gebaut habe, und bat um Rückruf.

Juliette seufzte, nahm den Kopfhörer ab und drückte auf die Anruftaste.

Bei der Pressekonferenz wurden sehr viel mehr Fragen gestellt, als Jonah lieb war. Er war eigentlich nur hier, um die Öffentlichkeit um Mithilfe zu bitten. Er sagte seinen Text auf und bat jeden, der Zoe am Donnerstag oder früher in der Woche gesehen hatte, sich zu melden.

Das Problem war, dass in den Medien bereits zahlreiche Geschichten zirkulierten, sodass Jonah gefragt wurde, ob die Tat rassistisch motiviert war, wann man die Tote gefunden und ob es bereits eine Festnahme gegeben hatte.

Es war immer schwierig, Fragen ehrlich zu beantworten, wenn man bestimmte Informationen zurückhalten wollte. Den genauen Zeitpunkt der Entdeckung der Leiche zum Beispiel und wer die

Polizei alarmiert hatte. Also erklärte er, ein Freund habe sich Sorgen gemacht, weil er länger nichts von ihr gehört hatte, und Festnahmen gebe es bis jetzt keine. Zu der Frage nach einem rassistischen Motiv könne er nur sagen, dass es aktuell keine diesbezüglichen Hinweise gebe, falls sich das ändern sollte, werde man ihnen natürlich unverzüglich nachgehen. Als er fertig war, fühlte er sich erschöpft, hatte jedoch wenigstens den Eindruck, den Auftritt gut hinter sich gebracht zu haben.

Im CID saß Hanson bereits in den Startlöchern und wartete offensichtlich auf ihn. Er fühlte sich noch mehr unter Druck gesetzt, obwohl sie das bestimmt nicht beabsichtigt hatte. Als er hereinkam, stand sie auf, mit roten Wangen und feuchtem Haar, vermutlich von irgendeiner sportlichen Aktivität, was ihm zusätzlich ein schlechtes Gewissen machte. Er hatte es gerade noch früh genug aus dem Bett geschafft, um rechtzeitig zu der Pressekonferenz zu erscheinen.

»Morgen, Chef«, sagte sie, kam auf ihn zu und ging neben ihm her.

»Was ist los?«, fragte er.

»Angeline hat angerufen«, erwiderte Hanson. »Voller Selbstvorwürfe, weil sie letzte Woche ihre Schlüssel verloren hat, darunter auch die für Zoes Wohnung. Sie sagt, sie wollte es erst nicht zugeben, doch ihr ist klar geworden, dass wir es wissen müssen.«

»Wo hat sie ihre Schlüssel verloren?«, fragte Jonah und ließ Hanson den Vortritt in sein Büro.

»Sie glaubt, sie hat sie in einem Pub liegenlassen und es nicht gemerkt, weil Maeve sie auf ihrem Sofa hat übernachten lassen. Drei Tage später wurden die Schlüssel bei der Polizei abgegeben, und ihre Hausverwaltung hat sie ihr zurückgegeben. Deren Schlüssel haben alle Anhänger mit dem Firmennamen.«

Jonah zog ein Stück Gebäck aus einer Tüte und begann zu essen, während er auf eine wahrscheinlich ziemlich unattraktive Art mit vollem Mund weiterredete. »Wissen wir, mit wem sie in dem Pub war?«

»Mit ein paar Kommilitonen offenbar, doch sie hat Maeve Silver und Zoe Nachrichten geschickt, dass sie betrunken war und Panik hatte.«

»Und dann ist sie zu Maeve nach Hause gegangen?«

Hanson nickte.

»Wir wissen nicht sicher, dass sie die Schlüssel in dem Pub hat liegenlassen?«, fragte er nachdenklich.

»Nein«, antwortete Hanson. »Sie könnte sie auch mit zu Maeve genommen haben, wo sie eingeschlafen ist, was Maeve womöglich ausgenutzt hat, um sich eine Kopie zu machen.«

Jonah nickte. »Oder jemand könnte sie in dem Pub abgeholt haben.«

»Genau«, stimmte Hanson ihm zu.

»Können Sie ihre Geschichte überprüfen?«

»Ich habe der Hausverwaltung eine Nachricht hinterlassen«, sagte sie mit einem Lächeln. »Ich dachte, Angeline könnte sich die Geschichte auch ausgedacht haben, um so von der Tatsache abzulenken, dass sie eine der ganz wenigen war, die einen Schlüssel hatte.«

»Der Gedanke ist mir auch gekommen«, sagte Jonah. »Wissen Sie zufällig, wann genau die interessanten Leute eintreffen?«

»Habe ich Ihnen gemailt«, antwortete Hanson. »Zoes Vermieter kommt als Erster.«

»Gut. Lightman hat gesagt, er wäre bald hier. Vielleicht nehme ich ihn mit zu der Vernehmung«, sagte er entschuldigend. »Wenn Sie ein paar Flugblätter mit der Bitte um Informationen erstellen und in Zoes Nachbarschaft verteilen könnten?«

Hanson seufzte, als sie an den Regen dachte, der am Ende ihres Laufes wieder eingesetzt hatte, und an den gut geheizten Wagen, mit dem sie hätte herfahren können. »Haben Sie eine Regenjacke, die ich mir ausleihen könnte?«

»Felix Solomon«, sagte der makellos gekleidete Vermieter und streckte Jonah eine Hand entgegen, eine Geste, die Jonah seltsam fand. Normalerweise waren Zeugen genauso wie Verdächtige immer nervös. Sie machten nur selten ruhig ihre Autorität geltend. Felix wirkte wie ein Berater, der gekommen war, um ihnen bei einem Fall zu helfen, nicht wie ein potenzieller Verdächtiger.

Jonah ergriff die Hand und bekam einen kurzen warmen Händedruck. »DCI Sheens. Ich bin froh, dass Sie herkommen konnten.« Er blickte zu Lightman, der Zoes Vermieter in sein Büro geführt hatte. »In welchem Raum sind wir, Ben?«

»Drei«, antwortete Lightman. »Und Kaffee ist unterwegs.«

Jonah ließ seinen Sergeant vorangehen und beobachtete, wie Felix ihm folgte. In seinen Bewegungen lag große Selbstsicherheit. Nicht dass er stolzierte, er wirkte nur völlig unbeeindruckt von allem, was er sah.

Schwer zu sagen, was das zu bedeuten hatte. Jonah hatte schon Mörder mit scheinbar unantastbarem Selbstvertrauen gesehen, die sich am Ende meistens durch ihre Selbstgefälligkeit verraten hatten. Auch ein paar Banker, die er vernommen hatte, fielen ihm ein, die ebenfalls am ruhigeren Ende des Spektrums gewesen waren. Er fragte sich, ob Mr Solomon beruflich vielleicht häufig Stress ausgesetzt war.

Felix wahrte einen neutralen Gesichtsausdruck, als die Aufnahme gestartet wurde, und nickte gelassen, als Jonah ihn fragte, ob er Zoes Vermieter sei.

»Ja. Zoe ist vor fünf Monaten eingezogen, im Juni.«

»Und wie hat sie die Wohnung gefunden?«

»Wir kannten uns aus dem Café«, sagte Felix.

»Das heißt, Sie waren befreundet?«

»Ja, das würde ich so sagen.« Er nickte. »Das kommt vor, wenn man Stammgast ist. Gina, die Besitzerin, und ich stehen uns seit einigen Jahren ziemlich nahe. Und viele ihrer Angestellten setzen sich in ihrer Pause auf einen Plausch zu mir.«

»Warum gehen Sie dorthin?«

»Hauptsächlich, um zu arbeiten«, sagte Felix.

»Was machen Sie beruflich?«

»Oh, was eine richtige Erwerbstätigkeit angeht, bin ich im Ruhestand«, sagte er. »Ich versuche, meine Lebenserinnerungen aufzuschreiben, was zugegebenermaßen ziemlich albern ist, wenn man zuvor eigentlich nie etwas geschrieben hat. Also nehme ich meinen Laptop, verbringe jeden Tag ein paar Stunden dort und trinke mehr Kaffee, als gesund für mich ist.«

»Sind Sie nach Ihrem Ruhestand hierhergezogen?«

»Ja, aber nur von Brighton.« Er lächelte. »Zuerst bin ich nach Woolston gezogen in ein Haus, das viel zu groß für mich war, deshalb bin ich vor etwas mehr als zwei Jahren noch einmal umgezogen. Es schien mir vernünftig, mich ein wenig zu verkleinern und in eine zweite Immobilie zu investieren, die ein Einkommen abwerfen würde.«

»Und wieso haben Sie die Wohnung ausgerechnet an Zoe vermietet?«, fragte Jonah.

»Zoe suchte eine Wohnung, und sie wusste, dass ich in der Vergangenheit Probleme mit meiner Mieterin gehabt hatte. Es war gut, dass sie gefragt hat. So hatte ich einen Grund, die Vormieterin rauszuschmeißen und sie einziehen zu lassen.«

Jonah runzelte die Stirn. »Sie haben Ihre Mieterin für Zoe rausgeworfen? Sind das nicht erhebliche Umstände für jemanden, den man nur flüchtig kennt?«

»Nicht wenn die Mieterin eine große Nervensäge ist und die Freundin einem erzählt, dass sie von ihrem Exfreund belästigt wird«, sagte Felix ruhig.

»Kennen Sie ihren Exfreund?«, schaltete Lightman sich ein.

»Aidan Poole«, sagte Felix. »Ein Universitätsdozent, leider einer mit Ehefrau.«

»Haben Sie das von Zoe erfahren?«, fragte Jonah.

»Ja. Manchmal hat sie ihre Probleme durchblicken lassen.« Felix blickte zwischen Jonah und Lightman hin und her. »Ich vermute, dass Sie ihn ohnehin genauer durchleuchten, deshalb muss ich wahrscheinlich gar nicht so viel mehr sagen. Aber ich würde ihn mir sehr genau anschauen. Was sie mir von seinem Verhalten erzählt hat …«

»Sprechen Sie von seinem Verhalten im Allgemeinen oder während der Trennung?«, fragte Lightman nach. Jonah schätzte die Präzision seines Sergeants immer wieder, sein Bedürfnis nach Klarheit.

»Eigentlich beides, aber als sie sich von ihm getrennt hat, hat er sie mehr oder weniger gestalkt und sie ständig bedrängt, zu ihm zurückzukehren«, sagte Felix. »Es war schrecklich für sie. Zoe war ein leichtes Opfer, weil sie so gutmütig war und das Beste in jedem Menschen sehen wollte, den sie kannte.«

»Hat sie ihn deswegen je angezeigt?«, fragte Jonah, obwohl er die Antwort wusste.

»Nein«, antwortete Felix und sah ihn mit einem trockenen Grinsen an, »wie Sie bestimmt wissen. Ich habe ihr dazu geraten, doch sie hat ihn trotz allem geliebt. Deswegen gewinnen Leute wie Aidan Poole am Ende immer.«

»Sie hat Sie also nach einer Wohnung gefragt«, fuhr Jonah fort, »und Sie haben ihr geholfen. Wahrscheinlich wollte sie die Adresse vor Aidan geheim halten.«

»Unbedingt«, bestätigte Felix. »Sie hat mir erzählt, dass sie das ihren Freunden sehr entschieden eingebläut hat. Maeve, ihre frühere Mitbewohnerin, hat sich immer ziemlich leicht von Aidan rumkriegen lassen. Nachdem Zoe sich zum ersten Mal von ihm getrennt hatte, hat Maeve ihn ins Haus gelassen, und so konnte er Zoe umstimmen. Und beim zweiten Mal hat sie ihm erzählt, wann Zoe im Café arbeitete, sodass er wieder dort aufkreuzen konnte und die Geschichte von vorn losging.«

Jonah blickte auf seine Notizen. »Sie sprechen von Maeve Silver?«

»Ja genau.«

»Hat sie gesagt, warum sie das getan hat?«, fragte Jonah.

»Sie sagte, sie wollte, dass es mit den beiden funktionierte. Sie glaubte, sie wären füreinander bestimmt und müssten bloß einen Weg finden.« Felix seufzte gereizt. »Romantischer Blödsinn. Sie wäre der Traum jedes Missbrauchstäters.«

»Sie glauben, dass Aidan sie manipuliert hat?«, fragte Jonah langsam.

»In gewissem Maße, ja«, bestätigte Felix nickend. »Und bis zu einem gewissen Maß hat Maeve auch aus eigenem Antrieb gehandelt. Sie mochte ihn und die Dynamik, wenn sie alle zusammen waren.«

Jonah betrachtete ihn nachdenklich. Die Antwort und die Analyse von Zoes Freundschaft waren überlegt und überzeugend.

»Aber Maeve hatte keinen Zutritt zu der neuen Wohnung? Sie hatte keinen Schlüssel?«

»Nein, da bin ich mir sicher«, sagte Felix. »Zoe wollte beim Nachhausekommen auf keinen Fall mehr Aidan in ihrem Wohnzimmer antreffen. Ich weiß nicht mal genau, ob Maeve die neue Adresse kannte.«

Das notierte Jonah sich, bevor er aufblickte und in einem bewusst anderen Ton sagte: »Aber Sie haben einen Schlüssel.«

»Ja«, bestätigte Felix. »Ich habe als Vermieter einen Satz Schlüssel.«

»Und haben Sie die regelmäßig benutzt?«

»Nur wenn ein Klempner in die Wohnung musste oder wenn Zoe sich ausgeschlossen hatte«, antwortete Felix, der zu Jonahs Enttäuschung nicht gewillt schien, sich provozieren zu lassen.

»Können Sie uns schildern, was Sie am Donnerstagabend gemacht haben?«, fragte er in der Hoffnung, Felix Solomon vielleicht durch einen plötzlichen Themenwechsel aus dem Tritt zu bringen.

Felix nickte mit einem schmalen Lächeln. »Sehr gerne, obwohl es nicht so leicht zu belegen ist. Ich war allein in der Wohnung, habe aufgeräumt und dann Dokumentarfilme geguckt.«

»Was für Dokumentarfilme?«, fragte Lightman.

»Oh … im Moment schaue ich mir *Africa* an«, sagte Felix. »Danach lief etwas über die Kray-Zwillinge. Und danach …« Er lachte. »Ich habe mir eine grässliche Doku über einen Verkehrspolizisten angeschaut. *Die wahre Verkehrspolizei* oder so ähnlich. Reality-TV ist grauenhaft, macht aber süchtig.«

»Sie haben also bis spätabends ferngesehen?«, fragte der Sergeant weiter.

Jonah addierte im Kopf die Zeiten und fragte sich, ob Felix bis elf Uhr vor dem Fernseher gesessen hatte, als Aidan mitgehört hatte, wie jemand Zoes Wohnung betreten und sie angegriffen hatte.

»Ja, ich habe … wahrscheinlich bis nach Mitternacht ferngesehen.«

»Ab wann?«, fragte Lightman.

»Ich würde sagen, ich habe von sieben Uhr an aufgeräumt. Den Fernseher habe ich dann wahrscheinlich gegen neun eingeschaltet.«

»Da haben Sie aber gründlich sauber gemacht«, bemerkte Jonah.

Felix lächelte knapp. »Ich weiß. Was Ordnung angeht, bin ich ein bisschen zwanghaft. Ich musste auch noch Wäsche waschen, staubsaugen und wischen.«

Jonah war sich nicht sicher, doch er hatte das vage Gefühl, an der Nase herumgeführt zu werden. Bei dem selbstsicheren Mr Solomon war das eigenartig schwer zu entscheiden. Für den Moment bohrte er nicht weiter nach, weil er das Gefühl hatte, dass es besser war, Solomon später noch einmal damit zu überraschen.

»Und was war vor sieben?«, fragte er.

»Ah, also das kann ich beweisen«, sagte er. »Meine Freundin Esther war ab vier zum Tee da. Sie ist gegen fünf wieder gegangen. Ich habe ihre Nummer in meinen Kontakten, wenn Sie sie brauchen.«

Lightman nickte und schrieb die Nummer auf, die Felix vorlas. Jonah beobachtete Felix, dachte an die Einsamkeit, die seine Wohnung ausstrahlte, und fragte dann: »Ist sie eine alte Freundin? Noch jemand aus dem Café?«

»Nein, sie besitzt in dem Block ebenfalls eine Wohnung, die sie über Airbnb vermietet«, sagte Felix. »Ich kenne sie seit vier Monaten mehr oder weniger gut. Sie ist eine freundliche Seele, die wohl mitgekriegt hat, dass ich manchmal einsam bin.«

»Sie haben keine Familie?«, fragte Jonah.

»Nein. Leider nicht.« Es klang durchaus freundlich, aber auch abschließend, fand Jonah und entschied, die selbst gezogenen Grenzen des Mannes fürs Erste zu respektieren.

»Gegenüber meiner Constable haben Sie erwähnt, dass Sie gesehen habe, wie Zoe nach Hause gekommen ist. Können Sie uns noch einmal genau sagen, um wie viel Uhr das war?«

»Es war, während ich aufgeräumt habe«, antwortete Felix. »Ich wünschte, ich könnte die Zeit genauer angeben, aber ich schätze, es war acht oder halb neun. Auf jeden Fall vor neun, als ich angefangen habe fernzusehen.« Er zuckte knapp die Schultern, blickte zu Lightman und wieder zurück, bevor er in verändertem Tonfall fortfuhr: »Ich möchte Ihnen etwas mitteilen, das womöglich gar nicht relevant ist, aber an Ihrer Stelle würde ich mir das auf jeden Fall ansehen wollen.«

»Unbedingt«, sagte Jonah.

»Zoes Nachbar«, sagte Felix und sah Jonah mit festem Blick an, »ist ein verurteilter Pädophiler.«

Nach einer kurzen Pause fragte Jonah: »Dürfte ich Sie um ein paar mehr Details bitten?«

»Piers Lough in Apartment fünfzehn«, sagte Felix. »Er ist vor einem Jahr eingezogen und arbeitet offenbar viel zu Hause.«

»Wie sind Sie an diese Information gekommen?«, fragte Jonah. »Soweit ich weiß, können nur Eltern mit kleinen Kindern den Antrag stellen, das Verzeichnis der Sexualstraftäter einzusehen.«

»Im Haus wohnen auch Leute mit Kindern«, sagte Felix leise. »Und so etwas spricht sich eben rum. Ich sage nicht, dass Pädophilie ein Indiz dafür ist, dass jemand junge Frauen ermorden will, aber es ist auf jeden Fall ein Anzeichen dafür, dass der Mann Probleme hat. Und jemand, der hören kann, wann Zoe kommt und geht, und direkt nebenan wohnt, wäre in einer ziemlich guten Lage, irgendwann ihren Schlüssel zu entwenden.«

»Nun, das werden wir uns genauer ansehen«, sagte Jonah. »Bis auf weiteres habe ich keine Fragen mehr. Könnte ich bitte noch den Schlüssel zu Zoes Wohnung haben?«

»Oh«, sagte Felix, schob die Hand in die Tasche und hielt inne. »Ich habe ihn nicht mitgebracht. Es tut mir furchtbar leid; ich habe einfach nicht nachgedacht … Soll ich ihn holen?«

»Das wäre hilfreich«, sagte Jonah. »Der Tatort muss gesichert sein.«

»Natürlich«, sagte Felix und erhob sich mit einem Nicken.

Bis zum Mittag hatte Juliette an sieben Türen geklingelt und absolut nichts von Interesse erfahren. Sie hatte eine kurze Regenpause genutzt, um die sieben Häuser in der Nachbarschaft des Wohnkomplexes abzuklappern. Bei dreien hatte niemand aufgemacht, sodass sie nur ein Flugblatt in den Briefkasten gestopft hatte. Die Bewohner der anderen vier Häuser hatten erklärt, dass sie am Donnerstag entweder nicht daheim gewesen waren oder die Vorhänge zugezogen hatten. Niemand hatte etwas bemerkt. Das war das Problem, wenn Verbrechen Ende November begangen wurden. Niemand hielt sich auf dem Balkon oder im Garten auf, trank, rauchte oder plauderte im Freien.

Als es wieder stärker anfing zu regnen, war Juliette zum Eingang von Zoes Haus gegangen und hatte mit Angelines Schlüssel aufgeschlossen. Sie ging in den zweiten Stock und klopfte an der Tür der Nummer siebzehn, die direkt links neben der Wohnungstür der Ermordeten lag. Erfreut vernahm sie Schritte und lächelte dann die Frau an, die ihr öffnete. Enttäuschenderweise stellte sich heraus, dass die Frau die ganze Woche nicht da gewesen und erst am späten Freitagabend zurückgekommen war.

Seufzend ging Juliette zum Apartment fünfzehn weiter, das hinter Zoes am Ende des Flures lag. Auf dem Weg blickte sie auf die blitzende Nummer sechzehn von Zoes Wohnung und musste kurz an die Szene im Badezimmer denken.

In Apartment Nummer fünfzehn wohnte ein junger Mann mit einem leicht gequälten Gesichtsausdruck. Er seufzte, als sie ihn um Hilfe bat, ließ sie jedoch in sein Wohnzimmer – eine exakte Kopie von Zoes – und bot ihr sogar eine Tasse Tee an.

»Nein, vielen Dank«, erwiderte sie lächelnd, als er in den Küchenbereich ging. Besser man nahm keine Gastfreundlichkeiten an, das machte es schwieriger, schnell wieder wegzukommen. »Ich bin bloß hier, um zu fragen, ob Sie am Donnerstagabend etwas Verdächtiges gehört oder gesehen haben.«

»Am Donnerstag?«, fragte er und sah sich zerstreut um, als fragte er sich, warum er in die Küche gegangen war. »Ähm … etwas Verdächtiges? Hat es einen Einbruch gegeben?«

Juliette war überrascht. Die meisten Nachbarn hatten gewusst, wonach sie fragen wollte, sobald sie erklärt hatte, dass sie von der Polizei war. Hatte er wirklich nicht mitbekommen, dass seine Nachbarin ermordet worden war?

»Nein, es ist ein Mord geschehen.«

Sein schweifender Blick blieb an ihr hängen. »Was?«

»Die junge Frau in der Wohnung nebenan ist ermordet worden.«

»O mein Gott.« An den Tresen gelehnt blickte er mit flackerndem Blick von links nach rechts nach links und wieder nach rechts. Er versuchte offenbar, sich zu erinnern. »Zoe. Die Künstlerin.«

»Ja, leider.« Juliette wandte den Blick ab und sah sich um. Am Fenster stand ein Schreibtisch mit einem aufgeklappten Laptop, daneben ein riesiger Kopfhörer. Es sah aus, als hätte der Mann gearbeitet. Dann summte ihr Telefon, sie zog es aus der Tasche und las die Nachricht des DCI.

Tipp von Felix Solomon über Piers Lough, den Mieter von Apartment fünfzehn. Offenbar Sexualstraftäter. Wir prüfen das noch, schlage jedoch vor, mit seiner Befragung zu warten.

»Was ist passiert?«, fragte der junge Mann, und Juliette gab sich alle Mühe, ihn anzulächeln, als hätte sich ihre Pulsfrequenz nicht gerade verdoppelt.

»Verzeihung? Oh. Das untersuchen wir noch«, antwortete sie und hörte, wie angespannt ihre Stimme klang. »Deshalb müssen wir auch wissen, ob Sie etwas gehört oder gesehen haben.«

Sie fragte sich, ob sie dem DCI antworten oder so tun sollte, als müsste sie gehen. Aber das kam ihr lächerlich vor. Er mochte wegen einer Sexualstraftat vorbestraft sein, aber deshalb musste sie noch lange keine Angst haben, sich im selben Raum mit ihm aufzuhalten.

»Klar«, sagte er. »Gott, das ist wirklich furchtbar. Ich war … ich war hier. Am Donnerstagabend.«

»Das ist schon mal hilfreich«, erwiderte sie und nahm sich vor, diese Befragung einfach durchzuziehen wie alle anderen. »Darf ich fragen, ob Sie gesehen oder gehört haben, wie Zoe ihre Wohnung an dem Abend betreten oder verlassen hat?«

»Nein, ich war nicht … ich habe gearbeitet. Ich muss einen Haufen Audiodateien abtippen, und sie sind zu spät angekommen, deshalb war ich seit Mittwoch kaum vor der Tür. Tut mir leid.« Er wies mit einer Hand auf den Laptop.

»Kein Problem …«, begann sie lächelnd.

»Oh, warten Sie.« Sein Blick zuckte wieder nach rechts, bevor er sagte: »Wissen Sie, ich glaube, ich habe sie tatsächlich gehört. Das muss am Donnerstag gewesen sein. Ich habe versucht zu arbeiten, und irgendjemand hat sehr laut gesprochen. Das hat mich beim Abhören der Bänder so gestört, dass ich mehrfach stoppen und zurückspulen musste. Es hat mich wahnsinnig gemacht; ich wollte gerade nachsehen, wer es war, um mich zu beschweren. Aber dann wurde es wieder leiser.«

»Das ist wirklich sehr hilfreich«, sagte Juliette und kritzelte in ihren Notizblock, während sie sich fragte, ob er nur versuchte, von seiner Vorstrafe abzulenken. »Wissen Sie noch, um wie viel Uhr das war?«

»Ähh …« Er überlegte und sagte dann: »Es müsste so gegen neun gewesen sein. Vielleicht ein bisschen später. Aber noch nicht richtig spät, weil ich mich erinnere, gedacht zu haben, dass man um die Zeit noch nicht die Polizei rufen könnte …« Er lachte kurz. »Ich weiß, das hört sich komplett überdreht an, aber ich bin einfach so im Stress.«

Juliette lächelte mitfühlend, wie sie hoffte, und beobachtete ihn sorgfältig. Den glänzenden Schweiß in seinem Gesicht. Das nervöse Zupfen an seinem Haar. »Können Sie den Lärm genauer beschreiben? War es ein Streit?«

»Ja, ich glaube schon«, antwortete er. »Obwohl ich vor allem eine Stimme gehört habe. Die Worte konnte ich nicht verstehen«, fügte er hinzu. »Das Dröhnen hat bloß die Stimmen auf meinen Bändern übertönt.«

»Eine Männerstimme?«, fragte sie.

»Ja, auf jeden Fall.«

»Und dann hat es plötzlich aufgehört, sagen Sie? Um wie viel Uhr war das?«

»Na ja, nicht viel später …« Er hielt inne und erklärte dann mit einem triumphierenden Lächeln: »21:27 Uhr! Es war um 21:27 Uhr. Ich hatte mir gesagt, wenn er bis halb zehn nicht seine verdammte Klappe hält, würde ich losgehen und an die Tür hämmern.«

»Und Sie glauben, die Geräusche kamen von nebenan?«, fragte sie.

»Na ja, da bin ich mir nicht sicher.« Er sah sie nervös an. »Entschuldigen Sie, ich wollte nicht so tun, als würde ich denken … Es könnte auch über oder unter mir gewesen sein. Ich hab es nur durch die Kopfhörer gehört. Aber eine von den drei Wohnungen muss es gewesen sein, von den anderen höre ich keine Geräusche. Es ist überhaupt ungewöhnlich, etwas zu hören. Das Gebäude ist ziemlich gut isoliert.«

Juliette kam der Gedanke, dass ein Streit zu der Verletzung an Zoes Hand passen würde. Vielleicht war die Auseinandersetzung handgreiflich geworden, und Zoe hatte ihren Angreifer geschlagen. Hatte sie womöglich die DNA ihres Mörders an den Fingerknöcheln?

Sie entschied, dass sie seine Geschichte überprüfen und die Quelle des Lärms ausfindig machen könnte, indem sie einfach in den Wohnungen über und unter ihm nachfragte.

»Das war wirklich sehr, sehr hilfreich, Mr …« Sie ließ den Satz unvollendet, weil ihr gerade noch einfiel, dass sie nicht nach seinem Namen gefragt hatte, den sie nur aus der Nachricht des DCI kannte. Sie lächelte höflich. »Dürfte ich Ihren Namen notieren?«

»Oh, entschuldigen Sie«, sagte er. »Piers. Piers Lough.«

Obwohl sie den Namen bereits kannte, schrieb sie ihn auf und notierte auch Telefonnummer und E-Mail-Adresse. Sie bedankte sich und war zutiefst erleichtert, als sie wieder im Flur stand und die Tür hinter ihr zufiel.

Lightman setzte sich an seinen Schreibtisch und fand es sofort tröstlich, Aufgabenlisten vor sich zu haben, die ihm entsprachen. Seit gestern war alles in der Schwebe, und auch wenn Arbeit an einem Samstag nicht direkt Routine war, gab sie ihm ein Gefühl von Normalität.

Er entschied, sich zunächst um die Alibis und dann um den Sexualstraftäter zu kümmern. Wenn es keine klaren Prioritäten gab, ging er gern alphabetisch vor.

Es war keine leichte Aufgabe, die Swardadines anzurufen und zu bitten, ihre eigenen Aktivitäten am Abend des Todes ihrer Tochter darzulegen, aber Siku schien immerhin seine Gründlichkeit zu billigen.

»Solange Sie anderswo genauso sorgfältig vorgehen«, sagte sie und fragte nach einer kurzen Pause: »Sie haben noch nicht mehr darüber herausgefunden, was Aidan Poole gemacht hat?«

»Wir überprüfen seine Geschichte anhand einer digitalen Spur«, antwortete Lightman schnell und war froh, dass er die Notizen des DCI zu der Vernehmung am Vorabend gelesen hatte. Er fügte nicht hinzu, dass die digitale Spur Aidans Unschuld zu belegen schien. Lightman fand, diese Enthüllung war die Sache des Chefs. »In Anbetracht seiner Beziehung zu Zoe nehmen wir es sehr ernst.«

»Gut«, sagte Siku und fuhr dann fort zu erklären, dass sie als Vertretungsärztin in der Highfield's Surgery gearbeitet hatte, einer von mehreren Notfallambulanzen, bei denen sie abends und am Wochenende tätig war.

»Vielen Dank. Und Ihr Mann?«

»Martin war bei einem Dinner, glaube ich.« Man hörte gedämpfte Geräusche, dann Siku, die ihren Mann rief: »Martin. Martin! War es ein Kundenessen, bei dem du am Donnerstagabend warst?«

»Fuller und Michael«, kam die vernehmliche Antwort.

»Hab ich notiert, danke«, sagte Lightman. Das würde sich bei Martins Firma problemlos überprüfen lassen, obwohl er bezweifelte, dort an einem Samstag jemanden zu erreichen.

Er bedankte sich, verabschiedete sich und suchte die Nummer der Verwaltung der Highfield's Surgery heraus. Anders als bei den meisten Ambulanzen erwies sich der samstägliche Anruf nicht als vergeblich. Es gab eine Wochenendsprechstunde, und Lightman schaffte es schließlich, den Verwaltungschef an den Apparat zu bekommen, der bestätigte, dass Siku Swardadine am Donnerstag von achtzehn bis drei Uhr am nächsten Morgen dort gearbeitet hatte.

Damit war die Mutter ausgeschlossen, dachte Lightman, als er auflegte. In Martin Swardadines Firma erreichte er wie erwartet niemanden. Er machte sich eine Notiz, es später oder, wenn er kein Glück hatte, am Montag noch einmal zu probieren.

Greta Pooles Presse-Dinner ließ sich leicht googeln, und auf der Website waren auch Name und Handynummer der Organisatorin des Events, einer gewissen Penny Dawson, angegeben. Penny nahm nach mehrmaligem Klingeln ab.

»Hier ist DS Ben Lightman von der Hampshire Constabulary«, sagte er. »Ich habe eine langweilige Formalität zu erledigen. Ich muss verifizieren, dass Greta Poole bei dem Dinner am Donnerstag einen Preis überreicht hat.«

»Okay«, sagte Penny hörbar überrascht. »Ich … wer sind Sie, sagten Sie?«

»DS Lightman«, wiederholte er. »Von der Hampshire Constabulary. Sie können das gerne auf der Website überprüfen und mich zurückrufen. Dort finden Sie meinen Namen.«

»Schon okay«, sagte Penny. »Ich hatte bloß keinen Anruf erwartet. Ja, Greta hat den Preis für Wissenschaftsjournalismus überreicht, den sie im vergangenen Jahr selbst gewonnen hat.«

»Fand die Preisverleihung nach dem Abendessen statt?«

»Ja. Die Gäste haben um Viertel vor acht zum Essen Platz genommen, die Preisverleihung begann um neun. Greta war als … Fünfte dran, glaube ich. Entschuldigen Sie …« Ihr Ton veränderte sich. »Wofür genau müssen Sie das wissen?«

»Ich rekonstruiere nur die zeitlichen Abläufe vor einer Auseinandersetzung am späteren Abend«, sagte Lightman. »Höchstwahrscheinlich hatte Mrs Poole nichts damit zu tun, aber wir müssen das überprüfen.«

»Oh, verstehe«, sagte Penny. »Nun, ich kann mir nicht vorstellen, wie sie später in eine Auseinandersetzung verwickelt gewesen sein sollte. Sie ist bis sehr spät bei dem Dinner geblieben und hat sogar mitgeholfen, einen der anderen Delegierten ins Bett zu bringen.«

»Ah, das ist hilfreich«, sagte Lightman freundlich. »Vielen Dank. Wissen Sie, um wie viel Uhr das war?«

»Das muss um … kurz vor eins gewesen sein«, antwortete Penny. »Ich habe übrigens nichts getrunken, falls Ihnen das weiterhilft.«

»Sehr gut, vielen Dank«, sagte Lightman.

Damit war wenig überraschend auch Greta Pooles Anwesenheit in London an dem Abend bestätigt. Das dritte Alibi auf seiner Liste war das von Felix Solomon, allerdings für eine Zeit am früheren Abend, ziemlich sicher lange vor Zoes Ermordung. Auch wenn es formell nur um das Abhaken eines Punktes ging, bot es eine gute Gelegenheit, mit der Bekannten eines Verdächtigen zu sprechen.

Er rief Felix' Bekannte unter der Nummer an, die Felix ihm gegeben hatte; sie meldete sich nervös, wurde jedoch rasch freundlicher, als Lightman ihr erklärte, dass er ihr ein paar Fragen zu Felix stellen wollte.

»Oh, Sie glauben doch nicht, dass Felix irgendetwas getan hat? Er ist so eine sanfte Seele.« Sie hatte eine warme lebhafte Stimme mit einem Akzent, möglicherweise Tschechisch, vermutete Lightman. »Ich habe eine Tasse Tee mit ihm getrunken und bin dann nach Hause gefahren. Ich glaube, ich bin gegen fünf aufgebrochen«, sagte sie. »Ich dachte, dass ich mich besser langsam auf den Heimweg mache, um zu kochen. Ich wohne jetzt in Winchester.«

»Und was für einen Eindruck hat er gemacht?«

Esther seufzte. »Er war, wie er manchmal ist. Er brauchte ein wenig Trost.«

»Trost?« Lightman dachte an den Mann zurück, den sie eben getroffen hatten und der in keiner Weise hilfsbedürftig gewirkt hatte.

»Er leidet unter einer posttraumatischem Belastungsstörung«, erklärte sie. »Manchmal wird es richtig heftig, dann braucht er Gesellschaft. Er ruft an, wenn es schlimm ist, nur um eine andere Stimme zu hören. Ich gehe dran, wann immer ich kann. Aber ich habe Familie, müssen Sie wissen.«

»Tut mir leid, das zu hören«, sagte Lightman. »Wissen Sie, worauf es zurückgeht? Die posttraumatische Belastungsstörung?«

»Das hat er mir nie erzählt, und ich wollte nicht zudringlich sein«, erwiderte Esther.

»Nun, hilft uns schon weiter. Vielen Dank.«

Lightman beendete den Anruf und begann, seine Notizen sorgfältig abzutippen. Er dachte, dass der Chef bestimmt gern von dieser unerwarteten Seite von Zoes Vermieter erfahren würde. Obwohl vielleicht auch nur Lightman überrascht war.

Noch eine ganze Weile nachdem der Mann gegangen war, grübelte Jonah über Felix Solomons Worte nach. Er konnte noch immer nicht benennen, was ihn an dem Mann irritierte. Es hatte irgendwas mit seiner Gelassenheit und seiner Art zu sprechen zu tun. Als hätte er jedes Mal schon gewusst, was Jonah ihn fragen würde, noch bevor der die Frage gestellt hatte.

Jonah vermutete, dass Hanson wahrscheinlich noch in der Nähe des Tatorts unterwegs sein würde, wenn Felix nach Hause kam. Er rief sie auf dem Handy an.

»Wie läuft's?«

»Gut«, antwortete Hanson. »Obwohl ich leider schon in Apartment fünfzehn war, als Ihre Nachricht kam.«

»Ah«, sagte Jonah. »Tut mir leid. Alles okay?«

»Ich glaube schon«, sagte sie. »Er wirkte nervös, wie man es mit einer Vorstrafe vermutlich ist. Außerdem hat er gesagt, er hätte einen Mann brüllen hören, wahrscheinlich in Zoes Wohnung, was der Nachbar von oben gerade bestätigt hat. Es war also nicht erfunden; er könnte natürlich auch selbst geschrien haben, aber warum sollte er dann die Aufmerksamkeit darauf lenken?«

»Um wie viel Uhr war das?«, fragte Jonah und richtete sich auf.

»Gegen neun. Eine halbe Stunde später war es wieder vorbei. Also eine ganze Weile vor dem vermuteten Todeszeitpunkt, aber trotzdem interessant.«

»In der Tat«, stimmte Jonah ihr zu und dachte an die beiden Weingläser, die auf der Arbeitsplatte in Zoes Küche gestanden hatten. Wenn Zoe mit jemandem gestritten hatte, war es möglicherweise der Mörder gewesen. Und wenn sie mit ihm getrunken hatte, dann hatten sie vielleicht seine DNA an einem Weinglas. »Sind Sie noch in dem Haus?«

»Ich wollte gerade gehen«, antwortete Hanson.

»Könnten Sie noch eine Weile warten?«, fragte Jonah. »Bis Felix Solomon zurückkommt? Ich würde ihn gern im Blick behalten, vor allem weil er noch Zoes Schlüssel hat. Er hat behauptet, er hätte ihn nicht dabei gehabt, aber ich habe den starken Verdacht, dass das gelogen war.«

»Klar«, sagte Hanson mit einem Enthusiasmus, der falsch klang. »Was hatte er denn außer über den Sexualstraftäter sonst noch zu erzählen?«

»Kein besonders überzeugendes Alibi«, sagte Jonah. »Außerdem ist er eigenartig selbstbewusst und offensichtlich intelligent, und beides macht ihn umso mehr zu einem potenziellen Verdächtigen.«

»Okay. Ich warte hier.«

Juliette schlenderte auf der von der Stadt abgewandten Seite des Wohnblocks die Latterworth Road auf und ab, ohne die Eingangstür aus den Augen zu lassen. Die Straße war breit und ruhig, weshalb sie Felix ohne Probleme früh genug kommen sehen müsste. Sie würde ihm so leise wie möglich nach drinnen folgen, weil es im Haus selbst kein Versteck gab, wo sie unentdeckt hätte warten können.

Sie dachte noch einmal an Piers Lough und fragte sich, was er getan hatte, um auf der Liste der Sexualstraftäter zu landen, und ob Zoe davon gewusst oder ihm als freundlichen Nachbarn vertraut hatte. Bei dem Gedanken bekam sie eine Gänsehaut. Wobei es Felix Solomon war, der einen Schlüssel zu ihrer Wohnung hatte, dachte Juliette. Nicht Piers Lough.

Als sie am Ende der Straße kehrtmachte, sah sie Felix auf die Eingangstür zugehen. Sie zog ihr Handy aus der Tasche und tat so, als würde sie telefonieren, doch Felix schien sie gar nicht zu bemerken.

Sie wartete, bis er das Gebäude betreten hatte, und ging dann eilig zur Haustür, die gerade ins Schloss gefallen war. Sie vergewisserte sich, dass er nicht mehr im Flur war, bevor sie mit Angelines Schlüssel aufschloss.

Irgendwo über ihr fiel mit einem Luftzug und einem Knall eine Brandschutztür zu. Jeweils zwei Stufen auf einmal nehmend, lief sie so leise wie möglich die Treppe hinauf und spähte durch die Glasscheibe der Brandschutztür. Keine Spur von Felix. Seine Wohnungstür war geschlossen.

Juliette zögerte und stieg dann in den zweiten Stock, erneut darauf bedacht, kein Geräusch zu machen. Auch hier war die Brandschutztür geschlossen, und vor Apartment Nummer siebzehn war niemand zu sehen. Aber als Juliette sich an die Tür drückte und seitlich durch die Scheibe spähte, konnte sie den ganzen Flur bis hinter Zoes Tür überblicken.

Und dort stand wie erstarrt Felix Solomon, einen Schlüssel in der ausgestreckten Hand. Juliette griff nach ihrem Handy, weil sie ihn fotografieren wollte, doch er blickte unvermittelt auf, und ihre Blicke trafen sich.

Ihr Herz raste, doch sie reagierte schnell, öffnete die Tür und trat lächelnd in den Flur.

»Oh, hallo«, sagte sie, während er den Schlüssel rasch und, ohne zu lächeln, wieder in der Hosentasche verschwinden ließ und sich von der Tür abwandte.

»Guten Morgen«, sagte Felix, und sein knappes Lächeln wirkte wieder locker und selbstbewusst. »Sie suchen doch nicht etwa mich, oder?«

»Nein, nein«, erwiderte Juliette und hatte aus irgendeinem Grund das Gefühl, sie wäre diejenige, die sich rechtfertigen musste. »Ich … versuche bloß, Zoes Kater zu finden.« Sie nickte ihm zu.

»Oh«, sagte Felix mit unvermittelt besorgter Miene. »Wird er vermisst?«

»Wir haben ihn noch nicht gesehen«, antwortete Juliette. »Aber hoffentlich versteckt er sich irgendwo in der Wohnung.«

»Das hoffe ich auch«, sagte Felix. »Er ist so ein schönes Tier. Schneeweißes Fell und ein großer Charmeur. Wahrscheinlich vermisst er sie sehr.«

Juliette war näher gekommen, und der Flur war hell genug erleuchtet, um zu erkennen, dass Felix Solomon feuchte Augen hatte.

»Sie vermissen sie auch«, sagte sie leise.

»Ja.« Felix nickte. »Ja, das tue ich. Und ich will, dass Sie den, der es getan hat, erwischen.«

»Was haben Sie hier oben gemacht?«, fragte sie sanft.

Felix blickte zu Zoes Tür »Ich habe versucht, den Mut aufzubringen, einen Blick hineinzuwerfen. Und bevor Sie etwas sagen, ja, ich weiß, dass es ein Tatort ist. Ich wollte auch nichts anfassen, außerdem haben Sie die Fingerabdrücke wahrscheinlich ohnehin schon gesichert. Ich wollte nur die leere Wohnung sehen, um zu wissen … na ja. Um zu wissen, dass es wahr ist.«

Juliette sah ihn fest an und sagte dann: »Ich nehme den Schlüssel dann jetzt besser an mich.«

Felix fixierte sie ungeachtet der Tränen in seinen Augen mit einem stählernen Blick. »Es ist … meine Wohnung, wissen Sie.«

Juliette streckte einfach die Hand aus und wartete. Felix erwiderte ihren Blick für ein Paar Sekunden, bevor er sich abwandte, mit einem

Seufzer den Schlüssel aus der Tasche zog und ihn ihr in die Hand drückte.

»Machen Sie einen guten Job, Constable. Und sorgen Sie dafür, dass Ihr Chef auch einen guten Job macht«, sagte er. »Ich meine, den besten, den Sie je gemacht haben. Zoe hat es verdient.«

14.

JUNI – SIEBZEHN MONATE VORHER

»Machst du mir auch die Augen?«, fragte Angeline in der Schlafzimmertür. »Wenn du Zeit hast?«

Zoe lächelte sie im Spiegel an und befeuchtete den winzigen Pinsel, mit dem sie Gold auf ihre Lider auftragen wollte. »Natürlich habe ich Zeit. Gib mir fünf Minuten.« Sie beugte sich vor und malte eine kleine Blume an den Rand ihres linken Auges, nahm mit einer Pinzette eine Paillette und klebte sie genau in die Mitte der Blütenblätter.

Sie liebte den Glitzer, die Art, wie er alles andere überstrahlte, einschließlich ihrer leicht schiefen Zähne, ihres runden Gesichts und ihrer Nase, die sie schon immer hässlich gefunden hatte. Stattdessen lenkte er den Blick der Menschen auf ihre Augen, die das Schönste an ihr waren.

Sie blickte zu Angeline. »Das Kleid ist hinreißend«, sagte sie.

Angeline strahlte und spannte den hellgrauen Samt zu einer Seite. Es gab nicht viel überschüssigen Stoff, selbst an Angelines schmächtiger Gestalt nicht. »Es ist von der Clothes Show im letzten Jahr. Fünfzehn Pfund.«

»O mein Gott«, sagte Zoe und trug am unteren Rand ihres Augenlids einen schmalen Bronzeschimmer auf. »Wie machst du das? Ich war zwei Tage dort und bin nur mit einem Haufen überteuerter Hautpflegeprodukte zurückgekommen, zu deren Kauf mich eine schreckliche Frau mit Drohungen genötigt hat.«

»Wir können dieses Jahr zusammen hingehen, wenn du magst«, sagte Angeline.

»Auf jeden Fall«, sagte Zoe und stand auf. »Okay. Jetzt bist du dran.«

Angeline nahm auf der gepolsterten Sitzbank vor dem Schminktisch Platz, und Zoe zog eine Schublade auf. »Was möchtest du? Ich denke, vielleicht silberne Töne, passend zum Kleid.« Sie betrachtete Angelines Gesicht und Figur. »Mit ein bisschen Blau?«

»Was immer du meinst!«, sagte Angeline achselzuckend.

Zoe lächelte und war froh, dass zwischen ihnen offenbar wieder alles normal war. Angeline hatte sich fast den ganzen letzten Monat nicht mit ihr treffen wollen. Sie war verletzt gewesen, weil Zoe ihr einen Vortrag darüber gehalten hatte, dass sie zu viel trank und sich der Gnade von Fremden auslieferte. Angeline hatte erwidert, dass Zoe nicht ihre Mutter sei, und war unter Tränen aus Zoes Wohnung gestürmt.

Zoe hatte befürchtet, sie könnte Angeline zu neuen Dummheiten getrieben haben. Sie hatte sich ausgemalt, dass sie Richie oder irgendeinen anderen Fremden mit schmutzigen Absichten anrufen würde. Sie hatte versucht, sie zu erreichen, doch Angeline war nicht ans Telefon gegangen und hatte nicht einmal ihre Nachrichten gelesen.

Zoe hatte sich darauf verlassen müssen, dass Maeve und Victor auf Angeline aufpassten, und es waren ein paar sorgenvolle Wochen gewesen. Aber am Ende hatte Angeline kapituliert, angerufen und leise gefragt, ob sie Aidan auch kennenlernen dürfe.

Zoe musterte ihre Freundin genauer und registrierte die dunklen Ringe unter Angelines Augen. Sie fragte sich, wie viel sie im vergangenen Monat geschlafen und wie viel sie getrunken hatte. Nun, Zoe konnte zumindest einige der Spuren überdecken. Sie zog ihr komplettes Set mit Metallicfarben heraus, das sie in einem Spezialgeschäft bestellt hatte, das normalerweise Varietétänzerinnen und Zirkusartisten belieferte. Allein der Anblick der schimmernden Silber-, Gold-, kräftigen Pink-, Blau- und Grüntöne ließ sie lächeln.

»Die«, sagte sie, nahm ein Silber, ein Eisblau und ein Mitternachtsblau heraus. »Aber als Erstes machen wir den Lidstrich.«

Sie hatte den Kajalstift und den Eyeliner schon bereitgelegt. Ohne sie begann Zoe nie einen Look. Es war der dunkle Konturstrich, der ihre Augen von gewöhnlich in phantastisch verwandelte, und die wenigen Male, als sie Freunde getroffen hatte, ohne ihn aufzutragen, hatten sie gefragt, ob sie sich unwohl fühlte. Sie war seufzend nach Hause gegangen und hatte sich einen Lidstrich gezogen, denn sie wollte die Illusion nicht zerstören, dass ihre großen Augen, zu denen ihr jeder Komplimente machte, natürlich waren.

Angelines Augen hingegen wirkten ganz von selbst riesig, eine Folge davon, dass sie kaum etwas aß. Ihr zartes Gesicht wurde von ihnen dominiert, sodass sie aussah wie eine Porzellanpuppe oder – wie Zoe es Aidan beschrieben hatte – wie Bambi, je nachdem, welches Make-up sie trug.

»Mach die Augen zu«, sagte sie und beugte sich vor, um ein wenig Eyeliner nachzutragen.

Angeline schloss lächelnd die Augen. »Geschminkt zu werden ist schön«, sagte sie. »Es fühlt sich an, als würde sich jemand um einen kümmern. Wie wenn meine Mum auf meinem Kopf nach Läusen gesucht hat.«

Zoe lachte kurz. »Muss ich das auch noch für dich machen?«

»Ich hoffe nicht«, sagte Angeline.

»Übernachtest du heute hier?«, fragte sie, während sie weiterarbeitete. »Du kannst in meinem Bett schlafen, wenn du möchtest.«

»Oh … nein, ich glaube nicht.« Zoe sah, wie Angeline die Stirn runzelte. »Ich gehe nach Hause.« Nach einer Pause fügte sie noch hinzu: »Ich sollte wahrscheinlich ein bisschen Wäsche erledigen und dann … arbeiten.«

»Sicher.« Zoe spürte unwillkürlich ein sorgenvolles Rumoren im Magen. Dass Angeline log, war ganz offensichtlich. Und Zoe hatte den Verdacht, dass sie ihr eine weitere Liaison verheimlichte, bei der Zoe eine Gänsehaut bekommen hätte.

Die Art, wie Maeve Aidan ansah, gefiel Zoe nicht. Es war ein kalter Blick, kritisch musterte sie ihn. Zoe ertappte sich dabei, unter dem Tisch mehrfach seine Hand zu drücken und einen Drink nach dem anderen zu bestellen.

Sie verstand nicht, wie Aidan so unbeeindruckt bleiben konnte. Zoe hatte das Gefühl, alles falsch gemacht zu haben. Sie hätte nicht beide Freundinnen einladen sollen, sodass Aidan jetzt gleichzeitig Angeline Komplimente machen und mit Maeve diskutieren musste. Sie hätte auch keinen Tisch in einem beliebten Restaurant reservieren sollen, das total überlaufen war und dessen Personal permanent den Wunsch ausstrahlte, sie möchten sich beeilen und den Tisch frei machen.

Dabei hätten sie Ruhe gebraucht, eine Umgebung, in der Maeve Gelegenheit hatte, sich mit Aidan zu unterhalten und zu verstehen, wie er war, in der Angeline sich entspannen und aufhören konnte, ständig zusammenzuzucken. Und in der Zoe nicht das Gefühl hatte, sie müsse ihre Aufmerksamkeit in alle Richtungen gleichzeitig lenken.

Aber Aidan machte einfach alles mit und schien keine Schwierigkeiten zu bemerken. Er wischte elegant Maeves Drink auf, als sie ihn verschüttete, ohne Anstoß daran zu nehmen, dass ein Teil des Rotweins auf den Ärmel seines teuren blauen Jacketts gespritzt war. Er lächelte anerkennend und freundlich, während Maeve praktisch allem widersprach, was er sagte, und behandelte sie wie eine geschätzte Kontrahentin, ohne wütend zu werden.

Zoe fand ihn wundervoll. Hin und wieder legte er den Arm um sie, oft wandte er sich im Gespräch an sie und bezog alles auf sie, ohne sie unter Druck zu setzen. Sie hatte trotz des Schleiers aus Sorgen das Gefühl, im Mittelpunkt zu stehen.

Zoe war unermesslich stolz auf ihn. Stolz, ihn in gewisser Weise zu besitzen, auch wenn dieser Gedanke gleich von neuen Sorgen getrübt wurde, weil Aidan ihr nicht wirklich gehörte. Noch nicht. Er war immer noch Gretas Mann, und sie beide genossen gewissermaßen eine gestohlene Jahreszeit. Scheidungspapiere und Hausverkäufe würden schnell genug kommen.

»Verdammt gutes Essen«, sagte Aidan nach dem Hauptgang. Angeline hatte natürlich den größten Teil ihres Essens auf Maeves Teller geschoben, aber ein paar Bissen hatte sie geschafft. »Einen Drink irgendjemand? Ich gehe an die Bar. Zoe darf nicht. Sonst bestellt sie wieder Jägerbombs.«

Zoe sah ihn dankbar an. Kurz zuvor hatte sie ihr Glas zum vierten Mal geleert, und je länger sie darauf gewartet hatte, dass jemand ihr Rioja nachschenkte, desto gereizter war sie geworden. Sie wollte nicht über irgendeine komplizierte Gruppendynamik nachdenken. Sie wollte diesen warmen Glimmer, der alle zu Freunden machte.

»Noch einen Gin Tonic, Maeve?«, fragte Aidan, als er sich am Tisch vorbeiquetschte.

»Danke, ja«, antwortete Maeve und lächelte diesmal tatsächlich ein bisschen. »Weißt du, was, ich komm mit und helf dir tragen.«

Aidan willigte lächelnd ein. Zoe fühlte sich irgendwie hintergangen, als hätte Maeve ihren Platz eingenommen. Angeline hingegen schien froh, dass sie neben Zoe rutschen konnte, sie legte einen Arm um ihre Hüfte und den Kopf an Zoes Schulter.

»Er ist lustig«, sagte sie leise. »Ich mag ihn. Und du bist glücklich mit ihm, oder?«

Zoe küsste sie auf den Kopf und empfand unendliche Dankbarkeit gegenüber ihrer zierlichen, zarten Freundin Angeline.

»Ja, das bin ich«, sagte sie und empfand keinen allzu großen Stich, als sie sofort wieder an Greta denken musste. »Ich hoffe bloß, er kann das mit seiner Scheidung bald klären.«

»Bestimmt«, erwiderte Angeline zuversichtlich. »Du bist wundervoll. Er will doch sicher jeden Tag mit dir verbringen.«

Zoe lachte, und ihr Blick wanderte zu der hell beleuchteten Bar. »Ich glaube, du bist vielleicht ein wenig voreingenommen. Aber ich hoffe es.« Sie drückte Angeline. »Geht es dir gut?«

Sie spürte, wie Angeline an ihrer Schulter nickte und leise schnaubte. Es erinnerte Zoe daran, wie King Charles, der Cocker Spaniel ihrer Eltern, sich an sie schmiegte, und sie musste grinsen. Ein Teil ihrer

Sorgen verflog, obwohl sie gern gewusst hätte, worüber Maeve mit Aidan redete. Sie sah, wie ihre braunen Locken sein dunkles welliges Haar beinahe berührten, wenn sie sich vorbeugte, um etwas zu sagen. Zwei Haarmähnen, die aussahen, als könnten sie sich vereinigen.

Dann drehte Aidan sich um, sein Blick suchte sie. Als er sie fand, leuchtete seine Miene auf, und sie machte sich keine allzu großen Sorgen mehr darüber, was Maeve vielleicht sagte. Es war richtig. Sie beide waren richtig.

Erst viel später kam sie dazu, mit Maeve zu sprechen, während Aidan schon nach draußen gegangen war, um ein Taxi heranzuwinken, was schneller ging, als eins zu rufen, wie er behauptet hatte.

Maeve nahm einen großen Schluck von ihrem Gin, beugte sich vor und strich über Zoes Unterarm.

»Also gut. Er ist kein mieser verlogener Schleimbeutel«, sagte sie und verzog den Mund zu einem Lächeln. »Er ist ein guter Mensch, der in eine schwierige Situation geraten ist. Und ihr zwei seid hinreißend zusammen.«

Zoe kamen die Tränen, was wahrscheinlich zur Hälfte am Alkohol und zur anderen Hälfte an ihrer Erleichterung lag, doch in diesem Moment empfand sie eine große Zuneigung für ihre nervige Mitbewohnerin.

Jetzt würde alles leichter werden. Maeve mochte Aidan. Sie war einverstanden mit Aidan. Wen kümmerte es, dass sie nie darauf hörte, was Zoe ihr riet?

»Ich bin so froh, dass du das denkst«, sagte sie und verschränkte kurz ihre Finger mit Maeves.

»Ah, ganz ruhig«, sagte Maeve, zog ihre Hand weg, beugte sich vor und umarmte Zoe richtig. »Könntest du bloß … dafür sorgen, dass du es auch Victor erzählst?«, fragte sie.

Zoes Wohlgefühl ließ ein wenig nach, und sie löste sich aus der Umarmung. »Ja, natürlich«, sagte sie, obwohl sie die Aussicht bedrückend fand.

»Sonst ist er der Einzige, der es nicht weiß, oder?«, beharrte Maeve.

»Ich weiß.«

»Aber es wird bestimmt okay«, fügte Maeve hinzu, als könnte sie Zoes Gefühle nachempfinden. »Aidan ist so charmant. Er wird Victor schon für sich einnehmen.«

Zoe hörte einen Ruf von der Tür, drehte sich um und sah Aidan, der ihr triumphierend zuwinkte, nachdem er auf die altmodische Art tatsächlich ein Taxi für sie besorgt hatte.

»Selbst wenn er ein bisschen technikfeindlich ist«, fügte Maeve hinzu.

Zoe nahm ihren Mantel und ihre Tasche und verabschiedete sich eilig. »Bis morgen«, sagte sie zu Angeline, die die Füße auf ihren Stuhl gezogen hatte. In ihrer optimistischen Stimmung kam ihr die vorherige Sorge über irgendeinen Idioten, den Angeline auf Tinder kennengelernt hatte und von dem sie wahrscheinlich schon wieder gelangweilt war, mit einem Mal albern vor.

Sie wusste, dass ihre Freundinnen ihr nachsahen, als sie zu Aidan ging und ihn lange auf den Mund küsste, aber das war ihr egal. Er sah sie mit seinem kindlichen Lächeln an und legte kurz einen Arm um sie. »Lass uns nach Hause fahren«, sagte er und ließ seine Hand auf ihren Hintern gleiten.

Als er sich umdrehte und sie, den Arm immer noch um sie gelegt, nach draußen führte, hatte sie plötzlich das Gefühl, dass jetzt alles gut werden würde.

15.

»Sir?«, sagte Lightman und klopfte mit einem Stift an Jonahs Tür.

»Ja.« Jonah riss sich aus seinen Gedanken und nickte Lightman zu. »Was haben Sie für mich?«

»Die Alibis von Siku Swardadine und Greta Poole sowie für Felix Solomon am späten Nachmittag sind bestätigt. Seine Bekannte hat erwähnt, dass er unter einer posttraumatischen Belastungsstörung leidet, was ich interessant fand. Offenbar hat er manchmal üble Attacken und ruft sie panisch an.«

»Hm. Vielleicht ist er doch nicht so gefasst, wie er wirkt.« Jonah nickte. »Ich frage mich, ob er in schlimmen Phasen die Angewohnheit hatte, sich auch an Zoe wenden. Bei dem ersten Gespräch mit Juliette hat er erwähnt, dass er sie hin und wieder angerufen hat, und offenbar haben die beiden ganz allgemein oft miteinander geplaudert.«

»Das heißt, er könnte von ihr abhängig gewesen sein«, sagte Lightman.

»Genau. Mal sehen, was ihre anderen Freunde dazu zu sagen haben.«

»Piers Lough habe ich auch überprüft«, fuhr der Sergeant fort, »und hier irrt Felix Solomon. Es gibt einen Piers Lough in der Datenbank, aber es ist nicht *der* Piers Lough. Der vorbestrafte Pädophile ist zwanzig Jahre älter. Er ist vor ein paar Monaten umgezogen, ohne die Behörden zu benachrichtigen, deshalb taucht diese Adresse als eine mögliche in seiner Datei auf. Aber der Piers, der Tür an Tür mit Zoe wohnt, lebt seit anderthalb Jahren dort. Ich habe Bilder von ihm von einem Krippenspiel im Netz gefunden, er sieht dem Pädophilen kein bisschen ähnlich.«

»Okay«, sagte Jonah und lachte. »Also eine unbegründete Verleumdung.«

»Ja«, erwiderte Lightman. »Ich habe mich allerdings gefragt, wie Felix darauf gekommen ist. Wie kann es Gerüchte gegeben haben, wenn die Polizei sich nicht einmal sicher war, dass sie den Richtigen hatten. Auf dieser Grundlage werden sie bestimmt keine jungen Familien in der Nachbarschaft informiert haben.«

Jonah überlegte kurz und sagte dann: »Völlig richtig. Also, wie zum Teufel hat Felix Solomon es erfahren?«

»Wenn ich raten müsste«, sagte Lightman ruhig, »würde ich sagen, er ist der Typ, der alle seine Nachbarn googelt. Im Netz gibt es Artikel, in denen Piers Lough erwähnt wird. Vielleicht hat er daraus voreilige Schlüsse gezogen.«

Darüber dachte Jonah eine Weile nach. »Der neugierige Rentner von nebenan«, sagte er. »Oder jemand, der uns bewusst auf eine falsche Fährte locken will.«

»Ja. Das ist eine andere mögliche Erklärung«, erwiderte Lightman.

Jonahs Handy summte. Hanson, vermutlich mit einem neuen Zwischenstand. Mit einem Nicken verabschiedete er Lightman und nahm das Gespräch an.

»Als Erstes habe ich Neuigkeiten für Sie«, sagte er. »Der Piers Lough in Zoes Haus ist nicht der vorbestrafte Sexualstraftäter. Falsches Alter, falsche Statur.«

»Oh, alles klar. Danke«, sagte sie, und er wusste nicht, ob sie erleichtert oder enttäuscht war.

»Haben Sie Felix gesehen?«

»Allerdings. Als er nach Hause gekommen ist, ist er direkt zu Zoes Wohnung gegangen. Als ich kam, stand er mit dem Schlüssel in der Hand vor ihrer Tür. Er war vorher nicht in seine Wohnung gegangen, also muss er den Schlüssel bei sich gehabt haben, wie Sie vermutet haben.«

»Wie hat er das erklärt?«

»Er hat behauptet, er habe nur einen Blick in die Wohnung werfen wollen, um voll und ganz zu begreifen, dass alles real ist«, antwortete sie.

»Aber Sie sind nicht überzeugt«, stellte Jonah fest.

»Nein, bin ich nicht. Könnte es sein, dass er versuchen wollte, den Fall selbst zu lösen?«

Jonah lachte humorlos. »Er wäre nicht der erste Möchtegern-Poirot.«

»Nein, ich frage mich, ob es einen Grund gibt, warum er ein so starkes Interesse zeigt«, sagte sie zögernd.

»An Zoe?«

»Nein, an unserer Arbeit«, sagte sie. »Ich weiß, es klingt seltsam, aber seine Art zu reden hat mich mehrmals ziemlich stark an Sie erinnert. Könnte es sein, dass er ein Exkollege ist?«

Als O'Malley um 13:15 Uhr im Büro aufkreuzte, zog Lightman die Brauen hoch.

»Dir ist schon klar, dass heute Samstag ist, oder? Wenn du weiter an dem Erpressungsfall arbeitest, hast du auch das Privileg, dein Wochenende einzuhalten.«

»Ist alles richtig«, sagte O'Malley nickend, »aber wenn ich mich aus der Mordermittlung raushalte, kann ich dir nicht sagen, wie du deinen Job machen sollst. Wo bleibt da der Spaß?« Er setzte sich und drehte sich mit seinem Stuhl zu Lightman. »Also los, Kurzzusammenfassung.«

Lightman berichtete ihm, was sie bisher ermittelt hatten.

»Als potenzielle Verdächtige haben wir also im Prinzip einen Freund, zwei Freundinnen, von denen eine einen Schlüssel hat, und den Vermieter«, brachte O'Malley das Gehörte auf den Punkt. »Dazu den Vater, der vermutlich entlastet ist, weil er in London war, und den Freund, der fast sicher zu Hause in Alton war und einen Skype-Anruf mit dem Opfer geführt hat.«

»Das ist es in etwa«, bestätigte Lightman. »Eben sind die Aufnahmen der Überwachungskameras auf der Rückseite des Gebäudes und ein Stück die Straße hinunter reingekommen. Wenn du also Lust haben solltest, dich durch endlose Stunden öder Bilder zu scrollen …«

»Schmeiß rüber«, erwiderte O'Malley. »Und wenn du schon dabei bist, auch gleich alle Fotos von Leuten aus Zoes Umfeld. Bisher habe ich nur zwei von ihnen persönlich getroffen.«

Jonah lachte still in sich hinein. Es hatte nur Minuten gedauert, Felix Solomons Personalakte zu finden. Hansons Gespür, dass Felix sie an Jonah erinnert hatte, war zwar wenig schmeichelhaft, hatte sich jedoch als absolut zutreffend erwiesen. Er war ebenfalls DCI gewesen, in Brighton, also bei der East Sussex Constabulary, und nicht in Hampshire. Aber er hatte bestimmt zusammen mit Jonah an Fortbildungen teilgenommen, ohne dass der sich an ihn erinnerte.

Felix war im Alter von dreiundfünfzig Jahren in den vorzeitigen Ruhestand getreten. Leider hatte Jonah keinen direkten Zugriff auf die psychologischen Gutachten, doch Esthers Hinweis auf PTBS war zutreffend gewesen. Nach drei Monaten erratischen Verhaltens und einer Therapie, beides verursacht durch einen besonders grausamen Fall, war Felix aus dem aktiven Polizeidienst ausgeschieden.

Dass er ein ehemaliger DCI war, erklärte einiges, zum Beispiel warum Felix im Vernehmungsraum so gelassen gewirkt und den Eindruck gemacht hatte, als wüsste er immer, was Jonah als Nächstes tun würde. Ob Felix etwas mit Zoes Tod zu tun hatte, blieb jedoch weiter unklar.

Aber sein Versuch, die Wohnung zu betreten, konnte durchaus eine vereitelte Ermittlung auf eigene Faust gewesen sein. Jonah konnte sich deprimierend leicht vorstellen, in Felix' Haut zu stecken, im Ruhestand und nicht mehr eingeweiht, aber entschlossen herauszufinden, wer seine Freundin getötet hatte. Wenn Felix Zoe jedoch aus irgendeinem Grund selbst ermordet hatte, wollte er vielleicht auch den Tatort inspizieren, womöglich sogar manipulieren, um den Verdacht von sich abzulenken.

Und dann der Tipp zu Piers Lough. Es war plötzlich sehr viel wahrscheinlicher, dass Felix von ihm aus Quellen erfahren hatte, die er nicht hätte benutzen dürfen. Eine Möglichkeit wäre ein ehemaliger Kollege, der bereit war, seinetwegen das Risiko einzugehen. Die andere Möglichkeit war natürlich, dass Felix immer noch Zugriff auf die Datenbank in Brighton hatte. Und dieser Gedanke beunruhigte Jonah sehr.

Während er noch darüber grübelte, schickte er eine Nachricht an DCS Wilkinson und bat um Zugriff auf die psychologischen Gutachten und die Akten des Falles, der Felix Solomons Zusammenbruch ausgelöst hatte. Wahrscheinlich würde er vor Montag keine Antwort erhalten, doch damit hatte er einen weiteren Punkt auf der Liste abgehakt. Dann stand er auf, um mit O'Malley zu sprechen.

Besonders weit kam er nicht. Lightman blickte auf und sagte: »Haben Sie einen Moment, Sir?«

Als Jonah näher kam, drehte Lightman den Bildschirm so, dass sie beide darauf gucken konnten.

»Das sind die Aufnahmen der Kamera am Ende der Latterworth Road, der Kreuzung, an der man vorbeikommt, wenn man aus der Stadt zu Zoes Wohnung will.«

»Okay«, sagte Jonah.

»Die Aufnahme ist von 22:49 Uhr, also ein paar Minuten vor der vermuteten Tatzeit.«

Das eingefrorene Schwarz-Weiß-Bild einer Straßenmündung erwachte zum Leben, als Lightman auf Play klickte. Ein Jogger durchquerte das Bild, männlich und kraftvoll aussehend. Jonah betrachtete Statur und Gesicht, doch sie passten zu keinem der Verdächtigen, die sie bisher gesehen hatten. Er war größer als Aidan Poole oder Victor Varos.

»Gleich kommt es«, sagte Lightman, als die Kreuzung wieder still wurde.

Um kurz nach 22:50 Uhr tauchte ein weiterer Mann auf dem Bildschirm auf. Er trug einen Trainingsanzug und eine Kappe. Wegen der schweren Sporttasche auf seinem Rücken ging er ein wenig schief. Sein Gesicht lag komplett im Dunkeln, und Jonah hatte beim Betrachten das Gefühl, dass der Mann das wusste. Nach ein paar Schritten fasste er die Kappe mit beiden Händen, als wollte er sich vergewissern, dass der Schirm sein Gesicht verdeckte, und Lightman hielt das Video an.

Jonah lief es kalt den Rücken hinunter. Alles an dieser Figur war verkehrt. Das in dem offensichtlichen Wissen um die Kamera verdeckte Gesicht, der eilige Gang. Und sie war in Richtung von Zoes Wohnung gegangen, zehn Minuten bevor jemand ihre Tür aufgeschlossen und sie ermordet hatte.

»Taucht er noch einmal auf?«, fragte Jonah.

»Nicht auf den Aufnahmen dieser Kamera«, antwortete Lightman und spulte vor. Die zu schnell laufenden Bilder zeigten eine Reihe von Personen, die um elf Uhr mit slapstickartig schnellen Schritten aus der Stadt kamen. Die einzigen Personen, die in Richtung Stadt gingen, waren eine altmodisch gekleidete Frau in einem Pelzmantel und ein Mann mit seinem Hund.

»Von 23:13 Uhr bis halb zwölf kommt niemand«, sagte Lightman, »dann eine junge Frau auf einem Fahrrad und ein weiterer älterer Mann. Ich habe die Bilder bis Mitternacht durchgesehen. Er kommt nicht zurück.«

»Überprüfen Sie die Aufnahmen der anderen Kamera auf dem Parkplatz«, sagte Jonah. »Gucken Sie, ob die Figur bis zu Zoes Haus kommt.«

»Mach ich.«

»Wenn es so aussieht, als sei er ins Haus gegangen, müssen wir herausfinden, woher er gekommen ist. Dann müssten wir uns weitere Überwachungskameraaufnahmen ansehen.« Und wieder darauf warten, bis die Aufnahmen vorlagen, dachte er frustriert.

»Glauben Sie, es ist definitiv ein Er?«, fragte Lightman.

Jonah zögerte. »Das kann man unter der Kappe nur schwer erkennen. Der Gang wirkt ziemlich männlich, aber das könnte man auch vortäuschen. Was die Größe angeht, bin ich mir nicht sicher, aber auf jeden Fall größer als Angeline Judd. Wissen wir, wie groß Maeve Silver ist?«

»Nicht übermäßig groß«, rief O'Malley. »Vielleicht zwei, drei Zentimeter kleiner als ich.«

»Das heißt, sie könnte groß genug sein«, stellte Jonah fest.

Lightman spulte das Video mit nachdenklicher Miene zurück. »Wenn sich herausstellt, dass er bis zu Zoes Haus gegangen ist, lasse ich die Größe schätzen.«

Jonah überließ ihn seinen Recherchen und wandte sich O'Malley zu.

»Also, Domnall«, begann er, »Sie wissen ja, dass Sie eigentlich an dem Erpressungsfall arbeiten sollten …«

»Ah, das hab ich auch«, sagte O'Malley und hob die Hände von der Tastatur. »Ich helfe Lightman bloß ein bisschen aus …«

Jonah lachte. »Ich wollte auch gar nicht anordnen, dass Sie sich wieder der anderen Ermittlung widmen, sondern Sie eigentlich fragen, ob Sie Lust hätten, Ihre Ermittlungen auf einen damit zusammenhängenden Fall auszudehnen.«

O'Malley sah ihn schräg an. »Dabei handelt es sich nicht zufällig um einen Fall, der direkt mit Ihrer Mordermittlung zu tun hat?«

»Das könnte schon sein«, bestätigte Jonah. Er lehnte sich an den leeren Schreibtisch gegenüber von O'Malley. »Zoes Vermieter ist, wie sich herausgestellt hat, ein ehemaliger DCI aus Brighton. Juliette ist darauf gekommen, während ich überhaupt nicht geschaltet habe.«

»Felix Solomon?«, fragte Lightman hinter O'Malley. »Oh. Nun, das ergibt vermutlich Sinn.«

»Einerseits schon, andererseits auch nicht«, sagte Jonah. »Ich mache mir Sorgen, woher er als Expolizist seine Informationen bekommt.«

»Ah, jetzt verstehe ich auch den Zusammenhang mit dem Erpressungsfall«, sagte O'Malley grinsend. »Sie wollen, dass ich herausfinde, ob er irgendwelche Datenbanken gehackt hat, um an Informationen zu gelangen, die er nicht kennen dürfte.«

»Genau«, sagte Jonah. »Und Sie müssten auch einen Blick in die Datenbank der Brighton Constabulary werfen …«

O'Malley lachte leise. »Mein Gott. Sie haben nicht gesagt, dass ich *selber* als Hacker aktiv werden soll …«

»Ich hoffe, das wird nicht nötig sein«, sagte Jonah mit einem angedeuteten Lächeln. »Und wenn, würde ich es natürlich niemals vorschlagen …«

»Überlassen Sie das mir«, erwiderte O'Malley. »Ich glaube allerdings, ich werde jemanden brauchen, der sich besser mit Technik auskennt.« Er hob eine Hand. »Auch das können Sie mir überlassen.«

Bis Maeve Silver im CID eintraf, hatte Lightman bestätigt, dass die Figur mit der Kappe auch die zweite Kamera auf dem Parkplatz hinter Zoes Haus passiert hatte und auf der richtigen Straßenseite gegangen war, um das Haus zu betreten.

Lightman hatte nach Referenzpunkten gesucht, um ihre Größe zu schätzen, was grundsätzlich schwierig war, durch die verschiedenen anderen Personen, die die Kamera erfasst hatte, jedoch erleichtert wurde.

»Ich würde sagen, mindestens ein Meter siebzig«, erklärte er. »Könnte aber auch alles bis eins fünfundachtzig sein.«

»Das schließt niemanden aus«, murmelte Jonah, »mit Ausnahme von Angeline Judd. Ich werde sehen, ob ich Maeve Silver etwas zu dem Thema entlocken kann.«

Kurz darauf traf Maeve am Empfang ein, und Jonah ging nach unten, um sie abzuholen. Sie sah aus wie jemand, der sich nur mit Mühe zusammenriss. Ihre Augen waren unnatürlich hell, und jedes Mal wenn Jonah sie ansprach, nickte sie eifrig und sagte: »Sicher, sicher.«

Dann strich sie eine hell gefärbte Locke hinters Ohr, die ihr jedoch gleich wieder ins Gesicht fiel.

Außerdem fiel ihm das Kruzifix auf, dass sie unter ihrer hellblauen Bluse an einer Kette trug. Das bedeutete für eine junge Frau von Mitte zwanzig wahrscheinlich, dass sie eine ziemlich fromme Christin war.

Jonah führte sie in den Vernehmungsraum und sah, wie sich ihre Miene aufhellte, als Lightman ihr gegenüber Platz nahm. Das war die Standardreaktion der meisten Frauen und auch etlicher Männer.

Als das Band lief, begann Jonah behutsam. »Uns ist bewusst, dass es Ihnen womöglich schwerfällt, darüber zu sprechen. Aber könnten Sie uns sagen, wann Sie Zoe zum letzten Mal gesehen haben?«

Maeve nickte und faltete die Hände im Schoß, bevor sie sprach. »Am Mittwochabend waren wir alle zusammen. Wir haben uns zum Essen im La Mejican getroffen. Kennen Sie das? Wir waren zu viert, ich, Angeline, Victor und Zoe. Danach habe ich sie nicht mehr gesehen.«

»Am Donnerstag hat sie sich also nicht bei Ihnen gemeldet?«

»Nein.« Maeve schüttelte den Kopf. »Aber das ist nicht ungewöhnlich. Wenn wir beide viel zu tun hatten, haben wir nur alle paar Tage miteinander gesprochen.«

»Und Sie wissen nicht, was sie gemacht hat?«, fragte Jonah.

»Nein, leider nicht. Ich weiß, dass Angeline vorhatte, sich mit ihr zu treffen, aber …« Sie zuckte die Achseln, schniefte und rieb sich mit dem Handrücken über die Augen. »Ich wollte sie gestern besuchen, aber dann war überall Polizei. Ich dachte, dass wahrscheinlich in einer anderen Wohnung etwas passiert ist. Ich wollte es glauben, verstehen Sie? Aber dann habe ich versucht, sie anzurufen, und es ist niemand drangegangen.« Sie lachte schluchzend auf. »Ich habe versucht, mir einzureden … dass es bloß Zufall war. Aber als ich dann zu Victor gegangen bin und er sagte, dass sie nicht zur Arbeit gekommen war, wusste ich es. Ich wusste, dass etwas Schreckliches passiert war.«

Zitternd zückte Maeve ein Taschentuch und schnäuzte sich. Sie wirkte ähnlich erschüttert wie Angeline Judd, schien ihren Gefühlen jedoch nicht nachgeben zu wollen. Sie lächelte Jonah mit tränenverschleiertem Blick an. »Sie müssen schon Fragen stellen.«

»Das ist in Ordnung«, sagte er so freundlich wie möglich. »Dies ist bestimmt keine leichte Zeit für Sie. Wir können auch eine Pause machen, wenn Sie möchten.«

»Nein, alles okay. Machen Sie weiter.«

Lightman stand auf und füllte einen Becher mit Wasser aus dem Spender in der Ecke, den er Maeve wortlos überreichte.

»Danke«, sagte Maeve und lächelte erneut.

»Waren Sie am Donnerstagabend irgendwo in der Nähe von Zoes Wohnung?«, fragte Jonah und beobachtete ihre Miene genau. Maeves Blick folgte Lightman, als der wieder Platz nahm, doch ansonsten zeigte sie keine erkennbare Reaktion. Kein Anzeichen von Stress.

»Aaah, nein. Ich war beim Ladies' Supper.« Jonah sah sie fragend an, und sie erklärte: »Von der Kirche. Alle jüngeren Frauen treffen sich zum Essen. Abwechselnd eine Woche die Frauen, die andere Woche die Männer.«

»Und um wie viel Uhr war das?«

»So gegen sieben. Ich war ehrlich gesagt ein bisschen zu spät.« Sie warf Lightman ein kurzes bescheidenes Lächeln zu und sah dann wieder Jonah an. »Dort war ich schätzungsweise bis … gegen halb zehn. So ungefähr. Dann bin ich nach Hause gegangen.«

»Was für einen Eindruck hat Zoe an dem Abend davor gemacht?«, fragte Jonah. »Am Mittwoch.«

»Es schien ihr gut zu gehen«, sagte Maeve. »Ich meine, seit ihrer letzten Trennung von Aidan war sie nicht mehr sie selbst. Sie war ziemlich fertig.«

»Glauben Sie, dass sie psychische Probleme hatte?«, fragte Jonah.

»Ja«, antwortete Maeve, ohne zu zögern. »Keine Frage. Ich glaube, sie war schon vorher ein wenig fragil. Sie hat in kürzester Zeit drastisch abgenommen, und sie hat ihr Augen-Make-up nicht mehr nur zu speziellen Anlässe getragen, sondern immer.«

»Verzeihung«, unterbrach Jonah sie. »Ihr Augen-Make-up?«

»Oh, also … sie hat gern extravagante Looks ausprobiert. Unglaubliche Farben und Muster, schwarze oder goldene Wirbel mit Pailletten. Fast wie winzige Gemälde. So als hätte sie ihr Gesicht als Leinwand für ihre Kunst benutzt.«

Jonah nickte langsam. »Und Sie glauben, dass es ein Ausdruck von … Unsicherheit war, dass sie das immer öfter getan hat?«

»Na ja, ich weiß nicht. Es ist nur eine Theorie.« Maeve schien ein wenig verlegen. »Die Augenbemalung ist mir bloß immer vorgekommen wie … ein Weg, um die Aufmerksamkeit abzulenken. Es war auffällig, und die Leute haben immer irgendwas dazu gesagt. Dahinter kann man sich vermutlich ganz gut verstecken, oder? Und als es dann so aussah, als wäre Aidan vielleicht doch noch enger mit seiner Frau zusammen, als Zoe gedacht hatte, wurde es fast ein bisschen zwanghaft. Sie musste immer perfekt aussehen, nicht nur wenn sie ihn getroffen hat.«

»Hatte sie wegen Aidan noch andere Befürchtungen?«, fragte Jonah. »Was seine Treue ihr gegenüber anging?«

»Ich glaube nicht«, sagte Maeve. Sie lief kurz zartrosa an, was Jonah interessiert bemerkte. »Seine Ehefrau hat völlig gereicht.«

»Er hat nie … versucht, mit Ihnen zu flirten?«

»Ah, nein, natürlich nicht«, antwortete sie und wurde diesmal richtig rot. Sie betrachtete ihre Hände, statt Jonah oder Lightman anzusehen. »Er wollte nur, dass ich auf seiner Seite war.« Dann fügte sie hastig hinzu: »Angeline sagt, Zoe und Aidan seien wieder zusammengekommen.« Sie schaute Jonah wieder an. »Glauben Sie, dass das vor kurzem geschehen ist? Ich wusste nichts davon.«

»Es scheint noch nicht lange her gewesen zu sein«, bestätigte Jonah.

»Mein Gott«, sagte Maeve, zog ein weiteres Taschentuch aus der Tasche, zerknüllte es in ihrer Hand und wischte sich damit die Augen. »Ich hatte das Gefühl, dass sie mir irgendwas verheimlicht.

Ist es nicht schrecklich, dass sie es keinem von uns erzählt hat? Nicht mal mir, obwohl ich die Einzige war, die ihr nicht geraten hat, ihn endgültig abzuschießen?«

»Ihrer Ansicht nach hatte die Beziehung der beiden also nichts Ungesundes?«, fragte Jonah.

»Nein«, sagte Maeve mit einem Kopfschütteln. »Ich meine, ich glaube, es ist nie gut zu betrügen. Aber abgesehen davon, dass er ihr lange verheimlicht hat, dass die Scheidung noch nicht einmal beantragt war, hat er sie wirklich gut behandelt. Er hat sie mit Zuwendung überhäuft und sich um sie gekümmert.« Maeve blickte beinahe flehend zu Lightman. »Sonst war Zoe immer diejenige, die allen anderen geholfen hat, und es war schön zu sehen, dass sie etwas zurückbekam, verstehen Sie? Außerdem schienen die beiden immer so viel Spaß miteinander zu haben. Er ist so anders als die bedürftigen Wichser, mit denen sie vorher zusammen war.«

Der Kraftausdruck ließ Jonah unwillkürlich lächeln. Christin oder nicht, Maeve war offenbar nicht darüber erhaben, ihre Mitmenschen mit wenig Nächstenliebe zu beurteilen. »Und wie war das nach ihrer Trennung?«, fragte er weiter. »Es gibt Andeutungen, dass er sie belästigt haben soll.«

»Ach, ich glaube nicht, dass es Belästigung war«, sagte Maeve und wurde wieder rot. »Mir hat er ehrlich gesagt leidgetan. Er wollte alles erklären und die Sache irgendwie wiedergutmachen. Und dann ist sie weggezogen. Ich glaube, als sie dachte, dass es wirklich vorbei ist, war sie am Boden zerstört, und sie wollte nichts sehen, was sie an ihn erinnerte. Nicht das Haus, nicht ihn, eine Zeitlang nicht einmal uns.«

Jonah beobachtete, wie sie ihr Taschentuch wieder zur Hand nahm. »Warum haben sie sich getrennt?«

»Also das erste Mal, weil Aidan mit seiner Frau im Urlaub gewesen war. Victor hat es herausgefunden …«

»Victor hat es herausgefunden?«

»Er hat es auf Facebook gesehen. Aidan hatte einige Posts vor Zoe verborgen, aber Victor konnte sie sehen. Wahrscheinlich hatte

Aidan vergessen, dass er ihn als Freund hinzugefügt hatte, oder er wusste nicht, dass es Victor war. Er hat dort irgendeinen abgedrehten Gamer-Namen.«

»Glauben Sie, dass Victor ein persönliches Interesse daran hatte, dass die Beziehung zerbrach?«, fragte Jonah leise.

»Ah, Sie meinen … ob er verliebt in sie ist?«, erwiderte Maeve seufzend. »Ja, ist er. Und wahrscheinlich wollte er auch das Beste für sie. Aber er ist nicht gewalttätig. Ich meine, er ist jähzornig, aber das ist … nur ein Strohfeuer. Eine kurze Laune, die gleich wieder verflogen ist.«

»Und Zoe hatte definitiv kein Interesse? Zwischen den beiden ist nie etwas passiert?«

»Nein«, sagte Maeve leise. »Und das wird es jetzt auch nie mehr. Armer Victor.«

Juliette warf ihre Tasche auf ihren Stuhl und schälte sich aus Sheens' nasser Regenjacke. Zum Glück war die Jacke zu lang für sie, sodass ihre Oberschenkel im Gegensatz zu den durchnässten Unterschenkeln trocken geblieben waren.

»Das war's«, erklärte sie O'Malley. »Ich gehe da nicht noch mal raus. Du und Ben, ihr könnt alles andere übernehmen, während ich mich mit einem Tee vor eine Heizung hocke.«

»Ich sollte eigentlich überhaupt nicht arbeiten«, entgegnete O'Malley.

»Und warum machst du es dann?«, erwiderte Juliette grinsend.

»Ich bin ein Opfer«, antwortete O'Malley seufzend.

»Sind sie noch mit Maeve Silver drinnen?«, fragte sie und wies mit dem Kopf in Richtung Vernehmungsraum.

»Ja, die fromme Freundin.«

»Ist sie das?«

»Sehr, würde ich sagen«, antwortete O'Malley salbungsvoll. »Sie trägt ein Kruzifix und versucht die ganze Zeit, schrecklich nett zu sein, trotz der grausamen Versuchung, es nicht zu sein.«

»Eine von denen«, sagte Juliette und schob ihren Stuhl so nah an die Heizung, wie es ging, wenn sie gleichzeitig noch die Tastatur auf ihrem Schreibtisch erreichen wollte. Der Chef kam aus dem Vernehmungsraum, dicht gefolgt von Lightman in Begleitung einer jungen Frau mit Locken, bei der es sich um Maeve handeln musste. Sie sah aus, als sei sie noch vor kurzem sehr aufgewühlt gewesen, doch im Moment lächelte sie und lachte über etwas, das Ben Lightman gesagt hatte.

Juliette verdrehte unwillkürlich die Augen. Woher kam diese niemals endende Schlange von Bewunderinnen, die nur darauf warteten, dass Lightman sich in sie verliebte? Ein hübsches Gesicht war nicht alles.

Der DCI kam zu ihrem Tisch. »Was Felix Solomon betrifft, lagen Sie absolut richtig«, sagte er leise. »Er war früher DCI in Brighton. Vorzeitiger Ruhestand wegen posttraumatischer Belastungsstörung. Ich habe die Details angefragt.«

»Oh, super!«, sagte Juliette und gab sich Mühe, nicht zu selbstzufrieden auszusehen.

»Ich habe O'Malley darauf angesetzt herauszufinden, ob er Zugriff auf polizeiliche Daten hat, die er nicht einsehen dürfte«, fügte der Chef hinzu.

»Dann bist du also schuld«, sagte O'Malley und blickte zu ihr auf.

»Mir ist noch ein Gedanke zu Felix Solomon gekommen«, sagte Juliette. »Wenn er die Angewohnheit hat, in die Wohnung seiner Mieterin einzudringen, hat die Vormieterin vielleicht ähnliche Erfahrungen gemacht. Ich könnte ihre Personalien ermitteln.«

»Kein schlechter Gedanke«, sagte der DCI und warf einen Blick auf die Uhr an der Wand. »Als Nächster kommt Victor Varos.«

»Möchten Sie bei der Befragung vielleicht von einer charmanten jungen Constable begleitet werden?«, fragte Juliette.

Sheens grinste sie an. »Einverstanden.«

»Danke, Chef«, erwiderte Juliette und loggte sich in die Datenbank ein, um Felix Solomons Telefonnummer nachzusehen.

Sie versuchte, sich nicht zu sehr darüber zu freuen, erneut ausgewählt worden zu sein. Sie wusste, dass es nicht um Talent ging. Der Chef wählte seine Partner bei Befragungen allein danach aus, wer ihm in der Situation am meisten helfen würde. Es spielte keine Rolle, wie gut man bei der letzten Vernehmung gewesen war oder ob man das Gefühl hatte, an der Reihe zu sein. Wenn man nicht ausgewählt wurde, wurde man nicht ausgewählt. Aber er leitete ja auch keine verdammte Demokratie, wie ihr Englischlehrer immer gesagt hatte.

»Stehe ich unter Verdacht?«, fragte Victor, als Jonah die Hand zu dem Aufnahmegerät ausstreckte.

»Zur Zeit behandeln wir niemanden als Tatverdächtigen«, beruhigte Jonah Victor. »Wir zeichnen die Befragung sämtlicher Personen auf, die eine Verbindung zu dem Opfer hatten, für den Fall, dass uns im Gespräch etwas Entscheidendes nicht auffällt. Mit Hilfe der Bänder und einer späteren Abschrift können wir Details nachsehen. Das ist alles.«

Victor warf ihm einen gereizten Blick zu. Das konnte der junge Brasilianer ziemlich gut. Er hatte den intensiven bohrenden Blick, die markanten, wie gemeißelten Gesichtszüge und den dunklen Vollbart, die perfekt zu einer mürrischen Miene passten. Außerdem wirkte er kräftig. Kein Gramm Fett zu viel, die Venen und Muskeln an seinen Armen zeichneten sich deutlich ab.

Als Jonah ihn weiter mit ausdrucksloser Miene ansah, nickte er schließlich, und Jonah startete das Band.

»Ich möchte Sie gern fragen, wann Sie Zoe zum letzten Mal gesehen haben«, begann er.

»Mittwoch«, antwortete Victor. »Mittwochabend.«

»Können Sie die Umstände beschreiben?«

Victor zuckte die Schultern. »Wir waren im La Mejican essen. Wir vier. Angeline, Maeve, Zoe und ich.«

»Sind Sie oft zusammen ausgegangen?«, fragte Hanson.

»Ja«, antwortete Victor knapp. »Wir waren Freunde.«

»Und welchen Eindruck hat Zoe gemacht?« Die Frage kam wieder von Jonah.

»Wie immer.«

»Sie wirkte nicht unglücklich?«, hakte er nach. »Oder als würde sie etwas verheimlichen?«

Es entstand eine Pause. Victor sah aus, als würde er die Frage lieber unbeantwortet lassen. »Am Ende ist sie überstürzt aufgebrochen«, erklärte er schließlich. »Sie hat gesagt, sie sei müde, aber ich habe gesehen, wie sie eine Nachricht auf ihrem Handy gelesen hat, bevor sie gegangen ist. Ich dachte, dass es vielleicht ein Mann war. Ich wusste nicht, dass sie wieder mit Aidan Poole zusammen war. Jetzt ergibt es Sinn.«

»Sie glauben, dass sie sich mit ihm treffen wollte?«

»Ja, und ich glaube, das Schwein hat sie umgebracht.«

»Aber das war der Abend davor«, wandte Jonah ein.

»Ich meine nicht dann«, sagte Victor abschätzig. »Ich meine, dass er offensichtlich zurück in ihrem Leben war und sie manipuliert hat, und ich glaube, dass er sie umgebracht hat.«

»Aidan Poole hat selbst die Polizei alarmiert.«

»Dann hat er sie eben umgebracht und es anschließend bereut«, sagte Victor voller Wut. »Er würde es bereuen. Sie war das Beste in seinem Leben, und er hatte sie nie verdient.«

Jonah wählte die nächsten Worte mit Bedacht. »Sie scheinen unbedingt glauben zu wollen, dass Aidan verantwortlich war. Was haben Sie persönlich für Zoe empfunden?«

»Sie war eine gute Freundin«, sagte Victor gepresst.

»Und wie haben Sie reagiert, als Sie erfahren haben, dass die beiden zusammen sind?«

Victors Kopf schnellte zur Seite wie eine Katze. Sein Blick zuckte zu Hanson und zurück. »Jemand hat Ihnen erzählt, dass ich mutwillig seinen Computer zerstört habe, oder? Das war keine Absicht. Ich habe einen Becher Kaffee umgestoßen, weil ich wütend war.«

»Wütend, weil er mit der Frau zusammen war, die Sie begehrten?«, fragte Hanson und beugte sich ein wenig vor.

»Nein«, erwiderte Victor aggressiv. »Er war … er war grob zu mir.«

Hanson lächelte knapp. »Kommen Sie, Victor, ich habe auch schon als Barista gejobbt. Die Kunden sind regelmäßig unhöflich zu einem. Damit kommt man klar. Da ging es doch um mehr, oder?«

Victor sah sie mit einem verächtlichen Blick an, der Jonah überraschte. Es war ungewöhnlich, dass potenzielle Verdächtige sich so offen feindselig gegenüber der Polizei verhielten.

Aber Hanson bohrte, wie er erfreut feststellte, unverdrossen weiter. »Sie haben Zoe immer gemocht, oder?«, fragte sie. »Sie haben Aidan gehasst, weil er Ihnen im Weg war. Wann hat sich dieser Hass auf Zoe übertragen?«

Victor schüttelte den Kopf. »Ich habe Zoe nicht gehasst. Nie. Keine Minute lang.« Er fixierte Hanson mit einem wütenden Blick. »Sie war nur das Opfer eines manipulativen Mannes.« Er blickte unvermittelt zu Jonah. »Wer hat das erzählt? Das mit dem Kaffee? Maeve, oder? Natürlich war sie es, verdammt noch mal.« Er stieß mit dem Finger auf den Tisch. »Maeve würde alles sagen, um Aidan besser dastehen zu lassen, selbst wenn sie damit alle anderen reinreißt. Sie ist besessen von ihm.«

»Wie kommen Sie darauf?«, fragte Jonah ruhig, überaus interessiert, dass Victor zu diesem Schluss gekommen war, während Maeve ihn in Wahrheit verteidigt hatte.

Victor schnaubte. »Wegen ihres Verhaltens im letzten Jahr. Sie hat weiter mit Aidan geredet, offenbar über Zoe. Und sie hat Zoe bedrängt, bei ihm zu bleiben oder wieder mit ihm zusammenzukommen. Die ganze Zeit.« Er sah angewidert aus.

»Warum sollte sie gewollt haben, dass die beiden zusammenblieben?«, fragte Hanson.

»Weil sie ihn dann weiter sehen konnte«, antwortete Victor, als ob das offensichtlich wäre. Die Art, wie er Hanson mit gekräuselter Oberlippe fixierte, war unangenehm. »Außerdem hat sie selbst Probleme. Sie will keinen Sex vor der Ehe haben, aber sie hat den beiden verdammt gern beim Knutschen zugeguckt. Als ob es sie aufgegeilt hätte.«

Jonah dachte kurz über diese Antwort nach und hielt sie in Stichworten schriftlich fest. Er wusste nicht, wie er reagieren sollte, und fragte sich, ob es stimmte, was Victor über Maeve Silver erzählte. »Glauben Sie, dass Maeve Zoe vielleicht verletzen wollte?«

»Ich weiß nicht«, sagte Victor und wandte sich unvermittelt mit einem Achselzucken ab. Nachdem er nicht mehr direkt unter Druck stand, schien seine Wut plötzlich abzuebben. »Vermutlich nicht. Aber wenn sie wüsste, dass Aidan es getan hat, würde sie alles tun, um es zu vertuschen, da bin ich mir sicher.«

Nachdem Victor gegangen war, saß Jonah etliche Minuten in seinem Büro und versuchte zu entscheiden, was er von den Anschuldigungen halten sollte. Auf einer Ebene kam es ihm kindisch vor. Andererseits würde es Maeves Verlegenheit erklären, als Jonah sie gefragt hatte, ob Aidan je versucht hatte, sich an sie heranzumachen.

Aber die Andeutung, Maeve könnte Aidan decken, machte ihm keine allzu großen Sorgen. Dafür wies zu viel darauf hin, dass Aidan Poole zur Tatzeit zu Hause gewesen war. Jonah bezweifelte stark, dass Aidan der Mann mit der Kappe war. Es wäre absolut unlogisch, die Polizei zu alarmieren und auf den Tatort aufmerksam zu machen, wenn er sich zu der Zeit irgendwo in der Nähe von Zoes Wohnung aufgehalten hätte.

Trotzdem war es möglich, dass Aidan Maeve zu irgendetwas angestachelt hatte, während er selbst sicheren Abstand gewahrt hatte. Ebenso denkbar war es, dass sie von sich aus gehandelt hatte. Als Zoe und Aidan sich getrennt hatten, hatte sie vielleicht geglaubt, nun sei sie an der Reihe. Womöglich hatte Aidan ihr sogar Hoffnungen gemacht. Und wenn Maeve dann später erfahren hatte, dass Zoe wieder mit Aidan zusammen war, hätte sie das zu einer Gewalttat treiben können.

Nicht zu vergessen, dass Victor selbst von Zoe besessen gewesen war. Jonah war sich zwar nicht sicher, ob er Victors sprunghaftem Charakter die sorgfältige Planung eines Verbrechens zutraute, doch es war möglich, dass ein lange schwelender Groll kalte Berechnung statt brennende Wut hervorgebracht hatte.

Der andere Punkt, an dem Jonah nicht weitergekommen war, war die Rekonstruktion von Zoes Aktivitäten am Donnerstag. Bis auf Angelines Aussage, die Zoe am Vormittag getroffen hatte, und Felix' Telefonat mit ihr, hatten sie nichts Konkretes, bis Felix sie am Abend zwischen acht und halb neun angeblich hatte nach Hause kommen sehen. Wenn das stimmte, musste sie die Wohnung auch irgendwann verlassen haben.

Victor hatte angedeutet, dass Zoe sich am Abend zuvor mit jemandem getroffen haben könnte, den sie verheimlicht hatte. Das war in keiner der anderen Aussagen erwähnt worden. Wenn Zoe die Wohnung am nächsten Tag verlassen hatte, dann vielleicht, um dieselbe Person zu treffen.

Ein paar Minuten später riss ihn Lightmans Klopfen aus seinen Gedanken. »Ich habe auf den Aufnahmen der Überwachungskameras noch einiges Interessantes gefunden.«

Jonah folgte ihm und zog sich einen der vielen leeren Stühle an Lightmans Schreibtisch. Lightman klickte auf einen von mehreren Schnappschüssen, die er gespeichert hatte, um ihn zu vergrößern. Das angehaltene Bild zeigte den Blick durch den Torbogen, stammte also von der Kamera auf dem Parkplatz hinter dem Wohnkomplex. »Das ist am Donnerstag um 17:20 Uhr«, sagte Lightman. »Die Kamera befindet sich ein Stück die Hill Lane hinunter, also Richtung Stadtzentrum.«

Er klickte auf Play, und Jonah sah einen Wagen, der auf der Straße Richtung Stadt fuhr, gefolgt von einer punkig aussehenden Frau mit Lederjacke und Brille. Dann tauchte eine weitere Gestalt auf, die in dieselbe Richtung ging. Beide Personen hatten es offenbar eilig, als sie, die Hände in den Jackentaschen, mit hastigen Schritten den Torbogen passierten.

Lightman hielt das Video an, kurz bevor die zweite Gestalt aus dem Bildrahmen trat. Es war offensichtlich Zoe, das Haar zu einem Dutt hochgebunden wie zum Zeitpunkt ihres Todes.

Jonah lief ein Schauer über den Rücken. Es war immer verstörend, Tote in einer Filmaufnahme lebendig zu sehen. »Und sie wurde auch beim Nachhausekommen erfasst«, sagte Lightman.

Er startete einen weiteren Clip, aufgenommen von der Kamera in der Nähe des Wohnkomplexes um 20:31 Uhr. Mehr als drei Stunden nachdem Zoe ihre Wohnung verlassen hatte und fast genau zu der Zeit, als Felix sie laut eigener Aussage hatte heimkommen sehen.

Wenig später tauchte Zoe im Bildausschnitt auf. Diesmal hatte sie es weniger eilig. Sie schob die rechte Hand in die Tasche, vermutlich um ihren Schlüssel herauszuholen. Aber bevor sie die Haustür erreichte, verlangsamte sie ihre Schritte und blieb stehen. An ihren Bewegungen konnte man erkennen, dass sie mit jemandem sprach, der nicht im Bild war. Mit jemandem, der wahrscheinlich direkt vor der Haustür auf sie gewartet hatte.

»Bekommen wir die Person zu sehen?«, fragte Jonah.

»Leider nicht«, sagte Lightman.

Das Gespräch dauerte einige Minuten, dann machte Zoe ein paar Schritte nach vorn, zögerte und ging aus dem Bild zur Haustür. Sie tauchte nicht wieder auf.

»Auf welcher Seite liegt Felix Solomons Wohnung?«, fragte Jonah nachdenklich.

»Juliette hat sie auf dieser Seite des Gebäudes eingezeichnet«, antwortete Lightman und zeigte nach rechts. »Mit Blick auf die Straße.«

»Das heißt, er hätte jemanden, der vor der Haustür gewartet hat, wahrscheinlich nicht bemerkt«, stellte Jonah fest. »Er behauptet, nur Zoe gesehen zu haben. Die Uhrzeit stimmt auch. Aber natürlich könnte er auch selbst auf sie gewartet haben.«

Jonah sah sich den Clip erneut an und achtete diesmal genauer auf Zoes Haltung. Die zögernden Schritte. Der Abstand zwischen ihr und der Person außerhalb des Bildes, die auf sie gewartet hatte. Die

Art, wie sie ihr Gewicht auf die Fersen verlagerte und nervös von einem Fuß auf den anderen trat.

»Ist das nur mein Eindruck«, fragte er, »oder sieht sie aus, als hätte sie Angst?«

16.

SEPTEMBER – VIERZEHN MONATE VORHER

Eine Viertelstunde vor der Eröffnung der Michaelis-Ausstellung merkte Zoe, dass sie ziemlich betrunken war. Die Vorabdrinks waren keine gute Idee gewesen, zumal sie schon um fünf angefangen hatten und sie fast nichts zu Mittag gegessen hatte. Sie brauchte Wasser, aber auf dem Tisch im Flur war nur Prosecco im Angebot, und der war ohnehin für die Besucher.

Auf leicht wackeligen Beinen ging sie zu den Toiletten und versuchte, ihrer Tutorin zuzulächeln, der sie unterwegs begegnete. Annette war zum Glück offensichtlich mit irgendeinem Problem beschäftigt und erwiderte ihr Lächeln nur vage.

Zoe betrat die Damentoilette und lehnte sich, die Hände auf das feuchte Marmor gestützt, schwer an das Waschbecken. Sie atmete mehrmals tief durch, drehte den Hahn auf und schöpfte mit der Hand ein paar Mundvoll Wasser. Dabei wurde ihr weißes Kleid, das nur einen langen Ärmel hatte, nass, doch sie hatte gerade nicht die Energie, sich darüber Sorgen zu machen.

Sie brauchte ein paar Minuten, bis sie das Gefühl hatte, den Alkohol in ihrem Blut mit genug Wasser verdünnt zu haben, auch wenn es noch eine Weile dauern würde, bis die Wirkung eintrat. Sie richtete sich auf und konnte sich nur mit Mühe auf ihr Spiegelbild konzentrieren, das eine höchst unvollkommene Version ihrer selbst zeigte. Auf ihrem Kleid waren graue feuchte Flecken, und das weiß-violette Make-up um ihr linkes Auge war zerlaufen und auf ihrer Wange getrocknet, wahrscheinlich schon lange.

Sie zog hastig ein Papierhandtuch aus dem Spender, befeuchtete es ein wenig und wischte das Make-up so gut wie möglich ab. Dann nahm sie den dunkelbraunen Konturenstift und den violett glitzernden Lidschatten aus ihrer Handtasche und versuchte, den Schaden zumindest zu kaschieren.

Du hättest dich nicht betrinken sollen, sagte sie sich. *Warum hast du das getan*?

Aber sie wusste, woran es lag. Sie war so viel dünner als früher, deshalb vertrug sie nichts mehr.

Dünner zu sein war natürlich gut. Es war eine bewusste Entscheidung gewesen. Sie war nicht essgestört wie Angeline. Einen Monat nachdem sie herausgefunden hatte, dass Aidan noch verheiratet war, hatte Zoe beschlossen, dass sie sich wohler in ihrem Körper fühlen wollte. Aidan hatte beiläufig erwähnt, wie sehr ihn Gretas Schönheit bei ihrer ersten Begegnung überwältigt hatte. Zoe war mitten während eines weiteren teuren Abendessens speiübel geworden.

Hinterher war Aidan wie üblich mit zu ihr gekommen, doch später hatte sie nicht einschlafen können. Um Viertel nach eins war sie mit ihrem Handy nach unten geschlichen, sorgfältig darauf bedacht, nicht auf eine der knarzenden Bodendielen auf dem Treppenabsatz im ersten Stock zu treten. Maeve hatte nicht gerade einen festen Schlaf.

Zum ersten Mal hatte sie Greta Poole gegoogelt und sich gleichzeitig dafür gehasst. Die Serie von professionellen Fotos, die sie entdeckt hatte, hatte sie schockiert. Dabei hätte sie nicht überrascht sein sollen, dass Aidans Frau – seine Beinahe-Exfrau – schön war. Er war ein gut aussehender Mann, und es war nur logisch, dass er mit einer hinreißenden Frau zusammen war. Sich Greta als unattraktive Person vorzustellen war reines Wunschdenken gewesen. Zu glauben, er würde sie nicht mehr lieben, weil ihm klar geworden war, dass er etwas Besseres bekommen konnte. Aber es war eine so tröstende Illusion gewesen. Als sie ein Foto nach dem anderen anstarrte, war nicht das Gefühl von Unzulänglichkeit am schlimmsten gewesen, es war die Engherzigkeit dieses Gefühls. Zoe war nie missgünstig gegenüber anderen Frauen gewesen. Aber sie war auch noch nie in einer Beziehung mit einem Mann gewesen, der sich noch aus seiner Ehe lösen musste.

Bis dahin hatte sie sich auch noch nie besonders angestrengt abzunehmen, aber als sie in dem dunklen Zimmer gesessen hatte, ihr Handy der einzige Lichtpunkt, war irgendein seltsamer Schalter in ihrem Kopf umgelegt worden. Von da an war es ihr leichtgefallen zu verzichten. Essen aus dem Kühlschrank zu nehmen und unangerührt wieder zurückzustellen. Es war beinahe befriedigend gewesen. Fünf Monate später war sie zwölf Kilo leichter. Ihr vormals rundes Gesicht war kantig geworden, und sie hatte fast alle ihre Kleider ersetzen müssen. Durch engere. Wie das asymmetrische weiße Kleid, das sie heute Abend trug und das an ihrem Körper klebte.

Trotz ihrer neuen schlankeren Figur und der Bewunderung, die sie offenbar allenthalben auslöste, blieb das Gefühl der Unzulänglichkeit. Zoe fragte sich, wie viel dünner sie noch werden, wie viel sie abnehmen musste, um sich nicht mehr bedroht zu fühlen von der phantastischen Frau, mit der Aidan den größten Teil seines Lebens zusammengelebt hatte? Von der Frau, mit der er immer noch zusammenwohnte, auch wenn sie getrennte Schlafzimmer hatten.

Sie wünschte, Aidan würde sofort ausziehen, anstatt auf seine Scheidungspapiere zu warten. In Wahrheit wünschte sie, dass er mit ihr zusammenzog. Das wollte er. Er hatte es gesagt. Aber er hatte noch keine konkreten Pläne gemacht.

Als Zoe mit feuchten Handflächen allein in der Toilette stand und ihr das Make-up einfach nicht gelingen wollte, wurde ihr vor Angst auf einmal schlecht. Was, wenn sie ihm in Wahrheit gleichgültig war? Der heutige Abend bedeutete so viel für sie, und er war nicht da. Obwohl es ihr wirklich wichtig gewesen wäre, ihn dabeizuhaben, hatte er seiner Arbeit den Vorzug gegeben.

Als er ihr erklärt hatte, dass er die Konferenz nicht absagen könne, hätte sie ihn beinahe gefragt, ob sie wirklich die Frau seiner Träume war oder in Wahrheit doch nur ein Kick für sein Ego, um über seine

Scheidung hinwegzukommen. Aber dann hatte er ihr versprochen, an ihrem Geburtstag mit ihr zu verreisen, irgendwohin, wo es warm, einsam und wundervoll war, und sie hatte ein schlechtes Gewissen gehabt, dass sie überhaupt so etwas gedacht hatte. Er tat so viel für sie. Natürlich liebte er sie.

Trotzdem war es hart gewesen, ihr preisgekröntes Gemälde ausgestellt zu sehen und zu wissen, dass er nicht dort sein würde, um es mit ihr zu betrachten und zu hören, was darüber gesagt wurde. Alle anderen würden dort sein. Angeline, Victor und Maeve. Sogar ihre reizende Chefin Gina.

Zoe gab es auf, ihr Make-up zu korrigieren, und wusch sich die Hände. Sie sagte sich, dass sie für ihre Freunde dankbar sein sollte, und trat mit einem sehr entschlossenen Lächeln wieder aus der Toilette.

Als Zoe mit Maeve zu Hause ankam, war sie beinahe wieder nüchtern. Als ihr Rausch allmählich abgeklungen war, hatte sie eine bleierne Müdigkeit überwältigt, und sie hatte Maeve überredet, früh mit ihr heim zu gehen.

Im Taxi nach Hause hatte sie alle paar Minuten auf ihr Handy geblickt und sich gefragt, ob es in Ordnung wäre, Aidan anzurufen. Aber es war erst neun, und er war wahrscheinlich noch bei dem Dinner. Auf keinen Fall wollte sie die von ihm abhängige Freundin sein, die ihn während der Arbeit störte, deswegen vergrub sie ihr Telefon irgendwann in der Handtasche.

Obwohl es ein wundervoller Abend hätte sein sollen, fühlte sie sich merkwürdig leer. Obwohl es ein wundervoller Abend gewesen *war*, auch wenn Victor vorhersehbarerweise irgendwann einen Wutanfall bekommen und Felix einen kranken Eindruck gemacht hatte. Sie war überrascht gewesen, wie alt, blass und zittrig er ausgesehen hatte.

Der Rest des Abends war eine Folge von Glückwünschen gewesen, und sie hatte errötend und lächelnd Komplimente entgegengenommen. Aber als sie vor ihrem Haus aus dem Taxi stiegen, war Zoe sehr erleichtert.

Sie schloss auf, während Maeve in ihrer überdimensionierten Handtasche noch fluchend ihre Schlüssel suchte. Als sie ins Wohnzimmer ging, blickte sie ein weiteres Mal auf ihr Handy, deshalb bemerkte sie die unglaubliche Kreation auf dem Küchentisch erst mit Verspätung.

Es waren Blumen, Dutzende, gebündelt in einer Schachtel mit extravaganten Rüschen aus Plastik, Schleifen und Seidenpapier, weiß und rosa wie ein zu groß geratener Brautstrauß. Riesige Lilien, die aussahen wie Triffids, und schwere Pfingstrosen, dazwischen spitzblättrige Iris und goldene Zweige.

»Ah«, sagte Maeve und nieste zweimal. »Tut mir leid. Die sind gekommen, als du schon weg warst. Und ich dachte, es sollte eine Überraschung sein. Vielleicht möchtest du sie in dein Zimmer stellen. Meine Nase hasst sie nämlich.«

Zoe trat an den Tisch, und all ihre Zweifel waren verflogen. Sie musste grinsen, als sie den goldenen Umschlag aus dem Strauß zupfte und öffnete. Auf der Klappkarte stand in goldener Schrift: *Herzlichen Glückwunsch*. Und innen auf einem aufgeklebten Etikett las sie:

Für die talentierteste Frau, die ich je getroffen habe. Ich bin so stolz, dass du mir gehörst, und ich kann es kaum erwarten, mit dir zu feiern. Dein Aidan xxx

Sie gab die Karte Maeve, die sie mit hochgezogener Braue las. »Er ist schon in Ordnung, dein Mann, oder?«

»Ja«, sagte Zoe und grinste dümmlich. »Er ist nicht übel.«

17.

Mittlerweile war es ein verregneter Samstagnachmittag, und außer Jonah Sheens' Team war das CID leer. Hanson hatte sich die Aufnahmen der verdächtigen Gestalt mit der Kappe und Zoes Unterhaltung mit der unsichtbaren Person angesehen und entschlossen verkündet, sie wolle überprüfen, ob diese Person vielleicht von der anderen Kamera gefilmt worden war.

»Sie hat mit jemandem gesprochen, vor dem sie Angst hatte«, sagte sie zu Jonah, »kurz bevor mehrere Nachbarn Gebrüll aus ihrer Wohnung gehört haben, richtig? Es ist durchaus möglich, dass dies dieselbe Person ist und sie später durch eine Kappe getarnt und mit verstelltem Gang wiederaufgetaucht ist. Es gab einen Streit, und später kommt sie zurück, um Zoe umzubringen. Vielleicht können wir sie auf dem ersten Weg zu Zoe in den Aufnahmen einer der anderen Kameras identifizieren.«

»Gute Theorie«, sagte Jonah, ohne zu erwähnen, dass der Verdächtige auch aus der anderen Richtung gekommen sein könnte; die Chance, dass eine der Kameras auf dem Weg von Zoe in die Stadt ihn erfasst hatte, betrug also nur fünfzig Prozent. Er dachte gerade über das Desfluran nach. War es denkbar, dass jemand es sich nach dem Streit um halb zehn besorgt hatte, um Zoe dann um elf damit zu töten? Ein Zeitfenster von neunzig Minuten erschien ihm absurd klein, um an ein seltenes Medikament zu gelangen, aber vielleicht hatte der Streit nur einen schon lange vorbereiteten Plan ausgelöst. Der Tropfen, der das Fass zum Überlaufen gebracht und den Mörder zur Tat getrieben hatte.

O'Malley legte bei seinen Versuchen, eine polizeiliche Datenbank zu hacken, eine Pause ein und ging derweil die Aufnahmen der Überwachungskamera vom früheren Abend durch, als Zoe ihre Wohnung verlassen hatte. Er wollte herausfinden, wohin sie gewollt und ob sie mit jemandem gesprochen hatte. Dass sie heute und wahrscheinlich bis Montag, wenn das Personal der Sicherheitsüberwachung wieder am Platz war, keinen Zugriff auf die Aufnahmen weiterer Kameras mehr bekommen würden, war frustrierend.

Zoes rätselhafter Ausflug beschäftigte Jonah. Mittlerweile müssten sie ihre Aktivitäten eigentlich rekonstruiert haben. Sie war mehr als drei Stunden weg gewesen, und als sie um halb neun zurückgekommen war, hatte sie verängstigt gewirkt. Wohin sie auch gegangen war, es war offenbar bedeutsam gewesen. Er überflog die Abschriften der bisherigen Befragungen. Angeblich hatte niemand außer Felix Zoe an dem Abend gesehen. Und niemand hatte von irgendwelchen Plänen gewusst.

Sie hatten es also mit drei ungelösten Fragen zu tun: drei Stunden nicht belegter Zeit, einer unbekannten Person, die vor Zoes Haustür gewartet hatte, sowie einer zweiten (oder möglicherweise derselben) unbekannten Person, die zwei Stunden vor dem Mord einen Streit mit Zoe gehabt hatte.

Deshalb hatte Jonah Lightman gebeten, noch einmal mit Angeline Judd zu reden. Sie hatten seit gestern nicht mehr mit ihr gesprochen, und da war Angeline möglicherweise zu erschüttert gewesen, um sich daran zu erinnern, Zoe später noch einmal getroffen zu haben. Oder sie hatte einfach gelogen.

Außerdem sollte Lightman weitere Überwachungskameras auf dem Weg in die Stadt aufspüren. Vielleicht konnte er die Besitzer mit ein wenig Druck dazu bewegen, ihnen die Aufnahmen direkt zu überlassen. Da offenbar niemand gewillt oder in der Lage war, ihnen Zoes letzte Aktivitäten zu enthüllen, mussten sie andere Methoden anwenden.

Im Gegensatz zu Zoes Apartment wirkte Angelines Wohnung eher so, wie Lightman sich eine Studentenbude vorstellte. Sie befand sich in einem großen Gebäude aus den Siebzigern, das wahrscheinlich als Studentenwohnheim erbaut worden war. Zur Wohnung gelangte man über eine lange diagonale Treppe, die an einer Seite des Hauses bis nach oben verlief, nur unterbrochen von schmalen Absätzen.

Obwohl er seinen Besuch telefonisch angekündigt hatte, um sicherzugehen, dass Angeline zu Hause und wach war, dauerte es eine ganze Minute, bis sie an die Tür kam. Sie trug einen Schlafanzug, Shorts mit Spitzenrand und ein Trägertop und wirkte benommen, als hätte sie zu viel Prozac genommen, was Lightman unter den Umständen nachvollziehbar gefunden hätte.

»Wer ist da?«, fragte sie, obwohl er ihr direkt gegenüberstand.

»Ich bin DS Lightman«, antwortete er. »Ich habe vorhin angerufen.«

»Oh. Ja. Okay.«

Sie ging hinein, und er folgte ihr, bemüht, ein Stück Abstand zu halten. Angesichts ihrer spärlichen Bekleidung hatte er das Gefühl, dass es schon unangemessen war, die Wohnung überhaupt zu betreten.

Die war ordentlicher, als er gedacht hätte, obwohl neben dem Bett ein Glas und ein Becher standen, daneben eine offenbar frisch geöffnete Flasche Wodka in einer Plastiktüte. Außerdem war die Wohnung größer, als er vom Flur aus vermutet hatte, mit einer eigenen Kochnische, einem Wohnbereich und dem Bett. Eine Küchenschublade stand offen, als wäre Angeline nicht dazu gekommen, sie wieder zu schließen.

Angeline griff hinter die fast geschlossene Tür des an den Schlafbereich angrenzenden Badezimmers und fischte einen schmutzig weißen Bademantel von einem Haken. Sie streifte ihn über, suchte vergeblich nach dem Gürtel und ließ ihn dann einfach offen.

»Ich muss Ihnen nur ein paar Fragen stellen«, sagte Lightman leise. Angeline ging langsam zum Bett und setzte sich auf die Kante, Lightman hockte sich auf das Sofa. »Wir haben versucht zu ermitteln, was mit Ihrem verlorenen Schlüssel passiert ist, aber leider kann sich niemand erinnern, wer ihn zurückgegeben hat.«

»Das weiß ich auch nicht«, sagte Angeline ton- und ausdruckslos. »Ich hab ihn verloren.«

Lightman betrachtete sie eingehender und fragte sich, ob sie betrunken war oder womöglich einen schlimmen Kater hatte.

»Lassen Sie uns noch einmal über den Tag sprechen, an dem Zoe getötet wurde«, sagte er. »Sie haben sie am Vormittag getroffen, richtig?«

»Ja«, sagte Angeline und blickte rasch von links nach rechts, als könnte noch jemand im Raum sein. »Das habe ich Ihnen doch schon erzählt.«

»Hat sie erwähnt, ob sie an dem Tag irgendwelche Pläne hatte?«, fragte er, entschlossen, sich nicht so leicht abspeisen zu lassen. »Hatte sie vielleicht irgendetwas vor?«

»Nein«, sagte Angeline. »Aber donnerstags ist sie manchmal zu einem Tango-Kurs gegangen«, fügte sie hinzu.

»Wann wäre der gewesen?«

»Irgendwann nach acht.« Angeline zuckte die Schultern. »Er ging meistens bis ziemlich spät.«

Das waren definitiv nicht die richtige Zeiten, um zu erklären, wo Zoe von fünf bis halb neun gewesen war, und danach hatte es in ihrer Wohnung eine lautstarke Auseinandersetzung gegeben, die bis halb zehn gedauert hatte.

»Ist Ihnen diese Woche irgendetwas seltsam vorgekommen?«, setzte er neu an. »Gab es Streit zwischen Zoe und ihren Freunden?«

Angeline schien von der Frage verletzt. Sie schüttelte wütend den Kopf. »Warum müssen Sie mir immer wieder Schuldgefühle machen? Ich habe schon gesagt, dass es mir leidtut … dass ich wütend geworden bin. Als sie mir erklärt hat, dass sie mich nur deshalb gern malt, weil ich so gebrochen bin. Wie würden Sie sich da fühlen?«

»Das haben Sie vermutlich einem Kollegen von mir erzählt«, erwiderte Lightman sanft. »Tut mir leid, es noch einmal zur Sprache zu bringen.«

Er entschied, dass er hier nicht viel weiter kommen würde. Wahrscheinlich war es sinnvoller, Angeline vorzuladen, wenn sie nüchtern war. Als er aufstand, bemerkte er ein Paar blaue Herrenturnschuhe, die hinter die Armlehne des Sessels gestopft waren.

»Haben Sie einen Freund?«, fragte er.

»Nein«, erwiderte Angeline, und diesmal klang die Antwort nicht melodramatisch, sondern knapp und abschätzig.

Lightman blickte auf die Schuhe. Die Laschen waren herausgeklappt, und sie hatten bizarrerweise keine Schnürsenkel. »Und wem gehören die?«

Angeline stand unsicher auf und beugte sich vor, um die Schuhe zu betrachten. »Keine Ahnung«, sagte sie mit einem Kopfschütteln.

Als Lightman sich umdrehte, hörte er sie vor sich hin murmeln. Er war sich sicher, dass er neben mehreren unverständlichen Silben die Worte »keine Schnürsenkel« hörte.

Auf dem Weg zur Tür bog er, einer Eingebung folgend, ab und warf einen Blick in die Küchenschublade. Gabeln, Löffel und Teelöffel waren ordentlich einsortiert. Links und rechts daneben lagen Kochutensilien, aber weit und breit kein einziges Messer.

Er entschuldigte sich und wählte noch auf der Treppe die Nummer des Chefs. Er war sich nicht sicher, ob es für ihre Ermittlung von Belang war, aber irgendjemand hatte alles aus Angelines Wohnung geholt, womit sie sich selbst – oder andere – verletzen konnte.

Jonah ließ sich von Hanson und O'Malley auf den neuesten Stand zu den Überwachungskameras bringen. Was die verdächtigen Personen betraf, waren sie kaum weitergekommen, aber auf den Aufnahmen der Kamera eines Supermarkts hatten sie Zoe entdeckt, auf der Hill Street unterwegs Richtung Stadt. Das ließ zwar kaum Rückschlüsse auf ihr Ziel zu, doch sie hatte es offensichtlich immer noch eilig gehabt.

Jonah fragte sich, ob er Wilkinson anrufen sollte, um die Auswertung der Kameras zu beschleunigen. Bei einer wichtigen Ermittlung war es durchaus zulässig, seine Autorität auszuspielen, doch es war eine Karte, die man nicht allzu oft zücken sollte. Vielleicht würde der DCS auch zu der Ansicht kommen, dass die Informationen nicht wichtig genug waren, und sich weigern, persönlich einzugreifen. Das tat er in der Regel nur, wenn Leben bedroht waren, und es gab keinen speziellen Grund anzunehmen, dass ihr Mörder noch einmal zuschlagen könnte.

Jonah schob seine Erwägungen fürs Erste beiseite und fragte O'Malley: »Sind Sie in der Frage weitergekommen, ob Felix Solomon unser System gehackt hat?«.

»Erstaunlich weit, ohne mich selbst loben zu wollen«, antwortete O'Malley, verkleinerte die Video-App und rief eine sehr altmodisch aussehende Datenbank voller Buttons mit Programmierbefehlen vor einem ungesund grünen Hintergrund auf, die aussah, als hätte sie seit den neunziger Jahren kein Update mehr gesehen. Auch ohne dass es ihm jemand sagte, hätte Jonah erraten, dass es sich um eine Polizeidatenbank handelte.

»Ich habe eine kleine Online-Schulung von einem sehr speziellen jungen Mann namens Ziggy erhalten, der sein Informatikstudium abgebrochen hat. Was ich hier vor mir sehe, sind die Log-ins für ganz East Sussex, und die dürfte ich selbstverständlich nicht sehen.«

»Mein Gott«, sagte Jonah leise. »Und was folgt daraus?«

»Es gibt buchstäblich Hunderte von Gruppen-Log-ins für manche Fälle, die nie wieder geschlossen wurden«, erklärte O'Malley und scrollte eine Liste am rechten Bildschirmrand hoch und runter, »und auf eine Datensammlung mit dem Namen ›Führungsteam interne Korruptionsermittlung‹ hatte garantiert eine Vielzahl von Personen Zugriff.« Er schüttelte den Kopf. »Im nächsten Schritt habe ich die Auswahl auf die Log-ins beschränkt, die eingerichtet wurden, bevor Felix Solomon in den Ruhestand getreten ist. Wenn Sie mich fragen, ob er an Stellen geschnüffelt hat, wo er es nicht gedurft hätte, ist das definitiv eine Möglichkeit. Die Log-in-Codes für diese Datenbanken sind weit gestreut, und es braucht kein Genie, um auszuprobieren, ob ein paar der alten Log-ins noch funktionieren.«

»Danke«, sagte Jonah, unsicher, ob ihn das Verhalten von Zoes Vermieter beunruhigte oder er an seiner Stelle womöglich genauso gehandelt hätte. »Und sehen Sie, ob Sie diesen jungen Mann für uns rekrutieren können. Die Alternative ist zu schrecklich, um sie in Worte zu fassen.«

Bis halb vier hatte Lightman den genauen Standort von drei weiteren Kameras auf dem Weg von Zoes Wohnung in die Stadt durchgegeben. Eine gehörte der Barclays Bank, eine einem Wettbüro und die dritte der Kommune. Auf der westlichen Seite der Latterworth Road klaffte eine Lücke, aber die Kameras, die sie hatten, sollten den Weg abdecken, auf dem die mysteriöse Gestalt mit der Kappe gekommen war.

Jonah entschied, dass es nun doch an der Zeit war, sich mit Wilkinson in Verbindung zu setzen. Er schrieb ihm eine Nachricht, anstatt anzurufen. So würde es vielleicht ein bisschen länger dauern, doch es war ohnehin wenig aussichtsreich, dass sie vor dem späten Abend weiteres Material bekommen würden. Vermutlich konnten sie erst morgen damit rechnen. Jonah gab den genauen Standort der drei Kameras an, entschuldigte sich für die Störung und schickte die Nachricht mit angehaltenem Atem ab. Zehn Minuten später erhielt er eine Antwort. Wilkinson war unterwegs und hatte schlechten Empfang, würde jedoch spätestens um fünf wieder zu Hause sein und sich dann sofort darum kümmern.

Jonah seufzte. Das bedeutete, dass sie die Aufnahmen erst morgen bekommen würden, länger müssten sie aber mit einiger Sicherheit nicht warten. Der Detective Chief Superintendent bekam in der Regel, was er wollte, in Southampton und darüber hinaus hütete man sich, ihm einen Gefallen abzuschlagen. Im Moment konnte Jonah nichts weiter tun. Bis morgen die Videoaufnahmen und am Montag die Ergebnisse der kriminaltechnischen Untersuchung eintrafen, war die Ermittlung praktisch auf Eis gelegt, es sei denn, sie setzten weitere Befragungen an. Aber Jonah war sich ziemlich sicher, dass diese erfolgreicher verlaufen würden, wenn neue Informationen vorlagen.

Es war also Zeit, die Arbeit ruhenzulassen und ein bisschen Sport zu treiben. Trotzig blickte er in den strömenden Regen vor dem Fenster. Er würde die Gelegenheit, auf sein Rad zu steigen, nicht verpassen, egal bei welchem Wetter.

Er nahm sein Handy und sah, dass er mehrere private E-Mails hatte. Als er sie öffnete, fiel ihm ein, dass er Roy Upsons Junggesellenabschied am Abend komplett vergessen hatte.

Er war versucht, abzusagen und dringende Arbeit vorzuschützen, doch dann sah er, dass sie alle für eine Whisky-Probe angemeldet waren und jeder einen Partner zugeteilt bekommen hatte. Er hätte viel früher absagen müssen.

Und eigentlich sollte er auch hingehen. Das wusste er. In letzter Zeit hatten sich die Überstunden gehäuft, und zwischenzeitlich war auch noch sein Rad kaputt gewesen, weshalb er seine Rennradgruppe nur selten gesehen hatte. Auch seine beiden einzigen verbliebenen Schulfreunde Stephen und Andrew hatte er kaum getroffen. Er musste sich traurigerweise eingestehen, dass Roy, ein vierzigjähriger großer Junge, mit dem er alle paar Wochen radeln ging, dieser Tage wahrscheinlich sein engster Freund war.

Er würde hingehen. Er musste ja nicht lange bleiben und auch nicht so viel trinken wie die anderen. Er konnte einfach ein paar Tonics kippen und sich entschuldigen, wenn die anderen zu voll waren, um es noch zu bemerken. Ob es tatsächlich besser wäre, zu Hause über dem Fall zu brüten, als auszugehen und an einem Kater zu arbeiten, war ohnehin nicht ausgemacht.

Eigenartig, wie der Tag einfach weitergegangen war. Aidan hatte wiederholt das Gefühl gehabt, dass irgendetwas passieren müsse; etwas, das alles zum Ende bringe würde. Ein Unfall, der ihn oder

Greta niederstrecken würde. Ein Herzinfarkt (bei ihm), ein erschütternder Moment der Erkenntnis, wenn Greta in den Nachrichten von Zoes Tod erfuhr (bei ihr). Er hatte nicht erwartet, in einem Zustand permanenter Angst weiterzuexistieren. Aber irgendwie war eine vorzeitig abgebrochene Jogging-Runde am Morgen in Weihnachtseinkäufe mit Greta übergegangen, bei dem sie zum Glück das Kommando übernommen hatte und er nicht viel mehr hatte tun müssen, als hinter ihr herzudackeln und Tüten zu tragen. Später hatte er bei einer Tasse Tee zugehört, wie sie ihm erzählte, dass sie am Tag zuvor das Badezimmer im Erdgeschoss neu gestrichen hatte, das zwar immer noch feucht, aber wieder benutzbar sei. Und er hatte steif gelächelt, als sie ihn an die grässliche Dinner-Party erinnert hatte, zu der sie am Abend eingeladen waren.

Er hatte vor ihr geduscht, nicht weil er es eilig gehabt hätte, sich fertig zu machen, sondern weil er Gretas fröhlichem Geplapper entkommen wollte. Und wenn er sich umgezogen hatte, könnte er sich immerhin einen Drink genehmigen.

Außerdem musste er sich um Maeves Nachrichten kümmern. Sie prasselten seit dem Vorabend auf ihn ein, Stunden nachdem man Zoe gefunden hatte, und waren pausenlos weiter eingetroffen. Maeve war am Boden zerstört. Sie musste ihn sehen. Wie kam er zurecht? Die Polizei fragte nach allem. Und so ging es weiter und weiter, egal wie behutsam er versuchte, ihr zu erklären, dass er Raum und Abstand zum Trauern brauchte.

Er hatte fast so viel Angst, dass Greta es bemerken würde, wie bei seinen Nachrichten an Zoe. Es würde aussehen, als wäre zwischen ihm und Maeve auch etwas gewesen.

Als er vor dem Barschrank stand, zog er erneut sein Handy aus der Tasche und schrieb Maeve resigniert, dass sie sich am nächsten Tag treffen könnten. Er hoffte nur, dass sie bis dahin Ruhe geben würde.

Seine Hände zitterten, als er das Handy wieder einsteckte und ein Glas nahm. Nicht nur vor Furcht. Er war auch wütend. So wütend, dass er nicht still sitzen oder stehen konnte.

Der erste Whisky war definitiv mindestens ein doppelter, der rasch und feurig durch seine Kehle rann und das Verlangen nach einem weiteren weckte. Er nahm sich vor, den zweiten langsamer zu trinken, doch er war trotzdem schon bei seinem vierten und deutlich angetrunken, als Greta fünfundzwanzig Minuten später herunterkam.

Als sie den Raum betrat, führte er gerade sein Glas zum Mund und erstarrte für einen Moment in dieser Pose. Alles an Greta war umwerfend, von ihrem engen roten Trägertop bis zu der neuen Kette, die ihre Brust mit einer golden Linie teilte, von ihren schlanken Beinen bis zu dem perfekt aufgetragenen Lippenstift. Und was auch immer sie mit ihrem Haar gemacht hatte, ließ ihr Gesicht elfenhaft und überirdisch erscheinen.

Aidan spürte gleichermaßen Begehren und Traurigkeit in sich aufsteigen. Er stellte sein Glas auf dem Tisch ab und stand unbeholfen auf.

»Du siehst total scharf aus, Greta«, sagte er. »Wie habe ich nur eine so verdammt schöne Frau abbekommen?«

Sie strahlte ihn an. »Keine Ahnung«, sagte sie kopfschüttelnd und lachte. Als er zu ihr kam, steckte sie sein Ted-Baker-Hemd in den Bund. »Aber du bist auch gar nicht so übel.«

Er legte die Arme um sie und zog sie für einen langen, sehr erotischen Kuss an sich. Als er sich von ihr löste, fragte er: »Wie viel Zeit haben wir noch?«

»Ungefähr fünf Minuten«, sagte Greta, schlang jedoch die Arme um seinen Hals, und in ihrem Blick spiegelte sich sein Begehren. »Vielleicht sollten wir aufbrechen. Michael hasst es, wenn man zu spät kommt …«

»Scheiß auf Michael«, sagte Aidan und erinnerte sich daran, dass Michael mit Greta geflirtet hatte, als sie beim letzten Mal zusammen ausgegangen waren. Er wurde unvermittelt wütend. »Was ist wichtiger? Wir oder das Arschloch?«

»Nun, er ist ein schrecklich erfolgreicher Mann«, sagte sie verführerisch.

Aidan schob seine Hand auf die Innenseite ihres Schenkels und ließ sie nach oben wandern. »Aber kann er auch das?«, fragte er.

»Nein«, murmelte Greta, lehnte ihren Kopf an seinen und atmete zitternd ein. »Das kann er nicht.«

Jonahs Plan, bei dem Junggesellenabschied nüchtern zu bleiben, erwies sich als hoffnungslos optimistisch. Nicht nur, dass es schwer war, bei einer Whisky-Probe und einem Abendessen nichts zu trinken. Wie sich herausstellte, war er selbst sein schlimmster Feind.

Nachdem er ein wenig zu spät aufgelaufen war und alle begrüßt hatte, war ihm wieder eingefallen, wie sehr er diese Jungs mochte. Man hatte Spaß mit ihnen, ohne dass es zu machohaft wurde, und er hatte das Gefühl, ihnen etwas schuldig zu sein, nur weil sie ihn eingeladen hatten. Er wollte großzügig sein, deshalb lud er bei der Whisky-Probe alle auf ein zusätzliches Glas ein. Und beim Abendessen zu einer Flasche Champagner und ein paar Flaschen Rotwein.

Als sie in der Jean-Pierre-Wine-Bar ankamen, war er bestens drauf und in der Stimmung, alles urkomisch zu finden. Er fühlte sich schlagfertig und witzig, wie eine lautere, selbstbewusstere Version seiner selbst. Es überraschte ihn nicht, als die Jungs ihm berichteten, an der Bar würde eine Frau sitzen, die ihn beobachtete. Im Moment war er einen Blick wert. Er ging jedoch nicht rüber, um sich zu vergewissern und mit der Frau zu flirten.

Irgendwann stand er unsicher auf, um die nächste Runde zu ordern und vielleicht doch einen Blick auf diese Frau zu riskieren. Er nahm an, dass es die Dunkelhaarige war, die mit zwei Männern zusammenstand, die aussahen wie ein Paar. Sie hatte sich von Jonah ab- und den beiden zugewandt, doch als er näher kam, blickte sie in seine Richtung.

Jonah blieb wie angewurzelt stehen.

»Michelle«, sagte er.

Er hätte früher hinsehen sollen. Dann wäre er vorbereitet gewesen und hätte etwas zu sagen gehabt. Aber als seine Exverlobte ihn anlächelte und sagte, »ich dachte schon, dass du es bist«, fehlten ihm die Worte. Komplett.

Michelle senkte den Kopf und sah so verlegen aus, wie er sich fühlte. Aber auch erfreut. Als würde es ihr genauso viel bedeuten wie ihm, ihn zu sehen.

»Ist das ein Junggesellenabschied?«

Jonah blickte zurück zu seinem Tisch und fand seine Stimme wieder. »Ja«, sagte er. »Erinnerst du dich an Roy?«

»Oh, ich ... Ja!« Sie wandte den Kopf. »Er hatte eine holländische Freundin, oder?«

»Ja. Die Hochzeit ist am fünfzehnten.«

»Richte ihm meinen Glückwunsch aus«, sagte sie.

Jonah nickte der Frau zu, über die er sechs Monate lang nicht hinwegkommen konnte, bis Jojo wieder in sein Leben getreten war. Er war so froh gewesen, dass er es endlich geschafft hatte, sich innerlich gegen sie abzuschotten.

»Was ist mit dir?«, fragte er. »Was machst du hier?«

»Verlobungsparty«, sagte sie. »Als die Seifenblasen alle waren, sind wir abgehauen.«

Sie nickte ihren Freunden zu. Ihm wurde bewusst, dass er unhöflich gewesen war, und streckte die Hand aus. Er spürte eine gewisse Skepsis und vermutete, dass Michelle ihnen erzählt hatte, wer er war. Aber sie vertieften sich sofort wieder in ihr Gespräch, worüber er erleichtert war.

»Wie geht es dir?«, fragte er leiser.

»Okay.« Michelle lächelte seltsam. »Ich habe aufgehört zu unterrichten.«

»Wirklich?«, fragte Jonah.

»Du hattest ärgerlicherweise recht«, sagte sie mit einem kleinen Lachen. »Ich habe angefangen, sie alle zu hassen.«

»Ich hatte nicht recht«, erwiderte Jonah beschämt. »Alles, was ich zu dir gesagt habe, war falsch. Ich war ein Arschloch.«

»Nun, manchmal haben auch Arschlöcher recht«, sagte sie achselzuckend. »Es war eine Riesenerleichterung, bei der Arbeit wieder erwachsene Gespräche führen zu können.«

»Die habe ich auch«, sagte Jonah. »Aber ich finde sie irgendwie überbewertet.« Michelle lachte, und er sagte, ohne bewusst darüber nachgedacht zu haben: »Ich hab dich vermisst.«

»Ich dachte, du wärst froh, dass ich weg bin«, sagte sie und betrachtete sein Gesicht. »Ich habe dich doch nur unglücklich gemacht.«

»Nein«, erwiderte Jonah. »Ich habe mir selbst unglücklich gemacht.« Er stutzte, schüttelte den Kopf und fügte dann hinzu: »Siehst du? Ich brauche dich. Ich krieg nicht mal mehr einen grammatisch richtigen Satz hin.«

Michelle lachte wieder, lauter, befreiter. Sie strich sich eine Strähne hinters Ohr und sagte: »Wollen wir hier abhauen?«

»Ja«, sagte Jonah und strengte sich an, nicht zu breit zu grinsen. »Wollen wir.«

Eigentlich hatte Juliette nicht vorgehabt, so lange zu arbeiten. Um vier hatte sie beschlossen, sich die Figur mit der Kappe noch einmal anzusehen. Nur kurz. Mehr nicht.

Der kurze Blick hatte sie zu der Annahme verleitet, dass sie vielleicht erkennen könnte, wer es war, wenn sie das Bild nur genug aufräumte. Daraufhin hatte sie gut zwei Stunden mit einem Programm für Bildverbesserung herumhantiert, dass das Team für Digitales wahrscheinlich viel besser beherrschte. Die Ergebnisse waren nicht überwältigend gewesen, doch sie hatte einen Schnipsel, auf dem die untere Gesichtshälfte der Person zu sehen war. Danach hatte sie im Netz Fotos sämtlicher Verdächtigen gesucht und danebengestellt, um zu überprüfen, ob es Entsprechungen bei der Gesichtsform gab.

Irgendwann hatte sie sich eingestehen müssen, dass man anhand des vorliegenden Bildmaterials gar nichts mit Sicherheit feststellen konnte, und frustriert den Computer ausgeschaltet. Erst dann war ihr wieder eingefallen, dass sie mit dem Bus nach Hause fahren und wahrscheinlich im strömenden Regen warten musste.

Sie stöhnte innerlich und beschloss, zur Bushaltestelle zu joggen, um sich auf dem Weg ein wenig aufzuwärmen. Sie zog ihre Laufsachen wieder an, die nach sechs Stunden auf der Heizung in der Toilette zum Glück wieder trocken waren.

Als sie das praktisch menschenleere Kommissariat schließlich verließ, hatte es zum Glück aufgehört zu regnen. Sie klickte die 80er-Playlist an, schob ihr iPhone in die Ärmeltasche ihre Laufjacke und joggte quer über den kleinen Besucherparkplatz los.

Sie hatte ihn halb überquert, als eins der parkenden Autos angelassen wurde. Scheinwerfer durchschnitten ein paar Meter vor ihr die Luft. Sie zuckte zusammen, lachte über sich selbst, nickte dem nicht zu erkennenden Fahrer zu und joggte in Richtung Ausfahrt.

Nachdem sie vorbeigelaufen war, rollte der Wagen aus seiner Parklücke und folgte ihr. An den Scheinwerferstrahlen erkannte sie, dass er direkt hinter ihr war.

Sie drehte sich um und wich auf die leeren Parkplätze links neben sich aus, um den Wagen vorbeizulassen.

Aber er blieb im Schritttempo hinter ihr. Sie musste einem parkenden Auto ausweichen und wieder auf die Fahrbahn wechseln. Trotzdem wäre genug Platz zum Überholen gewesen, doch der Fahrer machte keine Anstalten.

Juliette wurde von einem schleichenden Unbehagen gepackt. Bilder von Zoes Leiche traten ihr vor Augen, und sie rannte zwischen zwei Autos über die Straße und weiter über die Grünfläche zur Southern Road. Dort herrschte auf beiden Spuren noch reger Verkehr. Sie passte eine kleine Lücke ab und sprintete weiter um die Ecke des Novotel auf den Kundenparkplatz der anliegenden Geschäfte. Erst dort verlangsamte sie ihr Tempo, weil sie wusste, dass man einen weiten Bogen über die Harbour Parade fahren musste, um den Parkplatz mit dem Auto zu erreichen.

Sie erreichte die Haltestelle, als gerade ein Bus einbog. Sie stieg ein und kam sich schon bald ziemlich albern vor. Niemand verfolgte sie. Sie war bloß übertrieben schreckhaft.

Gut dreieinhalb Kilometer von ihrem Haus entfernt stieg sie aus, vor sich noch zwei Wohnblocks, die sie durchqueren musste. In dem Bus war sie ausgekühlt und deshalb froh, sich wieder bewegen zu können.

In der Dunkelheit leuchteten die ersten Weihnachtsdekorationen, was sie seltsam berührte in diesem eher weniger schicken Viertel von Southampton. Jeder schien sein Haus heller und länger mit Lichtern schmücken zu wollen als alle anderen.

Das letzte Stück bis zu ihrem Haus sprintete sie gern und zog auf den letzten vierhundert Metern noch einmal das Tempo an. Als sie sich ihrem Ziel näherte, begann sie, im Kopf die Sekunden runterzuzählen. Sie kannte die Strecke gut genug, um zu wissen, dass es von hier aus noch etwa sechzig waren.

Vierzig Sekunden. Los, komm.

Die Musik aus ihrem iPhone irritierte sie. Die gemäßigten Beats waren nicht für einen Endspurt geeignet. Sie pumpte heftig, und ihre Beine bewegten sich, als würde ein anderer sie bedienen. Sie näherte sich der Dreißig-Sekunden-Marke. Zwanzig.

Bei nur noch achtzehn Sekunden vor sich blieb sie abrupt stehen, nicht weil ihre Muskeln schmerzten, sondern weil neben ihrer Haustür, vom Lichtkegel der Verandalampe gerade noch erfasst, ein Unbekannter stand.

Sie dachte an den Wagen auf dem Parkplatz und aus irgendeinem Grund an Zoe, die beim Nachhausekommen stehen geblieben war und mit jemandem gesprochen hatte. An die Angst, die in ihrer Haltung und ihren Bewegungen erkennbar gewesen war, und daran, dass die nichtidentifizierbare Gestalt vor ihrer Tür auf sie gewartet hatte.

Juliette zog die Kopfhörer heraus, machte ein paar Schritte rückwärts und drückte sich in die Einfahrt des nächsten Hauses, wo sie durch die Koniferen am Rand des Vorgartens verdeckt war. Sie hoffte, dass die Nachbarn sie nicht beobachteten.

Von hier aus konnte sie zwar ihre eigene Einfahrt nicht mehr einsehen, dafür hatte sie die gesamte Straße im Blick. Sie würde es mitbekommen, wenn die Person, die auf sie wartete, wieder ging.

Vielleicht war es der Chef, dachte sie plötzlich. Oder Lightman.

Sie zog ihr Handy aus der Ärmeltasche, erweckte es zum Leben und hielt die Musik an. Lightman und der Chef hätten vorher eine Nachricht geschickt. Aber sie hatte keine bekommen.

Sie hob den Kopf und sah, wie die Gestalt aus ihrer Einfahrt kam und in ihre Richtung blickte. Juliette zog sich noch tiefer in den Schatten zurück, sodass ihr durch die Zweige die Sicht versperrt war. Als sie wenig später erneut einen Blick riskierte, hatte sich die Gestalt in die andere Richtung gewendet und stapfte mit stetigen Schritten in Richtung Innenstadt.

Wütend versuchte Juliette, die Person zu erkennen. Es schien ein Mann zu sein. Darauf deuteten zumindest das kurze Haar, die Statur, die dunkle Jacke und der Gang hin.

Nach einer Weile war sie sich sicher, dass es kein Bekannter von ihr war. Sie hatte vielmehr den Verdacht, dass es sich um eine Person handelte, die nicht wissen sollte, wo sie wohnte, jemanden, der etwas mit dem Fall zu tun hatte.

Sie zog ihren Schlüssel aus der Tasche und stellte erleichtert fest, dass sie daran gedacht hatte, ihre Haustür abzuschließen, als sie am Morgen losgejoggt war. Im Haus blieb sie kurz im Flur stehen, bevor sie sich eilig und mit zitternden Armen daran machte, ihre Reisetasche zu packen.

18.

SEPTEMBER – VIERZEHN MONATE VORHER

Das Wetter war ungewöhnlich für September. Bei dem tiefblauen Himmel und der schwülen Wärme konnte Zoe sich gut vorstellen, wie es gewesen wäre, wenn sie mit Aidan nach Kyoto gereist wäre. Während sie zu sinnlicher Musik aus den Kopfhörern durch Winchester schlenderte, hing sie Tagträumen nach, wie Aidan die Konferenz schwänzte und sie zusammen auf einen Berg stiegen, um der Hitze zu entkommen. Sie malte sich einen feuchten hitzigen Kuss aus, seine Hände auf ihrem Körper. An einem Fußgängerübergang wurde sie in die Realität zurückkatapultiert und fragte sich mit rotem Kopf, ob irgendjemand hatte sehen könne, woran sie gedacht hatte.

Sie versuchte, sich wieder auf die Arbeit zu konzentrieren, die ihr in letzter Zeit so gut von der Hand gegangen war, dass sie ihren Schwung nicht verlieren wollte. Sie plante, ihr neuestes Gemälde heute zu vollenden, egal wie lange es dauern würde. Danach würde sie ein Foto machen und es Aidan schicken, damit er ihr neues Werk sehen konnte, in dem sie sich mit ihm an ihrer Seite dargestellt hatte.

Aus der schwülen Hitze in die kühlen Räume der School of Art zu kommen war wie ein Sprung in kaltes Wasser. Zoe steckte ihr Haar hoch und schauderte, als ein kühler Luftzug der Klimaanlage auf die feuchte Haut in ihrem Nacken traf.

Sie stieg die Treppe in den ersten Stock hinauf und zog ihre Kopfhörer aus der Tasche, bereit, sich von der Welt abzukapseln. Sie wickelte das Kabel um die Finger ihrer rechten Hand und genoss das Gefühl, die Blutzufuhr zu ihren Fingerspitzen abzuklemmen.

Als sie das Atelier betrat, herrschte eine eigenartige Stimmung. Mitz und Sinead standen zusammen an der Tür und verstummten abrupt, als hätten sie über sie gesprochen.

Caz, eins der ruhigeren Mädchen, die ihr manchmal Kaffee mitbrachte, stand auf und kam mit einem beinahe trotzigen Lächeln auf sie zu. »Ich mag das Werk«, sagte sie.

»Oh …« Zoe wusste nicht, wie sie reagieren sollte. »Danke.«

Caz ging neben ihr her, als Zoe in ihre Ecke ging.

»Zerstörung ist schon irgendwie ziemlich toll«, sagte Caz. »Oder nicht?«

Im selben Moment verstand Zoe, wovon Caz sprach. Ihr aktuelles, fast vollendetes Werk *Herabkunft* war mit leuchtendem Rot durchgestrichen worden. Die engelsgleiche männliche Gestalt, die im Hintergrund in einem eigenen anderen Licht stand, war unangetastet geblieben. Aber die blasse Figur in der Bildmitte war mit dem Wort *Hure* beschmiert worden.

Sie hatte noch immer ein grauenhaftes Gefühl im Magen, als sie nach Hause kam und sich auf das Sofa fallen ließ. Annette war natürlich wundervoll gewesen, als Zoe den Vandalismus gemeldet hatte. Ihre Dozentin hatte das Sicherheitspersonal mobilisiert und sich daran gemacht, den Schuldigen ausfindig zu machen. Sie hatte all ihren Studenten einen einschüchternden Vortrag über die Integrität der Kunst gehalten und sie dringend aufgefordert, sich freiwillig zu melden, wenn sie etwas wüssten, bevor die Überwachungskameras auf dem Campus es enthüllen würden.

Aber niemand hatte etwas gestanden oder preisgegeben, und trotz Annettes Versicherung, dass sich der Schaden leicht beheben ließ, hatte Zoe das Gefühl, dass das Werk ruiniert war. Sie war sich nicht sicher, ob sie sich je wieder imstande fühlen würde, daran zu arbeiten oder überhaupt in die Kunsthochschule zurückzukehren, ohne Angst zu haben, beobachtet zu werden.

Sie wünschte, Maeve wäre heute Abend zu Hause. Sie wäre die

ganze Sache so positiv und direkt angegangen, dass Zoe gar nicht anders gekonnt hätte, als bessere Laune zu bekommen, die vielleicht bis zum Schlafengehen angehalten hätte. Aber Maeve war bei einem Kirchentreffen und Aidan auf der anderen Seite der Erdkugel, und Zoe fühlte sich allein und verletzlich.

So saß sie immer noch da, als es an der Tür klopfte. Zoe wurde von einer Woge der Erleichterung erfasst. Maeve musste früher nach Hause gekommen sein und ihre Schlüssel vergessen haben. Aber als sie die Tür öffnete, stand stattdessen Victor mit grimmiger Miene vor ihr.

Trotz ihres spontanen Drangs, die Tür wieder zuzuschlagen, ließ sie ihn herein. Er hatte offensichtlich etwas auf dem Herzen, und vielleicht half es ihr, sich mit den Sorgen von jemand anderem zu beschäftigen.

»Tut mir leid«, sagte Victor, sobald er sich aufs Sofa gesetzt hatte. Er entschuldigte sich oft, wenn er über etwas sprechen wollte. Zoe lächelte ihn kopfschüttelnd an.

»Es muss dir nicht leidtun. Jeder muss mal reden. Soll ich Teewasser aufsetzen?«

»Nein danke«, sagte er. »Ich … Mir geht es gut. Na ja, ich meine, es ist hart. Aber weniger für mich als …« Er seufzte seltsam. »Ich muss dir was zeigen.«

Er zog sein Handy aus der Tasche und rief irgendetwas auf dem Bildschirm auf. Zoe wartete zusehends nervös.

»Hier«, sagte er nach einer Minute und hielt ihr das Handy hin.

Zoe nahm es entgegen, unsicher, was sie erwartete, aber mit der dumpfen Gewissheit, dass es etwas mit Aidan zu tun hatte.

Es war ein Foto auf einer Facebook-Seite, erkannte sie. Weitere Details konnte sie nur mühsam zur Kenntnis nehmen, weil sie auf ein Foto von Aidan und seiner Frau vor einem Naturpanorama blickte, offensichtlich ein Selfie, das Greta gemacht hatte. Sie sah sportlich und glücklich aus und absolut wunderschön. Die beiden hatten die Arme umeinander geschlungen und lächelten in die Kamera.

»Aufgenommen heute Nachmittag«, sagte Victor leise.

Zoe erkannte, dass er recht hatte. Das Foto war von heute, als Ort war Kyoto angegeben. Wo angeblich die Konferenz stattfand. Und dann wurde ihr bewusst, dass ihr die Aussicht bekannt vorkam. Er hatte ihr am Nachmittag ein Foto davon geschickt, bloß ohne Greta. Und ohne Aidan. Nur die Aussicht mit den Worten: »Ich vermisse dich.«

Mit dem Adrenalin, das ihr Körper ausschüttete, kam ihr alles unwirklich vor. Sie scrollte ziellos durch die Seite und sah, dass es Aidans Facebook-Profil war. Er war in dem Foto markiert worden. Genau wie Greta.

»Er hat wahrscheinlich nicht mitgekriegt, dass sie ihn markiert hat«, sagte Victor.

»Aber … warum habe ich das dann nicht gesehen?«, fragte sie verständnislos. »Ich bin mit ihm befreundet, ich sollte all seine Posts sofort sehen können.«

»Vermutlich hat er dich in den Einstellungen sicherheitshalber für alles Mögliche blockiert«, sagte Victor. »Aber er hat vergessen, mich zu blockieren.«

Zoe wollte allein sein. Sie konnte die Mischung aus Mitleid und Triumph in seinem Blick nicht ertragen. Sie hatte Angst, dass sie sich übergeben musste, doch sie konnte nicht aufhören, auf dieses Foto zu starren. Sie scrollte die Seite hoch und runter, um zu sehen, ob das Datum sich änderte, ob es vielleicht eine Erinnerung aus dem vergangenen Jahr war, aber sie wusste genau, dass dem nicht so war.

Sie nahm ihr eigenes Handy, öffnete WhatsApp und rief ihre letzte Unterhaltung auf. Dort blickte ihr das Foto derselben, nur menschenleeren Aussicht entgegen, und ihr war, als würde sich das Bild in ihren Körper einbrennen. Aidan hatte eine weitere Nachricht geschrieben, ein fröhliches »Saga Valley von oben!«.

Unter ihre erste Antwort, dass es wunderschön sei und sie ihn ebenfalls vermisse, begann Zoe, eine neue Nachricht zu tippen:

Ich mache Schluss mit dir. Ich mache es auf diesem Weg, weil du nichts Besseres verdient hast. Du beschissener Lügner. Du hast mir vorgemacht, dass alles legitim wäre. Aber du bist mit deiner Frau im Urlaub. Du hast dich nie von ihr getrennt, das weiß ich jetzt. Ich bin fertig mit dir.

Sie schickte die Nachricht ab, sicherte das Foto von Aidan und Greta auf Victors Handy und schickte es per Messenger an sich selbst.

»Was machst du?«

»Ich trenne mich von ihm und sichere den Beweis, damit ich mich nicht wieder umstimmen lasse«, sagte sie und gab ihm sein Handy zurück. »Danke.«

Victor nahm das Telefon entgegen und nickte. Dann fragte er: »Es tut mir so leid. Soll ich dir einen Tee machen?«

Zoe bemühte sich um ein Lächeln. »Das ist eigentlich mein Text. Nein. Hör zu, ich … ich muss eine Weile allein sein. Okay? Ich sag dir Bescheid, wenn mir wieder nach Besuch ist.«

Victor nickte, obwohl sein Gesichtsausdruck zwischen Enttäuschung und Widerspruch schwankte. »Ich glaube, es ist immer besser, Gesellschaft zu haben …«

»Aber jetzt gerade nicht«, erklärte sie entschieden. »Trotzdem vielen Dank.«

Bevor er ging, umarmte er sie, doch sie konnte sich nicht entspannen. Sie war zu wütend, verletzt und angespannt und wollte niemanden sehen, schon gar nicht Victor.

»Bis bald«, sagte er.

Danach konnte sie sich nicht hinsetzen. Erst als Aidan zwanzig Minuten später anrief und fragte, was verdammt noch mal los sei.

»Was ist mit dir?«, fragte er, und die Wut in seiner Stimme war furchtbar. Nicht nur verletzend, sondern auch ein wenig beängstigend.

Zoe legte auf, ohne ein Wort zu sagen, schickte ihm das Foto von ihm und Greta und schaltete seine Nachrichten stumm, damit sie sich nicht noch mehr Lügen anhören musste.

19.

Jonah erwachte mit bohrenden Kopfschmerzen und spürte eine bedrückende Angst auf seiner Brust. So fühlte er sich oft, wenn er verkatert war. Er würde große Reue und Furcht wegen allem empfinden, was er getan hatte, und den Fehler, zu viel zu trinken, nahtlos mit jeder anderen Entscheidung in Verbindung bringen, die er getroffen hatte.

Dass er in einem unbekannten Hotelzimmer aufwachte, half auch nicht. Als er sich aufrichtete und zu Michelle blickte, die, das Gesicht von ihrem Haar verdeckt, noch fest schlief, war ihm, als wäre er in einem seltsamen Paralleluniversum aufgewacht, einem, in dem sie sich nie getrennt hatten und das letzte Jahr nicht passiert war.

Er brauchte Wasser, Paracetamol und sein eigenes Bett. Bevor er nicht ausgeschlafen war, konnte er nicht klar denken. Danach konnte er entscheiden, ob er alles vermasselt oder etwas verloren Geglaubtes wieder geborgen hatte.

Michelle rührte sich nicht, als er seine Kleider zusammensuchte und sich anzog. Sie zeigte auch keine Reaktion, als er einen Streifen Paracetamol aus seiner Jackentasche zog und vier Tabletten herausnahm. Zwei legte er auf den Nachttisch, füllte ein Glas mit Wasser aus der Minibar und stellte es daneben. Sie murmelte nur undeutlich, als er sich über sie beugte und erklärte, dass er losmüsse. An der Tür zögerte er, weil er fürchtete, sie könnte denken, dass er sie irgendwie ausgenutzt hatte.

Aber es würde auch nicht helfen, wenn sie in diesem Zustand miteinander redeten. Er würde dumme Sachen sagen, die sie verletzen würden. Er schlüpfte aus dem Zimmer und verzog das Gesicht, als die Tür hinter ihm zufiel.

Um sieben Uhr wachte Juliette auf, als im Zimmer nebenan jemand in einer Lautstärke, die man vermutlich noch gut auf der anderen Straßenseite hören konnte, eine frühmorgendliche Talkshow einschaltete. Ein paar Minuten lang starrte sie an die weiße Decke, deprimiert, dass sie immer wieder in die Situation kam, in billigen Hotelzimmern übernachten zu müssen. Nachdem sie Damian endgültig aus ihrem Leben verbannt hatte, hatte sie geglaubt, all das hinter sich gelassen zu haben, und es war bedrückend, wieder hier gelandet zu sein.

Dass die ganze Episode am Morgen und umgeben von Hotelgeräuschen sehr viel weniger bedrohlich erschien, half auch nicht. Sie fragte sich, ob sie überreagiert und einundsechzig Pfund verschwendet hatte, die sie auch sinnvoller hätte ausgeben können.

Eigentlich hatte sie vorgehabt, den Chef anzurufen und ihm alles zu erzählen, doch das kam ihr jetzt zu peinlich vor. Denn was hatte sie letztendlich gesehen? Jemand, der vor ihrem Haus gewartet und geklingelt hatte, bevor er wieder gegangen war, als niemand aufgemacht hatte. Das waren die nackten Tatsachen, wenn man ihr Gefühl der Angst abzog.

Vielleicht könnte sie es erwähnen, wenn der Chef sie das nächste Mal auf den neuesten Stand brachte. Sie stand träge auf und spürte, wie ihre harten Muskeln sich anspannten. Nachdem sie geduscht und sich angezogen hatte, sah sie eine Nachricht des Chefs, dass bis Montag weder neue Kameraaufnahmen noch die Ergebnisse der kriminaltechnischen Untersuchung vorliegen würden, weshalb er vorschlug, dass sie das Wochenende genießen sollten, bis mehr zu tun war.

Sie versuchte, es positiv zu sehen. So konnte sie ihre Mutter besuchen und alle ihre Jobsorgen bei ihr abladen. Eine tröstliche Aussicht, auch wenn sie die Gestalt vor ihrer Tür nicht erwähnen durfte.

Kurz darauf schrieb Lightman ihr, um sich zu vergewissern, dass sie die Nachricht des Chefs erhalten hatte, und um zu fragen, wie es ihr ging. Für einen Moment war sie versucht, ehrlich zu antworten und den Vorfall zu erwähnen. Er würde sie wahrscheinlich beruhigen und ihr versichern, dass sie sich keine Sorgen zu machen brauchte.

Aber Lightman hatte deutlich gemacht, dass er seine privaten Probleme nicht mit ihr teilen wollte, deshalb wäre es ihr peinlich gewesen, ihm ihre zu offenbaren, zumal sie auf einem vermutlich unbegründeten Gefühl von Angst beruhten. Sie schrieb zurück, dass es ihr gut gehe und sie froh sei, einen freien Tag zu haben. Dann machte sie sich fertig für die Fahrt zu ihrer Mutter nach Birmingham.

Maeve verließ das Haus gut zehn Minuten später als geplant. Es hatte offenbar nichts geholfen, dass sie in den letzten Tagen alles abgesagt hatte, was nicht unerlässlich war. Anstatt ihrem zu vollgepackten Terminkalender permanent hinterherzuhecheln, schien ihre Zeit jetzt zu verrinnen, während sie ins Leere starrte, so tief versunken in furchtbaren Gedanken, dass sie manchmal regelrecht verwirrt wieder auftauchte. Trotzdem kam sie sich wegen ihrer Verspätung vor wie eine Versagerin und war überzeugt, dass die Leute sie auch so beurteilten.

Sie hatte ihr Fahrrad vor der Haustür angeschlossen, wo sie es mittlerweile gewohnheitsmäßig abstellte. Es gab zwar einen Hinterhof, wo das Rad viel sicherer gewesen wäre, doch irgendwie fehlte immer die Zeit, es dorthin zu bringen.

Als sie den Schlüssel aus der Tasche zog, sah sie, dass ein durchnässtes Flugblatt an dem Rad haftete. Sie riss es ab und fluchte, weil ein Teil des Papiers am Rahmen kleben blieb.

Als sie das Blatt aufklappte, erkannte sie, dass es kein Flugblatt war, sondern eine handgeschriebene Nachricht. Der dicke Filzstift war nicht verwischt, sodass die Worte klar und deutlich lesbar waren.

Halt deine schmutzige kleine Klappe.

Sie starrte darauf. Ihr Herz pochte bis zum Hals. Es fühlte sich krank an. Gebrochen.

Instinktiv sah sie auf und blickte die Straße hinunter Richtung Stadt. Im selben Moment wurde ihr ganzer Körper herumgerissen, als ein kräftiger Schlag ihre rechte Schulter traf.

Im Fallen klammerte sie sich an ihr Fahrrad, was ihr jedoch nur einen Bluterguss an der Hand einbrachte, während sie trotzdem hart auf Knie und Ellbogen landete. Das Gefühl, völlig wehrlos zu sein, war grauenhaft. Sie ruderte mit den Armen, versuchte aufzustehen und fühlte sich wie in einem Traum, in dem sie sich nicht bewegen konnte. Sie rappelte sich auf alle viere und verzog das Gesicht, als ihre Hände und Knie den feuchten Bürgersteig berührten. Als sie aufblickte, sah sie einen Jogger im Trainingsanzug um die Ecke verschwinden.

Nachdem er kurz gecheckt hatte, ob es neue Nachrichten gab, und seinem Team bis auf weiteres freigegeben hatte, schlief Jonah fast den ganzen Vormittag. Als er aufwachte, hatte er ein schlechtes Gewissen, so lange außer Gefecht gewesen zu sein. Er hatte gehofft, dass eine Nachricht von Michelle auf ihn warten würde, aber nichts dergleichen.

Wahrscheinlich war es besser, wenn er sich meldete, schließlich war er grußlos gegangen. Also schrieb er, dass es sehr schön gewesen sei, sie wiederzusehen, entschuldigte sich für seinen Zustand und fragte, ob sie Lust habe, ihn später in der Stadt oder in London zu treffen.

Als er aus der Dusche kam, war ihre Antwort eingegangen. Sie war schmerzhaft kurz.

Bin schon zu Hause. Melde mich vielleicht im Laufe der Woche.

Und das war's. Kein Ausdruck der Freude darüber, was geschehen war, aber auch kein Bedauern. Nichts, das ihm verriet, was sie empfunden hatte; nichts, was erkennen ließ, dass sie verstand, dass bei ihm kaum vernarbte Wunden geöffnet und alte Gefühle geweckt worden waren.

Jonah steckte sein Handy weg, trank einen Becher Kaffee und zog seine Fahrradklamotten an, die noch ein wenig feucht vom Vortag waren. Seine Kopfschmerzen waren noch nicht völlig abgeklungen, und es sah aus, als hätte es wieder angefangen zu regnen, doch alles war besser, als zu Hause rumzusitzen und über Michelle und Jojo nachzudenken und darüber, ob mit ihm vielleicht etwas nicht stimmte.

Die Runde auf dem Fahrrad half Jonah, den Kopf wieder freizubekommen und die Gedanken an Michelle in den Hintergrund zu drängen, sodass er sich wieder auf Zoe Swardadine und die Menschen konzentrieren konnte, die sie umgebracht haben konnten. Während er der Straße durch Godshill folgte, sortierte er die verschiedenen Aspekte des Falles: die fehlenden drei Stunden; die Gestalt mit der Kappe; Zoes angespannte, ängstliche Körperhaltung, als sie vor ihrer Haustür mit jemandem gesprochen hatte, der jeder ihrer Verdächtigen hätte sein können, mit Ausnahme von Aidan, der nicht gewusst hatte, wo sie wohnte.

Seine Gedanken kehrten zu Zoe zurück. Allem Anschein nach hatte sie sich in den letzten Monaten ihres Lebens stark verändert. Er erinnerte sich, was Maeve über Zoes Gewichtsverlust und ihr Augen-Make-up gesagt hatte. Als man sie in ihrer Badewanne gefunden hatte, hatte sie keine Spur von Make-up im Gesicht, was jedoch nicht unbedingt überraschend war. Jonah rief sich ihr Gesicht auf den Bildern der Überwachungskamera ins Gedächtnis und war sich ziemlich sicher, dass Zoe darauf ebenfalls kein kunstvolles Augen-Make-up getragen hatte. Das hätte man auch auf den Schwarz-Weiß-Bildern erkannt.

Bedeutete das, dass sie gar nicht vorgehabt hatte, jemanden zu treffen, als sie die Wohnung verlassen hatte? Nachrichten, die einen überstürzten Aufbruch provoziert haben könnten, hatte sie jedenfalls nicht bekommen. Das hatte der Einzelverbindungsnachweis ihres Telefons bestätigt. War es denkbar, dass sie jemandem hinterhergegangen war? Vielleicht sollte man Bilder von der Frau mit der Brille verteilen, immer angenommen, sie war die Person, der Zoe gefolgt war.

Zoes völlig ungeschminktes Gesicht könnte allerdings auch auf etwas anderes hindeuten, einen kompletten Nervenzusammenbruch nämlich. Vielleicht hatte sie den Punkt erreicht, an dem sie ganz aufgehört hatte, sich zurechtzumachen.

Am seltsamsten bei der Rückschau auf Zoes letzten Tag fand er jedoch, dass ihre Aktivitäten ausgesprochen untypisch für sie erschienen. Alle hatten sie als geduldige, stets hilfsbereite Freundin beschrieben. Selbst als Maeve Symptome ihrer möglichen Depression geschildert hatte, war von der Missachtung der Gefühle anderer oder ihrer eigenen Erscheinung nicht die Rede gewesen. Trotzdem hatte Zoe ihrer Freundin unverblümt ins Gesicht gesagt, dass diese ein gebrochener Charakter sei, und am Abend hatte sie mit jemandem gestritten.

Er fragte sich, ob der Schlüssel zu allem womöglich der Mittwochabend war. Vielleicht hatte einer ihrer Freunde das Fass zum Überlaufen gebracht und Zoe wütend auf alle um sich herum gemacht. Vielleicht hatte dieser Bruch den fraglichen Freund ebenso hart getroffen und den Entschluss ausgelöst, sie zu töten. Oder Zoes unvermittelt rigorose Laune hatte sie am nächsten Tag dazu getrieben, etwas zu tun, was ihre Ermordung provoziert hatte.

Als er am weitesten Punkt seiner Runde sein Handy aus der Tasche zog, wartete eine neue Nachricht von Michelle auf ihn.

> Tut mir leid, dass ich eben so kurz angebunden war. Hab bloß einen höllischen Kater und komme mir vor wie eine Idiotin. Im Laufe der Woche können wir gern reden. xx

Jonah seufzte, als er die Worte las. Sie klangen nach wie vor nicht besonders positiv, doch er fühlte sich weniger so, als hätte er sie gerade noch einmal verloren.

Er konnte es Michelle nicht verdenken, dass sie unsicher war. Selbst während seines unruhigen Schlafes am Vormittag war er hin- und hergerissen gewesen zwischen dem verzweifelten Wunsch, dass alles gut werden würde, plötzlichem Ärger auf sich selbst und der Sehnsucht, dass Jojo sich meldete. Es war alles andere als einfach, und wenn er ehrlich war, wusste er nicht, was er gesagt hätte, wenn sie sich jetzt wiedergetroffen hätten.

Als Jonah am Montagmorgen auf dem Weg zum Kommissariat war, erhielt er einen Anruf von einer unbekannten Nummer.

»Hi«, sagte eine Frauenstimme und zögerte. »Hier … hier ist Maeve Silver. Ich wollte Ihnen nur etwas erzählen, was mir gestern passiert ist.«

Er hörte zu, während Maeve schilderte, wie sie die Nachricht an ihrem Fahrrad gefunden hatte und von einem Unbekannten zu Boden gestoßen worden war.

»Sie haben keine Ahnung, wer es gewesen sein könnte?«, fragte Jonah. »Keine Vermutung, was Alter oder Geschlecht betrifft?«

»Nein«, antwortete Maeve elend. »Es war … Er oder sie hatte einen Trainingsanzug an. Ein Jogger. Ich glaube, er hat so getan, als wäre er ein Jogger.«

Jonah dachte an die Gestalt mit der Kappe auf den Kamerabildern. Durchaus möglich, dass es dieselbe Person gewesen war, die Maeve umgestoßen hatte. Aber vielleicht hatte die Nachricht an sie auch nichts damit zu tun, und sie war nur von einem schlechtgelaunten Freizeitsportler angerempelt worden.

Immer vorausgesetzt, dass der Zwischenfall tatsächlich passiert war.

»Haben Sie die Nachricht noch?«

»Ja«, sagte Maeve. »Sie ist noch feucht, aber …«

»Können Sie sie ins Kommissariat bringen?«, fragte Jonah. »Wir nehmen eine offizielle Aussage zu Protokoll, wenn Sie nichts dagegen haben. Ich bin ohnehin zuversichtlich, dass wir Zoes Mörder bald fassen werden. Wir erwarten in Kürze eine Vielzahl forensischer Ergebnisse.«

»Gut«, sagte Maeve. »Das ist eine Erleichterung.«

Er legte auf und fragte sich, ob sie das wirklich ernst meinte.

Sein Optimismus erhielt einen Dämpfer, als er seine E-Mails öffnete. Immer noch keine Ergebnisse der kriminaltechnischen Untersuchung, dafür eine Nachricht von Wilkinson. Der DCS hatte die Anforderung der Kameraaufnahmen weitergeleitet, bat jedoch gleichzeitig für den nächsten Tag um einen Zwischenbericht über die Fortschritte in dem Erpressungsfall. Er erinnerte Jonah sanft an seine Zusage, die Hälfte seiner Leute darauf anzusetzen. Sie dürften diesen prominenten Fall nicht schleifen lassen, fuhr Wilkinson fort, so wichtig die Mordermittlung auch sein mochte.

Jonah rief O'Malley an und bat ihn, so bald wie möglich ins Büro zu kommen.

»Ich möchte, dass Sie heute ausschließlich an dem Erpressungsfall arbeiten«, erklärte er ihm.

O'Malley willigte ohne Widerspruch ein. Als er eine Viertelstunde später nur leicht zerzaust eintraf, vergrub er sich sofort in den Akten.

Zehn Minuten später rief Linda McCullough an.

»Die Ergebnisse des Fingerabdruckabgleichs liegen jetzt vor«, sagte sie. »Wollen Sie eine Zusammenfassung?«

»Bitte«, sagte er, rief seine E-Mails ab und entdeckte eine Nachricht von ihr.

»Die erste männliche Person, deren Abdrücke wir auf den Gläsern, an der Tür und an dem Lichtschalter gefunden haben, ist Victor Varos.«

Victor könnte also an dem Abend dort gewesen sein, dachte Jonah mit Genugtuung, und sich entweder mit Zoe gestritten oder sie umgebracht haben, möglicherweise auch beides.

»Frische Abdrücke Ihrer Ansicht nach, oder?«, fragte er.

»Ja, kaum überlagert«, bestätigte sie. »Die zweite männliche Person, deren Abdrücke wir in der ganzen Wohnung gesichert haben, ist Felix Solomon, ihr Vermieter.«

»Okay. Das war zu erwarten.«

»Männliche Person Nummer drei, deren Fingerabdruck wir nur am Schloss der Badezimmertür gefunden haben, ist Aidan Poole. Der Freund, soweit ich weiß.«

Jonah hielt die Luft an. »Aidan Poole?«

»Ja.«

»Daran besteht kein Zweifel?«

»Nicht der geringste«, sagte McCullough. »Die Abdrücke sind deutlich und frisch.«

Jonah bedankte sich und versicherte ihr, dass er den Rest später lesen würde. Als er auflegte, war er außer sich vor Wut. Empört darüber, dass Aidan im Vernehmungszimmer gesessen, dreist gelogen und behauptet hatte, er wisse nicht, wo Zoe wohnte. Er hatte von Anfang an alles getan, um den Eindruck zu erwecken, er kenne ihre Adresse gar nicht.

Jonah seufzte angewidert, öffnete die Tür und rief Lightman und Hanson.

»Machen Sie sich fertig. Wir fahren gleich los, um Aidan Poole zu verhaften.«

20.

OKTOBER – DREIZEHN MONATE VORHER

Bei der Arbeit unterliefen ihr ständig Missgeschicke. Zweimal musste sie Getränke neu machen, weil sie statt Sojamilch Milch genommen hatte oder statt koffeinfreiem richtigen Kaffee. Mieke war zunächst sehr verständnisvoll gewesen, als Zoe ihr von der Trennung erzählt hatte, aber das war bei der vorletzten Schicht gewesen, und Zoe spürte, dass ihre Kollegin hinter ihrer freundlichen Fassade allmählich ungeduldig wurde.

Heute war es eigentlich auch gar nicht die Trennung, die sie ablenkte. Der Schmerz war im Hintergrund immer noch da, und jedes Mal wenn sie daran dachte, hätte sie am liebsten losgeheult, doch sie kam jetzt schon besser zurecht. Allmählich gelang es ihr wieder, an andere Dinge zu denken, und sie konnte sich schon fast vorstellen, sich mit anderen Männern zu treffen.

Heute war das Problem Angeline, die eben hereingekommen war, und zwar nicht allein. Sie hatte Zoe trotzig, ja beinahe triumphierend angelächelt, als sie mit Richie aufgekreuzt war. Zoe konnte ihn nicht ansehen, ohne daran zu denken, wie Angeline in der Bar am Hafen an ihm geklebt hatte.

Was machte sie mit ihm? Es war Zoe unbegreiflich. Er war einfach so … so schrecklich. Angefangen mit der Art, wie er fast jeden Satz, den er sagte, brüllte und den Blick durch das Café schweifen ließ, als wäre er ein verdammt harter Bursche. Und sie hasste es, wie er Angeline ansah, als wäre sie sein Besitz.

Ihr wurde bewusst, dass der nächste Gast auf sein Getränk wartete.

Als sie sich mit einem entschuldigenden Lächeln umdrehte, erkannte sie, dass es Felix war.

»Oh, hi«, sagte sie. Trotz allem besserte sich ihre Laune. »Wie geht's? Ich hab dich viel zu lange nicht gesehen.«

»Gut«, sagte er und erwiderte ihr Lächeln. »Noch besser, jetzt wo ich dich sehe. Ich hatte bloß einen Infekt und wollte niemanden anstecken.«

»Sehr rücksichtsvoll. Ich hoffe nur, du hast mich vermisst.«

»Jede Sekunde.«

Grinsend wischte sie den Milchschäumer ab und bereitete Felix' Flat White.

»Wie läuft es bei dir?«, fragte Felix. »Geht es Aidan gut?«

Zoe zuckte zusammen, bemühte sich jedoch, weiterzulächeln. »Oh, wir sind nicht mehr zusammen.«

Felix schien ehrlich überrascht. »Das tut mir sehr leid. Und ich muss gleich ins Fettnäpfchen treten. Wie kommst du zurecht?«

»Sehr gut«, sagte sie und fügte über dem Lärm der Kaffeemaschine hinzu: »Wie sich herausgestellt hat, war er doch nicht so getrennt von seiner Frau.«

»Ah«, sagte Felix. »Das ist … beschissen.«

Zoe nickte und zuckte die Schultern. Sie drehte den Milchschäumer ab und goss die Milch in Felix' Kaffee. »Tja. Menschen sind halt manchmal beschissen.«

»Ich konnte ihn ohnehin nie leiden«, sagte Felix zwinkernd. »Du hast jemanden verdient, der nicht so viel schmollt.«

Zoe lachte, obwohl ihr eigentlich nicht danach zumute war. »Na, jetzt schmollt er auf jeden Fall. Er versucht ständig, mir über meine Freunde Nachrichten zukommen zu lassen, und taucht überall auf, wo ich bin. Ich musste schon meine Schicht tauschen, um ihm aus dem Weg zu gehen.«

»Bei dir zu Hause auch?«, fragte Felix.

»Manchmal«, antwortete Zoe.

Nach einer Pause sagte Felix: »Das ist wirklich nicht richtig.

Wenn das so weitergeht, musst du es der Polizei melden. Das ist Belästigung.«

»Es ist nicht wirklich …«

»Zoe, verdammt, ich war Polizist. Vertrau mir.«

Zoe zuckte die Achseln und nickte.

»Zweitens, wenn du umziehen willst, kann ich dir helfen. Ich muss meiner Mieterin kündigen, weil sie die Miete nicht mehr bezahlt. Wenn du einziehen willst, würdest du mir einen Gefallen tun.«

Zoe blickte in seine gütige Miene und lächelte. »Danke. Das ist wirklich reizend von dir. Ich glaube … ich glaube, ein Umzug wäre im Moment zu viel für mich. Aber wenn die Wohnung in ein paar Wochen noch frei ist und ich es nicht mehr aushalte …«

»Sag einfach Bescheid«, erklärte Felix entschieden. »Ich habe es mit der Vermietung nicht eilig.« Er warf ihr einen bedeutungsvollen Blick zu. »Niemand sollte das Gefühl haben, bei sich zu Hause nicht sicher zu sein.«

Zoe hatte ihre Schicht um sechs beendet und Mieke geholfen, den Laden abzuschließen, bevor sie die Hill Lane hinunter nach Hause geradelt war. Vor dem Haus ließ sie den Blick schweifen, um zu sehen, ob Aidan auf sie wartete, was offenbar nicht der Fall war. Sie war sich nicht ganz sicher, ob sie erleichtert war. Es fiel ihr schwer, ihn nicht zu vermissen, obwohl sie sich gleichzeitig nach Kräften bemühte, ihn aus ihrem Leben zu verbannen.

Zoe dachte wieder an Angeline und Richie und fragte sich, ob er ihre Freundin bedrängt hatte, bis sie nachgegeben hatte. Aber warum hatte Angeline nichts gesagt? Weil sie sich für ihn schämte, vermutlich.

Wie auch immer, dachte Zoe, als sie ihr Fahrrad hinter dem Tor neben dem Haus abstellte, es war Angelines Sache, mit wem sie ihre Zeit verbringen wollte. Zoe war nicht ihr Babysitter.

Hör auf, dir um alle anderen Sorgen zu machen. Sie sind alle erwachsen und kommen auch ohne dich klar.

Das hatte Aidan oft zu ihr gesagt, und sie ärgerte sich, dass es seine Stimme war, die sie jetzt in ihrem Kopf hörte.

Sie schloss die Wohnung auf und hoffte, das Maeve in ihrem Zimmer sein würde. Ihr war nach ein bisschen Ruhe und Frieden zumute.

Im Flur sah alles normal aus, kein zusätzlicher Mantel an der Garderobe. Nicht einmal Monkfish warnte sie vor. Er strich nur um ihre Beine wie immer und tapste dann in die Küche. Deshalb war nichts ungewöhnlich, bis Zoe das Wohnzimmer betrat, wo Aidan in ihrem Sessel saß und Maeve zusammengerollt auf dem Sofa gegenüber.

Als er sie sah, sprang er mit einem schrecklich beglückten Gesichtsausdruck auf, der schnell in Zweifel umschlug.

Sie sah ihn kopfschüttelnd an. »Was machst du hier?«, fragte sie möglichst kühl.

»Tut mir leid, Zoe«, sagte Maeve und entrollte sich langsam auf dem Sofa. Ihr Gesicht war knallpink, und Zoe fragte sich, wobei sie gestört hatte.

Maeve hastete aus dem Zimmer. Zoe wusste, dass sie ebenfalls auf dem Absatz kehrtmachen und gehen sollte.

Aber dann sagte Aidan: »Bitte.« Er sah sie mit einem so weichen, traurigen Ausdruck an, dass ihre Entschlossenheit bröckelte. Trotz allem wollte sie hören, was er zu sagen hatte.

Aber sie würde sich nicht setzen. Achselzuckend blieb sie vor ihm stehen und fragte: »Was willst du mir sagen?«

»Ich weiß, warum du getan hast, was du getan hast«, sagte er und sah sie mit ruhigem, festen Blick an. Sie konnte nicht umhin, die Ringe unter seinen Augen zu bemerken, und fragte sich, ob er genauso wenig geschlafen hatte wie sie. Und sie konnte auch nicht umhin, aufs Neue festzustellen, wie attraktiv er war.

Sie versuchte, den Blick abzuwenden, doch es fiel ihr nicht leicht. Vor allem, als er weitersprach.

»Ich weiß genau, warum. Weil alles aussah wie ein Haufen Lügen. Und bei manchem *habe* ich auch gelogen. Oder ich habe zumindest

Dinge verschwiegen. Aber ich muss dir die ganze Geschichte erzählen, denn es ist komplizierter, als es aussieht. Erlaubst du mir das bitte?«

»Wenn du mir zuerst erzählst, was du hier mit Maeve gemacht hast«, sagte sie und verschränkte die Arme vor der Brust.

»Mit Maeve?«, fragte er verwirrt. »Ich habe auf dich gewartet. Sie hat mich hereingelassen. Ich glaube, sie hatte Mitleid mit mir und … Hör mal, du darfst ihr keine Vorwürfe machen. Ich habe ihr alles erklärt, und sie hat verstanden, dass wir beide miteinander reden müssen. Und das tun wir ja jetzt.« Er beobachtete sie einen Moment lang ängstlich und sagte dann: »Ich mache dir einen Tee.«

Er ging in die Kochnische, schaltete den elektrischen Kessel ein, öffnete einen Schrank, machte ihn wieder zu und fand ihren blau gepunkteten Becher schließlich im Spülbecken. Zoe kam sich dumm vor, einfach so herumzustehen, deshalb setzte sie sich in ihren Sessel und versuchte, ihre Abwehr zu formieren. Sie rief sich das Bild von ihm und Greta vor Augen, das Gefühl der Übelkeit, das sie bei seiner Entdeckung überkommen hatte.

Sie versuchte, den Teil von sich zu unterdrücken, der verzweifelt eine nachvollziehbare Erklärung für alles hören wollte. Sie schüttelte rasch und entschieden den Kopf. Es gab keine nachvollziehbare Erklärung. Sie wusste, was sie gesehen hatte.

Aidan brachte ihr Tee, eine Hand am Henkel, die andere am Becherrand. Mit Genugtuung bemerkte sie, dass seine Hände zitterten, als er den Tee auf dem Tisch vor ihr abstellte. Es war so seltsam, ihn nach nicht einmal einem Monat wiederzusehen, hier, wo sie so viel Zeit miteinander verbracht hatten. Es fühlte sich irreal an.

»Lass mich damit anfangen, was ich dir nicht erzählt habe«, begann Aidan. »Ich habe dir nicht erzählt, dass Greta nicht möchte, dass ihre Eltern von der Trennung erfahren. Ich weiß, es klingt wie eine Ausrede, um es geheim zu halten, aber das glaube ich nicht. Von ihrer Seite gab es immer nur Verständnis. Sie weiß, dass es aus ist.«

»Es ist nicht aus«, erwiderte sie, so kühl sie konnte.

Sie ließ den Tee dampfend auf dem Tisch stehen. Sie hatte sich darauf gefreut, einen Becher zu trinken, wenn sie nach Hause kam, aber es war, als hätte er ihr einen Kelch vorsätzlichen Vergessens gebraut. Sie würde lieber durstig bleiben, als ihn anzunehmen.

»Gretas und meine Ehe ist zu Ende«, erklärte er entschieden, »doch ich kann vollkommen verstehen, warum du glaubst, dass das nicht so ist. Auf dem Foto haben wir ausgesehen wie ein Paar im Urlaub. Und ich hatte dir auch nicht erzählt, dass sie trotzdem noch mitkommen würde. Sie hat das Ticket vor Monaten gekauft. Wir haben vergeblich versucht, es zu stornieren. Aber wir hatten getrennte Zimmer, und wir dachten beide, das wäre okay.«

»Es war aber verdammt noch mal nicht okay«, sagte Zoe. »Du bist mit deiner Frau in Urlaub gefahren. Daran ist absolut gar nichts okay. Und was ihr beide bei einem gemütlichen Plausch in eurem kleinen Häuschen besprecht, bedeutet eigentlich gar nichts.«

»Ich weiß«, sagte er verzweifelt. »Ich weiß. Ich wusste, dass es nicht okay war, deshalb habe ich es dir nicht erzählt. Ich wusste, dass du wütend werden würdest, aber ich dachte, ich könnte wenigstens nett zu ihr sein, wenn ich schon alles andere kaputt mache.«

»Warum musst du denn nett sein?«, fragte Zoe. »Wenn sie einverstanden ist. Das war doch eine Erleichterung, oder?«

»Herrgott noch mal«, herrschte Aidan sie plötzlich an und schien mit einem Mal unbehaglich nahe. Beängstigend. Zoe zuckte zurück, als er seinen Becher auf die Platte knallte. »Bist du wirklich so naiv?«

Sie starrte ihn mit heftig pochendem Herzen an. Was machte er hier? Warum hatte Maeve ihn hereingelassen? Er sollte nicht hier sein, geschweige denn sie mit so kalter Wut anschauen.

Und dann schien seine Wut zu verpuffen, und er sagte: »Es tut mir leid. Ich bin so ein verdammter Idiot. Ich … Es tut mir schrecklich leid.« Er rieb sich mit der Hand übers Gesicht. »Natürlich weißt du nicht, wie es ist, sich von jemandem scheiden zu lassen. Selbst wenn man es will, bricht es einem das Herz. Sich von jemandem zu verabschieden, mit dem man achtzehn Jahre verbracht hat, ist trotz allem schwer. Du bist ein mitfühlender Mensch. Du musst das verstehen. Wir haben uns beide die Seele aus dem Leib geweint, und wahrscheinlich hat sie oft gezweifelt und sich gefragt, ob wir die richtige Entscheidung getroffen haben. Ein paarmal war ich dabei, und dann musste ich stark und entschlossen bleiben. Ich habe mich echt beschissen gefühlt, aber ich musste es tun. Für dich und für mich. Und jetzt …« Er schluchzte plötzlich kurz auf, seine Stimme klang heiser und erstickt. »Jetzt habe ich es geschafft, ich hab alles vermasselt und dich verloren. All die harten Entscheidungen, die ich durchgezogen habe, um endlich mit dir zusammen zu sein, waren umsonst wegen eines einzigen beschissenen Fotos.«

Zoe starrte auf ihre Hände, bewegte einen Finger nach dem anderen, und war tief zerrissen zwischen Mitleid und Unversöhnlichkeit. Ihn in Tränen aufgelöst zu sehen war furchtbar. Er wurde normalerweise nie emotional, versteckte sich lieber hinter seinem Sarkasmus.

Aber er hatte ihr erklärt, dass sie der einzige Mensch sei, in dessen Gegenwart er sich verletzlich zeigen könne. Ihm die kalte Schulter zu zeigen, während er schluchzend vor ihr stand, war mehr, als sie ertragen konnte. Die Erinnerung an seine Wut und ihre Furcht war augenblicklich verflogen.

Sie schlang von hinten die Arme um ihn und schmiegte den Kopf an seinen Hals, dicht an sein Ohr.

»Nicht«, sagte sie. »Alles ist gut. Es ist nicht … Du hast mich nicht verloren. Wenn du einfach ehrlich zu mir bist, kann es funktionieren. Wir können es schaffen. Das verspreche ich dir.«

Als er sich umdrehte und sie für einen feuchten salzigen Kuss an sich zog, war es so wundervoll, dass es sich überhaupt nicht anfühlte wie eine Dummheit. Auch nicht, als sie die Augen öffnete und Maeve in der Tür stehen sah, die sie mit einem seltsamen konzentrierten Gesichtsausdruck beobachtete.

21.

Aidan wusste sofort, dass die Polizei am Telefon war. Er hätte schneller sein und als Erster abnehmen sollen. Doch Greta griff bereits nach dem Hörer.

Sie war gerade aus dem Garten gekommen, wo sie eine gute Stunde an dem Sommerflieder herumgeschnitten hatte. Sie machten heute beide Homeoffice, und Greta neigte dazu, seine Anwesenheit als Vorwand zu benutzen, im Haus herumzuwerkeln, statt sich an den Schreibtisch zu setzen. Meistens half Aidan ihr oder vertrödelte die Zeit mit der Zeitung. Heute hingegen hatte er sie durchs Küchenfenster beobachtet, ohne die Zeitungen, die ausgebreitet vor ihm auf dem Tisch lagen, eines Blickes zu würdigen.

»Gott, ist es kalt draußen«, hatte sie gesagt, als sie die Tür hinter sich geschlossen hatte. »Ich mache heute nichts mehr.«

Aidan lächelte sie an. »Du hast auch schon reichlich getan. Möchtest du einen Kaffee?«

Und dann hatte das Telefon ihr Gespräch unterbrochen, sie hatte die Arbeitshandschuhe auf den Küchentresen gelegt und abgenommen. Aidan lauerte auf ihre Reaktion, erstarrt wie ein in die Enge getriebenes Tier.

»Hallo?«

Er liebte es, wie sie sich am Telefon meldete. Den fröhlichen Schwung in ihrer Stimme, der viel mehr von ihrem ungarischen Akzent erkennen ließ als normalerweise. Er hatte das Gefühl, ihm würde das Herz brechen, als er sie hörte. Er wusste, was gleich geschehen würde. Er wusste, was das Gemurmel am anderen Ende der Leitung bedeutete.

Greta blickte zu ihm. »Ja, er ist da. Worum geht es denn?« Es entstand eine weitere Pause, und Aidan beobachtete, wie ihre Miene völlig reglos wurde. »Okay. Wir sind hier«, sagte sie.

Sie legte auf und drehte sich zu ihm um. Ihr Gesichtsausdruck war verwirrt und überhaupt nicht so zornig, wie er erwartet hatte.

»Wer war das?«, fragte er.

»Die Polizei«, antwortete sie. »Sie sind auf dem Weg hierher.« Eine weitere Pause. »Warum?«

Er erkannte, dass sie Angst vor seiner Antwort hatte. Zumindest darin waren sie in diesem Moment noch vereint, einem Moment, den er nicht loslassen wollte.

Selbst jetzt noch, angesichts seiner unvermeidlichen Entlarvung, wehrte sich sein ganzer Körper dagegen. Irgendwie dachte er immer noch darüber nach, wie er die Sache vertuschen könnte. Ob er die Polizei vor dem Haus treffen und Greta gegenüber vorgeben könnte, er würde als Zeuge gebraucht.

Aber eigentlich wusste er es. Er wusste, dass alles ans Licht kommen würde. Das Einzige, was er noch in der Hand hatte, war, es ihr selbst zu erzählen, um zumindest seine Sicht der Dinge zu schildern. Wenn das überhaupt möglich war.

»Komm und setz dich«, sagte er. »Ich werde es dir erklären.«

Er wartete, bis sie ihm gegenübersaß. »Ich muss dir etwas sagen«, begann er. Wenn er sie nicht ansah, war es leichter.

»Okay …« Ihre Stimme klang betont gelassen, was es nur noch schlimmer machte.

»Du hast jedes Recht dazu, mich zu hassen. Und das werde ich akzeptieren. Ich … ich habe etwas schrecklich Dummes getan …« Seine Stimme zitterte, und er konnte die Tränen kaum zurückhalten. Er durfte nicht weinen. Es wäre nicht fair zu weinen bei dem, was sie gleich hören würde. »Ich hatte eine Affäre. Mit einer Studentin von der Universität.«

Es entstand eine Pause, in der man nur ihren Atem hörte, bevor sie sagte: »Verdammte Scheiße, Aidan.«

Er musste sie einfach anschauen. Ihre Augen leuchteten, doch sie war blass, als wäre alles Leben aus ihr gewichen.

»Ich weiß«, sagte er. »Es gibt keine … es gibt nichts, was ich zu meiner Rechtfertigung vorbringen könnte. Es war verkehrt, und ich habe viele Male versucht, damit aufzuhören. Ich wusste, dass es falsch war. Aber es ist nicht hier bei uns passiert, und ich habe mir irgendwie eingeredet, dass es nichts mit uns zu tun hatte, dass es uns nicht betraf …«

»Es hatte nichts mit uns zu tun? Du hast deinen Schwanz in eine andere gesteckt, und das hatte nichts mit uns zu tun?«

Es war schmerzhafter, als er gedacht hätte. Er versuchte verzweifelt, sich zu verteidigen. »Bitte sag das nicht so«, bat er sie. »Das ist nicht … nicht nötig. Er ist vorbei.«

»Es ist vorbei? Die Affäre?« Sie durchbohrte ihn mit ihrem Blick. »Weil sie dich abserviert hat? Weil du zuletzt doch ein schlechtes Gewissen bekommen hast?«

»Weil sie tot ist«, antwortete er und verschluckte sich an den Worten. »Weil jemand sie umgebracht hat. Außerdem hätte es sowieso längst vorbei sein müssen. Wir haben uns immer wieder getrennt …«

»O mein Gott.« Greta stand auf und entfernte sich ein paar Schritte von ihm. Dann machte sie auf dem Absatz kehrt und schlug sich die Hand vor den Mund. »Jemand hat sie umgebracht«, wiederholte sie, als könnte sie das alles nur glauben, wenn sie es aussprach. »Was? Wie kann das wirklich passiert sein? Erzählst du mir noch mehr Bullshit?«

»Nein. Ich wünschte … Es war in den Nachrichten«, sagte er. »Es ist wirklich passiert und einfach grauenhaft. Ein Riesenschlamassel. Es tut mir furchtbar leid. Es tut mir wirklich so leid, Greta. Ich habe alles ruiniert.«

Sie drehte sich zu ihm um. »Glauben sie etwa, du hättest sie umgebracht?«

»Ich weiß nicht«, antwortete Aidan. Er hätte beinahe laut losgelacht, eine kleine hysterische Blase, die aufstieg, platzte und wieder verschwunden war.

Sie blieb abrupt und regungslos stehen und beobachtete ihn genau, als sie flüsternd fragte: »*Hast* du sie umgebracht?«

Er war ehrlich perplex. Bei allen Fragen, die er erwartet hatte, war ihm diese nicht in den Sinn gekommen.

»Greta, Herrgott noch mal«, sagte er. »Natürlich nicht. Du weißt, dass ich es nicht getan habe. Ich bin nicht mal imstande …«

»Ich weiß gar nichts«, fauchte sie zurück. »Woher soll ich irgendetwas wissen? Ich dachte auch, du würdest mir nie wehtun. Ich hätte … alles gewettet, dass du mir das nie antun würdest. Du nicht. Ich hab den Leuten erzählt …« Sie wandte sich ab, weil ihre Stimme brach. »Ich habe gesagt: ›Darüber muss ich mir keine Sorgen machen. Nicht mit Aidan. Er ist der treueste Mensch, den ich kenne.‹«

»Es tut mir so leid«, sagte er noch einmal. Und Gott, es war furchtbar. Es war schlimmer, als er es sich hätte vorstellen können. Sie war verletzt, und er konnte sie nicht trösten. »Das hätte ich auch nicht gedacht.« Er erhob sich halb, um ihr entgegenzugehen, doch sie wandte sich wieder ab.

»Wie alt war sie?«

»Sechsundzwanzig«, sagte er.

»Verdammte Scheiße.« Greta drehte sich um und trat gegen den Kühlschrank und dann noch einmal. »Was für ein beschissenes Klischee.«

»Ich weiß«, sagte er und stand schließlich doch auf. »Ich weiß.«

»Warum?«, fragte sie und fuhr zu ihm herum. »Warum hast du das getan? Was war so verkehrt, dass du das gebraucht hast?«

Aidan machte den Mund auf und wusste nicht, was er sagen sollte. »Es … Ich weiß es nicht mal. Ich weiß es nicht, Greta.«

»Oh, komm schon«, sagte sie. »Du musst doch ziemlich unglücklich gewesen sein, um loszuziehen und eine Studentin zu vögeln. Was war es? Habe ich zu viele graue Haare? Zu viel Cellulitis?«

»Nein«, sagte er und machte einen Schritt auf sie zu. »Greta, ich liebe dich. Und ich habe dich immer für wunderschön gehalten. Immer. Du bist der unglaublichste Mensch …« Er wurde von seinen Emotionen überwältigt und setzte neu an. »Ich habe versucht … es zu verstehen. Das Einzige …« Er schluckte. »Das Einzige war vielleicht, dass ich das Gefühl hatte, dass du nicht mehr so aufmerksam bist. Wenn etwas schiefgelaufen ist. Wenn es mir schlecht ging, wenn ich verletzt war oder einfach … versagt habe. Ich weiß, es klingt jämmerlich. Ich weiß, es *ist* jämmerlich. Aber das ist das Einzige, was mir einfällt, dass ich von Zoe eine Art von Aufmerksamkeit bekommen habe, die wir vielleicht nicht mehr füreinander hatten.«

Greta, die bisher auf und ab gelaufen war, blieb stehen und starrte ihn an. »Ich bin also nicht mehr aufmerksam? Obwohl ich Jahr für Jahr für dich da war? Obwohl ich an deiner Seite war, als deine Mutter krank geworden ist, und auch an ihrer. Und natürlich lag mir an ihr, aber ich habe das für *dich* getan, Aidan. Ich bin deine Frau, und ich war … Das ist doch Blödsinn.«

Sie wandte sich wieder ab und marschierte in den Flur.

»Wohin gehst du?«, fragte er panisch.

»Ich hole dir einen Koffer«, sagte sie. »Ich möchte, dass du mein Haus verlässt. Ich hoffe, die Scheißbullen nehmen dich mit.«

»Bitte nicht!« Er stürzte auf sie zu und fasste ihren Arm, als sie sich zur Treppe abwandte.

»Rühr mich nicht an!«, kreischte sie. Er zuckte zusammen.

»Bitte, Greta. Bitte wirf mich nicht raus. Ich werde gehen. Wenn ich mit ihnen gehen und sie davon überzeugen muss, dass ich es nicht getan habe, dann mache ich das, und danach suche ich mir etwas anderes. Ich lasse dir allen Raum, den du brauchst. Ich weiß, dass ich es verdient habe, aber bitte wirf nicht alles weg.«

Sie stieß ein kurzes Lachen aus, beugte sich über das Geländer und fauchte ihn an: »*Du* hast alles weggeworfen, Aidan. Ich bin nur diejenige, die sich den Konsequenzen stellt.«

Aidan stützte sich an der Wand ab, um irgendeinen Halt zu finden.

Er hatte das Gefühl, dass sich neben ihm ein klaffendes Loch auftat, das ihn verschlucken würde. Er konnte vor Angst kaum richtig atmen. Dabei wusste sie noch nicht einmal das Schlimmste, was er getan hatte. Sie durfte es nie erfahren. Niemals durfte sie es erfahren.

Das Haus wirkte friedlich, als sie ankamen, spießig und ziemlich teuer, selbst in einer Straße voller teurer Häuser.

Jonah war noch nie im Chilworth Drive gewesen. Die ganze Gegend vermittelte den Eindruck, dass Kriminalität hier unbekannt war. Aber die Wahrheit war natürlich eine andere. Jonah mochte noch nie hier gewesen sein, doch er war in Straßen wie diesen schon an Tatorte brutaler und niederträchtiger Verbrechen gerufen worden.

Er stieg vor Hanson und Lightman aus dem Wagen. Der Streifenwagen hielt auf der Straße, und zwei uniformierte Beamte, die sie als Verstärkung mitgebracht hatten, gingen in Position. Jonah kannte den Sergeant und den Constable vom Sehen, konnte sich jedoch nicht an ihre Namen erinnern, weil ihre Zusammenarbeit sich auf Situationen wie diese beschränkte.

Er nickte ihnen zu und ging zur Haustür. Es dauerte einen Moment, bis jemand öffnete, aber dann wurde die Tür mit heftiger Wucht aufgerissen.

Vor ihnen stand Greta Poole, eine große, schlanke Frau mit loderndem Blick.

»Er ist drinnen«, sagte sie. »Sie können ihn haben. Ich habe seinen Koffer gepackt, und wenn Sie irgendwelche Fragen an mich haben, beantworte ich sie gerne.«

Sie gab die Tür frei, und Jonah betrat verlegen das Haus. Aidan Poole stand am Fuß der Treppe, sein Gesicht ein Abbild des Elends. Jonah fragte sich, wie viel davon gespielt war.

Er machte Platz, um die anderen Beamten hereinzulassen. »Aidan Poole, ich verhafte Sie unter dem Verdacht, Zoe Swardadine ermordet zu haben.«

Auf der anderen Straßenseite hatte sich bereits ein Trio von Schaulustigen versammelt, als Aidan auf die Rückbank des Streifenwagens verfrachtet wurde. Ein Mann mittleren Alters mit Hund, ein Power-Walker und eine Frau in Pantoffeln. Jonah beneidete keinen der beiden Pooles in diesem öffentlichen Spektakel.

Er blieb zurück, um mit Greta zu sprechen, obwohl er den Verdacht hatte, dass seine leisen Erklärungen zum weiteren Verfahren nicht zu ihr vordrangen. Sie stand direkt vor der Haustür, beobachtete die Szene und trat unablässig von einem Fuß auf den anderen. Offenbar wusste sie nicht, was sie mit ihren Armen anfangen sollte, die sie immer wieder kurz verschränkte.

Am Ende schlug Lightman vor, ins Haus zu gehen und einen Tee zu trinken. Obwohl Jonah so bald wie möglich mit Aidans Vernehmung beginnen wollte, hatte er das Gefühl, dass sie seiner Frau ein wenig Unterstützung schuldig waren. Schließlich hatte sie gerade zwei ziemlich furchtbare Dinge über ihren Mann erfahren.

Also ließ er sie von seinem Sergeant ins Wohnzimmer führen, während Hanson im Flur wartete. Etwas an Lightmans Art schien Greta Poole zu beruhigen. Sie schaffte es, sich hinzusetzen und zu fragen, was jetzt passieren würde und was sie machen sollte.

Lightman erklärte ihr, dass es eine Beratungsstelle für solche Fälle gebe, und schlug ihr vor, dort anzurufen.

»Könnten Sie eine Weile bleiben?«, fragte Greta.

Jonahs Blick traf den von Hanson. Sie verdrehte die Augen und unterdrückte ein Lachen. »Bens magischer Touch«, murmelte er.

Ein paar Minuten später hatte der Sergeant es geschafft, sich zu verabschieden, nachdem er versprochen hatte, zur Stelle zu sein, falls Greta weitere Fragen hätte.

»Ich wette einen Zehner, dass sie in den nächsten vierundzwanzig Stunden wegen irgendeiner Krise anruft«, sagte Hanson, als sie wieder in den Wagen stiegen.

»Die Wette nehm ich nicht an«, erwiderte Jonah. Lightman schüttelte bloß den Kopf und lächelte verhalten.

»Mr Poole«, begann Jonah, »ich vernehme Sie jetzt als Verdächtigen im Mordfall Zoe Swardadine. Ich möchte, dass Ihnen das vollkommen bewusst ist. Angesichts Ihrer Entscheidung, keinen Anwalt hinzuzuziehen, ist das wichtig.«

Aidan Pooles Miene war blass, aber entschlossen. »Ja«, sagte er. »Das ist mir bewusst. Ich brauche keinen Anwalt, weil ich verdammt noch mal rein gar nichts mit Zoes Tod zu tun hatte.«

»Warum haben Sie uns dann angelogen?«, fragte Jonah.

»Inwiefern?« Aidans Miene verriet, dass er wusste, dass er gelogen hatte. Er wusste es verdammt gut.

»Als Sie ausgesagt haben, Sie wüssten nicht, wo Zoe wohnt«, sagte Jonah.

Aidan blickte zu Hanson und zurück zu Jonah. »Was? Ich wusste wirklich nicht, wo ihre Wohnung war! Was zum Teufel …?«

»Es war ein ziemlich kompliziertes Täuschungsmanöver«, meldete Hanson sich zu Wort. »In beiden Meldungen bei der Polizei vorsätzlich keine Adresse zu nennen und dann darauf zu warten, dass man Sie danach fragt.«

Aidan wirkte wie vor den Kopf geschlagen. »Ich wusste es nicht«, wiederholte er nach einer Weile. »Ich wusste wirklich nicht, wo sie wohnt.«

»Wir fanden das von Anfang an ein bisschen unglaubwürdig«, sagte Jonah. »Dass Sie angeblich keine Ahnung hatten, wo Ihre Freundin wohnt.«

»Ich habe es Ihnen doch schon erklärt«, sagte er mit zitternder Stimme. »Seit unserer letzten Trennung hat sie mich auf Abstand gehalten. Vielleicht weil ich mich vorher wie ein Idiot benommen habe oder weil sie unsicher war, ob es die richtige Entscheidung war, mich zurückzunehmen. Ich weiß es nicht. Aber sie hat es mir nicht verraten und alle anderen angewiesen, es mir auch nicht zu sagen.«

»Und wie erklären Sie sich dann, dass man in Zoes Badezimmer Ihre Fingerabdrücke gefunden hat?«, fragte Jonah.

Es herrschte vollkommene Stille. Aidans Gesicht hatte den Ausdruck eines Mannes, der gerade erschossen worden war.

»Was? Das kann nicht sein.«

»Weil Sie dachten, dass Sie keine Spuren hinterlassen hätten?«, fragte Jonah.

»Weil Sie Handschuhe getragen haben?«, ergänzte Hanson. »Oder stammen die Abdrücke von einem früheren Besuch?«

Aidan schüttelte langsam und dann immer heftiger den Kopf. »Nein«, sagte er bestimmt. »Ich bin nie dort gewesen. Nicht ein einziges Mal. Ich kenne die Adresse bis heute nicht.«

»Vielleicht haben Sie vergessen, dass Sie die Badezimmertür abgeschlossen haben, als Sie sie umgebracht haben«, sagte Jonah. »Eine dieser instinktiven Handlungen, die einem gar nicht bewusst sind. Denn Sie wollten ja nicht dabei erwischt werden, wie Sie Ihre Freundin töten, oder?«

»Ich habe sie nicht getötet«, sagte Aidan mit einem flehenden Unterton. »Ich habe sie nicht angerührt. Ich habe die Polizei alarmiert, weil ein anderer sie umgebracht hat, und ich habe es *gehört.*« Er blickte zwischen ihnen hin und her. »Ich habe Ihnen doch den Skype-Anruf gezeigt, oder? Wenn ich Zoes Adresse gekannt hätte, hätte ich Sie natürlich genannt.«

»Vielleicht hatten Sie Gründe, die Adresse zu verschweigen«, sagte Hanson. »Vielleicht wollten Sie, dass bis zu Zoes Entdeckung möglichst viel Zeit verstreicht, damit der genaue Zeitpunkt ihres Todes nicht mehr festgestellt werden konnte. Je größer die Unsicherheitsspanne, desto wahrscheinlicher, dass sie ermordet wurde, während Sie mit ihr geskypt haben. Und nicht zu der Uhrzeit, zu der Sie sie tatsächlich getötet haben.«

»Nein«, fuhr er auf. »Das ist kompletter Unsinn. Ich kannte die Adresse ihrer Wohnung nicht.«

»Und trotzdem sind Sie dort gewesen«, beharrte Jonah. »Nicht nur dort, sondern in dem Badezimmer, in dem sie gestorben ist.«

»O mein Gott, hören Sie auf, das zu behaupten«, sagte Aidan, ballte die Fäuste und drückte die Handballen auf seine Augen. »Ich war nicht dort. Nie. Und ich verstehe das nicht.«

»Was ist passiert?«, fragte Jonah. »Ein Streit? Hat sie Schluss gemacht?« Er hielt inne. »Oder hat sie gedroht, es Ihrer Frau zu erzählen? Oder der Universität? Hatte sie es am Arbeitsplatz auf Sie abgesehen?«

»Seien Sie ruhig!«, sagte Aidan plötzlich schneidend scharf. Einen Moment lang starrte er Jonah so hasserfüllt an, wie Jonah es nur selten gesehen hatte. Dann atmete er tief ein. »Es spielt keine Rolle, wie oft Sie diesen Mist wiederholen. So war es nicht. Nichts davon ist passiert.«

»Vielleicht sind wir unfair«, sagte Hanson nach einer Pause. »Vielleicht haben Sie sich die Geschichte so fest eingeredet, dass Sie sie mittlerweile selbst für wahr halten. Alles ist schiefgelaufen, Sie waren verzweifelt, und hinterher haben Sie in Ihrem Kopf alles verdreht. Und haben nach und nach selber geglaubt, was Sie sich ausgedacht haben.«

»Mein Gott«, sagte Aidan. »Wie kommen Sie bloß darauf? Ich war niemals dort. Ich habe ihr nichts angetan. Ich bin verdammt noch mal nicht wahnsinnig.« Dann richtete er sich plötzlich gerader auf und erklärte entschlossen »Also gut. Jetzt möchte ich diesen Anwalt.«

Kurz nachdem Aidan Poole abgeführt worden war, um seinen Anruf zu machen, kam Hanson zu ihm hinein. Jonah hatte einen Blu-Tack-Knubbel zu einer Kugel gerollt, die er hochwarf, auffing, noch runder formte und erneut in die Luft warf.

»Was denken Sie?«

»Ich glaube, er lügt«, sagte Jonah. »Ich glaube, er hat von Anfang an gelogen. Interessant ist allerdings, dass er gedacht hat, wir wollten ihn nach etwas anderem fragen.«

»Den Eindruck hatte ich auch«, stimmte Hanson ihm zu. »Was haben wir noch übersehen?«

»Und ist unsere Annahme richtig, dass er bezüglich der Wohnung lügt?«, fragte Jonah leise.

Hanson rieb sich den Nacken und sagte dann: »Was, wenn er einerseits lügt, andererseits aber auch nicht? Was, wenn er die Adresse wirklich nicht kannte?«

Jonah sah sie nachdenklich an. »Sie meinen, er ist ihr nach Hause gefolgt, ohne je herauszubekommen, wie die Adresse lautet? Oder er hat sie nicht aufgeschrieben?«

»Könnte sein«, sagte Hanson langsam. »Oder jemand hat ihn dorthin gebracht und ihm aufgeschlossen. Vielleicht war Aidan so nervös, weil er dachte, diese Person hätte ihn verraten.«

Jonah nickte, fragte sich jedoch, ob sie nicht zu kompliziert dachten. Beide Theorien schienen ihm wenig plausibel.

»Möglich«, erwiderte er schließlich, »aber ich hatte den Eindruck, dass er sich wegen etwas anderem Sorgen macht.« Er bemerkte Hansons knappes Lächeln. »Ich weiß. Das ist eher eine Mutmaßung, und Sie müssen sie auch nicht teilen. Aber mir sind mehrere Dinge aufgefallen. Erstens: Zoe war von fünf bis halb neun nicht in ihrer Wohnung. Wenn sie um halb neun zurückgekommen ist, warum musste Aidan Poole dann bis elf warten, um mit ihr zu skypen?«

Er sah, wie Hanson darüber nachdachte. »Sie glauben, sie war für den Zeitpunkt ihrer Rückkehr bei sich zu Hause verabredet. Mit der Person, die auf sie gewartet hat?«

»Durchaus möglich. Dann hat sie mit jemandem gestritten«, sagte Jonah.

»Aber das war mehr als eine Stunde vor dem Skype-Anruf, es bleibt also immer noch Zeit. Wir wissen, dass der Skype-Anruf um elf begonnen hat«, bemerkte Hanson. »Aber … wir wissen nicht mit Sicherheit, ob der Anruf überhaupt etwas beweist, oder? Wenn er sie umgebracht hat, könnte er in der Wohnung gewesen sein, den Skype-Anruf von seinem Handy gemacht und selbst angenommen haben.« Sie machte eine Pause. »Können wir die Standortdaten seines Handys bekommen?«

»Ja und nein«, sagte Jonah. »Wir können nur den nächsten Funkmast ermitteln, aber das sollte uns zumindest verraten, ob er in der Nähe der Wohnung oder in der Nähe seines Hauses war.«

»Das würde schon weiterhelfen«, sagte Hanson. »Soll ich es beantragen?«

»Ja«, antwortete Jonah. »Es wäre gut, ihn mit Sicherheit auszuschließen.« Als Hanson seufzte, fügte er hinzu: »Tut mir leid. Ich sage nicht, dass Sie sich irren, ich sage nur … wenn ich den Finger auf das kleine Körnchen Wahrheit legen müsste, das wir bisher von Aidan Poole bekommen haben, wäre es seine Schilderung des Mordes.«

Hanson zuckte leicht frustriert die Schultern. »Irgendwo müssen wir ja anfangen.« Sie wandte sich zum Gehen, blieb jedoch in der Tür stehen und drehte sich noch einmal um. »Sir, laut Aidan Pooles Aussage hat er sie doch gar nicht gesehen, oder? Er hat Zoe nie tatsächlich auf dem Bildschirm gesehen.«

»Nein.« Jonah rief sich Aidans Schilderung ins Gedächtnis. »Nein, das hat er nicht.«

»Was, wenn Sie Zoes Mörder wären und wüssten, dass Aidan mit Zoe zum Skypen verabredet war. Angenommen, Sie hätten sie früher am Abend getötet«, fuhr Hanson fort, »und wollten sich ein Alibi verschaffen.«

»Dann könnte man eine Szene im Bad vortäuschen«, stimmte Jonah ihr langsam zu.

»Man könnte sogar die Originalszene aufzeichnen und abspielen, wenn er anruft«, sagte Hanson.

»Aber woher wüsste man, dass Aidan um diese Uhrzeit anruft?«, fragte Jonah. »Und noch wichtiger, wie würde man den Skype-Anruf annehmen, ohne in der Wohnung zu warten? Man würde ein unglaublich kompliziertes Alibi für einen Zeitpunkt konstruieren, an dem man sich tatsächlich am Tatort aufgehalten hat, was überhaupt keinen Sinn ergibt.«

»Nein, stimmt«, sagte sie. »Es sei denn, man wäre zu zweit …«

Juliette kehrte an ihren Schreibtisch zurück und fragte sich, ob sie den ganzen Fall bisher falsch betrachtet hatten. Natürlich war es möglich, eine falsche Tatzeit vorzutäuschen, wenn der einzige Zeuge die Szene nur über einen Bildschirm mit begrenztem Bildausschnitt verfolgt hatte. Die Gerichtsmedizin hatte den Todeszeitpunkt irgendwann zwischen dem späten Nachmittag und den frühen Morgenstunden des folgenden Tages angegeben. Zoe hätte schon Stunden vorher tot sein können.

Sie wusste, dass der DCI ihr die Theorie nicht abgekauft hatte. Sie hatte es an seinem Gesichtsausdruck und seiner Zurückhaltung erkannt. Aber das war sein Job. Er musste für alles offenbleiben. Es war an seinem Team, jede unwahrscheinliche Theorie zu verfolgen, bis sich eine doch als richtig erwies.

Sie fragte sich, wie viele Präzedenzfälle es für ein Paar von Mördern gab, zog ihre Tastatur heran, und suchte im Netz nach »Mordende Paare«. Sie hatte gerade die Enter-Taste gedrückt, als DI Walker aus der Küche kam. Als sie in seine Richtung blickte, lächelte er und kam mit seinem Kaffee an ihren Schreibtisch.

»Heute nicht ganz so durchnässt?«, fragte er.

»Nein, Gott sei Dank«, erwiderte sie grinsend. »Hey, fallen dir irgendwelche berühmten Paare ein, die Menschen ermordet haben? Als Paar, verstehst du?«

»Klar«, antwortete Walker. »Bonnie und Clyde, die Homolkas, Faye und Ray Copeland … die Birnies …«

»Wow«, sagte Hanson und schnappte sich einen Stift. »Vielen Dank. Das ist hilfreich, aber auch … beunruhigend.«

Der DI lachte. »Ich habe in Kriminalpsychologie ein Referat über Gruppenmörder geschrieben. Darunter waren auch viele Paare.«

»Du hast Kriminalpsychologie studiert?«, fragte Hanson und sah ihn interessiert an. »Wo denn?«

»In Winchester.«

»Oh, ein Einheimischer.«

»Was ist mit dir?«, fragte er.

»Oh, ich habe Allgemeine Psychologie studiert«, antwortete Hanson. »Das war super und ist häufig nützlich, aber manchmal überlege ich, zurück an die Uni zu gehen und mich auf den kriminellen Aspekt zu konzentrieren. Ich denke, es könnte einem helfen.«

»Also, ich fand es auf jeden Fall hilfreich«, sagte Walker und führte nachdenklich seinen Becher zum Mund. »Ich meine, ich muss nur mit einem Mörder in einem Raum sein, um zu wissen, dass er es war.«

»Wirklich?«, fragte Hanson, bevor sie erkannte, dass es ein Witz gewesen war. »Schon gut, ja. Vielleicht ist es nicht lebensnotwendig.«

»Entschuldige«, sagte Walker lachend. »Du solltest unbedingt darüber nachdenken. Ich glaube es hilft, und wenn es deine Methode ist, dich in den Kopf eines Verdächtigen hineinzuversetzen, ist es sogar noch besser.«

Hanson grinste zurück und machte sich mit diesem Gedanken wieder an die Arbeit. Vermutlich war das ihre Methode. Wenn sie nicht mit schierer Faktenermittlung beschäftigt war, dachte sie viel darüber nach, welche Motive Menschen dazu bewegten, so oder so zu handeln.

Welches Motiv könnte ein Paar gehabt haben, Zoe umzubringen? Und warum würde man eine falsche Todeszeit vortäuschen, vorausgesetzt ihre Vermutung erwies sich als richtig? Einer von beiden brauchte ein Alibi für dreiundzwanzig Uhr, wozu sonst der Aufwand? Aber es müsste auch jemand sein, der vorher Zeit gehabt hatte, den Mord zu begehen, in Zusammenarbeit mit jemandem, der um elf ein kompliziertes Täuschungsmanöver für seinen Komplizen durchführen konnte.

Sie erinnerte sich, dass Maeve bis kurz vor zehn beschäftigt gewesen war und danach freigehabt hatte. Maeve hatte Aidan bekanntermaßen auch mehrere Male in Zoes Haus gelassen, deshalb beschloss Hanson, sie genauer unter die Lupe zu nehmen. Sie suchte die Abschrift von Maeves Befragung heraus. Als sie sich gerade eingelesen hatte, klingelte das Telefon auf ihrem Schreibtisch.

Sie seufzte, als sie erkannte, dass es die Zentrale war, die den Anruf eines Bürgers mit Hinweisen zu Zoes Tod an sie durchstellte.

Der Kollege erklärte, dass der Anrufer glaubwürdig klinge. »Ich denke, Sie sollten mit ihm reden«, sagte er.

»Okay. Stellen Sie ihn durch.«

Man hörte ein Klicken, bevor eine junge Männerstimme sagte: »Ich glaube, ich habe das Mädchen gesehen, das heute Morgen in den Nachrichten war. Man kann sich natürlich nie ganz sicher sein, aber ich glaube, sie war es.«

»Okay, vielen Dank. Können Sie mir sagen, wann und wo das war?«

»Am Donnerstagabend«, antwortete er. »In meinem Lokal.«

»Wo ist das?«, fragte Juliette und fürchtete, dass gleich all ihre Theorien über den Haufen geworfen werden könnten. Wenn er Zoe am Abend ihres Todes gesehen hatte, konnte sie nicht von der Person ermordet worden sein, mit der sie um neun lautstark gestritten hatte. Sie nahm den Hörer in die andere Hand, damit sie sich Notizen machen konnte.

»Es heißt The Bridge. In der North Road, nicht weit vom Campus.«

Hanson schrieb sich Namen und Adresse auf und sagte: »Super. Und wann haben Sie sie gesehen?«

»Ziemlich spät. So gegen zehn. Sie hat einen Typen abgeholt, der schon da war, und sich um ihn gekümmert.«

Hanson verspürte einen kleinen Dämpfer wie jedes Mal, wenn sich eine Theorie in Luft auflöste. Wenn der Mann die Wahrheit sagte, war Zoe wirklich erst um elf oder später gestorben.

»War er betrunken?«, fragte sie.

»Sternhagelvoll«, sagte er. »Als sie hereinkam, ist er mehr oder weniger von seinem Barhocker gefallen, und sie hat ihn hinausgebracht.«

Das wenige, was Hanson über Zoe wusste, passte dazu, dass sie sich um einen betrunkenen Freund kümmern würde. Oder einen Freund, der so getan hatte, als wäre er betrunken. »Können Sie ihn beschreiben?«

»Na ja, also … Es war ein älterer Typ. Sehr viel älter als sie. Ich fand, es war eine Schande. Sie hatte offensichtlich etwas Besseres verdient als einen alten Säufer.«

Hansons Puls ging ein wenig schneller. »Wenn Sie sagen, er war alt, heißt das, er hatte graue Haare?«

Er atmete vernehmlich aus. »Ja, ich glaube schon. Ich bin mir nicht ganz sicher.«

»Gesichtsbehaarung?«

»Ein bisschen, glaube ich«, sagte er. »Bart und Schnäuzer, vielleicht aber auch nur einen Dreitagebart.«

Hanson notierte die Informationen und fragte: »Und wie war er gekleidet?«

»Ziemlich gut«, sagte der Mann. »Sein Hemd und seine Hose sahen teuer aus.«

Das klang ohne Frage wie Felix Solomon.

»Haben Sie die beiden noch einmal gesehen, nachdem sie das Lokal verlassen haben?«

»Oh. Ja, hab ich. Ich bin zum Rauchen mit meinem Bier nach draußen gegangen und hab mich an einen der Tische vor dem Laden gesetzt. Der Typ wirkte aufgewühlt, und sie hat ihn umarmt und getröstet. Er hat sich in einen Pflanzenkübel übergeben, dann hat sie ein Taxi gerufen, und sie sind gefahren.«

»Um wie viel Uhr war das?«

Wieder blies er vernehmlich Luft aus. »Ich weiß nicht genau. Wahrscheinlich ungefähr Viertel vor elf.«

Juliette lief ein Schauer über den Rücken. Eine Viertelstunde vor Aidans angeblichem Skype-Telefonat mit Zoe war sie in einem Taxi in Begleitung eines Mannes davongefahren, der aussah wie Felix Solomon.

»Wissen Sie, weshalb er aufgewühlt war?«

Der Anrufer zögerte. »Keine Ahnung. Er hat etwas davon gesagt, dass er vollkommen nutzlos sei, und sie hat erwidert, dass das nicht stimmt. Aber worum es ging, weiß ich nicht.«

Sie dachte erneut an Aidans Fingerabdrücke an dem Schloss. Vielleicht hatte es keiner zwei Personen bedurft, die Zoes Ermordung geplant hatten. Vielleicht hatte eine gereicht. Ein Mann, der selbst als Polizist ermittelt hatte und genau wusste, wie man einen Tatort manipulierte. Ein Mann, der früher einmal DCI gewesen war.

22.

MAI – SECHS MONATE VORHER

Es war ein ganz normaler Dienstag. Ein Dienstag, an dem er und Greta sich die Ereignisse des Tages erzählt, einander bemitleidet und gelacht hatten, bevor sie bei Tagliatelle mit Meeresfrüchten in Weißweinsauce über gemeinsame Bekannte geplaudert und ein bisschen mehr getrunken hatten als geplant. Ein ganz gewöhnlicher Abend.

Ein Abend, der ihm das Gefühl gab, dass sein anderes Leben eine Phantasie sein musste. Er war so an dieses Leben gewöhnt, in diesem Haus mit seiner Frau. Die Vorstellung, dass all das enden sollte – dass sie getrennter Wege gehen und sich vielleicht nur alle paar Monate zum Mittagessen treffen sollten –, erschien ihm unwirklich.

Am Ende drehte sich ihr Gespräch um ihren Freund Antony und seine Impotenz. Die Unterhaltung ging weiter, während sie ihre Teller in die Spülmaschine räumten und sich die Hände wuschen. Während er ihr zuhörte, checkte er sein Handy.

Es waren mehrere Nachrichten eingegangen, höchstwahrscheinlich von Zoe. Auf der App stand eine kleine rote Zwei, aber nichts auf dem Home-Bildschirm. Nur zwei seiner Kontakte hatte er stumm geschaltet, damit ihre Nachrichten nicht aufleuchteten. Zoe, um sie vor Greta geheim zu halten. Maeve dagegen vor allem zu seinem eigenen Wohl. So eigenartig es sich anfühlte, an einem Abend wie diesem an Zoe zu denken, es war kein Vergleich mit der schamvollen Reue, die er empfand, wenn ihm ihre Mitbewohnerin in den Sinn kam.

Er hatte niemals gewollt, dass zwischen ihm und Maeve irgendetwas passierte. Er hatte es genossen, sie auf seine Seite zu ziehen, und er mochte, wie sie ihn ansah, sobald er den Raum betrat. Er hatte immer gewusst, dass sie sich vor allem in ihrem eigenen Interesse so für seine Beziehung mit Zoe engagierte. Aber Grenzen waren dabei nie überschritten worden.

Als Zoe ihre Beziehung abgebrochen hatte, war die ganze Sache aus dem Ruder gelaufen. Er war von den Gesprächen mit Maeve abhängig geworden, weil er sich Zoe dadurch näher gefühlt hatte. Es hatte ihm einen möglichen Weg zurück in ihr Leben offen gehalten. Schließlich hatte Maeve ihn schon einmal hereingelassen, damit er Zoe umstimmen konnte.

Die Probleme hatten erst begonnen, als er Maeve in einer Bar getroffen hatte. Er war schon zu Beginn der Begegnung betrunken und von Traurigkeit überwältigt gewesen und am Ende ziemlich verwirrt. Zoe hatte seit zwei Wochen nicht mit ihm gesprochen, und er war verzweifelt gewesen. Und vielleicht war auch sein Stolz verletzt.

Er konnte sich noch mit unbarmherziger Klarheit daran erinnern, wie er begonnen hatte, sich auf Maeve zu konzentrieren, wie er ihr erklärt hatte, was für ein wundervoller Mensch sie sei, und sich angestrengt hatte, sie zum Lachen zu bringen. Oder dazu, vor Freude zu erröten.

Sie war so herrlich berauscht von all dem gewesen, dass er ihren anfänglichen Widerstand gebrochen hatte, doch sie hatte ihm nicht ganz nachgegeben. Sie hatte immer darauf geachtet, dass der Tisch zwischen ihnen blieb, und seine Versuche abgewehrt, ihre Hand zu ergreifen.

Deshalb hatte er etwas Unverzeihliches getan. Er hatte sich zu ihr vorgebeugt und gesagt, dass er schon immer verrückt nach ihr gewesen wäre. Seit ihrer ersten Begegnung. Dass er sich ernsthaft fragen würde, ob er nicht mit der falschen Frau zusammen sei.

Das war abgrundtief dumm gewesen. Gerettet hatte ihn nur der Umstand, dass Maeve Sex vor der Ehe strikt ablehnte, deshalb war es zu nichts weiter gekommen als einem Kuss. Doch es war auch so schon quälend genug gewesen, am nächsten Tag zurückzurudern.

Am Ende waren sie übereinkommen, die Episode zu vergessen. Nachdem er ihr erklärt hatte, dass er seine Gefühle für Zoe auf sie projiziert hatte, hatte Maeve gestanden, das Gleiche getan zu haben. Es war Isaac, den sie begehrte, ein anderer verheirateter Mann. Aidan war nur Ersatz für ihn gewesen, einen Moment lang. Das war alles.

Trotzdem schickte sie ihm hin und wieder ein paar Zeilen. Manchmal erwähnte sie Zoe, manchmal auch nicht. Aber sie klang immer, als wäre sie auf irgendwas aus, und wenn er ehrlich war, traute er ihrer scheinbaren Nonchalance nicht.

»Aber er muss einfach nur mit ihr darüber reden«, sagte Greta. »Das kann doch nicht so schwer sein. Sie ist schließlich seine Frau!«

Das hatte sie auch beim letzten Mal gesagt, als sie über Antony gesprochen hatten, und am Ende war sie wütend auf Aidan geworden, weil er ihr widersprochen hatte. Sie hatte nie verstehen können, dass die Wahrheit sich manchmal in einem verknotete. Er bezweifelte, dass sie je in ihrem Leben ein überwältigendes Bedürfnis zu reden gehabt hatte, während sie gleichzeitig den Mund nicht aufbekam. Es war nicht immer einfach zu reden. Nicht, wenn der eigene Körper zum Feind wurde.

Aber wenn man Greta war, *sagte* man es natürlich einfach. Was immer man dachte. Es sprudelte aus einem heraus, weil man so gestrickt war.

Heute Abend spürte er eine nostalgische Zuneigung für diese Unbedingtheit. Alles an ihr schien ihm liebenswert.

»Ich weiß«, sagte er leise mit einem Lächeln und fragte dann: »Möchtest du einen Whisky?«

»Gern.« Sie wischte den Herd mit einem Lappen ab. »Ich mach uns auch einen Kaffee.«

Er ging ins Wohnzimmer vor und öffnete mit einem kleinen Stechen in der Brust seine Nachrichten. Das passierte jedes Mal, wenn Zoe ihm etwas schickte und die beiden getrennten Welten, in denen er lebte, in Verbindung kamen.

Er sah ein Foto. Als er es vergrößerte, erkannte er, dass es Zoes Zimmer war, aber verändert. Es wurde jetzt von einem sehr großen, sehr modern aussehenden Bett mit einem samtbezogenen Kopfbrett dominiert.

Darunter stand ihre Nachricht:

Guck mal, was ich als Ausstellungsstück ergattert habe!! Keine Rückenschmerzen und keine kalten Füße mehr für dich! Hurra! xx

Er seufzte. Sie sollte kein Geld für ihn ausgeben. So durfte das nicht laufen. Er wollte sie einladen und verwöhnen. Dass sie ein teures Bett nur zu seinem Wohl gekauft hatte, machte ihm zusätzlich ein schlechtes Gewissen, nicht zuletzt weil er das kleine Bett oft als Vorwand benutzt hatte, nicht bei ihr zu übernachten.

Das hatte er sich alles selbst eingebrockt. Er hatte sich wütend in Rage geredet, wie schwierig das Zusammenleben mit Greta war und wie sehr er sich danach sehnte, von ihr wegzukommen. Das war damals auch einigermaßen berechtigt gewesen. Seine Frau hatte versucht, ihm vorzuschreiben, wie er seine berufliche Karriere verfolgen sollte. Aber jetzt, wo sie sich wieder gut verstanden, schien es gar nicht mehr so berechtigt.

Er nahm zwei Gläser und den Whisky aus dem Schrank, goss locker aus der Hand einen moderaten Drink für Greta und einen größeren für sich selbst ein. Er nahm einen kräftigen Schluck und hätte ihn beinahe wieder ausgespuckt. Greta hatte die Flaschen wieder zu weit nach hinten geschoben, sodass sie neben der Heizung gestanden hatten. Der Whisky war warm und ungenießbar.

Er spürte, wie seine Laune augenblicklich umschlug. Er hatte es ihr *so oft* gesagt. So oft. Das war eins der Dinge, die einen Keil in ihre Beziehung getrieben hatten, diese offensichtlich mangelnde Bereitschaft, ihr Verhalten zu ändern, wenn es darauf ankam.

»Haben wir Eis im Kühlschrank?«, fragte er, als sie mit zwei Tassen Kaffee hereinkam.

»Ich weiß nicht«, antwortete sie und setzte sich aufs Sofa.

Wütend ging er zurück in die Küche. Es war ihre Schuld. Sie hätte wenigstens das verdammte Eis holen sollen.

Er riss die drei Schubladen des Gefrierschranks auf und knallte sie wütend wieder zu, als er kein Eis fand. Er würde zu der Gefriertruhe in der Garage gehen müssen.

»Ich hol welches von draußen«, sagte er und wartete, dass sie sich entschuldigte oder anbot, selbst zu gehen.

»Okay«, war alles, was sie zurückrief.

Grummelnd zog er seine Schuhe wieder an und ging in den Garten. Es war ein schmuddeliger Tag, und nur ihretwegen musste er raus. Als er gerade einen Beutel mit Eis gefunden hatte, fiel ihm sein Handy ein. Es lag neben den Drinks auf dem Tisch.

Hatte er seinen Chat mit Zoe offen gelassen? Der Chat, der schmerzhaft deutlich machte, dass er eine andere Frau liebte?

Er hastete zurück durch die Hintertür und den Werkraum, streifte die Schuhe ab und ging direkt ins Wohnzimmer, wo Greta friedlich auf dem Sofa saß, genauso, wie er sie verlassen hatte, die Beine angezogen, in der Hand die Fernbedienung.

Er spürte, wie die Anspannung seiner Muskeln sich löste. Sie hatte sein Handy nicht kontrolliert. Natürlich hatte sie das nicht getan. So etwas machte Greta nicht. Sie war offen und ehrlich und ging deshalb davon aus, dass er es auch war.

»Wollen wir noch eine Folge von dieser Serie mit diesem James Soundso gucken? Dem irischen Schauspieler?«, fragte sie.

»Klar«, antwortete Aidan, nach der plötzlichen Adrenalinausschüttung noch ein wenig zittrig. Nachdem er das Eis in die Drinks gegeben hatte, setzte er sich neben sie, während sie im Schnelldurchlauf durch die Werbung spulte, und ließ sein Handy unbeachtet auf dem Büfett liegen.

Es machte Zoe Angst, wie wütend sie anscheinend geworden war. Wie schwer es ihr fiel, ihre Frustration über etwas herunterzuschlucken, was nicht klappte, und wie schnell ihre Stimmung von Freude in grimmigen, harschen Zorn umschlagen konnte.

Sie war so zuversichtlich gewesen, als sie Aidan das Foto von ihrem neuen Prachtbett geschickt hatte. Sie hatte mehrere Woche Betten und Matratzen recherchiert und sich schließlich für das Modell mit dem Kopfbrett aus Samt und einer Matratze aus brandneuem Memory-Schaum entschieden, die ultimativen Komfort verhieß. Und noch besser, das Bett sah gut aus. Wie ein Möbelstück, das Aidan gefallen würde.

Aber Aidan hatte nicht mal geantwortet. Er hatte ihre Nachricht relativ bald gelesen und sich dann, anstatt ihre Begeisterung zu teilen, überhaupt nicht gemeldet, was ihre Laune schnell in den Keller hatte sacken lassen. Dass stattdessen eine Nachricht von Felix kam, hatte alles nur noch schlimmer gemacht.

Es war nicht fair, dass sie enttäuscht war, und noch weniger fair, sich bedrängt zu fühlen, als Felix wieder die Wohnung erwähnte. Er wollte wirklich, dass Zoe bei ihm einzog, und brachte das Thema mindestens einmal im Monat zur Sprache. Sie wusste, dass er ihr helfen wollte, aber auch sich selbst. Seine Mieterin war zwei Monate mit der Miete im Rückstand.

Sie bedankte sich kurz, versicherte ihm, dass sie zurzeit sehr gern mit Maeve zusammenlebte, und fragte ihn, wie es ihm ging, was sich als Fehler erwies. Er schickte drei ellenlange Nachrichten, in denen er sich über einen Literaturagenten beschwerte, der versprochen hatte, ein paar Kapitel seiner Autobiographie zu lesen, und dann Monate später plötzlich erklärt hatte, dass er doch nicht interessiert sei.

Sie ging fest davon aus, dass Aidan ihr eine Nachricht geschickt haben würde, bis sie sich einen Tee gekocht hatte, aber nichts. Sie hatte das Gefühl, in einem Teufelskreis aus Warten festzustecken. Sie versuchte, sich auf einen Film und dann auf ihre Arbeit zu konzentrieren. Um elf Uhr waren sie wie üblich zum Skypen verabredet. Dann würde sie wenigstens mit ihm sprechen können.

Aber um elf loggte Aidan sich nicht ein. Sein Icon blieb blass, und auch auf dem Messenger gab es keine Nachricht. Sie starrte auf ihren Bildschirm, sah, wie es später und später wurde, und wünschte fast, er würde sich nicht melden, damit sie richtig ausrasten konnte. Wie schwierig konnte es sein, ihr eine Nachricht zu schicken? Ihr mitzuteilen, dass er sich verspäten würde?

Das alles war nicht gut für sie. Das war ihr bewusst. Sie hatte sich in den vergangenen Monaten in so vielerlei Hinsicht verändert. Früher war sie immer die Unabhängige gewesen. Diejenige, die eigene Pläne hatte, nach denen Aidan sich hatte richten müssen. Häufig war sie zu spät gekommen und hatte still in sich hineingelächelt, weil Aidan sie so erwartungsvoll ansah.

Sie wusste auch nicht genau, wann sich die Verhältnisse verschoben hatten. Schon vor Monaten, wenn sie ehrlich war. Allerdings hatte es im Oktober nach der Ausstellung ein paar Wochen gegeben, in denen er sich dauernd gemeldet und ihr das Gefühl vermittelt hatte, er könne nicht ohne sie leben.

Jetzt, sieben Monate später, blieb ihr nichts als hilflose, tränenreiche Wut. Zum dritten Mal in dieser Woche verzögerte sich ihr Chat. Trotzdem hatte sie ihm keine Vorwürfe gemacht. Schon vor langer Zeit hatte sie sich fest vorgenommen, nie eine *solche* Freundin zu werden. Eine Freundin, die ihren Partner so lange bedrängte und belästigte, bis er sich zurückzog. Stattdessen hatte sie lockere Nonchalance und eigene Termine vorgetäuscht.

Aber so konnte es nicht weitergehen. Das erkannte sie heute Abend. Als er sich schließlich einloggte und eine Nachricht zu schreiben begann, wusste sie, dass keine Entschuldigung ausreichen würde. Sie konnte nicht einfach mit ihm chatten, als wäre nichts gewesen. Nicht, nachdem sie sich in den letzten drei Stunden verzweifelt ausgemalt hatte, wie er zur selben Zeit nach einem intensiven Gespräch mit Greta beschlossen hatte, ihrer Ehe noch eine Chance zu geben.

Als seine Nachricht schließlich auf dem Bildschirm aufleuchtete, war sie sogar noch beiläufiger als seine vorherige.

Tut mir schrecklich leid, Liebling. Wir haben angefangen, über Finanzen zu reden, und es ist ziemlich kompliziert geworden. Ich hab nicht gemerkt, dass wir SOO lange geredet haben ... Wie geht es dir? xx

Sie saß mehrere Minuten lang da und starrte auf die Nachricht. So lange, dass er eine weitere schickte.

Ich hab dich heute wirklich vermisst! Das neue Bett sieht toll aus. So aufmerksam von dir. Soll ich dich anrufen? xx

Natürlich wollte sie das. Sie wollte sein Gesicht sehen und sich daran erinnern, wie sehr sie ihn liebte. Aber genau deswegen sollte sie es nicht tun. Er würde es jedes Mal schaffen, ihre Wut zum Schmelzen zu bringen.

Lass uns lieber schreiben.

Das schickte sie ab, bevor sie eine längere Nachricht schrieb, auf die er ohne Widerspruch wartete.

Aidan, das ist alles nicht gut für mich. Diese dauernde Warterei. Ich verstehe, dass es finanzielle Fragen zu klären gibt, aber das könnt ihr bestimmt auch regeln, nachdem du ausgezogen bist. Ich kann nicht länger hier sitzen und auf dich warten. Solange ihr euch nicht richtig getrennt habt, sollte ich dich gar nicht als Single betrachten. In den letzten sieben Monaten warst du verheiratet, und ich bin diejenige, die darunter gelitten hat. Ich musste mich mit Krumen deiner Zeit begnügen und mit deiner dauernden Rücksichtnahme auf Gretas Gefühle leben. Letzteres macht dich zwar zu einem wundervollen Menschen, aber du bist dadurch auch leicht umzustimmen. Ich lebe in ständiger Angst, dass du es dir anders überlegst, und jede Verzögerung bestärkt diesen Eindruck. Diese Folter muss aufhören. Du musst sie verlassen. Nicht in einem Monat oder in ein paar Wochen. Sofort. Dieses Wochenende. Oder wir können nicht zusammen sein. Ich kann das nicht mehr. Tut mir leid.

Sie schickte die Nachricht ab und wartete mit klopfendem Herzen. Schließlich antwortete er mit mehreren kurzen Nachrichten.

Es tut mir schrecklich leid.

Mir war nicht bewusst, dass du es so empfindest, doch ich hätte es merken müssen. Das war beschissen von mir.

Hast du Zeit, dich morgen mit mir zum Mittagessen zu treffen? Lass uns das Ganze von Angesicht zu Angesicht besprechen.

Ich liebe dich, und ich möchte dich niemals verletzen. xx

Zoe atmete langsam aus. Er hatte nicht Reißaus genommen. Das war gut. Sie hatte ein Machtwort gesprochen, und es hatte funktioniert. Alles war okay.

Das wäre nett. Ich liebe dich auch. xx

Während er tippte, las sie seine Nachrichten noch einmal und fragte sich, ob sie um eine Klarstellung bitten sollte. Meinte er, dass er Greta jetzt wirklich verlassen wollte? In ein paar Tagen? Sie wünschte, er hätte es einfach gesagt.

Dann traf seine letzte Nachricht ein, und sie las sie mit Tränen in den Augen.

Mach dir keine Sorgen, Schatz. Ich werde alles wiedergutmachen. xx

Sie kam zu früh zu dem Mittagessen, aber Aidan traf nur wenige Minuten nach ihr ein. Als er durch die Tür kam, lächelte sie ihn an, zutiefst erleichtert, ihn vor sich zu sehen, doch seine Begrüßung wirkte so ernst, dass sie Angst bekam.

Er umarmte sie, was sie hätte beruhigen sollen, küsste sie jedoch nur auf die Stirn und nicht auf den Mund. Zoe spürte, wie ihre Glieder zu zittern begannen. Als sie Platz nahm, hatte sie das Gefühl, dass nichts von all dem wirklich passierte.

»Hör mal. Ich war egoistisch …«, begann Aidan und schob seinen Stuhl an den Tisch. Er runzelte kurz die Stirn, als wäre er wütend. »Schlimmer als egoistisch. Ich war ein Idiot. Ich war nicht in der Lage zu erkennen, was auf mich zukommt, und am Ende habe ich zwei Menschen verletzt, die es beide nicht verdient haben.«

»Das ist schon okay«, sagte Zoe rasch, die ihre Sorgen plötzlich möglichst schnell vergessen wollte. Alles sollte wieder so werden, wie es gewesen war.

»Nein, ist es nicht«, sagte Aidan leise. »All das ist ganz und gar nicht okay. Ich hätte nie eine Beziehung mit dir anfangen dürfen. Ich dachte, ich wüsste, was ich wollte, aber das wusste ich nicht.«

Zoe wurde übel. Was hatte sie getan? Das hatte sie nicht beabsichtigt.

»Was du geschrieben hast, hat mich wirklich ins Grübeln gebracht. Ich habe gründlich darüber nachgedacht, was es bedeuten würde, mich von Greta zu trennen.« Er blies langsam Luft aus. »Und dabei ist mir bewusst geworden, dass ich das nicht möchte. Irgendwie liegt sie mir trotz allem noch so sehr am Herzen, dass ich unserer Ehe noch eine Chance geben möchte. Ich habe sie gestern Nacht geweckt und ihr meine Gefühle gestanden, und sie hat zugegeben, dass sie genauso empfindet.«

Es war, als wäre jeder Albtraum, den Zoe in den letzten sieben Monaten gehabt hatte, wahr geworden. Er erklärte ihr, dass er Greta mehr liebte als sie. Er erklärte ihr, dass es vorbei war.

»Nein«, sagte Zoe, und heiße Tränen der Demütigung traten ihr in die Augen. »Das ist doch nicht wahr. Wir lieben uns …«

»Ja«, sagte Aidan und streckte die Hand aus, um ihre Wange zu streicheln. Sie ließ ihn. »Und das ist das Tragische daran. Ich liebe zwei wundervolle Frauen, und ich muss mich entscheiden. Ich muss dich für einen anderen freigeben, für jemanden, der dir sein ganzes Herz geben kann und nicht nur ein halbes.«

»Ich habe also keine Wahl?«, fragte Zoe. »Ich habe überhaupt kein Mitspracherecht in der Sache? Das war's, und ihr beide habt zusammen entschieden, dass sie drinnen ist und ich draußen?«

»Tut mir leid«, sagte Aidan noch einmal.

Zoe stand auf. In ihre Tränen mischte sich jetzt eine heftige Wut.

»Fick dich, Aidan«, sagte sie. »Fick dich und den Tag, an dem ich dich getroffen habe. Du hast alles kaputt gemacht. Du hast mir das Herz gebrochen, alles bloß für einen … Test, um zu sehen, ob dir deine beschissene Ehe noch etwas wert ist.«

»Zoe, nicht«, sagte er, und sie sah, dass er blass geworden war, dass sie ihn verletzt hatte. »Ich liebe dich immer noch, und ich möchte, dass du glücklich bist. Lass mich dir helfen. Erlaube mir, mich um dich zu kümmern, als Freund. Du hast einen guten Freund verdient.«

»Ich will nichts mehr mit dir zu tun haben«, sagte Zoe und wusste, dass sie meinte, was sie sagte. Sie schnappte ihren Mantel, rammte den Stuhl unter den Tisch und hoffte, dass sie sein Bein getroffen hatte. Und dass ihm das wehgetan hatte. »Ich will dich nie wieder sehen.«

Sie hatte das Restaurant kaum verlassen, als sie ihr Handy zückte und Aidan auf allen Apps blockierte. Aber das reichte nicht. Sie musste ihn endlich ganz aus ihrem Leben tilgen. Unwiderruflich.

Sie suchte seinen Namen in ihren E-Mails und löschte den gesamten Mailwechsel. Sie löschte sämtliche ihrer Chats auf Skype – Tausende von Nachrichten. Sie löschte alles in ihrem Nachrichtenordner, öffnete ihre Fotos und begann, auch jedes Bild von ihm zu vernichten.

Dann schrieb sie eine Nachricht an Maeve, in der sie sie anwies, Aidan zu ignorieren, falls er sich bei ihr melden würde. Sie habe mit ihm Schluss gemacht, und er dürfe das Haus nicht mehr betreten und auch nicht wissen, wo Zoe sich aufhielt. Doch sie wusste, dass Maeve es nicht schaffen würde, sich daran zu halten.

Deshalb schickte sie anschließend eine Nachricht an Felix, dass sie vielleicht doch Interesse an der Wohnung habe.

23.

Den ganzen Vormittag über war O'Malley sich vorgekommen wie ein Kind, dem der Zutritt zum Süßwarenladen verwehrt wurde. Eigentlich hatte er nichts dagegen, an dem Erpressungsfall zu arbeiten. Aber der Mordfall Zoe Swardadine nahm offensichtlich an Fahrt auf, und Hanson, Lightman und der DCI berieten sich ständig über die neuesten Entwicklungen.

Gegen Mittag hatte er jedoch allmählich den Eindruck, dass er substanziell vorangekommen war. Ihm war aufgefallen, dass alle Informationen, die als Erpressungsmaterial benutzt wurden, aus Aktivitäten entstammten, die bei den Opfern zu Hause stattgefunden hatten. Affären. Illegale Aktivitäten im heimischen Arbeitszimmer. Die Frage war, wie die Erpresser an diese Informationen gekommen waren.

O'Malley musste an die Log-in-Codes denken, die Felix Solomon möglicherweise benutzt hatte. Er schrieb seinem neuen Kumpel Ziggy eine Nachricht auf WhatsApp. Der verkrachte Informatikstudent antwortete sofort.

O'Malley erläuterte ihm, dass seiner Meinung nach womöglich auch bei einem Erpressungsfall Computer gehackt worden waren, wobei jedoch nicht alle Transaktionen und Aktivitäten digitaler Natur gewesen seien.

Wäre es trotzdem möglich, Menschen bei sich zu Hause auszuspionieren?

Ziggys Antwort kam schnell und klang enthusiastisch.

Ja klar. Man müsste nur ihre Webcams kapern.

O'Malley fragte, ob dafür besondere technische Kenntnisse erforderlich seien.

Nein, man kann im Darknet Leute dafür bezahlen. Für eine bestimmte IP-Adresse oder einen Account kostet es nur ein paar hundert Pfund. Man kann für weniger auch ganze Listen kaufen. Ein Typ, der sich gern junge Mädchen anguckt, könnte zum Beispiel den Zugriff auf einen Haufen von Kameras kaufen, die Teenagern gehören.

Mein Gott, dachte O'Malley. Was für eine schreckliche Vorstellung. Das bemerkte er auch gegenüber Ziggy und fragte ihn dann, ob man dafür einen direkten Zugriff auf den Computer der Betreffenden bräuchte.

Nein, das läuft ferngesteuert. Deswegen klebe ich meine Kamera immer ab. Sollten Sie auch mal überlegen. Man weiß nie, wer vielleicht ein Faible für Polizisten mittleren Alters hat.

O'Malley musste unwillkürlich lachen.

Das merke ich mir. Danke!

Jonah war gerade tief in Gedanken über Aidan Poole versunken, als Jojos erste Nachricht seit Tagen eintraf. Er hatte es Lightman überlassen, Maeve Silvers Aussage über die Attacke aufzunehmen und den Zettel als Beweismittel zu sichern. Er selbst musste nachdenken.

Als er Jojos Namen auf seinem Handy sah, packten ihn heftige Schuldgefühle, und er fragte sich, wie es möglich war, dass er auf Nachrichten sowohl von ihr als auch von Michelle hoffte, nur um hinterher völlig verwirrt zu sein. Vielleicht war Aidan Poole auch so in seinem Schlamassel gelandet.

Jojos Nachricht war fröhlich und länger als üblich.

Hey, Bulle Sheens! Was macht die Polizeiarbeit? Ich war eine Weile unter dem Radar, aber es hat sich gelohnt. Wirklich unglaubliche Landschaft hier. Ich habe einen neun Meter hohen Wasserfall gesehen, der so wenig Kraft hatte, dass er das Becken darunter kaum gekräuselt hat, und man konnte bis zu den Steinen am Grund gucken. Heute bin ich von einem Spießbock geweckt worden. Solltest du mal googeln. Ich kann mich nicht erinnern, wann ich zuletzt das Gefühl hatte, mit so viel unberührter Natur in Kontakt zu sein. Vielleicht, als ich mich mit fünf im Tauch-Center verlaufen habe. Ich sollte jetzt eine Weile Empfang haben. xx.

Er las die Nachricht dreimal und hatte keine Ahnung, was er antworten sollte. Was konnte er sagen, das nicht heuchlerisch geklungen hätte? Aber welchen Sinn hätte es andererseits, ihr eine Nachricht über Michelle zu schicken, während Jojo in der weiten Welt unterwegs war und versuchte, ihr Leben zu leben?

Er blickte immer noch auf sein Display, als Hanson an seine Tür klopfte.

»Sir«, sagte sie. »Ich hatte einen interessanten Anruf.«

Jonah schreckte schuldbewusst hoch und legte das Handy auf seinen Schreibtisch. »Schießen Sie los!«

»Ein Mann ist sich ziemlich sicher, Zoe gesehen zu haben, als sie sich am Donnerstagabend zwischen zehn und Viertel vor elf um einen beträchtlich älteren, gut gekleideten betrunkenen Mann gekümmert hat. Er meint, der Mann habe vielleicht graue Haare, einen kurzen Bart und einen Schnäuzer gehabt.«

»Das ist nicht nur interessant, das ist hochinteressant«, sagte Jonah. »Was ist mit den beiden passiert?«

»Sie sind in ein Taxi gestiegen, dass Zoe gerufen hat.«

»Haben Sie den Namen des Pub notiert?«, fragte er und griff schon nach seinen Schlüsseln.

Wie jedes Mal wenn er das Kommissariat verließ, spürte Jonah, wie sich seine Laune besserte. Dass Aidan Pooles Anwalt jede Minute erwartet wurde, störte ihn ebenso wenig wie der schmutzig aussehende Regen. Nicht einmal die Tatsache, dass er Hanson seine Regenjacke geliehen hatte, machte ihm etwas aus. Den Schreibtisch zu verlassen wirkte trotz allem belebend.

Der einzige Parkplatz, den er fand, war knapp einen halben Kilometer von dem Pub entfernt, doch er schaffte es, das Lokal zwar feucht, aber nicht völlig durchnässt zu erreichen. Drinnen war es zum Glück angenehm warm. Es war eher ein Gastro-Pub als eine klassische Kneipe, mit großen altmodischen Heizungen als Dekoration.

Hinter dem Tresen stand ein Mädchen mit rundem Gesicht und rosigen Wangen, das eine graue Weste trug. Jonah ging lächelnd auf sie zu.

»Sind Sie Amy?«, fragte er. »Ich bin von der Polizei. Tanya hat gesagt, ich könnte mich kurz mit Ihnen unterhalten.«

»Ja«, sagte sie. Amy blickte zu den drei besetzten Tischen und nickte. »Können wir es hier machen? Tanya ist im Keller.«

»Sicher«, sagte Jonah und zog sich einen Barhocker heran. Er war mit weichem blauem Samt gepolstert, was seiner Meinung nach immer ein Fehler war. Barhocker, die zu bequem waren, ermutigten einsame Trinker nur, länger zu bleiben und tiefer zu sacken. Was vielleicht gut fürs Geschäft, aber nur zu oft schlecht für die Polizei war. »Tanya hat gesagt, dass Sie am Donnerstag Thekendienst hatten?«

»Ja.« Amy nahm einen Lappen und fing an, den Tresen abzuwischen. »Von sechs bis zum Schluss.«

»Haben Sie diese junge Frau gesehen?«, fragte Jonah, nahm ein

Bild von Zoe aus einer Mappe und legte es vor Amy auf den Tresen. Sie hörte auf zu wischen, um es zu betrachten.

Sie verkniff einen Mundwinkel und sagte dann: »Ich glaube nicht, dass ich sie erkenne. Ich meine, vielleicht war sie hier. Aber ich kann mich nicht erinnern, dass sie etwas bestellt hat oder so.«

»Wahrscheinlich ist sie in die Bar gekommen, um einem Freund zu helfen, der ziemlich betrunken war«, sagte er ohne Nachdruck. »Vielleicht erinnern Sie sich an ihn? Ein ganzes Stück älter als sie? Er war so betrunken, dass er von seinem Hocker gerutscht ist.«

Amy wirkte unsicher. »Na ja, es war ziemlich voll, deshalb habe ich es vielleicht nicht mitgekriegt … Ein paar Typen haben etwas bestellt. Aber … ist er allein gekommen?«

»Davon gehen wir aus.«

Amy schüttelte langsam den Kopf. »Ich kann mich nicht daran erinnern, dass irgendeiner so hinüber war. Manchmal kommen Typen her, um sich allein zu betrinken, aber nicht viele. Die meisten kommen in Gruppen zum Essen.«

Jonah blätterte in der Mappe zur nächsten Klarsichthülle und zog die Fotos von verschiedenen Männern heraus, die Lightman ihm ausgedruckt hatte, darunter auch die Verdächtigen. Er nahm Zoes Foto wieder an sich und breitete stattdessen die Bilder der Männer aus wie Spielkarten. »Einer von denen vielleicht?«

Amy legte den Lappen beiseite und widmete den Fotos ihre volle Aufmerksamkeit. Jonah beobachtete, wie ihr Blick von Bild zu Bild wanderte, bemüht, sich die Enttäuschung nicht anmerken zu lassen. Offensichtlich stach ihr keins der Fotos ins Auge. Sie betrachtete das Bild von Felix und ging dann im selben Tempo zum nächsten Foto über.

Bei dem letzten, dem Bild eines bartlosen dunkelhaarigen Mannes, einem Schauspieler, den sie nur für Gegenüberstellungen in den Akten hatten, zögerte sie. »Er vielleicht«, sagte sie, »aber ich bin mir nicht sicher.«

»Macht nichts«, sagte Jonah, schob die Fotos übereinander und steckte sie wieder in die Hülle. »Das war sogar sehr hilfreich, vielen Dank. Ich habe Tanya eine Nachricht hinterlassen, dass Ihr Kollege mich bitte zurückrufen soll. Und falls Ihnen noch etwas einfallen sollte, klingeln Sie einfach durch.«

Er hinterließ seine Visitenkarte und trat mit einem gewissen Bedauern wieder ins Freie. Es regnete immer noch, und in der Luft lag ein intensiver Salzgeruch, als hätten die Wolken einen Teil des Meeres aufgenommen, der jetzt auf die Welt herabregnete.

Jonah stieg nachdenklich in seinen Mondeo und fuhr los. Auch wenn das Gedächtnis unberechenbar war, hätte er erwartet, dass Amy sich an Zoe und Felix erinnern würde, wenn sie zwei Abende zuvor dort gewesen waren und Felix sich volltrunken zum Narren gemacht hatte. Der Pub war so klein, dass sie irgendwann in seine Nähe gekommen sein müsste, und wenn es voll gewesen war, hätte sie einen Gast, der stundenlang einen Hocker am Tresen okkupierte, garantiert bemerkt.

Das ließ ihn an der Aussage des anderen Zeugen zweifeln. Es war nicht ungewöhnlich, dass Menschen Geschichten erfanden. Eigenartig war nur, dass Hanson ihm geglaubt hatte, denn sie verfügte im Allgemeinen über eine ziemlich gute Menschenkenntnis.

Mittlerweile würden die Digitaltechniker Zoes Handy ausgewertet haben. Ein Blick auf ihre Anrufliste wäre sicher aufschlussreich. Vielleicht fand sich dort auch noch mehr, zum Beispiel ein Beweis, der Aidan Poole entweder belastete oder definitiv ausschloss.

O'Malley war damit beschäftigt, seine von Ziggy gewonnenen Erkenntnisse in einem Bericht zusammenzufassen und eine schlüssige Theorie über die Erpressungen zu formulieren. Er hatte sich den ganzen Tag lang so komplett vom Rest des Teams abgekapselt, dass ihm der Zusammenhang erst aufging, als Hanson Lightman etwas über Webcams zurief.

Er nahm sein Handy zur Hand und schickte eine weitere Nachricht.

Könnte man alles Obengenannte auch über Skype steuern? Das Ausspionieren?

Wenig später kam Ziggys Antwort.

Ja. Eine der üblichsten Methoden, weil es leicht zu hacken ist und schon Zugriffsrecht auf die Webcam hat.

O'Malley war schon unterwegs zum Büro des DCI, als ihm bewusst wurde, dass der Chef noch unterwegs war. Er ermahnte sich zur Geduld und fügte dem Fall Zoe Swardadine eine neue Datei hinzu.

Auf dem Rückweg zum Kommissariat rief Jonah das Team für Digitales an und war froh, dass er sich die Mühe gemacht hatte. Der Bericht über Zoes Telefon war in der Tat fertig und hätte zusammen mit den Fingerabdrücken längst verschickt worden sein sollen, dümpelte jedoch tatsächlich in irgendjemandes Mailbox vor sich hin.

Auf dem Weg ins CID nahm Jonah zwei Stufen auf einmal, nickte seinem Team nur knapp zu und ging direkt in sein Büro, wo er feststellte, dass der Bericht mittlerweile eingetroffen war.

Als Erstes rief Jonah die Liste von Zoes Anrufen auf und sah, dass sie am Donnerstagabend keine Nummer in Southampton und Umgebung angerufen hatte. Genau genommen hatte sie an dem Abend überhaupt nicht telefoniert. Der letzte Anruf auf der Liste war um kurz nach fünf gewesen, mit einer Nummer, die als Felix' aufgeführt war. Das passte zu dem, was Felix ihnen erzählt hatte, obwohl Jonah es trotzdem mit Interesse notierte. Felix hatte dreimal angerufen, jedes Mal hatte das Gespräch nur wenige Sekunden gedauert. Was war da los gewesen? Am schlechten Empfang konnte es nicht gelegen haben, denn Zoe hatte regelmäßig in ihrer Wohnung telefoniert.

Als er die Liste weiter nach unten scrollte, fiel ihm ein Anruf von Zoes Vater am Mittwochabend um kurz nach zehn auf, der vierzehn Minuten gedauert hatte, eine üblichere Länge.

Dann entdeckte er darunter einen Anruf um 22:45 Uhr bei B-Cab, einem örtlichen Taxiunternehmen.

Es sah ganz so aus, als hätte der Zeuge Zoe wirklich gesehen, nur am falschen Tag. Es war frustrierend, doch nun konnte er immerhin versuchen, von dem Taxiunternehmen eine Beschreibung der Fahrgäste zu bekommen. Und die Fotos noch einmal der Mittwochabendbelegschaft im Bridge vorlegen. Es bestand nach wie vor Hoffnung, Felix Solomon zu identifizieren, wenn er es denn gewesen war.

Er scrollte weiter durch Zoes Anrufliste und fand zahlreiche sporadische aus- und eingehende Anrufe mit Felix' Nummer. Außerdem Telefonate mit Maeve, Angeline und Victor und mehrere mit ihren Eltern.

Als er sich drei Wochen zurückgescrollt hatte, stutzte er, weil ihm erst jetzt auffiel, was fehlte. Aidans Nummer tauchte kein einziges Mal auf. Hatte sie seine Nummer nicht gespeichert? Er fand auch keinen Namen, der wie ein Spitz- oder Kosenamen für ihn klang.

Er rief Aidans Nummer in der Datenbank auf und suchte danach in der Liste von Zoes Anrufen. Er fand mehrere Ergebnisse unter seinem Namen, aber nicht aus jüngerer Zeit. Die letzten Anrufe und Nachrichten stammten aus dem Mai.

Mit wachsendem Unbehagen öffnete er die Dateien zu ihrem Skype-Account. Dort fand er Aidans Kontakt ziemlich schnell, aber auch hier gab es seit mindestens sechs Monaten keine Gesprächsprotokolle mehr. Nichts seit dem 20. Mai.

Er starrte auf den Bildschirm, stand dann unsicher auf und ging hinaus zu seinen Leuten, die alle konzentriert an ihren Rechnern saßen.

»Hat jemand überprüft, ob die Skype-ID, die Aidan von seinem Telefon angerufen hat, tatsächlich Zoes war?«, fragte er.

»Ja«, antwortete Hanson. »Ich habe den Vermerk in den Notizen zu seiner Vernehmung abgelegt. Es ist definitiv ihr Account.«

»Er taucht nicht in den Skype-Anrufen auf ihrem Telefon auf«, sagte Jonah.

Hanson sah ihn unsicher an. O'Malley holte Luft, als wollte er etwas sagen, doch Hanson kam ihm zuvor: »Ich glaube nicht, dass man diese Informationen auf Skype manipulieren kann, deshalb bin ich mir ziemlich sicher, dass er sie angerufen haben muss«, sagte sie. »Könnte es jemand gelöscht haben? Der Mörder? Weil er bemerkt hat, dass er beobachtet worden war?«

»Ich weiß nicht«, sagte Jonah. »Es ist … eigenartig. Es gibt auch keine ein- oder ausgehenden Anrufe mit Aidans Nummer in den letzten sechs Monaten. Wenn sie wieder zusammen waren und miteinander geskypt haben, haben sie doch bestimmt auch auf anderen Kanälen miteinander kommuniziert.«

»Darüber wollte ich mit Ihnen sprechen«, sagte O'Malley. »Ich habe mich für den Erpressungsfall damit beschäftigt, wie man eine Webcam hackt, und herausgefunden, dass man, wenn man einen Skype-Account hackt, die Webcam ein- und ausschalten kann. Dabei leuchtet nicht mal das kleine Licht an der Webcam auf.«

Jonah starrte ihn einen Moment lang an und sagte dann: »Nun, das erklärt einiges.«

Sobald Jonah den Vernehmungsraum betrat, war ihm klar, dass Aidans Anwalt seinen Mandanten instruiert hatte. Aidan war so schmallippig wortkarg, dass es beinahe komisch wirkte. Als Jonah für den Anwalt wiederholte, wo man die Fingerabdrücke gesichert hatte, und Aidan erneut Gelegenheit gab, diesen Fund zu erklären, blickte er nur störrisch auf den Tisch. Stattdessen ergriff der Anwalt, ein Mann mittleren Alters, der eher wie ein Professor aussah als Aidan, das Wort.

»Mein Mandant hat bereits erklärt, dass er keine Kenntnis darüber hat, wie das möglich ist«, sagte er. »Er kannte die genaue Adresse der Wohnung nicht und ist nie dort gewesen.«

»Vielen Dank«, sagte Jonah. »Wir werden diese Frage fürs Erste nicht weiter verfolgen. Unser Hauptinteresse gilt zurzeit einem anderen Aspekt.«

Jonah sah, wie Aidan kurz flackernd den Blick hob und wieder senkte. Jonah musste unwillkürlich lächeln, nahm ein Blatt zur Hand, überflog es und schwieg eine Weile, während Aidan Poole immer nervöser wurde.

»Also«, sagte er schließlich. »Sie haben mehrfach behauptet, dass Sie zum Zeitpunkt von Zoe Swardadines Tod eine Beziehung mit ihr hatten. Wir haben inzwischen festgestellt, dass diese Behauptung falsch ist.«

Aidan bewegte den Kopf und atmete vernehmlich aus. Sein Anwalt bedachte ihn mit einem Seitenblick. Offensichtlich war Aidan auch zu seinem Rechtsbeistand nicht vollkommen ehrlich gewesen.

»Sie haben sich im Mai getrennt«, sagte er. »Und Sie kannten ihre Adresse nicht, weil sie umgezogen ist, um von Ihnen wegzukommen. Sie hatten seit Monaten keinen Kontakt zu ihr.«

Aidan rutschte unruhig hin und her, als sein Anwalt sich vorbeugte, um ihm etwas zuzuflüstern.

»Wir haben an dem Abend miteinander gesprochen«, sagte Aidan.

»Oh, das war also eine neue Entwicklung?«, fragte Jonah. »Sie hat sich plötzlich entschlossen, wieder mit Ihnen zu reden?«

Nach einer Pause antwortete Aidan: »Ja.«

»Und trotzdem«, sagte Jonah mit einem Blick auf seine Unterlagen, »taucht Ihr angeblicher Anruf nirgendwo in Zoes Skype-Account auf. Auf Ihrem Handy findet sich keine Kommunikation zwischen Ihnen beiden. Seit Mai nicht mehr.«

Es entstand ein sehr langes Schweigen, bevor Aidan eine Art Schluchzen ausstieß.

»Es tut mir so leid«, sagte er. »Es tut mir so leid.«

Vierzig Minuten später wurde Aidan vorbehaltlich weiterer Ermittlungsergebnisse entlassen. Man hatte ihn informiert, dass er wegen des Webcam-Hackings angeklagt werden würde, man jedoch zunächst ermitteln wollte, ob Aidan etwas von dem aufgenommenen

Material weiterverbreitet hatte. Derweil würde das Team für Digitales Aidans Laptop und Computer beschlagnahmen und auswerten.

Es war unwahrscheinlich, dass man ihn wegen der illegalen Ausspionierung erneut vorladen würde, ehe die Frage, ob er Zoe Swardadine getötet hatte, endgültig geklärt war. Aber wenn Jonah ganz ehrlich zu sich selbst war, war diese Frage für ihn schon beantwortet. Aidans Verteidigung war komplett zusammengebrochen. Ohne Punkt und Komma hatte er dargelegt, dass er überzeugt gewesen sei, die Trennung sei das Beste für sie beide gewesen. Und dass er wirklich entschlossen gewesen sei, seiner Ehe noch eine Chance zu geben. Dass er gedacht hatte, er und Zoe könnten Freunde bleiben, und dass ihre plötzliche absolute Kontaktsperre ihn wahnsinnig gemacht habe.

»Ich wollte nicht … wissen Sie, ich wollte nicht spannen. So hat es auch nicht angefangen«, sagte er. »Ich hatte wirklich Angst, dass sie sich etwas antun würde, und niemand wollte mir irgendwas erzählen. Ich bin auf eine Mauer des Schweigens gestoßen. Am Ende hat sogar Maeve nichts mehr gesagt.«

Jonah lauschte schmallippig und war sich bewusst, dass Hanson ebenso angewidert und ungläubig wie er reagierte.

»Deshalb habe ich einen Weg gesucht zu sehen, ob es ihr gut geht, ohne dass sie es mitkriegt. Ich wusste, dass es verkehrt war. Ich wusste es. Ich bin einfach an einen Punkt gekommen, wo mir alles andere egal war. Ich dachte, wenn ich bloß nach ihr sehe, würde es irgendwann verschwinden. Im Netz habe ich eine Seite entdeckt, wo man für dreihundert Pfund Zugriff auf irgendeine Webcam bekommt.«

»Aber es hat nicht gereicht?«, fragte Hanson. »Sie zu beobachten?«

»Es wurde zu einer Sucht«, sagte er. »Einer absolut eigenartigen Sucht. Es hat mir einen Kick gegeben, sie zu wahllosen Zeiten sehen zu können, es hat mich aufgemuntert. Ihr Gesicht nach so vielen Wochen endlich wiederzusehen.«

»Und am Donnerstagabend?«

Aidan zuckte die Schultern. »Es war ein Abend wie jeder andere. Ich hatte gehofft, sie würde früher online gehen. Das hätte gut gepasst, weil Greta nicht zu Hause war. Ich hatte mir vorgestellt, ein wenig fernzusehen … sozusagen zusammen mit Zoe.«

Jonah zog es vor, nicht zu genau darüber nachzudenken. Stattdessen kam er noch einmal auf die Fingerabdrücke und die Frage zurück, wie sie in Zoes Wohnung gekommen waren. Aber trotz Aidans bereitwilligem Geständnis zuvor schüttelte er den Kopf und beharrte: »Ich war nicht dort. Ich bin nie dort gewesen. Ich kann es mir nur so erklären, dass mich jemand fertigmachen will.«

Während Aidan die Entgegennahme seiner persönlichen Gegenstände quittierte und Handy, Schlüssel und Brieftasche wieder einsteckte, konnte Jonah nicht umhin, ihm insgeheim beizupflichten.

Als er zu seinem Team zurückkehrte, war er tief in Gedanken versunken. Hanson saß bereits an ihrem Schreibtisch, als er herüberkam und sich einen leeren Stuhl heranzog.

»Glauben Sie, er sagt die Wahrheit?«, fragte Hanson, und Jonah nickte.

»Alles in allem, ja.«

»Die Wahrheit worüber?«, fragte Lightman.

»Darüber, dass er nie in der Wohnung war«, erwiderte Jonah. »Er glaubt, jemand will ihm den Mord in die Schuhe schieben, und ich tendiere dazu, das Gleiche zu denken. Es wirkt zu gezielt, die Abdrücke an dieser einen signifikanten Stelle und sonst nirgendwo.«

»Die Frage ist also«, sagte Lightman, »wer hätte ein Motiv gehabt, das zu tun?«

»Ja«, stimmte Jonah ihm zu. »Mörder planen normalerweise nicht, ihre Tat einem anderen in die Schuhe zu schieben. Es ist kompliziert, weil man Gefahr läuft, auf einer zweiten Ebene Indizien zu hinterlassen.«

»Könnte es um Rache gehen?«, fragte Hanson, stützte sich auf einen Ellbogen und schlug die Beine übereinander. »Jemand, der nicht nur Zoe töten, sondern auch Aidan fertigmachen wollte?«

»Ich würde sagen, das ist das wahrscheinlichste Motiv«, bestätigte Jonah.

»Victor würde ihn bestimmt gern hinter Schloss und Riegel sehen«, fuhr Hanson fort. »Und was ist mit den Mädchen? Hat Aidan vielleicht eine von ihnen abgewiesen?«

»Nicht dass wir wüssten«, sagte Lightman. »Sollte man sich das vielleicht noch einmal genauer ansehen?«

»Unbedingt«, antwortete Jonah. »Ich frage mich allerdings, ob es nicht die wahrscheinlichste Theorie ist, dass jemand versucht, Aidan die Tat anzuhängen, der sich ziemlich gut mit Tatorten auskennt.«

»Felix Solomon«, murmelte Hanson.

»Gleichzeitig müssen wir davon ausgehen«, sagte Jonah langsam, »dass die Fingerabdrücke die Person entlasten, mit der Zoe um neun Uhr gestritten hat. Vielleicht hat der Streit zu dem Mord zwei Stunden später geführt, aber bestimmt nicht zu den vorsätzlich hinterlassenen Fingerabdrücken. Es ist absolut ausgeschlossen, dass jemand nach Alton gefahren ist, irgendwie Aidan Pooles Fingerabdrücke genommen hat und rechtzeitig um elf zurück war, um Zoe umzubringen.«

»Wenn die Fingerabdrücke nicht erst später aufgetaucht sind«, wandte Hanson ein. »Felix hatte einen Schlüssel.«

»Das heißt, wenn es nicht Felix war, ist es extrem unwahrscheinlich, dass der Mörder dieselbe Person ist, mit der sie den Streit hatte. Und selbst dann erscheint es mir sehr viel plausibler, dass das Ganze von langer Hand geplant war. Was immer Zoe an dem Abend gemacht hat, war offensichtlich wichtig und womöglich auch Anlass dafür, dass der Mord an jenem Abend geschehen ist, aber es war wahrscheinlich nicht der eigentliche Grund für ihre Ermordung.«

»Mehr ein Tropfen, der das Fass zum Überlaufen gebracht hat«, stimmte Hanson ihm zu. »Ja.«

Jonah sah Lightman an. »Haben wir schon die Aufnahmen der

Kameras auf dem Weg in die Stadt? Irgendwas über die zwielichtige Gestalt mit Kappe, die auf Zoes Straße unterwegs war? Ich würde sagen, von allem, was die Kameras erfasst haben, traue ich dieser Figur am ehesten zu, in einen von langer Hand geplanten Mord verwickelt zu sein. Ihr Wissen um die Position der Kameras. Die Kleidung. Das riecht nach Planung.«

»Mittlerweile haben wir eine ganze Menge«, sagte Lightman. »Ich habe versucht, den Typen mit der Kappe zurückzuverfolgen, aber es ist sehr viel Material.« Er zögerte. »Ich weiß, Ihrer Ansicht nach ist die Rekonstruktion von Zoes Aktivitäten weniger vordringlich, aber ich glaube trotzdem, dass wir schauen sollten, wohin sie gegangen ist, nachdem sie ihre Wohnung verlassen hat. Außerdem sind zur vermuteten Todeszeit mehrere Fahrzeuge vorbeigefahren …«

»Okay«, entschied Jonah. »Dann teilen wir es auf. Juliette, Sie versuchen herauszufinden, wohin Zoe in den fehlenden Stunden gegangen ist. Und wer auf sie gewartet hat, als sie zurückkam. Domnall kann die Fahrzeuge übernehmen.«

»Das würde ich gern, aber ich arbeite an dem Erpressungsfall«, sagte O'Malley und blickte von seinem Bildschirm auf. »Haben Sie heute Morgen gesagt …«

Jonah grinste. Er hatte bereits entschieden, dass er Wilkinson am nächsten Morgen eine Erklärung schuldig sein würde. »Der Zusammenhang ist offensichtlich. In mindestens einem der Fahrzeuge könnte ein Erpresser gesessen haben.«

»Auf jeden Fall«, sagte O'Malley und grinste zurück. »Ich habe Ihnen übrigens Ziggys Mail zu den Log-ins weitergeleitet. Eins der Log-ins, zu denen Solomon noch Zugang hatte, wurde eingerichtet, um Netzwerke von Internet-Grooming zu verfolgen, mit weit reichenden Zugriffsrechten auf alles Mögliche, darunter auch die Datei von Sexualverbrechern. Wenn er dort nachgeschaut hätte, könnte er Piers Loughs Namen problemlos entdeckt haben.«

»Super«, sagte Jonah. »Könnten Sie bitte alle Log-ins für ihn sperren lassen, während ich mit dem Mann selbst rede?«

Felix kam nicht gleich an die Tür, sodass Jonah sich fragte, ob er keine Lust hatte zu reden. Aber nach dem zweiten Klopfen wurde die Tür geöffnet, und Felix' Gesicht tauchte auf.

Jonah erlebte seinen vermutlich dritten Schock an diesem Tag. Der Mann, der ihm entgegenblickte, war unbestreitbar Felix Solomon – er trug einen seiner schicken grauen Anzüge und sah so gepflegt aus wie eh und je –, trotzdem war er kaum wiederzuerkennen. Sein Gesicht war bleich, seine Augen waren weit aufgerissen, sein Mund stand offen. Seine sonst eher spöttische Miene war einem Ausdruck von Panik gewichen.

»Entschuldigen Sie«, sagte der ehemalige Polizist viel leiser als sonst. »Ich habe … Es ist kein guter Zeitpunkt.«

Er sah aus, als wollte er die Tür wieder zuschlagen. Jonah witterte eine Chance, Felix zu befragen, solange dessen übliche Abwehrmechanismen außer Kraft waren, die er sich nicht entgehen lassen wollte. »Verzeihen Sie die Störung«, sagte er, »aber ich könnte ein wenig Hilfe gebrauchen.«

Felix zögerte, doch die Bitte hatte die erhoffte Wirkung. Er trat einen Schritt zurück und ließ Jonah in seine Wohnung. Auf dem Flachbildfernseher liefen Nachrichten ohne Ton. Auf dem Küchentisch stand ein Laptop. Hatte Felix sich wieder irgendwo eingehackt?

Felix wies auf das Sofa, und Jonah nahm Platz, während der pensionierte Polizist stehen blieb, weil er offenbar nicht stillhalten konnte. Sein Atem ging unregelmäßig und abgerissen.

»Haben Sie ein … Trauma?«, fragte Jonah, obwohl er die Antwort bereits wusste.

»Ja«, antwortete Felix. »Es ist bloß … es gibt bestimmte Trigger.« Er wies auf den Fernseher.

»Nachrichten sind vermutlich immer schwierig«, sagte Jonah leise. Er brannte vor Neugier zu erfahren, was seinen ehemaligen Kollegen so erschüttert hatte. »Ich habe auch ein paar schreckliche Erinnerungen. Aber ich schätze, bis jetzt habe ich Glück gehabt. Nichts war so schrecklich, dass …«

Felix' Atmung ging weiter keuchend. »Trotzdem … ich hätte stärker sein müssen«, stieß er hervor. Jonah überlegte nachzuhaken, doch es war wahrscheinlich wichtiger, ihn zuerst wegen seiner illegalen Log-ins in die Mangel zu nehmen.

»Wir müssen uns über Ihren Hinweis auf Piers Lough unterhalten«, fuhr er in strengerem Tonfall fort. »Der sich, wie ich hinzufügen möchte, als unrichtig erwiesen hat. Dieser Piers Lough hat das vollkommen falsche Alter, um der untergetauchte Pädophile zu sein.«

Felix sah ihn trotz aller Panik überrascht an, drehte sich dann um und begann, geräuschvoll atmend wieder auf und abzulaufen. »Nun gut«, sagte er. »Aber er hätte es sein können.«

»Hätte«, sagte Jonah, »entscheidender ist jedoch, dass Sie auf polizeiliche Datenbanken zugegriffen haben, obwohl Sie dafür keine Berechtigung mehr haben.«

Felix zögerte und warf ihm einen ziemlich erbärmlichen Blick zu. »Ich wollte nicht …«

»Ich habe nicht die Absicht, Ihnen deswegen Ärger zu machen«, sagte Jonah, »aber ich werde die Log-ins schließen.«

»Tun Sie das nicht«, sagte Felix, beugte sich vor und stützte sich auf dem Küchentisch ab. »Ich muss weiter helfen können. Denn ihr habe ich weiß Gott nicht helfen können, als sie noch gelebt hat …«

»Inwiefern?«, fragte Jonah.

Felix schüttelte den Kopf, sprach dann aber doch weiter. »Sie hat mir einen wütenden Vortrag gehalten. An dem Tag, an dem sie gestorben ist. Sie hat die Geduld mit mir verloren und mir erklärt, dass ich egoistisch sei und, nun ja, dass ich mich in meinem Elend suhlen würde.«

Jonah dachte an die Folge kurzer Anrufe von Felix bei Zoe. Und an Angeline, der Zoe erklärt hatte, dass sie ein gebrochener Mensch sei. Das war am selben Tag gewesen, ebenfalls am Donnerstag.

Jonah hätte sehr gern gewusst, was mit der gütigen, hilfsbereiten Freundin passiert war, dass sie sich plötzlich gegen alle gewendet hatte. Auch wenn der Mord wahrscheinlich von langer Hand geplant gewesen war, könnte es trotzdem Teil der Geschichte sein. Vielleicht hatte Zoe einen der vielen Menschen, die sich offensichtlich auf sie verlassen hatten, unvermittelt barsch abgewiesen, was für den Täter den letzten Anstoß gegeben hatte. Die meisten Mörder brauchten einen emotionalen Grund, um ihren Plan in die Tat umzusetzen.

»Fanden Sie das berechtigt?«, fragte er Felix nach einer Pause.

»Es … war sehr grob und entsprach nicht der Realität«, sagte Felix. »Ich war verdammt wütend auf sie. Deshalb habe ich an dem Tag nicht mehr mit ihr gesprochen. Ich habe abends nicht noch mal angerufen oder nach ihr gesehen, obwohl ich wusste, dass sie es nur gesagt hatte, weil sie verzweifelt war. Ich habe das Gefühl … als hätte ich sie zu irgendetwas getrieben.« Er schüttelte den Kopf. »Ich glaube, sie hat jemanden eingeladen, und ich habe die schreckliche Ahnung, dass es Aidan Poole war.«

Wieder fragte Jonah sich, ob Felix Aidan aus einem bestimmten Grund ins Bild ziehen wollte. Er beobachtete ihn genau, als er fragte: »Warum Aidan?«

»Weil sie nie über ihn hinweggekommen ist«, antwortete Felix ohne erkennbare Veränderung in Haltung und Stimme. »Er … hat sie verändert. Vielleicht nicht nur er. Alles. Vielleicht waren wir anderen auch schuld.«

»Aber an dem Tag hat sie nichts gesagt, das Sie zu der Annahme verleitet hat, sie könnte ihn eingeladen haben?«, hakte Jonah nach.

»Nein«, erwiderte Felix und schüttelte den Kopf. »Eigentlich hat sie sonst gar nichts gesagt. Sie hatte Aidan seit Wochen nicht erwähnt, obwohl ich glaube, dass sie es oft gern getan hätte.«

»Sie haben also nicht noch einmal mit ihr gestritten?«, fragte Jonah. »Am Donnerstagabend?«

Felix schüttelte den Kopf. »Ich wollte sie nicht sehen.«

»Zeugen haben angegeben, dass es um neun Uhr einen heftigen Streit gegeben hat«, bohrte Jonah weiter. »Und auf den Bildern der

Sicherheitskameras sieht man, wie sie mit jemandem spricht, der vor der Haustür gewartet hat, als sie nach Hause kam. Wir bekommen in Kürze Kamerabilder von dieser Person.«

»Mich werden sie darauf nicht finden«, erwiderte Felix. »Ich habe aus dem Fenster gesehen, wie Zoe zurückgekommen ist, war aber immer noch so wütend, dass ich nichts von ihr wissen wollte. Ich habe mich vom Fenster abgewandt. In dem Moment war sie mir verhasst.«

Jonah beschloss, noch auf ihre beiden neuesten Ermittlungsstränge zu sprechen zu kommen, und begann mit Aidan Pooles Fingerabdrücken am Tatort.

Er ging zu der Wand und betrachtete zwei gerahmte Urkunden, ohne sie wirklich zu lesen. »Haben Sie Aidan in letzter Zeit gesehen?«

»Natürlich nicht!«, antwortete Felix und klang für einen Moment eher verärgert als in Panik. »Ich kannte ihn nur über Zoe, und was ich von ihm mitgekriegt habe, war mir unsympathisch.«

»Aber vielleicht haben Sie die beiden mal eingeladen, als sie noch zusammen waren?«, fragte Jonah und drehte sich mit nichtssagendem Gesichtsausdruck um. »Auf einen Drink oder so?«

»Ich habe ihn nie irgendwohin eingeladen.« Felix Miene war abweisend, doch Jonah erkannte seine Abscheu. Abscheu gegenüber Aidan. Das würde er gern auf der Polizeistation weiterfolgen, wo sie alles aufzeichnen konnten.

»Und am Mittwoch?«, wechselte er das Thema. »Haben Sie Zoe am Mittwochabend gesehen?«

»Am Mittwoch?« Es war schwer zu sagen, ob Felix überrascht war. Jonah war sich durchaus bewusst, dass dessen Zustand auch vorgetäuscht sein könnte, doch er erkannte keine verräterischen Anzeichen. Entweder Felix war aufrichtig, oder er war unglaublich routiniert darin, Panikattacken vorzutäuschen.

»Zoe hat am späten Abend jemanden getroffen«, sagte Jonah. »Jemanden, dessen Beschreibung auf Sie passt.«

»Was?« Felix starrte Jonah an. »Nein, ich … das kann ich nicht gewesen sein. Ich war am Mittwoch hier. Ich hatte einen schlechten Tag.«

»Aber nicht schlecht genug, um trinken zu gehen?«, fragte Jonah. »Um sich so heftig zu betrinken, dass Sie ein Taxi nach Hause nehmen mussten?«

»Nein«, antwortete Felix. Er lief immer noch hin und her, was Jonah allmählich auf die Nerven ging. Er fragte sich, wie Felix' Freunde mit ihm zurechtkamen, wenn er so war. Wie hatte Zoe es geschafft? »Nein, ich bin nicht ausgegangen. Wen hat sie getroffen? Einen neuen Freund?«

»Wenn die Beschreibung auf Sie gepasst hat, war er für einen Freund auf jeden Fall ein bisschen alt«, sagte Jonah und zog eine Braue hoch. »Finden Sie nicht?«

»Manche Menschen sehen älter aus, als sie sind«, erwiderte Felix und wirkte für einen Moment wieder kontrolliert. »So jemand war ich nie.«

Bis zu diesem Nachmittag hätte Jonah ihm ohne Zögern zugestimmt. Aber im Augenblick sah Felix so alt aus, wie er war. Vielleicht sogar älter. Er hatte sich unvermittelt in einen gebrechlichen alten Mann verwandelt, und der Anblick war Jonah unbehaglich.

»Ich glaube nicht, dass Zoe noch andere Freunde in meinem Alter hatte«, fuhr Felix fort. »Hat Maeve jemanden erwähnt?«

»Das untersuchen wir noch«, sagte Jonah.

»Herrgott noch mal«, entgegnete Felix unvermittelt barsch. »Sie haben gesagt, Sie wollten meine Hilfe! Wie kann ich Ihnen helfen, wenn Sie mir nichts erzählen?«

Jonah nickte. »Also, wenn Sie uns helfen wollen, dann richtig.« Er stand auf. »Kommen Sie morgen ins Kommissariat und unterstützen uns, anstatt sich im Hintergrund in irgendwelche Dateien einzuhacken.«

Sobald er es ausgesprochen hatte, fragte Jonah sich, ob er Felix den Eindruck vermittelt hatte, sie würden ihm Einsicht in die Akten gewähren, und überlegte, das sofort klarzustellen, doch er erkannte, was für einen Effekt die Vorstellung auf Felix hatte. Sein Atem ging viel ruhiger, und seine Wangen hatten wieder Farbe angenommen.

Jonah verabschiedete sich und fuhr zurück zum Kommissariat, auf den Lippen ein stummes Stoßgebet, dass er sich niemals so ausgeschlossen fühlen möge, so verzweifelt auf ein paar Brocken Ermittlungsarbeit, so erpicht darauf, einem DCI bei der Arbeit zu helfen.

24.

JUNI – FÜNF MONATE VORHER

Die Latterworth Road war so vollkommen anders als jeder Ort, an dem Zoe je hatte leben wollen, dass sie beinahe kehrtgemacht hätte und wieder nach Hause gegangen wäre. Diese Stille. Die Vorstadtdoppelhäuser. Die Mütter mit Kinderwagen. Hier würde sie wohnen wie im Exil und - schlimmer noch - müsste sich eingestehen, dass ihr Leben vorbei war. Nie wieder würde sie eine junge, attraktive, unbeschwerte Studentin sein.

In diesem Moment fiel es ihr schwer, Maeve nicht zu hassen. Auf sie war sie beinahe so wütend wie auf Aidan. Wenn Maeve eine echte Freundin gewesen wäre, hätte Zoe bleiben können.

Aber was sollte sie machen, wenn Maeve Zoes Entschluss bei jeder Gelegenheit unterminierte? Wenn sie ihr Nachrichten von Aidan weiterleitete und ihm verriet, wo er Zoe treffen konnte? Dreimal hatte sie beim Nachhausekommen Aidans Wagen entdeckt, der in der Nähe parkte, und jedes Mal hatte Maeve sich damit entschuldigt, dass er sie überrumpelt habe. Dass sie ihn nicht hatte hereinlassen wollen. Dass sie Angst gehabt habe, er könnte sich etwas antun.

Sie musste schnell dort raus, und das bedeutete Lebewohl zu sagen zu ihrem charmanten, etwas runtergekommenen alten Haus mit Blick auf den Fluss, zu den Bars und Pubs, dem Gefühl, ihr Leben zu leben, wie es sein sollte. Es bedeutete, Felix' Angebot anzunehmen, weil es nichts anderes gab, wo sie schon am nächsten Wochenende einziehen konnte.

Als Felix die Tür aufmachte, wirkte er so erfreut, sie zu sehen, dass sie ein schlechtes Gewissen bekam. Sie hingegen brachte anscheinend nicht genug Energie auf, begeistert zu wirken. Er ging vor ihr die Treppe hinauf und erklärte ihr, wie froh er sei, dass sie sich für die Wohnung interessierte.

»Du bist bestimmt eine viel bessere Mieterin als das Mädchen vor dir«, sagte er.

»Ist sie ausgezogen?«, fragte Zoe. »Ist es wirklich okay?«

»Ja«, antwortete Felix lächelnd. »Sie ist gestern ausgezogen, nur damit du entscheiden kannst, ob du die Wohnung willst.«

Er öffnete die farblose Holztür und hielt sie mit einer ausladenden Geste für sie auf, als würde er ein Spektakel präsentieren. Zoe gab sich alle Mühe, die Wohnung unvoreingenommen zu betrachten. Den Raum und das Licht zu sehen, nicht die schreckliche Leere.

»Die Möbel sind alle neu«, sagte Felix, als ihr Blick das blasse Sofa und die geleckte Küche streifte. »Ich habe überlegt, einen Schreibtisch reinzustellen. Glaubst du, das wäre nützlich?«

»Das wäre großartig«, sagte Zoe und lächelte ihn an.

Sie ging weiter ins Schlafzimmer, das hell von dem Licht war, das von den Spiegeltüren der Schränke reflektiert wurde, die eine ganze Wand einnahmen. Das Bett mit der zusammengerollten Decke und den Kissen erinnerte sie an ein Krankenhaus.

»Die gehören mir«, sagte Felix, »du kannst sie gerne haben.«

Zoe nickte und ging zu den Schränken. Um irgendetwas zu tun zu haben, öffnete sie einen von ihnen.

»Oh«, sagte sie und lachte verlegen. »Sieht so aus, als hätte die Vormieterin ein paar Sachen hängen lassen.«

Sie zog die Tür ganz auf, damit Felix die Blusen und Jacken sehen konnte, die noch in dem Schrank hingen.

»Ah«, sagte Felix und stürzte auf sie zu. Anstatt genauer nachzusehen, schlug er die Tür zu. »Mach dir deswegen keine Sorgen. Das sende ich ihr nach.«

Zoe hatte plötzlich das Gefühl, dass er zu dicht bei ihr stand. Sie machte einen Schritt zurück und lächelte verlegen. »Super«, sagte sie. »Gut, so viel Platz zum Hängen zu haben. Ich habe viel zu viele Klamotten.«

Felix schwieg einen Moment, bevor er sie voller Wärme und Zuversicht anlächelte. »Genau wie ich«, sagte er.

Er folgte ihr, als sie zurück ins Wohnzimmer ging und in der Mitte stehen blieb. Ihr war bewusst, dass er sie beobachtete, um zu sehen, ob ihr die Wohnung gefiel. Sie wusste nicht, wie sie ihm erklären sollte, dass ihr zurzeit eigentlich gar nichts gefiel.

»Und«, sagte er schließlich. »Wie findest du es?«

»Es ist toll«, antwortete Zoe. »Vielen herzlichen Dank.«

»Willst du sie nehmen?« Er war sichtlich begeistert, und sie wollte sich auch freuen.

»Ja«, sagte Zoe und bemühte sich, überzeugend zu lächeln. »Sehr gern.«

»Wundervoll«, sagte er. »Wundervoll. Möchtest du … Warum kommst nicht auf einen Tee mit runter zu mir, und ich drucke den Mietvertrag aus?«

Zoe wäre lieber nach Hause gegangen, doch sie nickte und folgte ihm die Treppe hinunter und über den Flur im ersten Stock. Als sie seine Tür erreichten und er seinen Schlüssel zückte, summte sein Handy.

Er zog es aus der Tasche und überflog eine Nachricht. Und dann konnte man förmlich zusehen, wie alle Lebenskraft aus ihm wich. Von einem Augenblick zum nächsten war er ein anderer Mensch. Ein älterer Mensch, dessen Atmung unregelmäßig klang und dessen Hände zitterten, als er versuchte, die Tür aufzuschließen.

»Alles in Ordnung?«, fragte sie ihn.

»Ich … Alles gut«, sagte Felix und atmete tief ein. »Es geht mir gut. Gut. Nur … eine bedrückende Nachricht von einem alten Kollegen.«

Er sah sie an und sagte mit seltsamer Stimme: »Es geht ihm nicht gut. Das ist alles.«

Sie nickte und erinnerte sich plötzlich daran, wie er bei ihrer Ausstellung auf sie gewirkt hatte. Damals hatte sie den Eindruck gehabt, dass bei Felix einiges im Argen war. Und vieles davon lag im Verborgenen.

Er brauchte drei Anläufe, um den Schlüssel ins Schloss zu stecken und umzudrehen, und auch wenn Zoe gern jeden Vorwand genutzt hätte zu gehen, hatte sie das Gefühl, ihn in diesem Zustand nicht allein lassen zu können.

»Wie wär's, wenn ich dir einen Tee mache«, schlug sie vor. »Du kannst dich hinsetzen und entspannen.«

Es dauerte fünfzehn Minuten, bis Felix wieder anfing zu sprechen. Davor hatte er kaum ein Wort gesagt, nur dagesessen und zugehört, wie Zoe auf ihn einplapperte, was ihn zu beruhigen schien. Dass sie für ihn da sein und ihm helfen konnte, gab Zoe das Gefühl, alles würde gut werden. Dies war ihre Aufgabe in dieser Welt.

Den anderen würde sie ebenfalls helfen. Sie würde sich mit Victor und Maeve versöhnen und ihnen zur Seite stehen. Und es würde ihr reichen, sich um sie zu kümmern und die Helligkeit in ihrem Leben an sie weiterzugeben. Es würde sie vielleicht glücklich machen zu beobachten, wie die anderen erblühten.

»Ich leide unter einer posttraumatischen Belastungsstörung«, erklärte Felix ihr irgendwann. »Und sie wird durch die seltsamsten Dinge ausgelöst. Manchmal ist es bloß … ein Bild oder Geräusch. Es ist unberechenbar.«

Sie nickte und setzte sich mit ihrem Becher ihm gegenüber aufs Sofa. »Oder eine SMS?«, fragte sie.

»Ja«, sagte Felix und atmete tief ein. »Ja, manchmal.«

»Hat es etwas mit deiner Arbeit zu tun?«, fragte sie. »Das Trauma?«

Seufzend begann Felix, die Geschichte zu erzählen. Es war vor sieben Jahren passiert, er war damals DCI und auf der Jagd nach einem Serienvergewaltiger, der eines seiner Opfer beinahe erwürgt hätte.

»Ich war auf dem Rückweg von einer Befragung. Es war schon ziemlich spät. Und die Zentrale hat mich über eine Meldung informiert, die vielleicht etwas mit meinem Fall zu tun haben könnte. Ein kleines Mädchen hatte angerufen und gesagt, seine Mama würde angegriffen.«

Felix trank einen großen Schluck Tee, bevor er weitersprach. Zoe hatte das Glänzen in seinen Augen gesehen und begriffen, dass er versucht hatte, sehr viel mehr herunterzuschlucken als nur Tee.

Er war vor den Streifenwagen am Tatort gewesen. Das passierte manchmal, und an dem Abend war er zufällig nur zwei Straßen entfernt. Das Haus war still, doch die Haustür stand offen und bewegte sich mit jedem Windstoß.

»Ich wusste, dass es zu spät war«, sagte er. »Ich habe meinen Schlagstock gezückt und bin reingestürmt, aber ich hätte irgendwelche Geräusche hören müssen, oder Mutter und Tochter hätten vor der Tür auf die Polizei warten müssen.«

Er hatte die Tochter gefunden, die sich an den leblosen Körper ihrer Mutter klammerte. Das Mädchen hatte eine tiefe Wunde im Unterleib, die heftig geblutet hatte, als es zu seiner Mutter gekrochen war.

»Sie war vier oder fünf«, sagte er. »Ein hübsches, blondes kleines Ding. Sie war … sie lebte noch, und sie hatte solche Angst, weil ihre Mummy sich nicht bewegte. Als ich zu ihr gegangen bin und meine Hand auf ihren Unterleib gepresst habe, um die Blutung zu stoppen, hat sie mich gefragt, ob sie sterben müsste.«

Zoe ergriff seine Hand. Sie hatte selbst einen Kloß im Hals.

»Ich habe sie angelogen«, sprach Felix weiter. »Ich habe gesagt: ›Du wirst wieder gesund. Die Ärzte sind gleich hier. Hörst du die Sirenen? Das sind sie. Sie werden dich versorgen.‹ Und dann hat sie gesagt, etwas würde sich verkehrt anfühlen, und ihre Augen seien irgendwie komisch. Ich musste meine Hand von der Wunde nehmen, damit ich ihr über die Wange streichen konnte.«

Nach einem langen Schweigen sagte er: »Sie ist ein paar Minuten vor der Ankunft des Krankenwagens gestorben. Dieses kleine blonde Mädchen, das versucht hatte, seiner Mummy zu helfen. Und ich weiß nicht genau, warum … oder vielleicht weiß ich es doch … aber das hat mich zerbrochen. Glatt entzwei, und dann konnte ich einfach nicht mehr«, sagte er.

Am Ende hatte man ihn mit Gewalt vom Tatort wegführen müssen. Er hatte die Hand des Mädchens nicht loslassen können.

»Und danach hast du aufgehört?«, fragte sie und drückte seine Hand. »Du bist aus dem Polizeidienst ausgeschieden?«

Felix sah sie seltsam an. »Nein«, antwortete er schließlich. »Ich habe noch ein paar Monate durchgehalten. Dann habe ich bei einem Verdächtigen die Beherrschung verloren und ihn windelweich geprügelt. Und da war … man hat meinen Schreibtisch durchsucht und etwas gefunden, die kleine Puppe des toten Mädchens. Ich hatte sie aus ihrem Zimmer mitgenommen. Sie im Arm zu halten und zu trösten war aus irgendeinem Grund das Einzige, was mir geholfen hat, mich besser zu fühlen. Sie immer weiterzutrösten …«

An dem Abend konnte Zoe lange nicht einschlafen. Voller Grauen musste sie an das arme Mädchen und an Felix denken. Und aus irgendeinem Grund war die Vorstellung, wie er die Puppe eines toten Kindes im Arm wiegte, das Allerschrecklichste daran.

25.

Als Jonah zurück in seinem Büro war, schloss er die Tür hinter sich. Er lehnte sich auf seinem Stuhl zurück und versuchte, die verschiedenen Aspekte des Falles zu sortieren, während sein Team sich durch Stunden von Kameramaterial scrollte, um Zoes Aktivitäten zu rekonstruieren und festzustellen, woher die Gestalt mit der Kappe gekommen war. Jonah hatte deswegen ein etwas schlechtes Gewissen. Aber wie der DCS ihn häufig erinnerte, war es sinnlos, eine Putzfrau anzustellen und dann seine Tage damit zu verbringen, das Bad zu schrubben. Was immerhin eine gute Erinnerung an den Unterschied zwischen Jonahs Leben und dem des DCS war.

Zurzeit sah er sich mit einem vertrauten Problem bei Ermittlungen konfrontiert. Nichts ließ sich mit Bestimmtheit feststellen, und sie waren mit einer Menge von offenbar unzuverlässigen Zeugen und Beteiligten konfrontiert. Zum Glück lebten sie in einer Zeit, in der es vielfältige Möglichkeiten gab, die Aktivitäten eines Menschen zu verfolgen.

Außerdem musste er gewisse Regelungen beachten. So war es etwa höchste Zeit, die Swardadines über die neuesten Entwicklungen seit der Pressekonferenz zu informieren. Vielleicht wussten sie auch zufällig etwas über Zoes betrunkenen älteren Freund vom Mittwochabend. Jonah wählte ihre Nummer.

Siku nahm beinahe sofort mit einem scharfen »Ja?« ab.

»Hier ist DCI Sheens«, sagte er. »Ich wollte Sie über den Stand der Ermittlungen unterrichten und Ihnen einige Fragen stellen.«

Sie hörte schweigend zu, während er ihr berichtete, dass Zoe am frühen Donnerstagabend unterwegs gewesen war. Dann kam er auf den Mittwochabend zu sprechen, an dem ein Zeuge sie gesehen hatte.

»Mit einem älteren Mann?«, fragte Siku.

»Ja«, bestätigte Jonah. »Der Beschreibung nach mit silbergrauem Haar und teuer gekleidet.«

»Ihr Vermieter«, sagte Siku sofort. »Felix.«

»Das überprüfen wir noch. Er bestreitet es.« Jonah zögerte. »Sie glauben nicht, dass sie Kontakt mit jemand anderem hatte? Keine … Verabredungen? Nach der Trennung von Aidan? Ich weiß, der Mann war älter, aber nach dieser Beziehung hat sie vielleicht …«

Nach einer Pause erwiderte Siku: »Ich glaube nicht. Falls sie sich mit Männern verabredet hat, hat sie es mir vielleicht nicht erzählt, aber … Ich habe versucht, sie zu ermutigen, einen anderen zu finden, und sie hat sich ziemlich heftig dagegen gewehrt. Es war so frustrierend. Sie hat es nie geschafft, sich wirklich von Aidan zu lösen.«

Das glaubte Jonah auch. »Was Aidan Poole betrifft, gibt es noch etwas«, sagte er nach einer Pause. »Es belastet ihn nicht direkt, aber es ist trotzdem von Bedeutung.«

»Hat er noch etwas getan?«, fragte Siku rasch.

»Ja und nein. Er hat uns angelogen, als er behauptet hat, er und Zoe wären wieder zusammengekommen. Sie haben sich im Mai endgültig getrennt, und sie hatte den Kontakt vollständig abgebrochen. Er hat zugegeben, dass er sie nur gesehen hat, weil er ihr mittels ihrer Webcam nachspioniert hat.«

Siku schwieg einen Moment und sagte dann: »Dieses hinterhältige Schwein!«

Jonah hörte die rohe Emotion in ihrer Stimme und wusste nicht, wie er sie trösten sollte. Er konnte die Tatsachen nicht ändern, und es war nur richtig, dass sie es als Erste erfuhren, bevor es auf irgendeine andere Weise herauskam.

»Es tut mir schrecklich leid«, sagte er. »Aber zumindest hat es ihn eingeholt. Es wird höchstwahrscheinlich zu einer Anklage kommen.«

»Er muss es gewesen sein«, sagte Siku leise und grimmig. »Er hat ihr nachspioniert und sie dann umgebracht. Er war von ihr besessen, oder?«

»Das ist eine Möglichkeit«, sagte Jonah, »neben vielen anderen. Ich melde mich, sobald wir etwas Neues wissen.«

Hanson hatte offensichtlich darauf gewartet, dass er sein Telefonat beendete, weil sie unmittelbar danach in seiner Tür auftauchte.

»Es gibt einen kleinen Durchbruch«, verkündete sie. »Wir haben Victor Varos entdeckt. Er ist um Viertel nach acht in der Innenstadt in ein Taxi gestiegen und in die Richtung von Zoes Adresse gefahren. Ich will noch die Kameras entlang der Strecke überprüfen, aber es ist durchaus möglich, dass er derjenige war, der auf Zoe gewartet hat.«

»Gute Arbeit«, lobte Jonah. »Können Sie mir das Material schicken?«

Er setzte sich an seinen Schreibtisch, um sich die Aufnahmen anzusehen, zunächst allein und als weiteren Input für seine Theorien, bevor er die Meinung seines Teams anhören wollte. Er musste nicht lange warten, bis Victor auf dem Bildschirm auftauchte, eine dunkel gekleidete Gestalt, die sich dem Taxistand neben der Holyrood Church näherte. Im Gegensatz zu den dick eingemummelten Passanten trug er nur eine leichte Jacke und schwankte beim Gehen.

Er beugte sich herunter, sprach den ersten Taxifahrer in der Reihe an und stieg ein. Es dauerte eine Weile, bis er es geschafft hatte, die Tür zu öffnen.

Nachdem das Taxi in nördlicher Richtung verschwunden war, stoppte Jonah den Clip. Victor war um Viertel nach acht betrunken in ein Taxi gestiegen und in Zoes Richtung losgefahren. Vielleicht hatte er auf sie gewartet, nachdem auf sein Klingeln niemand geöffnet hatte.

Jonah dachte noch darüber nach, als sein Telefon klingelte. Er erkannte Martin Swardadines Stimme nicht sofort. Seit ihrem ersten Telefonat hatte sie die urbane Selbstzufriedenheit eingebüßt, die perfekte Artikulation und das sonore Timbre. Stattdessen klang sie flach, brüchig und rau.

»Es tut mir schrecklich leid«, sagte er. »Ich habe ohne Absicht Ihre Zeit verschwendet. Es gab keinen anderen Mann. Der betrunkene Idiot, dem Zoe am Mittwochabend zur Hilfe gekommen ist, war ich.«

Martin zuzuhören, war nicht leicht. Seine schamvolle Beichte war Jonah zutiefst unbehaglich. Am liebsten hätte er Zoes Vater getröstet.

Martin erzählte ihm, dass er ein Alkoholproblem habe, das er seit Jahren vor seiner Frau zu verbergen versuchte. Irgendwann hatte er es Zoe gestanden.

»Man konnte so gut mit ihr reden«, hatte er mit einem Schluchzen erklärt. »Ich habe mich furchtbar gefühlt, sie mit meinen Sorgen zu belasten, aber sie war so gut darin, mich aufzubauen. Sie hat geglaubt, dass ich es in den Griff kriegen könnte. Doch sie hat mich nie verurteilt, wenn ich es hinausgeschoben habe, mir Hilfe zu suchen, oder wieder mal eine Sauftour gemacht hatte. Sie war immer für mich da.«

»Und Sie waren an dem Abend hier in Southampton«, sagte Jonah.

»Ja.« Es entstand eine verlegene Pause, bevor Martin weitersprach. »Ich hatte den ganzen Tag dort zu tun, und meine Meetings waren nicht gut gelaufen. Ich wusste einfach, dass sie mich durchschaut hatten. Das geht einem mit manchen Menschen so. Sie … sie stellen einem Fragen und gucken einen an, wenn man versucht, sie mit dem üblichen Mist abzuspeisen …« Er räusperte sich. »Ich habe Siku erzählt, dass ich mit den Kunden zu Abend essen müsste, stattdessen bin ich losgezogen und habe die nächste Bar angesteuert. Ich hätte Zoe nicht anrufen dürfen. Das konnte sie nicht brauchen. Sie hatte genug eigene Probleme.«

»Sie hat Sie abgeholt?«

»Ja«, sagte er. »Wie immer. Egal was sie gerade gemacht hat. Manchmal ist sie sogar nach … London gekommen, um mich zu retten. Aber diesmal war es schlimmer. Ich weiß noch, dass ich mich heftig übergeben musste und eigentlich kaum zurechnungsfähig war. Also hat sie mich mit einem Taxi zum Bahnhof gebracht und Wasser und Chips gekauft, während wir auf den letzten Zug gewartet haben.

Und sie hat mich gezwungen zu essen und zu trinken, bis es mir besser ging. Sie hat sogar angeboten, mich zu begleiten, aber ich fühlte mich mittlerweile ein kleines bisschen klarer im Kopf und habe ihr gesagt, sie solle nach Hause fahren. Und dann … dann bin ich, beim Einsteigen hingefallen, und sie musste mir aufhelfen. Ich hatte mich nicht verletzt, ich war bloß … jämmerlich. In dem Moment kam ich mir vor wie ein totaler Versager. Ein verdammt nutzloser Versager.«

Jonah hörte auf, sich Notizen zu machen, und sagte: »Es wäre gut gewesen, wenn wir diese Information früher bekommen hätten, Mr Swardadine.«

»Ich weiß«, sagte er heiser. »Ich weiß. Es tut mir furchtbar leid. Als Sie uns befragt haben und Siku dabei war … Ich habe mich einfach zu sehr geschämt. Sie weiß es jetzt, obwohl es das Letzte war, was sie gerade hören wollte.«

»Nun, trotzdem vielen Dank, dass Sie angerufen haben«, verabschiedete Jonah sich. »Wenn wir neue Erkenntnisse haben, melde ich mich.«

Er legte auf und ging zu seinem Team zurück.

»Ich werde Victor Varos und den Zeugen aus dem Pub vorladen, aber kann bis dahin irgendjemand Martin Swardadines Firma auf die Nerven gehen, bis uns jemand sein Alibi wasserdicht bestätigt hat?«

Victor erwies sich als schwer greifbar. Während die anderen sich weiter mit dem Kameramaterial beschäftigten, versuchte Jonah es auf Victors Handy und in dem Café. Außerdem rief er Maeve und Angeline an, die jedoch beide nicht wussten, wo er war. Um sechs Uhr war Jonah noch keinen Schritt weitergekommen.

Der Barkeeper, der sich telefonisch gemeldet hatte, war um Viertel nach fünf gekommen. Es schien ihm ziemlich peinlich zu sein, dass er die Tage verwechselt hatte.

»Ich habe an beiden Abenden gearbeitet«, entschuldigte er sich. »Und dann hab ich wohl angenommen, dass es der Donnerstag gewesen sein musste, weil sie seit dem Abend vermisst wurde.«

Als man ihm eine Reihe von Fotos vorlegte, identifizierte er Martin Swardadine ohne Zögern, obwohl es sich um ein professionelles Hochglanzporträt handelte.

»Das ist er«, hatte er sofort erklärt. »Er war ein bisschen unrasierter, aber das war der Mann.«

Jonah war auf dem Weg nach draußen, als Lightman einen Anruf von Martin Swardadines Firma erhielt. Jonah sah, wie Lightman zu ihm aufblickte, und wartete, um die Einzelheiten zu hören.

»Er war definitiv in London«, erklärte der Sergeant, nachdem er aufgelegt hatte. »Sie waren zu zweit bei einem Kundenessen, Martin und der CEO. Sie waren ziemlich betrunken, aber es war Martin, der um zwanzig vor zwölf ein Taxi gerufen hat. Er war dort.«

»Damit wäre die Frage geklärt«, sagte Jonah nickend. »In der von dem Gerichtsmediziner angegebenen Zeitspanne kann er es kaum bis zu Zoe geschafft haben, und zu unserem vermuteten Todeszeitpunkt um dreiundzwanzig Uhr war er auf gar keinen Fall dort.« Er wandte sich an Hanson. »Sind Sie mit Felix Solomons Mieterin weitergekommen?«

Hanson schüttelte mit bedeutungsvoller Miene den Kopf. »Er behauptet, er kann ihre Kontaktdaten nicht finden. Nachdem ich gesehen habe, wie penibel er ist, würde ich sagen, er behindert unsere Ermittlung vorsätzlich.«

Jonah nickte. »Mich würde interessieren, was sie allgemein über ihn zu sagen hat. Vielleicht kann uns der Nachbar helfen?«

»Der nichtpädophile Nachbar?«, fragte Hanson.

Jonah grinste. »Der nichtpädophile Nachbar, soweit wir wissen.«

Das Haus schien mehr als üblich zu ächzen und zu knacken, Geräusche, die in wahllosen Abständen durch den prasselnden Regen drangen. Greta hatte gedacht, dass sie es gar nicht bemerken würde, aber seit Aidan weg war, schien das Haus einen unruhigen Charakter entwickelt zu haben, als wollte es sie daran erinnern, dass sie in der frühen Dunkelheit allein war.

Entschlossen, trotz ihres elenden Mannes weiterzuarbeiten, hatte sie ihren Laptop ausgepackt, aber vorhersehbarerweise keine Zeile geschrieben. Stattdessen war sie im Kopf immer wieder ihr Gespräch mit Aidan durchgegangen und hatte sich vorgestellt, was sie ihm an den Kopf werfen würde.

Sie wusste, dass sie grausam gewesen war. In gewisser Weise hatte sie ihm einen Grund geliefert, sich gerechtfertigt zu fühlen. Sie war harsch und wütend gewesen. Aber sie konnte es nicht bereuen. Dass sie auch ihn verletzt hatte, war ihr einziger Trost bei all dem Betrug.

Aber schon ein paar Stunden später sehnte sie sich verzweifelt nach jemandem, mit dem sie darüber reden konnte. Alles für sich zu behalten war unmöglich. Der Drang, alles herauszulassen, kämpfte gegen das Gefühl totaler Demütigung. Er hatte mit einer Studentin geschlafen, und alle Leidenschaft, Kraft und Liebe, die sie in ihre Ehe investiert hatte, hatten nichts bedeutet. Genauso wenig wie ihre Anstrengungen, schlank, fit und schön zu bleiben.

»Fick dich, Aidan«, sagte sie sich bestimmt zum fünfzigsten Mal. »Fick dich dafür, dass ich mich deinetwegen so fühle.«

Was jedoch noch schlimmer war und was sie sich nicht eingestehen wollte, als sie ihn in ihren Kontakten blockierte und wieder freischaltete, dass es einen Teil von ihr gab, der nicht stark, kalt und wütend war. Der sich wünschte, dass er einfach wieder hereinkam und ihr erklärte, das Ganze sei ein Riesenfehler gewesen, den er niemals wiederholen würde. Einen Teil, der verzweifelt glauben wollte, dass Aidan nie eine andere geliebt hatte, dass ihm seine Frau wirklich alles bedeutete.

Sie brauchte einen verdammten Drink. Egal wie oft sie sich gesagt hatte, dass sie stark genug war, die Situation auch ohne Alkohol zu bewältigen; es war das Einzige, was sie jetzt wirklich wollte.

Ihre Beine zitterten, als sie in die Küche ging, um eins der großen, ein halbe Flasche fassenden Weingläser zu holen, die sie zum Hochzeitstag geschenkt bekommen hatten. Sie goss es voll und stellte die Flasche weg, holte sie dann wieder aus dem Kühlschrank und nahm sie mit ins Wohnzimmer. Nach den ersten paar Schlucken wartete sie darauf, dass sie sich besser fühlte. Als das nicht passierte, trank sie stetig weiter, bis das Glas leer war, und goss es dann noch einmal voll.

Gott, wie sie ihn hasste. Sie hasste ihn mehr, als sie je einen Menschen gehasst hatte.

Als sich endlich der erste Glimmer einer betäubenden Wärme einstellte, blickte sie auf und sah ein Gesicht, das sie von außen durchs Fenster anstarrte. Einen Moment lang glaubte sie, es wäre Aidan. Aber sein Gesicht kannte sie zu gut. Genau wie die Umrisse seiner Gestalt. Dies war ein anderer Mann, ein Mann, den sie nie zuvor gesehen hatte und der ein paar Meter vor ihrem Fenster stand.

Der Schreck fuhr ihr heftig in die Glieder. Sie starrte zurück, ihre Blicke trafen sich, ehe der Fremde sich abwandte und davonhuschte.

Gretas Herz pochte. Ihr war übel vor Angst. Wohin war er verschwunden? Was hatte er gewollt?

Sie stürzte zur Haustür und legte mit zitternden Händen die Kette vor. Dann fielen ihr die Terrassentüren ein, und sie rannte ins Wohnzimmer und verriegelte beide. Sie nahm ihr Handy und flüchtete ins Bad, wo sie sich am ganzen Körper bebend auf den Badewannenrand hockte.

Sie dachte an die Polizei und an den Sergeant, der ihr am Nachmittag einen Tee gemacht hatte. Er hatte so beruhigend und kompetent gewirkt.

Sie hatte seine Nummer gespeichert, was gut war, so heftig, wie ihre Hände zitterten.

Juliettes Herz klopfte, als der Schmerz von ihren Augen bis in Kopf und Nacken ausstrahlte. Es hatte angefangen, nachdem sie vierzig Minuten durch die Aufnahmen der Sicherheitskameras gescrollt hatte, und war trotz mehrerer Paracetamol, die sie mit kaltem Tee heruntergespült hatte, immer schlimmer geworden.

Das Hochgefühl, Victor Varos entdeckt zu haben, war rasch wieder verflogen, denn sie konnte ihn zur richtigen Uhrzeit weder in der Nähe von Zoes Wohnung noch an irgendeinem anderen Ort lokalisieren, an dem sie ihn erwartet hätte.

Noch eine Viertelstunde, sagte sie sich. Und in dieser Viertelstunde findest du ihn.

Als Lightmans Telefon klingelte, war sie froh über die Ablenkung. Es gab ihr einen Vorwand, den Blick von ihrem Bildschirm abzuwenden, ein paarmal zu blinzeln und sich erneut den Nacken zu reiben.

Sie beobachtete ihn, während er sagte: »DS Lightman.« Und dann: »Glauben Sie, dass er noch da ist? Ja, okay. Ich schicke sofort ein paar uniformierte Kollegen vorbei und komme selbst so schnell wie möglich.«

Er legte auf, als der DCI gerade wieder aus seinem Büro kam. Hanson sah ihn fragend an.

»Das war Greta Poole«, sagte er. »Sie sagt, jemand hätte sie von außen durchs Fenster angestarrt. Sie weiß nicht, ob er noch da ist.«

Juliette reckte triumphierend die Faust. »Ich hab es Ihnen gesagt! Auf Lightmans Fan-Girls ist Verlass.«

Um halb sieben machte Jonah sich auf den Heimweg. Lightman hatte sich gemeldet. Er war bei Greta Poole eingetroffen, wo die Situation offenbar nicht akut gefährlich war.

Von Victor Varos fehlte nach wie vor jede Spur, aber auch wenn seine Abwesenheit Jonah allmählich beunruhigte, konnte er vom Büro aus nicht viel machen. Womöglich ignorierte Victor einfach ihre Anrufe, oder er war bei Greta Poole aufgetaucht, um sie zu belästigen. Denkbar war natürlich auch, dass er abgetaucht war. Weil er etwas zu verbergen hatte.

Die Kameraaufnahmen lieferten keinen endgültigen Aufschluss. Es war möglich, dass Victor um neun Uhr bei Zoe gewesen war und mit ihr gestritten hatte. Und dass er später mit der Absicht zurückgekommen war, sie zu ermorden. Das konnten sie nur ebenso wenig beweisen wie das Gegenteil.

Jonah hatte O'Malley gebeten, auf dem Heimweg noch einmal bei Victors Wohnung vorbeizugehen. Mehr konnte er fürs Erste nicht tun.

Jonah nahm die Strecke, die ihn an der Furzley Lane vorbeiführte, wo Jojos Haus mittlerweile wahrscheinlich komplett renoviert war. Er versuchte, von der Straße aus die Schornsteine zu sehen, und dachte an den Abend, als er in diese Richtung geblickt hatte und der Himmel von einem wütenden Rot versengt gewesen war.

Aber heute gab es nichts zu sehen. Die Schornsteine waren nicht auszumachen, selbst durch die fast kahlen Äste der Bäume nicht. Die Distanz zwischen ihm und Jojo schmerzte ihn, und dieser Schmerz verschwand auch nicht, als seine Gedanken zu Michelle weiterwanderten.

Kurz darauf rief Lightman an.

»Sieht so aus, als wäre Greta Pooles zu recht alarmiert gewesen«, sagte er. »Einer ihrer Nachbarn hat etwa zur selben Zeit einen Mann aus ihrer Einfahrt rennen sehen. Greta Poole wirkt einigermaßen gefasst, allerdings ein wenig beschwipst.«

»Interessant«, sagte Jonah. »Konnte irgendjemand eine Beschreibung liefern?«

»Nichts, nur dass es laut dem Nachbarn wahrscheinlich ein Mann war«, antwortete Lightman. »Greta ist sich nicht ganz sicher. An der Frisur und der Statur hat sie bloß erkannt, dass es nicht Aidan war. Das Gesicht hat sie nicht deutlich gesehen, es ging alles sehr schnell. Sie meint, dass er vielleicht einen Bart hatte oder die untere Gesichtshälfte mit einem Schal verdeckt hat, aber das ist so ziemlich alles.«

»Nichts zur Hautfarbe?«

»Nein.«

»Schade«, sagte Jonah nachdenklich. »Es würde mich interessieren, ob es unser vermisster brasilianischer Verdächtiger war.«

»Ich habe sie gebeten, sich zu melden, falls ihr noch etwas einfällt.«

Jonah legte auf und war schon zu Hause angekommen, als O'Malley anrief. »Kein Victor weit und breit, aber ich habe seinen Mitbewohner aufgefordert, uns Bescheid zu sagen, wenn er zurückkommt.«

»Super. Danke, Domnall.«

Es war Zeit zum Abendessen, doch Jonah hatte kaum etwas im Haus, womit sich schnell etwas zubereiten ließ. Bei genauerem Hinsehen fand er Zutaten für ein Curry mit Koskosmilch. Er hackte Zwiebeln und machte sich einen Tee, während sie dünsteten. Seine Gedanken kehrten zu Jojos Haus und dem Brand zurück. Und dann fiel ihm plötzlich ein, dass er ihre Nachricht noch nicht beantwortet hatte.

Das machte ihm aus irgendeinem Grunde ein noch schlechteres Gewissen, als dass er am Samstagabend mit seiner Ex geschlafen hatte. Während er das Gemüse schnitt und schmorte, schrieb er ihr in Etappen eine lange Entschuldigung, berichtete knapp, dass auf der Arbeit die Hölle los war, und fragte, wie lange sie eigentlich noch vorhabe, am Arsch der Welt rumzuhängen. Michelle oder seine eigene Verwirrung erwähnte er nicht, und als er die Nachricht abgeschickt hatte, fühlt er sich nicht viel besser als vorher.

Vor ihm stand ein Teller mit dampfendem Essen, als O'Malley noch einmal anrief.

»Freund Victor ist wieder zu Hause«, sagte der Sergeant. »Sein Mitbewohner hat mir eine Nachricht geschickt.«

»Jetzt gerade?«

»Ja.«

Jonah blickte auf die Uhr an der Mikrowelle. 21:50 Uhr. Zweieinhalb Stunden, nachdem jemand versucht hatte, Greta Poole in ihrem Haus auszuspionieren.

»Danke, O'Malley. Könnten Sie mir einen Gefallen tun und die Abfahrtszeiten der Züge von Alton nach Southampton herausfinden?«

»Klar, Chef«, antwortete er. »Solange ich nicht noch mal hinfahren muss.«

»Nein«, sagte Jonah entschieden. »Heute Abend lassen wir ihn in Ruhe. Aber gleich morgen früh besuchen wir ihn persönlich, wenn er sich bis dahin nicht gemeldet hat.«

Er schaffte es, sein halbes Curry zu essen, bevor das Telefon wieder klingelte. Seufzend fand er sich damit ab, dass er sich den ruhigen Abend abschminken konnte.

»Entschuldigen Sie, Chef«, sagte Hanson. »Angeline hat mich auf meinem Handy angerufen und will mit Ihnen sprechen. Ich habe ihr erklärt, dass ich schon zu Hause bin, aber sie war sehr beharrlich. Außerdem klang sie ziemlich betrunken.«

»Sie möchte mir etwas sagen?«, fragte er.

»Allem Anschein nach.«

»Gut. Ich rufe sie an. Vielleicht erzählt sie uns betrunken mehr, als sie es sonst tun würde. Schicken Sie mir ihre Nummer.«

Während er wartete, aß er noch ein paar Bissen und rief dann Angeline an.

»Hier ist DCI Sheens, Miss Judd«, sagte er. »Kann ich Ihnen irgendwie helfen?«

»Ja«, sagte Angeline. »Das können Sie. Ich weiß, wer sie getötet hat.«

Angelines Worte klangen mühsam, aber triumphierend. Jonah war skeptisch, doch er hatte schon vor langer Zeit gelernt, dass die unglaubwürdigsten Leute manchmal am besten Bescheid wussten.

»Wer Zoe getötet hat?«

»Natürlich«, sagte sie im Tonfall eines beleidigten Teenagers. »Es war Victor. Er hat gelogen, er hat gesagt, er hätte sie nicht getroffen, aber das hat er doch.«

Jonah unterdrückte ein Seufzen und biss sich auf die Zunge, um nicht zu fragen, warum Angeline das nicht früher gesagt hatte.

»Wann hat er sie getroffen?«, erkundigte er sich stattdessen, schob seinen Teller zur Seite und griff nach Stift und Papier. Weil kein Block in Reichweite war, musste er sich mit dem Umschlag seiner Gasrechnung begnügen.

»Am Donnerstag«, erklärte Angeline mit hörbarer Genugtuung. »Er hat gelogen, und ich hab ihn dabei ertappt. Er wusste, worüber wir am Morgen gestritten hatten, dabei hatte er sie angeblich seit Mittwoch nicht getroffen. Und als ich ihn am Donnerstag gesehen habe, hat er mit jemandem gestritten.«

»Verzeihung?«, sagte Jonah. »Wann haben Sie ihn gesehen?«

»Am Donnerstagabend«, antwortete sie. »Als ich Wein kaufen war.«

Jonah hörte auf, sich Notizen zu machen. »Das haben Sie bisher nicht erwähnt.«

»Nicht? Dann muss ich es wohl vergessen haben. Es war …« Obwohl sie offensichtlich betrunken war, hatte Jonah plötzlich das beunruhigende Gefühl, dass Angeline genau wusste, was sie tat. Dass diese scheinbar so zerbrechliche Frau eine clevere und gerissene Seite an sich hatte, die bisher keiner gesehen hatte.

»Sie sagen, er hat mit jemandem gestritten?«, fragte Jonah.

»Ja. Am Telefon.«

»Können Sie genau beschreiben, was passiert ist?«, fragte Jonah ruhig, während er überlegte, was Angeline im Schilde führen könnte. Hatte sie beschlossen, ihnen Victor aus Rache wofür auch immer zum Fraß vorzuwerfen? »Von dem Punkt an, wo Sie Ihre Wohnung verlassen haben? Wo wohnen Sie noch mal?«

»In der Hill Lane«, sagte sie.

Das notierte er und fragte sie, auf welcher Höhe. Die Hill Lane verlief in nordsüdlicher Richtung quer durch die Stadt, vorbei am Southampton Common und ein kurzes Stück auch parallel zu der nur wenige Straßen entfernten, viel kürzeren und kleineren Latterworth Road. Auf dem Weg zu Zoes Wohnung war Jonah durch die Hill Lane gekommen.

Wie sich herausstellte, lag Angelines Wohnung knapp einen Kilometer südlich von Zoes.

»Und wohin waren Sie unterwegs?«

»Das hab ich Ihnen doch gesagt. Zum Weinladen.«

Im Hintergrund hörte man leise Geräusche, Angeline schwieg für einen Moment.

»Ist jemand bei Ihnen?«, fragte er.

Angeline zögerte für den Bruchteil einer Sekunde, bevor sie streitlustig antwortete: »Nein. Ich brauche niemanden, der bei mir ist. Ich bin kein kleines Kind.«

»Natürlich nicht«, beruhigte Jonah sie. »Sie sind also die Straße hinunter zum Weinladen gegangen.«

»Und dann hab ich Victor gesehen, der am Telefon jemanden angeschrien hat. Also, zuerst hab ich ihn gehört und dann erst gesehen.«

»Um wie viel Uhr war das?«

»Ich weiß nicht genau«, sagte Angeline, »aber es muss gewesen sein, bevor der Weinladen schließt, und das ist um Mitternacht.«

»Könnte es auch viel früher gewesen sein?«, fragte er. »Um acht oder neun?«

»Nein, es war später«, sagte Angeline. »Ich habe die Nachrichten um zehn gesehen. Ich war eingeschlafen, und als ich aufgewacht bin, liefen sie. Es war schrecklich.«

Jonah versuchte, die Aussage in seine Theorie zum Ablauf des Abends einzubauen. »Waren Sie betrunken, als Sie ihn gesehen haben?«

Wieder entstand eine kurze Pause. »Das war, bevor ich im Weinladen war«, erwiderte sie kühl.

Das war kein klares Nein, dachte Jonah.

Er bat Angeline, am nächsten Tag aufs Kommissariat zu kommen, um eine Aussage zu machen, während er sich fragte, ob man ihr glauben konnte. Eine Erinnerung, die ihr plötzlich gekommen war, außerdem war sie betrunken gewesen, an dem Abend und jetzt wahrscheinlich auch. Kurz bevor sie auflegte, hörte er wieder ein Geräusch im Hintergrund, und Jonah war sich sicher, dass sie nicht allein war. Er hätte sehr gerne gewusst, wer bei ihr war.

Er musste unwillkürlich an Felix Solomon denken, der Zugriff auf polizeiliche Daten hatte. Konnte er womöglich auch ihre Akten einsehen und wusste deshalb, dass die Aufmerksamkeit des Ermittlerteams sich gerade Victor Varos zugewandt hatte? Und könnte er die Person gewesen sein, die bei Angeline war? Wie gut kannten die beiden sich?

Bis jetzt war Jonah mit seinen Überlegungen nicht über ein paar wackelige Theorien hinauskommen, die hauptsächlich auf der Annahme fußten, dass jemand versucht hatte, Aidan Poole den Mord anzuhängen. Dafür müsste der Täter Zugriff auf dessen Fingerabdrücke haben.

Zoe hatte um neun Uhr mit jemandem gestritten. Dass jemand in unmittelbarer Folge dieses Streits innerhalb von neunzig Minuten einen Mord geplant und ausgeführt hatte, war Jonah trotzdem von Anfang an nicht plausibel erschienen. Dafür sprach zu viel dagegen. Die Sorgfalt, die aufgewandt worden war, um den Tod wie einen Selbstmord aussehen zu lassen. Das Desfluran. Die Fingerabdrücke.

Nun behauptete Angeline, Victor habe Zoe getroffen. Jonah ging mittlerweile davon aus, dass das um einundzwanzig Uhr gewesen war. Vielleicht hatte Victor, der seinen Jähzorn mehrfach unter Beweis gestellt hatte, mit ihr gestritten. Man konnte sich vorstellen, dass die beiden sich überworfen hatten, wenn Zoe unvermittelt abweisend oder sogar wütend reagiert hatte. Und das hatte sie offenbar getan. Aber Jonah konnte sich einfach nicht vorstellen, dass Victor nur anderthalb Stunden später zurückgekehrt war, um einen kaltblütigen Mord zu begehen.

Vielleicht hatten Zoe und der Mörder gestritten, aber viel früher. Sowohl Angeline als auch Felix waren im Laufe des Tages von Zoe gekränkt worden. Wie ernst dieses Zerwürfnis war und worum es dabei ging, wusste er nur aus ihren Schilderungen.

Über den Streit zwischen Zoe und Angeline könnte Victor ihnen vielleicht sehr viel mehr erzählen. Sofern er sich dazu bewegen ließ, überhaupt mit ihnen zu sprechen.

Hansons Theorie, dass zwei Leute an der Tat beteiligt gewesen sein könnten, blitzte kurz wieder in seinen Gedanken auf. Er war nach wie vor skeptisch, doch nach dem seltsamen Telefonat gerade und mit dem Wissen, dass sowohl Angeline als auch Felix sich zum Zeitpunkt von Zoes Tod mit ihr überworfen hatten, war er sich nicht mehr so sicher.

26.

21. NOVEMBER 16:45 UHR – SECHS STUNDEN VORHER

Zoe war stundenlang herumgelaufen, manchmal überwältigt von Selbstverachtung, manchmal so wütend auf jede einzelne Person in ihrem Leben, dass es sich anfühlte, als würde in ihrem Kopf ein Inferno toben, dessen schreckliche lodernde Flammen gegen die Menschen um sie herum auszuschlagen drohten.

Sie war deren Scheiße einfach so leid. Und ihre eigene auch. Sie hatte sich wirklich angestrengt zu glauben, Anteil zu nehmen am Glück anderer Menschen könne genug sein, aber es war, als ob gestern Abend irgendein Schalter in ihr umgelegt worden wäre. Sie hatte begriffen, dass ihr ganzes Denken auf einem Hirngespinst beruht hatte.

Sie hatte endlich verstanden, dass das Glück anderer Menschen nichts bedeutete. Überhaupt nichts. Vielleicht lag es daran, dass keiner von ihnen glücklicher zu werden schien. Es war egal, wie oft sie sie wiederaufbaute. Es spielte keine Rolle, wie viele Male sie mit ihnen geduldig die Ursachen ihres Unglücks erörterte. Keiner von ihnen änderte je etwas. Nicht Maeve. Nicht Victor. Nicht Felix. Und ihr Vater auch nicht.

Die Einzige, die sich veränderte, war sie selbst. Sie versank mit ihnen, sie ging in dem ganzem Mist unter.

Und vielleicht lag es auch daran, dass das Glück der anderen einen zerreißen konnte. Es konnte sich durch einen hindurchschneiden, dass man aufheulen wollte.

Es war Greta Pooles Glück, das Zoe schließlich gebrochen hatte. Sie hatte sich so lange eingeredet, dass Aidans Frau ihn ruhig haben konnte. Dass er ein verlogenes, betrügerisches Schwein war, der seine Frau wieder und wieder verletzen würde.

Aber dann hatte sie sie gestern Abend gesehen. Sie hatte ihre Freunde zurückgelassen, um ihrem Vater zu helfen, und in einem Restaurant nur zwei Türen weiter zufällig Greta und Aidan erblickt, beleuchtet an einem Fenstertisch. Sie hatten strahlend und schön zusammen ausgesehen. Zoe musste sich über den Rinnstein beugen und ihren Magen entleeren wie ein jämmerlicher Betrunkener.

Als sie sich wieder aufgerichtet hatte, hatte sie sich eigenartig leicht gefühlt. Sie hatte sich vorgestellt, dass irgendeine schreckliche Last plötzlich von ihr abgefallen war und sie ohne Anker und Orientierung zurückgelassen hatte.

Weil sie nicht wusste, wohin sie sonst gehen sollte, war sie ihrem Vater zur Hilfe geeilt. Es fühlte sich an wie eine Gewohnheit, mehr nicht. Dieselbe Gewohnheit hatte sie gesteuert, als sie sich um ihn kümmerte, während sie gleichzeitig wusste, dass es hohl und falsch war. Während sie ihn gleichzeitig gehasst hatte.

Die Gewohnheit hatte sie bis zum Bahnhof und zum Bahnsteig geführt, und dann hatte sie sie verlassen und war einer unkontrollierbaren Wut gewichen. Als ihr Vater in den Zug steigen wollte, hatte sie ihn so heftig gestoßen, dass er sich vor dem Sturz an einem der vertikalen Geländer der Zugtür den Kopf gestoßen hatte. Sie hoffte voller Gemeinheit, dass man es am nächsten Morgen noch sehen könnte, damit alle seine Kollegen ihn als Trunkenbold erkennen würden.

Sie hatte keine Scham empfunden, als er stöhnend auf dem Boden gelegen hatte. Nichts von dem Entsetzen, was angemessen gewesen wäre. Nur eine seltsame Freiheit. Sie hatte ihm lächelnd aufgeholfen und Besorgnis geheuchelt, ihm erklärt, dass er gestolpert sei und sie versucht habe, ihn aufzufangen.

Er hatte ihr am Morgen eine Nachricht geschickt, um sich zu entschuldigen. Sie hatte nur Verachtung gespürt. Und nicht geantwortet. Heute nicht. Heute war es ihr egal. Die Gefühle von ihrem Vater oder von Angeline kümmerten sie nicht mehr. Es war beinahe eine

Genugtuung, ihrer Freundin zu erklären, dass sie nutzlos war. Kaputt. Und es auch wirklich ernst zu meinen.

Sie hatte die Wohnung pünktlich verlassen, das Gesicht wunderbar nackt und ohne Make-up, doch dann war sie nicht zur Uni, sondern genau in die entgegengesetzte Richtung losgelaufen und hatte sich selbst und alle anderen Menschen gehasst. Erst nach sehr langer Zeit hatte sich eine dumpfe Leere eingestellt, die beinahe erträglich war.

Knapp einen Kilometer von zu Hause entfernt hatte ihr Telefon geklingelt. Es war ganz unten in ihre Tasche gerutscht, sodass sie es nicht sofort zu fassen bekam. Gott, wie sie diesen fröhlichen Klingelton hasste. Warum zum Teufel hatte sie ihn ausgewählt? Die reinste Folter.

»Halt's Maul!«, brüllte sie das Telefon an und wühlte hektisch in ihrer Tasche, um den Anruf wegzudrücken. »Halt's Maul, halt's Maul, halt's Maul!«

Für einen seligen Moment verstummte das Handy tatsächlich und klingelte dann sofort wieder los. Dieses egoistische Arschloch gab nicht so leicht auf.

Schließlich stießen ihre Finger auf das Handy. Sie zerrte es aus der Tasche, las Felix' Namen und überlegte, den Anruf erneut wegzudrücken. Aber sie war so wütend, dass es nicht reichte, ihn einfach nur zum Schweigen zu bringen.

Sie nahm das Gespräch an und hörte ihn hektisch und gestresst atmen. Das hatte sonst immer ihr Mitgefühl geweckt. Und sie hatte ihn immer beruhigt. Immer. Aber heute berührte es sie überhaupt nicht. Es war nur die grässliche Last einer Verantwortung, die sie nicht wollte.

»Ich kann jetzt nicht reden«, sagte sie. »Tut mir leid. Es geht mir nicht gut.«

Sie beendete das Gespräch. Drei Sekunden später klingelte ihr Handy wieder. Sie nahm den Anruf an und hatte das Gefühl, ein Gewicht würde sich auf ihre Schultern legen. Auf ihre Brust. Auf ihren Kopf. Es war unerträglich.

»Tut mir furchtbar leid«, sagte er. »Aber ich habe sonst niemanden. Ich habe versucht … Esther zu erreichen, aber …«

»Du musst jemand anderen finden«, sagte Zoe. »Es tut mir leid, Felix. Ich kann jetzt nicht. Ruf jemand anderen an.«

Sie beendete das Gespräch erneut, doch das Telefon klingelte wieder, und sie spürte, wie sie von einer hilflosen Wut übermannt wurde. Sie meldete sich mit einem bösartigen »Was?«.

»Kannst du nicht vorbeikommen? Nur für eine Minute?«, bat Felix.

»Interessierst du dich eigentlich für niemanden außer dich selbst?«, fragte sie.

»Doch, natürlich.« Er schien überrascht. Erschrocken. Und das klang gut.

»Warum hörst du mir dann nicht zu?«

»Weil ich … weil es mir nicht gut geht. Ich brauche … ich brauche Hilfe.«

»Wann brauchst du je etwas anderes?«, fragte Zoe laut. »Aber dir selbst helfen willst du nicht, oder? Du sagst, es liegt am National Health Service oder an der Polizei. Aber du hörst verdammt noch mal nicht zu! Du suchst dir keinen Therapeuten, du nimmst deine verdammten Medikamente nicht, und irgendwie sind immer alle anderen schuld. Ich bin dann diejenige, die mit deiner Scheiße klarkommen muss, oder nicht? Immer ich.«

»Wie kannst du das sagen?«, erwiderte er halb schluchzend, halb wütend. Er hyperventilierte. »Ich bin nicht mit Absicht so!«

»Doch, bist du«, sagte sie. »Sonst würdest du versuchen, wirklich etwas zu ändern. Ich werde mein Glück nicht mehr wegschmeißen, nur weil du dich weigerst, auch nur einen verdammten Finger zu rühren. Das mache ich nicht mehr mit, Felix.«

Sie beendete das Gespräch und schaltete ihr Handy aus. Sie zitterte am ganzen Körper vor Wut und freudiger Erregung. Es fühlte sich genauso gut an wie heute Morgen, als sie Angeline erklärt hatte, dass sie ein gebrochener Mensch war. Verzichtbar.

Sie spürte den Drang, noch jemanden anzurufen, auf den sie losgehen konnte. Oder dem sie erzählen konnte, was für ein beschissener nutzloser Idiot Felix war. Sie wollte Worte benutzen, die so schrecklich waren, dass sie die Luft verbrannten.

Als sie in ihre Wohnung zurückkehrte, war ihr Gesicht so verkniffen, dass sie Kopfschmerzen bekam. Sie konnte nicht still sitzen. Musste in Bewegung bleiben.

Sie sah, dass Monkfishs Fress- und Wassernapf leer waren, was sie wütend und widerwillig gegen eine weitere Form der Fürsorge machte. Aber als sie die Näpfe wieder auf den Boden stellte und ihn rief, kam Monkfish nicht einmal heraus. Vielleicht spürte er ihre Stimmung und war klug genug, Abstand zu halten. Er war eine verdammte Katze. Die waren nie da, wenn man Trost brauchte. Interessierten sich nur für sich selbst.

Ich hasse sie, dachte sie. *Ich hasse sie alle. Warum können sie mich nicht einfach in Ruhe lassen*?

Minute um Minute tat sie nichts, als alle und alles zu hassen, bis ein anderes Gefühl einsickerte. Bedauern. Entsetzen. Irgendwas.

O Gott. Was machte sie da? Was machte sie bloß?

Ihr rationaleres, gütigeres Ich sagte ihr, dass ihre Freunde auch gut zu ihr waren, wenn sie konnten. Dass ihnen genauso viel an ihr lag wie umgekehrt. Warum glaubte sie das nicht mehr? Warum spürte sie nichts außer dieser glühend roten Wut?

Sie ging zu dem Fenster am Schreibtisch und stieß es auf. Am Tag ihres Einzugs hatte sie die Arretierung abgeschraubt, sodass das Fenster sich weit auf die Straße öffnete und die kalte Novemberluft ungehindert hereinließ. Sie beugte sich weiter als nötig hinaus, doch sie wollte die frische Luft an ihrem ganzen Körper und in ihren Lungen spüren, um die Hitze abzukühlen. Sonst würde sie womöglich vor Wut verbrennen.

Sie sah sich selbst als Gemälde vor sich, ihre Gestalt von Flammen umlodert. In der Ölfarbenvariante war um sie herum nichts als Staub. Die gesammelten schwebenden Partikel der Menschen, die einmal um sie gekreist waren.

Als sie sich noch weiter aus dem Fenster beugte, hörte sie von unten eine Stimme. Eine Frau stand vor der Haustür und telefonierte fröhlich, vermutlich mit ihrem Freund.

»Nein, nicht mehr lange«, sagte sie. »Ich muss nur noch eine Kette finden, dann mache ich mich auf den Heimweg … Ja.« Ein leises Lachen. »Es ist auf jeden Fall offenherzig. Ich zeig es dir. Tschüss.«

Zoe beugte sich noch ein Stück weiter hinaus, bis sie die Tür und die Frau sehen konnte, die gerade die Straße überquerte.

Als Zoe sie erkannte, wäre sie um ein Haar vor Schock aus dem Fenster gefallen. Was machte sie hier? Sie hatte hier nichts zu suchen. Dies war Zoes Zuhause. Sie hatte ihr schon alles genommen. Wollte sie ihr auch noch ihren Frieden rauben?

Ohne nachzudenken, setzte Zoe sich in Bewegung. Sie konnte sich kaum erinnern, auf dem Weg hinaus den Schlüssel abgezogen zu haben. Sie konnte nur an das Profil und die lächelnden Lippen dieser Frau denken. An die Fröhlichkeit in ihrer Stimme.

Als Zoe aus dem Haus kam, war die Frau noch in Sichtweite, und Zoe fragte sich keine Sekunde lang, was sie da eigentlich tat. Sie würde sie zur Strecke bringen. Sie würde ihr wehtun, und es würde der dummen Schlampe recht geschehen.

27.

Als Jonah um kurz nach sieben in sein Büro kam, war per E-Mail das psychologische Gutachten über Felix Solomon gekommen, zusammen mit einer Zusammenfassung der Ereignisse, die dessen Zusammenbruch ausgelöst hatten. Er öffnete zuerst die Zusammenfassung und studierte mit einem Gefühl, dass alles unvermeidlich so hatte ablaufen müssen, die Folge von Ereignissen, die Felix über den Rand gestoßen hatten.

Der Bericht war sachlich und nüchtern geschrieben, trotzdem musste Jonah nach der Lektüre ein paarmal tief durchatmen. Vor dem Hintergrund seiner eigenen Erfahrung konnte er sich das Ganze nur zu gut vorstellen. Und auch, wie jeder daran hätte zerbrechen können. Am Ende war der einzelne Polizist, egal wie viele Jahre er solche Sachen schon mit angesehen hatte, immer noch ein Mensch.

Das psychologische Gutachten, das Jonah sich anschließend vornahm, klang ein wenig humaner. Die Diagnose des Polizeipsychologen, der Felix im Laufe der darauffolgenden drei Monate viermal untersucht hatte, war eindeutig: Felix war von den Erlebnissen traumatisiert. Er hatte Schlaf- und Konzentrationsprobleme zugegeben und mehr als einmal am Morgen immer noch in der Kleidung vom Vortag an seinem Schreibtisch gesessen, ohne dass ihm bewusst gewesen war, wie viele Stunden verstrichen waren.

Felix' Zustand hatte sich immer weiter verschlimmert. Der Psychologe hatte ein fünftes Mal mit ihm gesprochen, nachdem Felix einen unwilligen Zeugen bis nach Hause verfolgt und belästigt, sich mit ihm geprügelt und ihm die Nase gebrochen hatte. Der Psychologe hatte statt einer Suspendierung dringend einen bezahlten Sonderurlaub empfohlen, doch Felix hatte auf einer Suspendierung bestanden, weil er dann schon nach vierzehn Tagen statt erst nach einem Monat wieder arbeiten durfte.

Die Abschrift von Felix' letzter Befragung ließ Jonahs Puls in die Höhe schnellen. Der komplette Hintergrund wurde mitgeliefert. Während seiner Suspendierung war DCI Solomon mit dem Wagen in ein Kleidergeschäft in der Brighton High Street gebrettert. Am helllichten Tag. Blutproben ergaben, dass er vier Diazepam-Tabletten genommen hatte, für die er ein Rezept besaß, zusammen mit zwei Tramadol-Tabletten, die er sich irgendwo besorgt hatte. Es bestand kein Zweifel daran, dass er am Steuer eingeschlafen war.

Der DCS hatte angeordnet, in Felix' Schreibtisch nach dem illegal erworbenen Medikament zu suchen. Dabei war eine Puppe gefunden worden, die offensichtlich von dem Tatort stammte, der sein Trauma verursacht hatte. Er behauptete, sich nicht erinnern zu können, das Spielzeug an sich genommen zu haben.

Danach wurde er vor die Wahl gestellt, entweder in Pension zu gehen oder seinen Job zu verlieren. Man nahm ihm den Führerschein ab und verurteilte ihn zu einer Bewährungsstrafe. Der Zwischenfall hatte so viel öffentliche Aufmerksamkeit erregt, dass nichts anderes in Frage gekommen wäre. Die Polizei musste ihre eigenen Leute genauso streng behandeln wie alle anderen Bürger. Das war selbstverständlich.

Jonah lehnte sich zurück und dachte über all das nach. Die Sache mit der Puppe war irritierend. Warum hatte er sie an sich genommen? Als eine seltsame Art von Trophäe? Weil ihm der Tod des kleinen Mädchens unter die Haut gegangen war und er sich an etwas von ihr klammern wollte?

Jonah versuchte, die Waage zu halten zwischen Mitgefühl und dem Wissen, dass der Mann ein intelligenter ausgebuffter Expolizist war, der zumindest illegal auf vertrauliche Informationen zugegriffen hatte.

Juliette war früh aufgewacht, ihre Kopfschmerzen waren wie weggeblasen, ihr Verstand kam bereits auf Touren, und ihre Gedanken kreisten um Victor Varos, Felix Solomon, Angeline Judd und Maeve Silver.

O'Malley hatte ihr am Abend zuvor geschrieben, dass Victor Varos allem Anschein nach der Eindringling in Greta Pooles Haus gewesen war. Das hatte sie ein wenig beruhigt, obwohl Victor noch nicht definitiv überführt war. Trotzdem legte es den Schluss nahe, dass es Victor gewesen war, der ihr vor ihrem Haus aufgelauert hatte. Es war ein ähnliches Verhalten, womöglich provoziert durch ihre aggressiven Fragen im Vernehmungsraum.

Dass sie der Gestalt vor ihrem Haus ein Gesicht und einen Namen geben konnte, hatte Juliettes Angst spürbar gelindert. Natürlich musste sie auf dem Weg zur und von der Arbeit weiter vorsichtig sein, aber die Realität schien ihr besser als ihre schlimmsten Befürchtungen.

Nachdem das offenbar geklärt war, kehrten ihre Gedanken wieder zu dem Verdacht zurück, der ihr gekommen war, bevor sie auf den Kameraaufnahmen Victor Varos entdeckt hatten und dem Hinweis nachgegangen waren, Felix Solomon sei womöglich mit Zoe gesehen worden.

»Es könnten trotzdem zwei gewesen sein«, murmelte sie vor sich hin. Und mehr noch, es könnte trotzdem eins der Mädchen gewesen sein. Selbst die schmächtige Angeline wäre in der Lage gewesen, Zoe umzubringen. Eine betäubte Frau zu erledigen war kein Problem.

Sie aß ihren Toast, so schnell sie konnte, und zog sich an. Es war noch dunkel, als sie in ihren Wagen stieg, aber sie war hellwach. Heute war der Tag, an dem sie den Fall knacken würden. An dem *sie* den Fall knacken würde.

Außer dem DCI, dessen Bürotür geschlossen war, saß nur DI Walker schon an seinem Schreibtisch, als sie um zehn nach sieben eintraf. Sie grinste trocken, nur ein kleines bisschen enttäuscht, dass sie das CID nicht für sich allein hatte. Völlige Stille war ein rarer Luxus, den sie zu genießen pflegte.

»Konntest du auch nicht schlafen?«, fragte sie ihn.

»Nein«, antwortete er. »Mir geht zu viel im Kopf rum.«

»Mir auch«, sagte Juliette seufzend. »Wahrscheinlich bin ich bis zum Mittag ein Wrack, und genau dann will der Chef garantiert, dass ich schlau und auf Zack bin.«

Walker lächelte, und Juliette musste sich eingestehen, dass es geselliger war, nicht alleine im CID zu sitzen. Über Lärm konnte sie sich auch nicht beschweren. Walker kehrte an seinen Schreibtisch zurück und arbeitete konzentriert weiter. Er saß so weit entfernt, dass sie nicht einmal das Klappern seiner Tastatur hörte.

Sie machte Kaffee und fuhr ihren Rechner hoch. Die Kameraaufnahmen ließ sie fürs Erste links liegen, ohne ein schlechtes Gewissen dabei zu haben. Schließlich war sie sehr früh an ihrem Platz, da stand ihr die zusätzliche Zeit auch frei zur Verfügung.

Stattdessen nahm sie sich noch einmal die Abschrift von Maeves Befragung vor und las sie von Anfang bis Ende durch. Sie wünschte, sie wäre dabei gewesen, um Maeves Gesichtsausdruck beobachten zu können. Wenn man einen Menschen ganz verstehen wollte, waren Worte nicht genug.

Trotzdem fiel Juliette Maeves Bemühen auf, Aidan zu schützen. Sie schien die Einzige zu sein, die eine gute Meinung von ihm hatte und das auch offen sagte. Dafür führte sie zahlreiche Rechtfertigungen an. Er sei amüsant. Er habe Zoe gut behandelt. Er habe seine Frau nicht verletzen wollen. Selbst als man sie mit der offenkundigen Tatsache konfrontierte, das er Zoe gestalkt hatte, hatte Maeve immer noch versucht, ihn zu verteidigen. Außerdem spürte Juliette bei ihr eine Eigensinnigkeit, die sie interessant fand.

Sie hatte das Gefühl, dass sie noch einmal mit Maeve reden sollten, was sie gern selbst übernehmen wollte. Sie sah auf die Uhr. Erst zehn nach acht. Eigentlich noch zu früh für einen Anruf. Vielleicht könnte sie es in etwa zwanzig Minuten versuchen.

Während sie noch überlegte, traf Lightman ein. Sie lächelte vage und verlegen, immer noch unsicher, wie sie sich ihm gegenüber verhalten sollte. Zum Glück klingelte im selben Moment das Telefon auf ihrem Schreibtisch, und sie nahm ab.

»DC Hanson. Wie kann ich Ihnen helfen?«

»Entschuldigen Sie, ich weiß nicht, ob ich bei Ihnen richtig bin.« Es war eine Frau, artikuliert und mit einem Akzent, der eher auf den Südosten Englands als auf Southampton hindeutete. »Ich war Zoe … Zoe Swardadines Dozentin.«

»Oh, da sind Sie hier richtig«, sagte Juliette. »Ich arbeite in DCI Sheens' Team, und wir ermitteln in dem Fall.«

»Gut«, sagte die Frau. »Ich war mir nicht sicher, aber … Eigentlich möchte ich einen Diebstahl melden. Den Diebstahl von einem von Zoes Gemälden.«

Juliette richtete sich auf. »Aus der Kunsthochschule?«

»Ja«, sagte die Frau am anderen Ende. »Aus der Winchester School of Art. Es ist mir heute Morgen aufgefallen, obwohl ich ehrlich gesagt nicht weiß, wann genau das Bild gestohlen wurde.«

»Darf ich Ihren Namen und die Adresse notieren?«, fragte Juliete.

Ein paar Minuten nachdem sie das Telefonat beendet hatte, kam der DCI aus seinem Büro. »Guten Morgen, Chef«, rief sie. »Es gibt einen interessanten Zwischenfall an Zoes Kunsthochschule.«

Sheens sah sie fragend an, dann machte es offenbar Klick.

»Eins ihrer Gemälde?«

»Ja«, antwortete Juliette und kniff die Augen zusammen. »Gut geraten. Es wurde gestohlen.«

»Okay«, sagte er. »Wir fahren zusammen hin und schauen uns das an. Lightman, können Sie dafür sorgen, dass Victor Varos hier ist, wenn wir zurückkommen?«

Juliette bat Lightman, auch noch einmal mit Maeve Silver zu sprechen, obwohl sie sie lieber selbst verhört hätte.

»Irgendwas an ihrer Haltung zu Aidan Poole irritiert mich«, erklärte sie, »und mit ihr haben wir uns bisher kaum beschäftigt.«

Der DCI stimmte ihr zu. »Außerdem wüsste ich gern mehr darüber, was sie von Victor Varos hält«, sagte sie.

Damit blieb für den soeben eingetroffenen O'Malley nur die Sichtung des Kameramaterials übrig.

»Geht ihr nur und amüsiert euch«, sagte er leichthin, als Juliette ihre Jacke nahm. »Ich komme bestimmt gut zurecht hier, während meine alten Augen immer kurzsichtiger werden.«

»Was das angeht, ist es sowieso zu spät«, erwiderte Juliette grinsend. »So schonen wir immerhin deine armen Knie.«

Unterwegs berichtete Sheens von seinem Telefonat mit Angeline Judds und seinem Argwohn, weil die Information ausgerechnet dann zutage getreten war, als sie Victor gerade bei einer Lüge ertappt hatten.

»Was hat Angeline Ihrer Meinung nach damit beabsichtigt?«, fragte Juliette.

»Ich weiß es nicht, und das beunruhigt mich ein wenig«, gestand Jonah. »Und dass sie so getan hat, als wäre sie allein, beunruhigt mich noch ein bisschen mehr.«

»Es könnte Aidan Poole gewesen sein«, bemerkte Hanson.

»Ja«, stimmte Jonah ihr zu. »Oder eine Reihe anderer Leute. Ich wüsste jedenfalls wirklich gern, ob Victor Varos wirklich laut schimpfend durch ihre Straße gegangen ist.«

Juliette schnaufte vernehmlich. »Sie sind schon ein ziemlich komplizierter Haufen, was?«

»Das würde ich sagen.«

»Die Person, von der Sie glauben, dass sie bei dem Anruf im Hintergrund zu hören war«, sagte Juliette nach einer Pause. »Ich hab bloß gedacht ... Wissen Sie, Menschen mit Essstörungen richten sich häufig mit zwei Bezugspersonen ein, die für sie entscheidend sind. Meistens gibt es eine Person, die sie aufhält, und eine, die es ermöglicht. Ein guter Bulle und ein böser.«

»Wirklich?«, fragte der DCI. »Das habe ich noch nie gehört.«

»Ich hatte in der Schule eine magersüchtige Freundin«, sagte Juliette. »Und für eine Weile war ich der böse Bulle.« Der DCI lachte, und sie grinste. »Ja, schon gut, ich weiß, es ist ziemlich ironisch.

Normalerweise machen Sie die Leute fertig, und ich baue sie wieder auf.«

»Ich bin sicher, Sie könnten auch einen guten bösen Bullen geben«, sagte er, obwohl sie nicht genau wusste, wie ernst er das meinte.

»Jedenfalls frage ich mich«, fuhr sie fort, »ob unsere unbekannte Person die andere Figur ist. Der gute Bulle. Ben hat gesagt, als er Angeline besucht hat, hatte offensichtlich irgendjemand alles ausgeräumt, womit sie sich hätte verletzen können.«

»Warten Sie«, unterbrach sie der DCI. »Ich bin durcheinander. Wer ist der gute Bulle?«

»Derjenige, der ihr hilft, dass sie ihr Leben weiterleben kann«, sagte Juliette. »Er kümmert sich um sie, ermöglicht aber gleichzeitig die Essstörung und die anderen Sachen, die damit einhergehen. Das Trinken und so.«

»Aber nicht den Selbstmord?«

»Wer würde so etwas machen?«, fragte Juliette mit einem leicht schockierten Lachen.

»Sie wären überrascht«, erwiderte der DCI düster, und Juliette fragte lieber nicht nach.

»Jedenfalls denke ich, wir sollten herausfinden, ob Aidan Poole bei Angeline war. Ich meine, er ist zu Hause rausgeflogen. Und wenn sie in ihn verliebt war …«

»Der Gedanke ist mir auch schon gekommen«, stimmte der DCI ihr zu. »Felix Solomon ist mir ebenfalls eingefallen. Und es gibt auch keinen Grund, warum es nicht Maeve Silver sein könnte. Sie ist offensichtlich sehr viel sortierter als Angeline.«

»Stimmt«, sagte Juliette. »Obwohl das auf ziemlich viele Menschen zutrifft.«

Ein kurzer Anruf bei Maeve ergab, dass sie bei einer Kirchenversammlung war, Lightman jedoch anschließend treffen konnte. Sie hatte bis zum Beginn ihrer Seminare eine Stunde Zeit, und er bot an, dorthin zu kommen, neugierig, sie in diesem Umfeld zu erleben.

Er fand die St. Agnes of Rome Church ohne Mühe, obwohl sie nicht ganz seinen Erwartungen entsprach. Bei dem Namen hatte er sich ein altes katholisches Bauwerk vorgestellt.

Stattdessen war es ein komplett moderner, runder Bau mit großen, rechteckigen getönten Scheiben an seinem flachen Ende. Es handelte sich offensichtlich um eine Gemeinde der Church of England, wobei der Anblick dieses offenkundig teuren Gebäudes einen interessanten Kontrast zu der baufälligen Kirche in seinem Heimatdorf darstellte. Es kündete von einer lebendigen und wachsenden Gemeinde. Zu Hause in Newcombe war die Kirche nicht einmal zu Weihnachten oder Ostern voll, dabei war sie viel kleiner.

Ein Schild vor der Tür kündigte »STAR-Termine« an. Es gab täglich einen Gottesdienst, ein Gebetstreffen sowie eine Männer- und eine Frauengruppe. Am Sonntag wurden sechs verschiedene Veranstaltungen angeboten, darunter ein Mittag- und ein Abendessen. Die Gemeinde florierte offensichtlich.

Hinter den Glastüren befand sich ein großer Empfangsbereich, der Lightman an ein Krematorium erinnerte, nur dass es hier eine Tee- und Kaffeeecke mit bunten Bechern gab.

Durch eine offene Tür zu seiner Rechten drangen Stimmen, und er ging weiter, bis er durch den Spalt spähen konnte. In dem Raum saß eine kleine Gruppe im Kreis. Als Lightman in Hörweite kam, sagte ein Mann gerade: »… bis zum Ende der Woche. Solange du weiter einverstanden bist, die Versammlung in Nummer vier zu leiten, Johannes?«

»Ja, auf jeden Fall«, kam die Antwort. »Wir freuen uns, wenn alle kommen.«

Lightman blickte um die Ecke, bis er den ersten Sprecher und Maeve sehen konnte, die an der Kopfseite des Raumes nebeneinandersaßen. Der Leiter war ein großer, extrem dünner Mann mit dunklem Haar, der mit einem Dauerlächeln in die Runde grinste, während Maeve weniger eifrig wirkte. Nachdenklicher.

»Super. Danke, Johannes. Sonst noch was …? Okay. Sieht so aus, als wären wir fertig.«

Die Mitglieder erhoben sich, verrückten ihre Stühle und plauderten in kleinen Gruppen miteinander. Maeve stand langsam auf und drehte sich auf eine Frage des Leiters hin zu Lightman um. Als sie ihn sah, knipste sie mühsam ein Lächeln an und ging auf ihn zu.

»Hi«, sagte sie. »Ich glaube, wir haben uns auf der Polizeistation getroffen.«

»Stimmt«, sagte er und lächelte, während er beobachtete, wie die Stühle in dem Raum gestapelt wurden. Als er Maeve wieder ansah, waren ihre Gesichtszüge erschlafft. Sie wirkte angespannt, regelrecht ausgelaugt. »Anstrengender Tag?«, fragte er.

»Ah, eigentlich nicht. Bloß …« Sie zuckte die Schultern. »Es gibt einen Raum mit bequemen Sesseln, wenn Sie mich etwas fragen wollen.«

»Gerne«, sagte er. »Ich gebe mir Mühe, es kurz zu halten.«

»Kein Problem«, erwiderte sie, bevor ihr Blick zu der Uhr an der Wand schweifte. Dann schien sie mit einem Mal gehetzt. »Ah, schon so spät? Okay, dann müssen wir es vielleicht doch kurz machen. Wir sollten um zehn hier fertig sein.«

»Es wird schnell gehen«, versicherte er ihr, als sie ihn in einen kleineren Raum mit tiefen Ledersesseln führte, ein weiteres Anzeichen für den Wohlstand der Gemeinde.

Maeve schloss die Tür und fragte: »Oh, möchten Sie Tee? Oder Kaffee?«

»Nein, vielen Dank«, antwortete Lightman. »So lange werde ich Sie nicht aufhalten«

»Großartig«, sagte Maeve. »Und was wollen Sie von mir wissen?«

»Einige Dinge«, sagte er. »In Ihrer Aussage haben Sie sich besorgt über Victor Varos geäußert.«

»Ach, nicht besorgt«, sagte sie rasch. »So habe ich das nicht gemeint. Ich wollte bloß seine Gefühlslage erklären. Ich glaube nicht, dass er sie getötet hat.«

»Aber er könnte sich mit ihr gestritten haben?«, fragte Lightman.

Maeve sah ihn argwöhnisch an. »Hat irgendjemand das behauptet?«

»Es gibt eine Reihe von Indizien, die darauf hinweisen, dass er am Donnerstagabend einen Streit mit ihr hatte«, sagte Lightman, was die Wahrheit ein wenig strapazierte.

Maeve zuckte verlegen die Schultern. »Darüber weiß ich nichts.«

»Sie haben ihn am Donnerstag nicht gesehen?«

»Nein«, antwortete sie mit einem Kopfschütteln. »Ich war bei dem Ladies' Supper und bin anschließend nach Hause gegangen. Aber selbst wenn sie gestritten haben, glaube ich nicht, dass er ihr etwas angetan hätte. Er hat sie geliebt.«

»Was ist mit Aidan Poole?«, fragte Lightman. »Wäre Victor bereit gewesen, ihm etwas anzutun?«

Maeve stieß ein Lachen aus, als sei das eine absurde Vorstellung, doch er bemerkte, dass es allzu rasch abbrach. »Er mochte ihn nicht, das ist alles.«

»Er hat ihn nie bedroht oder einen Streit mit ihm vom Zaun gebrochen?«

Maeve zögerte einen verräterischen Moment, bevor sie sagte: »Nein. Bestimmt nicht. Nur das eine Mal in dem Café.«

»Was genau hat er da zu Aidan gesagt?«, hakte Lightman nach.

Maeve verdrehte kopfschüttelnd die Augen. »Hören Sie, so was kann man nicht wörtlich nehmen.«

»Das versteht sich«, erwiderte Lightman sanft. »Trotzdem wäre es nützlich, es zu wissen.«

»Er hat gesagt, er würde ihn umbringen, wenn er zurückkäme«, erklärte Maeve. »Aber damit hat er nicht gemeint, dass er ihn wirklich *umbringen* wollte, das wissen Sie doch.«

»Wie können Sie da so sicher sein?«

»Schließlich ist nicht Aidan tot, oder?«, sagte Maeve mit hochgezogenen Brauen, aber auch einem Schimmern in den Augen. »Sondern Zoe.«

»Möglicherweise hat Victor in Aidan denjenigen gesehen, der ihm im Weg stand«, sagte Lightman so neutral wie möglich. »Und als Zoe dann wieder Single war, hat er erkannt, dass es eigentlich sie war.«

Maeve schüttelte den Kopf und blickte zur Decke.

»Irgendjemand hat sie getötet«, sagte Lightman. »Ich weiß. Sie wollen nicht glauben, dass es einer Ihrer Freunde war, aber irgendjemand hat es getan.«

»Das behaupten sie immer wieder«, entgegnete Maeve unvermittelt heftig, »aber ich frage mich, ob Sie sich vielleicht irren. Siku hat mir erzählt, dass Zoe und Aidan gar nicht wieder zusammen waren, und vielleicht ist sie nie darüber hinweggekommen. Vielleicht war sie verzweifelt, und keiner von uns hat es erkannt.« Als sie Lightman wieder ansah, standen Tränen in ihren Augen. »Sie war so verletzt, als er sich zum letzten Mal von ihr getrennt hat. Im Mai.«

»Was hat Zoe im Laufe des Donnerstags gemacht?«, wechselte Lightman das Thema. »Wir wissen, dass sie ihre Wohnung um fünf verlassen hat und nicht vor halb neun zurückgekehrt ist, und ich wüsste gern, was in dieser Zeit passiert ist.«

Maeve schüttelte den Kopf. »Ich weiß nicht, was sie gemacht haben könnte. Vielleicht ist sie zusammengebrochen und hat Aidan angefleht, sie zurückzunehmen.« Sie sah ihn grimmig und mit leuchtenden Augen an. »Und dann hat sie beschlossen, dass sie genug hatte.«

»Ich verstehe, dass Sie glauben, Zoe sei verzweifelt gewesen«, sagte Lightman leise. »Aber Aidan Poole hat einen Angriff beobachtet.«

»Vielleicht wollte er das glauben«, erwiderte sie mit derselben Heftigkeit wie zuvor. »Vielleicht war das, was er gehört und gesehen hat, nur Zoes Entscheidung, dass sie genug hatte. Vielleicht konnte er es nicht verkraften. Vielleicht wusste er, dass es seine Schuld war. Was, wenn die Tür sich in Wahrheit gar nicht bewegt hat?«

Lightman nickte, als würde er darüber nachdenken, während er Maeves ernste Miene genau beobachtete. Zwei Fragen schossen ihm sofort in den Kopf: Woher wusste Maeve, dass die Tür sich bewegt hatte? Und warum schien sie so erpicht darauf, Zoes Tod als Selbstmord darzustellen?

Von außen hatte die School of Art wenig verheißungsvoll ausgesehen, doch sobald Jonah ihre geschwungenen Flure betreten hatte, umgeben von Farben und Texturen, dachte er, dass er am liebsten für immer hierbleiben würde. Er registrierte jedes Werk und jedes Detail, während er Hanson und Zoes Dozentin folgte, einer gertenschlanken Blondine in einer Wickelstrickjacke namens Annette Lock.

»Offenbar gibt es im Gebäude selbst keine Überwachungskameras«, hatte Annette ihnen erklärt, »aber mehrere vor dem Eingang. Das Büro sagt, sie können Ihnen die Aufnahmen mailen. Die Gebäudeverwaltung hat mit dem verschwundenen Bild nichts zu tun, falls Sie sich das gefragt haben. Dort habe ich mich zuerst erkundigt, um sicherzugehen, dass es keine Verwechslung gegeben hat.«

In der Mitte eines der Flure im Erdgeschoss blieb sie stehen und wies auf die Wand. Dort gab es nicht viel zu sehen. Nur einen Bilderhaken, eine leere Fläche und daneben eine kleine handgeschriebene Karte mit Zoe Swardadines Name, dem Titel *Her Painted Eyes* und dem Hinweis »Ausgezeichnet mit dem Willart Long-Preis«.

»Ist das ein renommierter Preis?«

»Ja«, antwortete Annette mit einem seltsamen angespannten Lächeln. »Es ist ein wunderbares Werk. Wirklich wunderbar.«

»Sie war talentiert?«

»Ja«, bestätigte Annette nickend. »Als sie angefangen hat, war sie nur gut. Ihre Bilder waren absolut okay, aber nicht … umwerfend. Monatelang malte sie immer wieder dieselbe einzelne Gestalt. Später hat sie dann eine zweite Figur hinzugefügt und angefangen, mit der Interaktion zwischen den beiden zu experimentieren. Und da wurde es grandios«

Hanson sah sie neugierig an. »War diese zweite Figur, die sie hinzugefügt hat, ein Mann?«

Annette legte den Kopf schief. »Es war ein Schatten, aber dem Wesen nach männlich.«

Jonah fragte sich, ob dieses spezielle Wesen Aidan Poole repräsentierte. Es wäre interessant, ein paar von Zoes Werken zu sehen.

Er blickte den Flur hinauf und hinunter und dachte, dass die Krümmung es leichter machte, etwas unbemerkt zu entfernen. Der Dieb wäre nur auf kurze Distanz zu sehen gewesen.

»Wann wurde das Bild hier aufgehängt?«, fragte Hanson.

»Ende letzten Jahres«, antwortete Annette.

»Halten Sie es für wertvoll?«

»Ich denke nicht … das ist schwer zu sagen.« Annette faltete die Hände vor ihrem Bauch, was ihre Ellbogen merkwürdig nach außen drückte. »Es kommt selten vor, dass Master-Studierende viel von ihrer Kunst verkaufen, egal wie gut sie sind. Niemand kennt sie. Aber vielleicht ist durch den Mord an Zoe ein Interesse entstanden. Andererseits … Welchen Sinn hätte es, das Werk zu stehlen, wenn man nicht öffentlich erklären darf, von wem es ist?«

Hanson nickte langsam und nachdenklich.

»Nun«, meinte Jonah, »ich habe die Erfahrung gemacht, dass es irgendwo auf der Welt immer irgendjemanden gibt, der auf das absolut Seltsamste steht, was man sich vorstellen kann. Es würde mich nicht überraschen zu erfahren, dass es Menschen gibt, die Kunst von Mordopfern sammeln.«

»Gott«, sagte Annette. »Das ist ja schrecklich.«

»Stimmt«, pflichtete Jonah ihr bei. »Wie viele Leute wussten, dass das Bild hier hängt?«

»Nun ja, jeder, der hierhergekommen ist«, sagte sie unsicher. »Ich meine, es ist nicht direkt privat, und tagsüber kommt hier jeder rein …« Sie stutzte und sagte dann: »Wissen Sie, das hätte mir eigentlich schon früher einfallen müssen. Aber es ist nicht das erste Mal, dass mit Zoes Arbeit etwas passiert ist.«

»Nicht?«

»Nein.« Annette zog ihre Arme hoch und verschränkte sie vor dem Körper. »Im vergangenen Jahr wurde ein Gemälde von ihr zerstört.« Sie lächelte ein kaum sichtbares, verlegenes Lächeln. »Es war nicht sehr nett. Jemand hat mit Zoes roter Ölfarbe das Wort ›Hure‹ auf das Bild geschmiert. Am Ende hat sie das Werk aufgegeben, weil es zu aufwühlend und schwierig für sie war.«

»Kommt so etwas häufig vor?«, fragte er.

»Nein«, antwortete Annette ein wenig gekränkt. »Natürlich nicht. Hören Sie, das sind alles Kunststudenten hier. Sie wissen um die starke persönliche Beziehung eines Künstlers zu seinem Werk. Zoe war am Boden zerstört, und wir konnten den Täter nicht ermitteln. Danach haben wir alle Ateliers bis zum Ende des Semesters nachts abgeschlossen, obwohl viele Studenten gerne auch nachts an ihren Abschlussarbeiten arbeiten wollten.«

»Aber in diesem Semester haben sie diese Praxis nicht fortgeführt?«

»Nein. Weil nichts mehr passiert ist. Und wir dachten … ehrlich gesagt dachten wir, sie hätte wahrscheinlich nur jemanden abserviert und einen hohen Preis dafür bezahlt. Sie selbst hat sich nicht dazu geäußert, doch ich hatte den Eindruck, sie wusste, wer es gewesen war.«

Jonah nickte erneut und dachte über das Wort nach. Hure. Das war sehr bestimmt. Und ein wenig altmodisch. Außerdem legte es nahe, dass jemand gewusst hatte, dass Zoe eine Affäre hatte.

Er verabschiedete sich mit dem Gefühl, dass dies eine merkwürdige Entwicklung in einer ohnehin schon merkwürdigen Ermittlung war. Es war höchst unwahrscheinlich, dass jemand anderes als der Mörder selbst das Bild gestohlen hatte. Dafür hatte er ein großes Risiko auf sich genommen, was auf eine Art Besessenheit von Zoe hinzudeuten schien, die Jonahs aktueller Theorie entgegenlief. Bisher war er davon ausgegangen, dass der Mörder einen kalten Groll gegenüber Zoe empfunden hatte, als sie gestorben war. Warum war er dann ein solches Risiko eingegangen, um etwas von ihr zu besitzen?

»Was denken Sie?«, wollte Hanson nach ein paar Minuten Fahrt wissen. Die Frage überraschte Jonah, der noch in seinen Grübeleien versunken war.

Er hatte festgestellt, dass Hanson ihn beim Nachdenken nicht ganz so bereitwillig in Ruhe ließ wie O'Malley und Lightman, was er jedoch weniger ärgerlich fand, als er erwartet hätte. Manchmal hatte er wie heute sogar das Bedürfnis, alles einmal durchzusprechen.

»Verschiedenes«, antwortete er. »Vor allem, dass es nicht zu dem passt, was ich mir bisher zusammengereimt habe. Die Planung, der vorgetäuschte Selbstmord, die Vorsicht vor den Überwachungskameras … das alles fühlt sich an, als wäre jemand mit berechnender Kälte vorgegangen. Warum dann Zoes Bild stehlen? Warum solch ein Risiko eingehen, nur um etwas von ihr zu besitzen?«

Nach einer Pause sagte Hanson: »Das könnte darauf ankommen, was auf dem Bild zu sehen ist. Durchaus denkbar, dass Angeline dafür Modell gestanden hat. Oder Zoe hatte darin einen Hinweis auf den Mörder verewigt, den er verschwinden lassen wollte.«

Jonah nickte langsam, blickte auf sein Handy und sah, dass eine Nachricht auf dem Display aufleuchtete. Sie begann mit den Worten: »Hi, hier ist Piers Lough …«

»Könnten Sie mir die bitte vorlesen?«, fragte er und wies mit dem Kopf auf das Telefon.

Hanson nahm das Handy, öffnete die Nachricht und sagte: »Oh, er hat Kontakt zu Felix Solomons ehemaliger Mieterin aufgenommen, einer gewissen Shannon. Sie hat keine Nachsendeadresse hinterlassen, weil es Streit um die Miete gab und Felix offenbar ein wenig unangenehm geworden ist. Sie möchte seinetwegen in nichts verwickelt werden.«

Hanson sah ihn an, während er überlegte, wie er antworten sollte.

»Okay, könnten Sie ihm danken und ihn fragen, ob Shannon vielleicht bereit wäre, kurz mit uns zu sprechen, damit wir uns vergewissern können, dass alles in Ordnung ist. Dann können wir sie mit freundlicher Ermutigung hoffentlich dazu bringen, ein bisschen zu plaudern.«

Hanson tippte noch die Antwort, als Lightman anrief, um über sein Gespräch mit Maeve Silver zu berichten. Vor allem ihre Andeutungen, es könnte sich doch um Selbstmord gehandelt haben, erregten sofort Jonahs Interesse. Wie Lightman bemerkt hatte, wusste sie offenbar, was Aidan ihnen erzählt hatte, obwohl sie mit diesen Informationen nicht an die Öffentlichkeit gegangen waren.

»Sie hat also entweder mit Aidan gesprochen oder weiß, was er gesehen hat, weil sie dort war«, stellte Jonah fest.

»Das habe ich auch gedacht.«

»Hatten Sie den Eindruck, dass ihr sehr daran gelegen war, dass wir Zoes Tod für einen Selbstmord halten?«

»Schwer zu sagen«, antwortete Lightman. »Es ist auch möglich, dass sie es selbst glauben wollte.«

Jonah nickte. »Einverstanden. Am interessantesten ist vielleicht, dass nicht allzu viele Personen die Gelegenheit hatten, an Aidans Fingerabdrücke zu kommen, und sehr wahrscheinlich ist Maeve eine von ihnen.«

Wie sich herausstellte, wartete Victor Varos nicht auf sie, als sie ins Kommissariat zurückkehrten. Er hatte sie für weitere anderthalb Stunden hingehalten, weil er angeblich »keine Wahl« habe, als »seine Schicht zu beenden«.

»Hat er sich angehört wie ein Mann, der etwas zu verbergen hat?«, fragte Jonah und zog eine Braue hoch.

»Ja, hat er«, antwortete O'Malley, »aber so hören sich für mich alle an. Ich würde allerdings darauf wetten, dass er derjenige war, der Maeve Silver bedroht hat.«

»Ich würde auch sagen, er ist der Favorit«, stimmte Jonah ihm zu.

»Die Aufnahmen der Überwachungskameras entlasten ihn in einer Hinsicht und belasten ihn in einer anderen«, fügte O'Malley hinzu. »Ich habe das Taxi aufgespürt, in das er am Abend von Zoes Ermordung um acht Uhr gestiegen ist. Es biegt in die West Bargate ab, also in Richtung seiner Wohnung und nicht Zoes. Aber ich habe mir auch erlaubt, die Aufnahmen der Kamera in Bahnhofsnähe zu überprüfen, in der Zeitspanne, in der Greta gestern Abend einen

Fremden vor ihrem Haus gesehen hat. Victor ist um 17:18 Uhr wie ein Besessener vorbeigeradelt. Das heißt, er hätte bequem den Zug um 17:42 Uhr zweiundvierzig nach Alton erreichen können.«

»Großartige Arbeit, Domnall«, sagte Jonah.

»Ähm, Sir«, sagte Hanson, die mit ihrer Tasche über der Schulter noch in der Nähe wartete. »Ich wollte das schon früher erwähnen. Ich glaube, Victor hat am Samstagabend auch vor meinem Haus rumgelungert.«

Jonah sah sie, kurz aus dem Takt gebracht, eindringlich an. »Vor *Ihrem* Haus?«

»Jemand stand vor meiner Tür, als ich nach Hause gejoggt bin«, sagte sie, und ihre leicht geröteten Wangen straften ihre ruhige Stimme Lügen. »Ich habe ihn gesehen und gewartet, bis er weg war, bevor ich reingegangen bin. Er ist in die andere Richtung verschwunden, und ich wollte vor allem nach Hause und ins Warme.« Sie zuckte knapp mit den Schultern. »Aber ich nehme an, es wäre logisch. Ich bin ihn ziemlich hart angegangen, als er hier war.«

»Mich beunruhigt, dass er weiß, wo Sie wohnen«, sagte Jonah leise. »Steht Ihre Festnetznummer im Telefonbuch?«

»Nein.«

»Okay. Ich guck mir das an. Ich fahr jetzt zu dem Café. Und dann kann Victor sich verdammt noch mal darauf gefasst machen, in die Mangel genommen zu werden.«

»Mittlerweile kommt einiges gegen ihn zusammen«, bemerkte O'Malley. »Wollen Sie nicht ein paar uniformierte Kollegen mitnehmen und ihn herbringen?«

Die Frage überraschte Jonah, bis ihm klar wurde, dass er viele seiner jüngsten Theorien nur in seinem eigenen Kopf hin und her bewegt hatte.

»Ja. Also … Wir werden Victor höchstwahrscheinlich in zwei Fällen von Belästigung drankriegen«, sagte er und blieb kurz stehen, um seine Überlegungen mit seinem Team zu teilen, »aber ich habe den starken Verdacht, dass er nichts mit Zoes Tod zu tun hatte.«

»Weil das Taxi in die falsche Richtung gefahren ist?«, fragte O'Malley.

»Nicht ganz«, erwiderte Jonah. »Dass das Taxi in die falsche Richtung abgebogen ist, verrät uns nur, dass er nicht derjenige war, der bei Zoes Rückkehr vor ihrem Haus auf sie gewartet hat.« Er nahm O'Malleys iPad, das unter einem Packen Papier verborgen war, und lud den Stadtplan von Southampton. »Um acht hat er in der Innenstadt ein Taxi genommen. Die Fahrt zu Zoe hätte höchstens eine Viertelstunde gedauert, aber in die Richtung ist er nicht gefahren. Er ist nach Hause gefahren, zwanzig Minuten Fußweg von Zoe entfernt.«

»Und …«, sagte Hanson und folgte dem Finger, mit dem der DCI die Strecke beschrieb, »Sie glauben, er hat es sich anders überlegt und ist zu ihr gegangen, nachdem er zu Hause angekommen war?«

»Genau«, sagte Jonah. »Ich glaube, er ist nach Hause gefahren und hat sich dann betrunken und mit düsteren Gedanken im Kopf zu Fuß auf den Weg durch den Park gemacht. Er hätte genug Zeit gehabt, noch etwas zu trinken und dann um neun bei Zoe zu sein und in einen Streit mit ihr zu geraten.«

»Wieso glauben Sie, dass er es war?«, fragte O'Malley.

»Er wusste, dass Angeline ebenfalls eine Auseinandersetzung mit Zoe gehabt hatte, was er eigentlich nicht hätte wissen können«, antwortete Hanson, ehe Jonah antworten konnte. »Er ist uns aus dem Weg gegangen. Und bisher hat sonst niemand zugegeben, Zoe zu der Uhrzeit getroffen zu haben. Außerdem ist es genau das, was jemand mit offensichtlich ausgeprägten Ängsten tun würde.«

»Die interessante Frage ist«, sagte Jonah, »ob Victor gesehen hat, wer auf Zoe gewartet hat, als sie nach Hause kam.«

Nachdem der DCI gegangen war, stellte Juliette ihre Tasche neben dem Schreibtisch ab und fand ein Post-it an ihrem Bildschirm, sie möge einen gewissen Luke zurückrufen. Mit einem Zungenschnalzen zupfte sie es ab und rieb den Bildschirm sauber, bevor sie mit dem Zettelchen in O'Malleys Richtung winkte.

»Was ist das?«

»Oh, irgendein Typ mit Informationen für dich«, sagte O'Malley. »Offenbar hat man ihm erklärt, dass er mit dir und nur mit dir sprechen soll, also habe ich ihn gebeten, eine Nummer zu hinterlassen.«

Juliette nickte. Sie war es gewohnt, als Erste aus dem Team Anrufe entgegenzunehmen. So war das eben, wenn man die einzige Detective Constable war.

»Oh, danke, dass Sie zurückrufen«, meldete Luke sich übertrieben enthusiastisch. »Ich muss unbedingt mit Ihnen sprechen. Jetzt muss ich los, um es noch zur Post zu schaffen, bevor sie zumacht, aber könnten Sie mich anschließend treffen?«

»Worum geht es denn?«, fragte sie.

»Um Maeve Silver«, antwortete Luke. »Ich habe gesehen, wie einer Ihrer Kollegen mit ihr gesprochen hat, und ich denke, es gibt ein paar Dinge, die Sie über sie wissen sollten.«

»Klar«, sagte Hanson. »Ich kann in zwanzig Minuten in der Stadt sein …«

»Wie wär's mit dem veganen Café im Queensway? In einer halben Stunde?«

»In Ordnung«, willigte Hanson ein. »Bis gleich dann.«

Aber ehe sie aufbrechen konnte, klingelte ihr Telefon erneut. Seufzend nahm sie ab.

»DC Hanson. Wie kann ich Ihnen helfen?«

Nach kurzem Schweigen fragte eine Frauenstimme: »Ist DS Lightman da? Es gibt da etwas, worüber ich gern mit ihm sprechen würde.«

Zuerst dachte Hanson, es sei Greta Poole. Aber die Frau sprach mit einem anderen Akzent und in einem leichteren Ton.

»Er ist im Moment leider nicht im Büro«, sagte sie, »aber vielleicht kann ich Ihnen weiterhelfen?«

»Nein, schon in Ordnung«, sagte die Frau, und Hanson erkannte, dass es Maeve Silver war. »Ich versuch's später noch mal.«

Juliette legte kopfschüttelnd auf. Auf diesen hormongesteuerten Fanclub könnte das gesamte Team gut verzichten.

»Ich bin in einer guten Stunde zurück«, erklärte sie O'Malley. »Bis dahin überreiche ich dir den Stab für das Amt als Lightmans persönliche Sekretärin. Geh weise damit um.«

Als Jonah das Café betrat, sah er Victors Gesichtsausdruck und erkannte einen Mann, der sich ertappt fühlte. Victor bediente gerade einen Kunden. Als er fertig war, sprach er kurz mit seinem Kollegen, dann zog er die Schürze aus, ging auf Jonah zu und blieb vor ihm stehen.

»Ich hab doch gesagt, ich muss arbeiten«, knurrte er.

»Und ich habe gesagt, es ist dringend«, erwiderte Jonah leise. »Oder wollen Sie nicht, dass der Mörder Ihrer Freundin gefunden wird?«

Victor warf ihm einen Blick zu, der gleichermaßen wütend wie geschlagen wirkte, und führte ihn zu einem Tisch in der Ecke.

»Also gut«, sagte er. »Was wollen Sie wissen?«

»Fangen wir mit gestern Abend an«, sagte Jonah. »Sie sind zu Aidan und Greta Pooles Haus gefahren. Warum?«

»Ich bin nicht …«, setzte Victor an.

»Sie haben Ihre Spuren nicht so gut verwischt, wie Sie vielleicht glauben«, sagte Jonah mit fester Stimme. »Sie wurden gefilmt.«

Einen Moment lang herrschte Stille, in denen die Muskeln in Victors Kiefer arbeiteten. Dann sagte er: »Also gut. Ich war … Ich wollte bloß mit ihm reden. Also, nein. Ich wollte ihn verprügeln.«

»Wieso?«

»Weil er sie umgebracht hat«, antwortete Victor und hob das Kinn. »Vielleicht sind Sie zu gefangen in Ihren Ermittlungen, um es zu erkennen, aber er war es.«

»Ermittlungen sorgen dafür, dass wir nicht den Falschen verhaften«, erwiderte Jonah. »Denken Sie mal drüber nach. Und jetzt hören Sie mir bitte gut zu. Es gibt dort draußen jemanden, der will, dass wir glauben, Aidan Poole hätte Zoe ermordet. Aber es gibt sehr überzeugende Gründe für die Annahme, dass er es nicht war, und Sie müssen uns helfen, denjenigen zu finden, der Zoe wirklich getötet hat.« Er fixierte Victor mit seinem härtesten Blick. »Waren Sie schon mal in Aidan Pooles Haus?«

Victor schüttelte den Kopf. »Nein.« Er klang mürrisch. Unwillig.

»Woher wussten Sie, wo Aidan wohnt?«

»Ich habe ihn gegoogelt«, antwortete Victor trotzig. »Schon vor Monaten. Als er mit Zoe zusammengekommen ist. Ich wollte zu ihm gehen und ihm sagen, dass er sie in Ruhe lassen soll.«

»Und das haben Sie nicht getan?«, hakte Jonah nach. »Sie waren nicht dort und haben etwas von Aidan mitgenommen, was Ihnen später vielleicht noch mal nützlich sein könnte?«

Victor wirkte ehrlich verwirrt. »Nein, ich war doch noch nie vorher dort. Ich habe es gelassen, weil … Maeve hat gesagt, dass Zoe mir nie verzeihen würde.«

Jonah hätte beinahe gelacht. »Da könnte sie recht gehabt haben.«

Er betrachtete die deutlich hervortretenden angespannten Sehnen an Victors Unterarmen und sagte: »Ich glaube, Sie waren schon sehr lange wütend, und ich glaube auch, dass am Donnerstagabend ein Teil dieser Wut übergekocht ist und sich gegen Zoe gerichtet hat.«

Victors Kopf schnellte hoch. »Ich war es nicht!«

»Aber Sie sind zu ihr gegangen«, bohrte Jonah nach. »Sie haben ein Taxi aus der Stadt genommen.«

»Aber ich bin nicht mit dem Taxi zu …« Victor hielt inne, und Jonah lächelte.

»Sie sind nicht mit dem Taxi zu Zoe gefahren? Nein. Sie sind nach Hause gefahren, aber dann haben Sie angefangen, an Zoe zu denken und daran, dass sie vielleicht eine neue Beziehung begonnen haben könnte. Am Abend zuvor war sie überstürzt aufgebrochen, und das fanden sie unfair. Nachdem sie so lange gewartet hatten, dass Sie über Aidan hinwegkommen würde.«

Victor sagte nichts. Er blickte auf seine Finger, die er rhythmisch bog und streckte.

»Sind Sie mit dem Fahrrad zu ihr gefahren?«, fragte Jonah. »Oder sind Sie zu Fuß gegangen?«

Nach einer langen Pause antwortete Victor: »Zu Fuß. Ich konnte meinen Fahrradschlüssel nicht finden.«

»Sind Sie unterwegs jemandem begegnet?«, fragte Jonah. »Jemandem, den Sie kannten?«

Victor sah ihn eigenartig an. »Nein. Warum sollte ich?«

Jonah beobachtete ihn eine Weile und sagte dann leise: »Aber nachdem Sie den langen Weg gemacht hatten, hat Zoe Sie abgewiesen, oder? Sie hat Ihnen erklärt, dass sie nicht interessiert war.« Nach einer Pause fuhr er fort: »Waren Sie überrascht von der Stimmung, in der Sie sie angetroffen haben? War sie plötzlich nicht mehr die gütige, hilfsbereite Frau, die Sie so liebten?«

»Irgendwas stimmte nicht mit ihr«, sagte Victor. »Irgendwas … was er ihr angetan hat. Sie war nicht sie selbst. Sie war …« Er hielt inne und murmelte dann: »*Como um diabo.*«

»Zoe hat Ihnen unmissverständlich erklärt, dass sie Ihre Versuche, ihr Leben zu kontrollieren, lange genug ertragen hat«, sagte Jonah. »Und Sie sind rasend wütend geworden.«

»Ja«, gab Victor nach längerem Schweigen zu.

»Trotzdem haben Sie beschlossen, sie später noch einmal zu besuchen.«

Victor sah ihn mit dem Ausdruck eines in die Enge getriebenen Tieres an. »Nein. Nein, ich habe sie nicht getötet.«

»Erzählen Sie mir, was passiert ist«, sagte Jonah leise. »Sie sind gesehen worden. Auf der Hill Lane. Wir wissen, dass Sie zu Zoe zurückgegangen sind.«

Es entstand ein langes Schweigen. Victor blickte zum Tresen und bewegte den Kiefer, als würde er mit den Zähnen mahlen. Dann sagte er: »Ich weiß nicht, was ich gedacht habe. Ich hatte das Gefühl, ich könnte nirgendwo anders hingehen, solange ich so wütend war. Ich hab es zu Hause nicht ausgehalten, deshalb bin ich wieder los.«

»Wann?«

»Ich weiß nicht genau. Um elf. Halb zwölf. Ich bin mir nicht ganz sicher.«

»Sie sind zu Zoe gegangen.«

»Fast den ganzen Weg«, bestätigte Victor leise. »Aber unterwegs habe ich nachgedacht und war sicher, dass alles nur wegen Maeve passiert war. Es war nicht … es war nicht fair von mir. Aber ich habe einfach beschlossen, dass sie an allem schuld war. Sie war immer so begeistert von Aidan, und ich … ich habe sie angerufen.«

»Sie haben Maeve angerufen?«

»Ja, ich habe sie angeschrien. Ich habe ihr erklärt, sie hätte alles ruiniert.«

Jonah beobachtete Victors Gesichtsausdruck genau. »Haben Sie sie geweckt?«

»Nein«, sagte Victor mit einem defensiven Kopfschütteln. »Sie war noch unterwegs.«

»Sie war unterwegs?«, fragte Jonah.

»Ja. Mit dem Fahrrad. Sie war ganz außer Atem, als sie ans Handy gegangen ist.«

Jonah nickte, bemüht, sich sein Erstaunen nicht anmerken zu lassen. Maeve hatte behauptet, dass sie nach dem Ladies' Supper direkt nach Hause gefahren und nicht mehr ausgegangen sei.

Zum ersten Mal seit Tagen schien die Sonne. Die Wolken waren wie von einer frischen Brise weggefegt, der Himmel strahlte blau. Juliette blickte nach oben und dachte lächelnd, dass sie den Termin für diese Befragung perfekt gelegt hatte.

Vom Meer wehte nach wie vor ein starker Wind, der unter ihre Jacke kroch, als sie von ihrem Wagen die Straße hinunterlief. Sie zog die Tür des Cafés eilig hinter sich zu, ging zum Tresen und sah sich nach ihrer Verabredung um. Sie bezweifelte, dass der Gemeindevorsteher ein Beffchen oder Ähnliches tragen würde, und fragte sich, wie sie ihn erkennen sollte. Aber in diesem Moment blickte ein schlaksiger Mann in einem Sessel am Fenster auf, winkte ihr zu und ersparte ihr alles weitere Raten.

Vor ihm stand bereits ein Getränk, und Juliette beschloss, ihn warten zu lassen, um sich auch etwas zu holen. Sie bestellte eine Americano ohne Milch und Zucker. Sie nahm den Becher zwischen beide Hände, genoss die Wärme, ging zu dem Mann und setzte sich neben ihn in den freien Sessel, der viel bequemer war, als sein schäbiges Aussehen hatte vermuten lassen.

»Guter Kaffee. Danke für den Vorschlag«, sagte sie.

»Gerne«, sagte er. »Ich bin Luke Searle.«

»Juliette«, sagte sie und schüttelte die ausgestreckte Hand, die groß und sehr viel wärmer war als ihre. »Und vielen Dank auch für Ihren Anruf.«

»Ich möchte nur helfen. Es gibt ein paar Dinge, die Sie wissen sollten«, sagte er und seufzte leise. »Es ist schwierig mit Maeve. Sie ist ein guter Mensch, das ist sie wirklich. Sie leistet eine Menge für alle um sie herum, und es gibt niemandem, dem ich mehr vertrauen würde, wenn es darum geht, anderen zu helfen.«

Wie Juliette vermutet hatte, ließ das »Aber« nicht lange auf sich warten.

»Aber ich glaube … ich glaube, man kann mit Recht sagen, dass sie sich bei einigen Menschen zu Dingen hinreißen lässt, die für keinen der Beteiligten angenehm sind.«

»Inwiefern?«

»Nun, wir hatten … wir hatten in der Gemeinde einen Pastor, der uns wieder verlassen hat, zum Teil auch ihretwegen.« Er zog eine skeptische Miene. »Ich glaube nicht, dass es ihre Schuld war. Es war einfach ein Missverständnis. Sie dachte, er wäre nicht nur spirituell, sondern auch als Frau an ihr interessiert. Sie war fast ein bisschen besessen von ihm …«

»Was hat sie gemacht?«, fragte Juliette. »Ihn belästigt?«

»Im Grunde muss man das so sagen, ja.« Luke seufzte. »Auch wenn sie das nicht so gesehen hat. Sie hat es nicht mit Absicht getan. Es war bloß ein Missverständnis. Er war freundlich zu ihr, und sie hat es falsch aufgefasst. Vielleicht ging es ihr zu der Zeit nicht besonders gut. Keine Ahnung. Jedenfalls war es vor allem deshalb ein Problem, weil der Mann Frau und Kinder hatte. Als er die Kommunikation mit ihr ganz abgebrochen hat, hat Maeve mir und dem anderen Gemeindevorsteher ihr Herz ausgeschüttet und erklärt, sie könne nicht mehr Mitglied bei uns sein.«

»Und … wie kam es dann, dass am Ende er die Gemeinde verlassen musste?«, fragte Juliette.

»Nun, wir haben nach und nach begriffen, dass das Ganze nur in ihrem Kopf passierte«, sagte Luke. »Wir haben ihn diskret darauf angesprochen. Er wollte die Sache unbedingt klären, sie jedoch auf gar keinen Fall verletzen. Letztendlich war es sein Entschluss, uns zu verlassen. Man hatte ihm ein Pastorat in Cardiff angeboten, nicht weit von seinen Eltern. Maeve hat sich deswegen elend gefühlt, das sollte ich noch erwähnen. Sie hat gesagt, das habe sie nicht gewollt. Sie habe ihn nicht vertreiben wollen. Und ich bin sicher, das war auch nicht ihre Absicht. Es war bloß alles ein ziemliches Durcheinander.«

Juliette konnte sich Maeve Silver gut als obsessive Geliebte vorstellen. Sie hatte eine intensive Ausstrahlung, und Juliette argwöhnte, dass ihre eifrige Nächstenliebe ein Versuch war, die eigenen Gefühle zu unterdrücken. Oder sie spielte die Rolle des braven christlichen Mädchens nur, ohne wirklich daran zu glauben.

»Könnten Sie mir ein wenig detaillierter schildern, wie sie ihn belästigt hat?«, fragte sie Luke. »Was genau hat sie getan?«

»Sie hat ihn ständig angerufen und ihm Nachrichten geschickt«, sagte der Gemeindevorsteher. »Anfangs ging es um die Heilige Schrift und ihren Glauben, später dann darum, wie sehr sie ihn liebte und brauchte.« Seufzend fügte er hinzu. »Ich glaube, er hat sich auch ein bisschen schuldig gemacht, weil er nicht deutlich genug Grenzen gezogen hat. Er ist ein gütiger Mensch und hat sie als arme Seele betrachtet. Ein wenig Pragmatismus wäre hilfreich gewesen.«

»Hat sie ihn gestalkt?«

»Na ja …« Er machte ein frustriertes Geräusch. »Ich glaube nicht, dass man es als Stalking bezeichnen sollte. Einmal ist sie ihm und seiner Familie in den Park gefolgt. Nach einer Weile hat er bemerkt, dass sie auf einer Bank saß und sie beobachtete, und ist mit seiner Frau und seinen Kindern wieder nach Hause gegangen. Sie hat nicht versucht, sich ihnen zu nähern oder sie anzusprechen, sondern sie nur beobachtet.«

Mit einem leichten Schauder dachte Juliette daran, was Victor Varos ihnen erzählt hatte. Wie Maeve Aidan und Zoe beobachtet hatte, seiner Ansicht nach, weil sie selbst keinen abkriegte.

Juliette fragte sich, ob die Sache in Wahrheit nicht anders lag. Vielleicht hatte sie sie beobachtet, weil sie jeden hasste, der zwischen ihr und Aidan stand, genauso wie sie die Frau gehasst hatte, die zwischen ihr und dem Pastor gestanden hatte. Vielleicht hatte sie daran gedacht, wie es sich anfühlen würde, Zoe Swardadine umzubringen.

28.

Aidan wachte vollständig bekleidet in einem Zimmer auf, das er nicht sofort erkannte. Das Premier Inn. Hierher war er gegangen, direkt nachdem die Polizei ihn hatte laufenlassen. Er konnte sich nicht daran erinnern, sich hingelegt zu haben.

Als er sich aufrichtete, hatte er das Gefühl, aus einem Traum zu erwachen, der Tage gedauert hatte. Einem Traum, in dem er nur an seinen eigenen Schmerz und Verlust denken musste. Warum hatte er nicht an Zoes Mörder gedacht? Warum war die Tatsache, dass sie ermordet worden war, nicht das Wichtigste gewesen?

Er warf einen Blick zurück auf alles, was er seit Donnerstag getan hatte, und erkannte sich in seinen Handlungen selbst nicht wieder. Vermutlich war es ein Effekt seiner Trauer gewesen, aber auch dumm. Wenn die Polizei nicht so scharfsinnig gewesen wäre, hätte man ihn längst wegen Mordes angeklagt.

Nun, es wurde Zeit aufzuwachen. Nicht nur aufzuwachen, sondern zu *handeln.* Nicht nur für sich selbst, sondern auch für Zoe.

Der Anruf, den Lightman zu gleichen Teilen erwartet und befürchtet hatte, kam, als er gerade auf den Parkplatz der Polizeistation fuhr. Er atmete aus und nahm ihn an.

»Hi, Mum«, sagte er. »Wie geht's?«

»Oh, Ben«, sagte sie, und er musste gar nicht weiter fragen.

»Es ist okay, Mum«, sagte er. »Es ist okay.«

Er hörte sie fast lautlos weinen und fragte sich, was er überhaupt sagen konnte, um sie zu trösten.

»Chef«, sagte O'Malley und steckte den Kopf in Jonahs Büro. »Ich habe Zoe Swardadine auf den Kameraaufnahmen entdeckt, in der Zeit, in der sie verschwunden war. Um 17:28 Uhr, um genau zu sein. Auf dem Weg in die Stadt.«

Jonah blickte zu ihm auf, versunken in Gedanken über Maeve Silvers Lüge, am Donnerstagabend zu Hause gewesen zu sein, und über Felix Solomons Schlüssel. Er nickte langsam.

»Nur auf dem Weg in die Stadt? Können Sie sie weiterverfolgen?«, fragte Jonah.

»Wahrscheinlich«, erwiderte O'Malley. »Aber interessant ist, dass die Frau mit der Brille immer noch vor ihr geht.«

Jonah runzelte die Stirn und hievte sich aus seinem Stuhl, um sich die Bilder anzusehen. O'Malley lud das Video hoch und spielte es ab. Man sah die unbekannte Frau von der Seite, die diesmal in Richtung Stadt marschierte. Ihre stachelige Frisur, die schmuddelige Jacke, die Jeans und die Stiefel waren leicht wiederzuerkennen. Es war definitiv dieselbe Frau, wie O'Malley gesagt hatte. Und dicht hinter ihr folgte Zoe, offenbar immer noch in Eile.

»Was meinen Sie?«, fragte O'Malley. »Für mich sieht das aus wie eine Verfolgung.«

»Ja, stimmt.« Jonah nickte. »Aber warum? Warum sollte sie die unbekannte Frau verfolgt haben? Vielleicht ist es eine Kommilitonin von der Kunsthochschule. Eins von Zoes Werken wurde mutwillig beschädigt. Aber das ist ziemlich weithergeholt.«

»Ich suche weiter«, sagte O'Malley. »Nachdem wir sie nun ein Stück weiter stadteinwärts entdeckt haben, sollte es mit den Kameras in der City leichter werden, ihren Weg zu verfolgen.«

»Danke«, sagte Jonah und seufzte kurz. »Sie haben nicht zufällig Maeve Silver irgendwann irgendwo gesehen? Auf einem Fahrrad vielleicht?«

»Noch nicht«, sagte O'Malley. »Wieso?«

»Victor hat mir erzählt, dass er sie noch spät angerufen hat, also deutlich nach elf, und sie auf dem Fahrrad unterwegs war.« Er schüttelte den Kopf. »Wenn das stimmt, war sie am Donnerstagabend nicht wie behauptet zu Hause.«

»Sollen wir Sie vorladen?«, fragte O'Malley.

»Ja«, antwortete Jonah und nickte langsam. »Aber machen Sie es beiläufig. Sagen Sie, Lightman habe noch etwas zu fragen vergessen.«

Als er wieder an seinem Schreibtisch saß, ging eine E-Mail ein. Annette Lock hatte Wort gehalten und ein Foto von Zoes verschwundenem Gemälde geschickt.

Er lud es hoch und betrachtete die blasse, fragile, von einem Schatten umhüllte Gestalt mit dem wie vor Schmerz oder in Ekstase gewölbten Rücken. Die schattenhafte Figur, die sich um sie wand. Aber der eigentliche Bildmittelpunkt war die Gestalt im Hintergrund, die den Kopf in den Nacken gelegt gen Himmel starrte. Ihre Augen fehlten oder waren … irgendwie versiegelt. Ein greller roter Streifen in ihrem Unterleib durchschnitt die aufgewühlten Blau-, Grau- und Weißtöne der übrigen Figur, und es war schwer, den Blick von diesem klaffenden Schnitt zu wenden.

»O'Malley«, rief er. »Wie gut kennen Sie sich mit Kunst aus?«

»So gut wie gar nicht«, rief sein Sergeant zurück. »Aber ich bin bereit, eine Meinung zu riskieren. Maeve Silver geht nicht ans Telefon«, fügte er hinzu.

Der Sergeant kam in Jonahs Büro und trat hinter ihn. Gemeinsam betrachteten sie das Bild. O'Malley atmete vernehmlich aus und sagte: »Es ist gut, oder?«

Wieder klopfte es. Hanson stand mit rosigen Wangen und leuchtenden Augen in der Tür. »Ich habe nützliche Informationen über Maeve Silver, Sir.«

»Was denn?«, fragte Jonah, ohne aufzublicken. Er konnte ihr nicht die gewohnte Aufmerksamkeit widmen, denn das Gemälde sprach irgendwie zu ihm.

»Sie hat den ehemaligen Pastor der Gemeinde belästigt«, sagte Hanson in der Tür. »Sie hat ihn und seine Familie gestalkt, sodass er in eine andere Stadt ziehen musste.«

Nun hob Jonah doch langsam den Blick. »Wann war das?«

»Vor acht Monaten«, antwortete Hanson.

»Das heißt, sie könnte ihre Aufmerksamkeit auf Aidan Poole umgelenkt haben«, sagte er.

»Das dachte ich auch.«

Sein Blick wurde wieder von dem Bild angezogen.

»Was gucken Sie sich da an?«, fragte Hanson.

»Entschuldigen Sie. Es ist Zoes vermisstes Gemälde«, sagte er. »Wir haben ein Foto. Was halten Sie davon?«

Er drehte den Bildschirm in ihre Richtung und beobachtete ihre Reaktion.

»Oh«, sagte sie. »Also, ich finde es ziemlich eindeutig.«

Jonah sah sie verwirrt an. »Inwiefern eindeutig?«

»Was den Grund für den Diebstahl betrifft. Wahrscheinlich jedenfalls.« Hanson drehte den Bildschirm zurück zu ihm und O'Malley. »Sie fanden es seltsam, dass jemand etwas von einem Menschen stiehlt, den er hasst, und ich habe erwidert, vielleicht würde es etwas über den Mörder verraten. Aber eigentlich ist dieses Bild eine Rechtfertigung für den Mord.«

Jonah blickte wieder auf das Gemälde. »Das müssen Sie mir erklären«, sagte er.

»Die beiden Gestalten im Vordergrund sind Zoe und Aidan«, sagte Hanson.

»Aber das ist Angeline Judd«, widersprach O'Malley.

»Ja, Angeline ist das Modell«, erklärte Hanson, »aber im Grunde ist es ein Selbstporträt. Sie malt die gebrochen aussehende Angeline, um sich selbst darzustellen.« Sie grinste, als sie O'Malleys skeptische Miene sah. »Schauen Sie. Annette Lock hat gesagt, Zoe hätte erst angefangen, eine zweite Figur hinzuzufügen, seit sie mit Aidan zusammen war, richtig? Davor war die zentrale Gestalt immer allein.«

»Zoe und Aidan sind also in ihrem Liebesakt miteinander verwoben«, sagte Jonah, »und nun gibt es eine dritte Figur, die durch Zoe und Aidan verletzt wird.«

»Genau«, sagte Hanson und trat mit einem strahlenden Lächeln einen Schritt zurück. »Sie gesteht ein, dass ihre Beziehung einen anderen Menschen verletzt hat.«

»Okay …«, sagte Jonah, betrachtete erneut das Gesicht mit den geblendeten Augen und die grelle blutige Wunde.

»Deshalb glaube ich, dass das Bild als Beweis dafür gestohlen wurde, dass Zoe genau wusste, was sie mit Aidan Poole tat.« Hansons Blick war durchdringend, als sie Jonah wieder ansah. »Sie wusste, dass sie jemanden verletzt hatte, deshalb war ihre Ermordung gerechtfertigt. So würde ich es jedenfalls deuten. Und wenn Sie mich fragen, war es mit neunzigprozentiger Wahrscheinlichkeit eine Frau, die es getan hat, weil die Figur auf dem Gemälde weiblich ist.«

Jonahs Blick wanderte wieder zu der geblendeten Frau, und er erkannte allmählich, was Hanson meinte.

Lightman ließ sein Handy sinken und atmete lange aus. Dann sah er, dass er eine Nachricht hatte. Sie musste eingegangen sein, als er telefoniert hatte.

> Können Sie zu mir nach Hause kommen? Es gibt einige Dinge, über die ich wirklich sprechen muss.

Er blickte stirnrunzelnd auf das Display und fragte den Absender, wer er sei. Und dann ging es ihm auf, noch bevor die Antwort kam. Er seufzte. Vermutlich war das eine der Kehrseiten seines aufgeschlossenen Wesens.

»Entschuldigen Sie«, sagte er zu dem Taxifahrer. »Können Sie mich zu einer anderen Adresse bringen?«

Jonah war sich bewusst, dass O'Malley darauf wartete, dass er etwas sagte, aber er konnte jetzt keine Gedanken aufs Reden verschwenden. Mit einem Mal begann vieles, einen Sinn zu ergeben.

Natürlich war es eine Frau. Es war eine Frau, die sich einen Schlüssel zu Zoes Wohnung besorgt hatte. Es war eine Frau, die problemlos Aidan Pooles Fingerabdrücke auf dem Schloss hatte verteilen können. Und es war eine Frau, die all das aus Rache kaltblütig geplant hatte … und möglicherweise auch aus dem Wunsch heraus, die Zuneigung des Mannes zurückzugewinnen, den sie liebte.

Juliette ertappte sich dabei, wie sie die Unterhaltung mit Luke Searle im Kopf immer wieder durchging, nur gelegentlich unterbrochen von Gedanken an Victor Varos' Aussage. Die Tatsache, dass Victor und der Gemeindevorsteher Maeve in den gleichen Worten beschrieben hatten, beunruhigte sie. Die Tatsache, dass Maeve so offensichtlich gewollt hatte, dass Aidan Poole nicht aus ihrem Leben verschwand, beunruhigte sie noch mehr, und die Tatsache, dass Maeve wahrscheinlich falsche Angaben darüber gemacht hatte, wo sie am Donnerstagabend gewesen war, machte alles noch schlimmer.

Dem Anschein nach schien Maeve nie ein starkes Motiv gehabt zu haben, Zoe zu ermorden. Aber was, wenn das gar nicht stimmte? Was, wenn sie sich mit Aidan getroffen und geglaubt hatte, er würde sich in sie verlieben, nachdem er nicht mehr mit Zoe zusammen war? Was, wenn er sie abgewiesen hatte?

Sie mussten mit Aidan Poole sprechen. Sofort.

Sie war schon aufgesprungen, als sie sah, wie Felix Solomon mit einem entschlossenen Funkeln in den Augen das CID betrat. Der uniformierte Constable, der ihn begleitete, klopfte an die Tür des DCI, und Juliette setzte sich seufzend wieder an ihren Schreibtisch.

Sie brauchte ein paar Minuten, bis es ihr gelang, die Gedanken an Maeve beiseitezuschieben und sich zu fragen, warum Felix hier aufgetaucht war.

Jonahs Handy klingelte, als er gerade aufstehen wollte, und er lächelte knapp, als er Angeline Judds Namen auf dem Display las. Seine Gedanken eilten dem, was sie sagen wollte, schon weit voraus, doch er nahm den Anruf trotzdem an.

»DCI Sheens.«

»Ihre Kollegin hat sich auf einen Kaffee mit Luke Searle getroffen«, sagte sie mit vollkommen klarer Stimme und ohne die übliche Zerstreutheit. »Ich möchte wissen, warum.«

»Ich fürchte, ich kann Ihnen keine Informationen zu den laufenden Ermittlungen geben«, entgegnete Jonah.

Es klopfte. Er drehte sich um und sah einen uniformierten Kollegen mit Felix Solomon vor seiner Tür stehen. Er hob einen Finger, um zu signalisieren, dass es nicht lange dauern würde.

»Stellen Sie sich nicht dumm«, sagte Angeline. »Ich frage nicht nach Informationen über den Fall. Ich will wissen, was für einen Mist Luke über Maeve verbreitet hat.«

»Noch einmal …«

»Er ist eine Schlange«, unterbrach sie ihn. »Was hat er gesagt? Dass Maeve eine Stalkerin ist oder irgendetwas in der Richtung? Das ist Bullshit.«

Jonah grunzte unverbindlich. Zum einen weil er sie gerne weiterreden lassen wollte, zum anderen weil er schon überlegte, was er Felix Solomon fragen wollte.

»Sie hat Isaac nie gestalkt. Er hat sie verführt«, sagte Angeline. »Er hat sie ein ganzes verdammtes Jahr lang hingehalten und ist immer wieder auf sie zugekommen. Ich habe sie zusammen gesehen, ich habe seine Nachrichten gelesen. Als dann alles rausgekommen ist, hat er gelogen, und Luke Searle, der sexistische Wichser, hat sich auf seine Seite geschlagen.«

Obwohl er mit dem Kopf nur halb bei der Sache war, staunte Jonah, wie Angeline für ihre Freundin einstand. Alles, was er bisher von ihr gesehen hatte, wies auf einen schwachen und manipulativen Menschen hin. Dass sie einer Freundin in der Klemme loyal zur Seite sprang, war sowohl überraschend als auch ein wenig herzerwärmend.

»Können Sie das auch beweisen?«

Angeline lachte. »Ja, das kann ich. Wenn Sie einen kleinen Beleg wollen: Warum hat Isaac Maeve am Donnerstag eingeladen, eine

Nacht in einem Hotel mit ihr zu verbringen, wenn er so verdammt unschuldig ist?«

»Davon wussten wir nichts«, sagte Jonah und nahm ein Blatt. Nicht um sich Notizen zu machen, sondern um eine Liste von Namen aufzuschreiben. »Maeve hat gesagt, sie wäre nach Hause gefahren.«

»Wahrscheinlich dachte sie, die zeitlichen Abläufe seien nicht so wichtig, und eigentlich wollte sie auch nicht darüber sprechen«, sagte Angeline. »Er hat ihr am Dienstag erklärt, dass er seine Frau für sie verlassen hätte. Und am Donnerstag hat sie endlich nachgegeben und mit ihm geschlafen, weil sie dachte, es sei wahre Liebe. Und raten Sie mal, was dann passiert ist? Nachdem er bekommen hatte, was er wollte, hat er sich zurück nach Cardiff verpisst und sich seitdem nicht mehr gemeldet. Er hat ihr das Herz gebrochen, und jetzt versucht Luke, ihre Position in der Gemeinde zu untergraben, während er eigentlich diesen Typen aus der Kirche werfen lassen sollte.«

»Das ist alles sehr hilfreich.«

»Sie glauben mir nicht, oder?«, fragte Angeline verbittert. »Sie glauben, sie hat Zoe getötet.«

»Nein«, entgegnete Jonah leise. »Das glaube ich nicht. Ich weiß, dass sie sie nicht getötet hat.«

Daraufhin herrschte lange Schweigen, bevor Angeline hastig sagte: »Ich muss jetzt Schluss machen. Ich … Tschüss.«

Und dann hatte sie aufgelegt.

Jonah legte sein Handy zurück auf den Schreibtisch und stand mit einem Gefühl wachsender Dringlichkeit auf. Er bat den uniformierten Beamten und Felix herein.

»Sie hätten zu keinem besseren Zeitpunkt kommen können«, sagte Jonah, als Felix auf einem Stuhl Platz nahm. Er winkte Hanson heran und gab ihr den Zettel, den er geschrieben hatte.

»Können Sie für mich Fotos von all diesen Leuten ausdrucken?«

Als Juliette am Drucker stand, schlug ihre Frustration allmählich in Neugier um. Wollte er Felix auffordern, jemanden zu identifizieren? Das wäre seltsam. Felix kannte die meisten Beteiligten persönlich.

Allerdings, dachte sie und blickte mit einem Stirnrunzeln auf die Fotos, die die Maschine ausspuckte, nicht alle.

Jonah erkannte, dass Felix wieder das Gefühl hatte, alles unter Kontrolle zu haben. Nichts erinnerte mehr an den Schatten eines Mannes, der er am Vortag gewesen war. Er nahm das Angebot eines Kaffees an und lehnte sich entspannt auf dem Stuhl gegenüber von Jonah zurück. Jonah war sich ziemlich sicher, dass Felix am liebsten auf seinem Platz auf der anderen Seite des Schreibtischs gesessen hätte.

Während sie darauf warteten, dass Hanson die Fotos brachte, sagte Jonah: »Können Sie uns noch einmal schildern, was am Donnerstagnachmittag passiert ist?«

»Am Nachmittag?«, fragte Felix und zog eine Braue hoch.

»Ja«, sagte Jonah. »Als Sie Ihre Freundin Esther zum Tee getroffen haben.«

Felix runzelte die Stirn. Diese Frage hatte er offensichtlich weder erwartet noch gewünscht. »Nun, das habe ich doch schon gesagt. Sie ist um vier gekommen.«

»War das verabredet?«, fragte Jonah. »Oder spontan?«

»Spontan«, sagte Felix. »Kein vorher arrangiertes Alibi …«

»Sie haben Sie zufällig getroffen?«

Felix blickte zu O'Malley und zurück zu Jonah. »Ja«, antwortete er. »Sie hatte nach Ihrer Wohnung gesehen. Ich bin ihr im Treppenhaus begegnet und habe sie auf eine Tasse Tee eingeladen.«

»Welche Wohnung gehört ihr genau?«, fragte Jonah.

»Ich weiß nicht«, sagte Felix achselzuckend. »Ich habe sie nie gefragt.«

»Und sie hat es auch nie von sich aus erzählt?«

»Nein.«

»Kam sie aus dem zweiten Stock?«

Felix zögerte. »Ja, aber ich würde wirklich gern wissen, worauf Sie mit all diesen Fragen hinauswollen. Ich bin gekommen, um zu helfen.«

»Sie helfen uns«, erwiderte Jonah, stand auf und öffnete Hanson die Tür, die ihm einen Packen Fotos hineinreichte. Er bedankte sich mit einem Lächeln und kehrte an den Schreibtisch zurück. »Ist Esther eine dieser Frauen?«

Jonah legte die Fotos auf den Tisch, und Felix griff sofort nach einem von ihnen. »Das ist sie«, sagte er. »Sie hat eine andere Frisur und trägt normalerweise eine Brille, aber das ist sie.«

Jonah schenkte ihm ein knappes Lächeln, das nichts von seiner Genugtuung verriet.

»Können Sie mir jetzt verraten, warum Sie mir all diese Fragen stellen?«, verlangte Felix.

»Weil Esther nicht die ist, für die Sie sie halten«, erwiderte Jonah. »Die Frau, die Sie identifiziert haben, ist Greta Poole.«

29.

Das Türschloss. Darüber musste Aidan nachdenken. Es konnte nicht allzu viele Menschen geben, die seine Fingerabdrücke in Zoes Wohnung hinterlassen haben konnten. Wer auch immer Zoe getötet hatte, musste Zugang zu seinen Fingerabdrücken haben.

Er saß jetzt in seinem Hotelzimmer am Schreibtisch, den aufgeklappten Laptop vor sich. Er hatte keinen Schimmer, wie man Fingerabdrücke platzierte, aber wofür gab es schließlich Google.

Er fing an zu tippen: »Wie man …«, doch die erste vorgeschlagene Suchanfrage ließ ihn stutzen.

Wie man erkennt, ob der Partner eine Affäre hat.

Gott. War das wirklich die häufigste Frage der Menschheit? Oder war es ein Ergebnis, das vorgeschlagen wurde, weil Greta irgendwann auf einem der Computer, die sie gemeinsam benutzten, danach gesucht hatte?

Er spürte eine akute Traurigkeit, als er sich vorstellte, wie sie diese Anfrage eingab. Hatte sie einen Verdacht gehabt? Hatte sie die Wahrheit verdrängt, weil es zu schmerzhaft war, darüber nachzudenken?

Plötzlich wollte er es unbedingt wissen. Ob sie es geahnt hatte und was sie jetzt dachte. Ob sie für immer mit ihm fertig war oder ob es irgendeine Hoffnung auf Versöhnung gab.

Der vertraute Impuls war schwer zu unterdrücken, obwohl es in der Vergangenheit immer Zoe gewesen war, der er hinterhergeschnüffelt hatte. Es hatte damit angefangen, dass er, während sie unter der Dusche war, ihre Nachrichten angesehen und bemerkt hatte, wie häufig Victor auftauchte. Das hatte ihn zu der Frage geführt, was Victor ihr in seinen E-Mails schrieb, und er hatte nicht lange gebraucht, um ihr Passwort herauszufinden.

Das Schnüffeln war zu einer Gewohnheit geworden, von der er auch nicht hatte lassen können, nachdem die Sache vorbei war. Vor allem, nachdem die Sache vorbei war. Auf diese Weise hatte er das Gefühl, nach wie vor Teil ihres Lebens zu sein. Und dann war er schließlich dazu übergegangen, ihr mit Hilfe ihrer Webcam nachzuspionieren und sie zumindest zu beobachten, wenn er sie schon nicht haben konnte.

Der Gedanke, Greta zu kontrollieren, war ihm kaum je gekommen. Ein- oder zweimal im Jahr hatte er durch ihre E-Mails geblättert auf der Suche nach einer freundlichen Erwähnung seiner Person oder einem Hinweis, was er ihr zu Weihnachten schenken konnte. Es hatte nie viel zu sehen gegeben. Sie erzählte ihm ohnehin alles von sich.

Aber jetzt wollte er es wissen. Er wollte mit einer schrecklichen Dringlichkeit wissen, was sie zu anderen über ihn sagte. Über sie beide. Er wollte verzweifelt wissen, was sie vorhatte.

Er nahm sein Handy und öffnete Safari. Er erinnerte sich noch an das Passwort, das Greta vor ein paar Jahren für ihren Mailaccount benutzt hatte, und er bezweifelte, dass sie es je geändert hatte. Sicherheit hatte sie nie groß interessiert.

Mit grimmiger Genugtuung sah er, wie sich ihr Account für ihn öffnete. Und da waren ihre Mails, ordentlich in verschiedene Ordner abgelegt.

Auf der Startseite gab es auf den ersten Blick nichts von Interesse für ihn, aber Greta legte ihre gesamte Korrespondenz geradezu pedantisch in Ordnern ab. Ohne zu graben, würde er nichts erfahren.

Zuerst suchte er nach seinem eigenen Namen. Das förderte vorhersehbarerweise jedoch nur jede Mail zutage, die er ihr oder die sie ihm je geschickt hatte, Abertausende von Treffern, die zu durchsuchen Stunden dauern würde. Dafür hatte er keine Zeit.

Er dachte daran, nach Zoes Namen zu suchen, bis ihm einfiel, dass er ihn Greta nie offenbart hatte. Er wollte auch nicht nach seinem eigenen Namen in Verbindung mit dem Begriff »betrügen« suchen, deshalb versuchte er es mit »Southampton«.

Das ergab lediglich vierzig Treffer, was viel besser war. Eine Reihe von bestätigten Buchungen für Zugfahrkarten und weiter unter eine vielversprechende E-Mail an ihre Mutter, die jedoch schon Monate alt war.

Erst mit einiger Verzögerung sah er sich die Buchungsbestätigungen der Bahnfahrkarten noch einmal genauer an, und mit noch größerer Verzögerung fragte er sich, warum sie alle jüngeren Datums waren als die E-Mail an ihre Mum im Juli.

Er öffnete die erste Mail, die Greta für den Kauf einer Fahrkarte dankte. Für gestern Nachmittag, wie er erkannte. Es fühlte sich merkwürdig an zu wissen, dass Greta auch hier gewesen war. Genau wie er.

Dann öffnete er die zweite Buchungsbestätigung und sah, dass es um eine Fahrkarte für den Donnerstagabend ging. Um 21:51 Uhr von London Bridge nach Southampton. Als er begriff, was das bedeutete, traf ihn die Wahrheit wie ein Schlag.

»Sie können da drüben halten«, erklärte Lightman dem Taxifahrer. Er erkannte das große, teuer aussehende Haus sofort wieder, obwohl er es zum ersten Mal bei Tage sah. Im blassen Licht der Sonne, die von einem vorübergehend wolkenlosen Himmel schien, wirkte es ein wenig traurig. Zu groß für eine einzelne Frau. Und eigentlich auch für ein Paar. So ein Haus brauchte Kinder. Leben. Lärm.

Er hatte das Taxi über eine App bestellt, sodass er nicht mit Bargeld herumhantieren musste, sondern direkt aussteigen konnte. Die Haustür ging auf. Sie hatte ihn offensichtlich erwartet.

»Es ist wirklich sehr freundlich, dass Sie kommen«, sagte Greta, als er die Tür erreicht hatte.

»Kein Problem«, sagte er. »Ich hoffe, seit gestern Abend war alles in Ordnung.«

»Ja«, sagte sie und lehnte ihre Wange an den Türrahmen. »Die letzten Tage waren hart, aber ich glaube, die Erkenntnis, wie viel ich übersehen habe und wie schlimm es war, hat mir seltsamerweise gutgetan. Ich glaube, so blind werde ich nicht noch einmal sein.« Sie lächelte ihr dünnes Lächeln und lachte dann plötzlich laut auf. »Entschuldigen Sie«, sagte sie. »Kommen Sie rein.«

Sie machte einen Schritt zur Seite, und er betrat das Haus.

»Ich hatte gedacht, jemand hätte Aidan vielleicht überredet, ein Schloss zu knacken. Oder nach einem Besuch von Aidan sogar sein eigenes Badezimmerschloss ausgebaut. Aber die Person, die die Fingerabdrücke geradezu lachhaft einfach an dem Schloss hätte hinterlassen können, war offensichtlich die Frau, mit der er zusammenlebt.«

»Aber sie hatten wir nicht auf dem Schirm«, sagte Hanson, während ihr Blick den Schildern zur Autobahn folgte. Sie waren unterwegs zum Haus der Pooles nördlich von Southampton. Hanson war ein wenig traurig, dass nicht sie diejenige gewesen war, die die richtigen Schlüsse gezogen hatte. In Bezug auf Maeve hatte sie alle Zusammenhänge richtig erkannt und trotzdem danebengelegen. »Sie hatte für den ganzen Abend ein Alibi, und wir dachten, dass sie nichts von der Affäre wusste.«

»Und laut ihrem Alibi war sie in London«, fügte Jonah hinzu.

»Aber sie war komplett im Bilde, oder?«, fragte Hanson leise. »Ohne dass Aidan und Zoe es geahnt haben.«

»Ja«, sagte Jonah. »Sie ist alles andere als dumm, und Aidan hat nicht so ein Pokerface, wie er gern glaubt. Ich vermute, dass sie Verdacht geschöpft und ihm nachspioniert hat. Vielleicht hat sie aus einem unschuldigen Grund etwas auf seinem Handy oder Computer nachgeguckt und Nachrichten entdeckt, die er nicht schnell genug gelöscht hatte.«

»Aber sie hat ihn nicht zur Rede gestellt«, sagte Hanson. »Vermutlich aus Stolz oder in der Hoffnung, dass er Zoe verlassen würde.«

»Ja«, sagte Jonah. »Ich vermute Letzteres, aber vielleicht wollte sie einfach auf gar keinen Fall, dass es publik wird.«

Hanson dachte plötzlich an Lightman, der mittlerweile wahrscheinlich wieder im CID war. »Ich sag lieber Ben Bescheid.«

Wir sind unterwegs zu einer Festnahme. Bist du wieder im DCI? Wenn du dich beeilst, kannst du uns wahrscheinlich noch einholen.

»Es ist auf seinem Rechner«, sagte Greta, als sie Lightman in Aidans Arbeitszimmer führte. »Ich bin nie auf die Idee gekommen nachzusehen. Und das war wahrscheinlich sehr dumm.«

»Vielleicht waren Sie auch einfach nicht sehr misstrauisch«, wandte Lightman ein.

»Nun, vielleicht hätte ich es sein sollen«, erwiderte sie, und ihre Augen glänzten in dem orangefarbenen Abendlicht, das ins Zimmer fiel.

Lightman nickte langsam und blickte auf den Bildschirm. In der Navigation war ein Ordner mit dem Namen »Vorlesungsnotizen« geöffnet. Und er war voller Bilder, die nicht anzuschauen sich Lightman alle Mühe gab. Es waren alles Bilder von Gewalt, und die meisten zeigten Frauen.

»Er ist ein Psychopath, oder?«, fragte Greta mit erstaunlich fester Stimme. »Er hat Hunderte davon. Alle in diesem versteckten Ordner. Ich dachte, es gäbe nichts zu finden, bis ich eine Suche nach nichtindizierten Dateien gestartet habe. Und dann …«

Lightman atmete tief durch. Er dachte spontan, dass jemand am Abend zuvor versucht hatte, ins Haus einzudringen. Vielleicht war er gekommen, um Beweise zu deponieren. Oder es war doch Aidan gewesen, der versucht hatte, hereinzukommen und das Material zu löschen, bevor es entdeckt wurde.

Er spürte, wie sein Handy summte, und zog es aus der Tasche. Hanson. Die Kollegen waren unterwegs zu einer Verhaftung. Wollten sie Aidan festnehmen? Oder hatte ein Hinweis in eine ganz andere Richtung gezeigt? Es juckte ihn in den Fingern zu fragen, aber Greta beugte sich über ihn und öffnete Chrome.

»Ich habe mir auch seinen Browser-Verlauf angesehen«, sagte sie. »Schauen Sie.«

Neben gewöhnlichen Suchanfragen fanden sich auch sehr spezifische: »Wie lange dauert es, bis man nach einer Verletzung am Handgelenk verblutet?«, und »Wie verlaufen die Arterien im Arm?«.

Stirnrunzelnd scrollte Lightman weiter nach unten. Nicht alle Suchanfragen waren neueren Datums. Aidan benutzte seinen Rechner offenbar nur sporadisch. Einige waren Monate alt.

Er hörte, wie Greta schluchzte, und verkleinerte eilig den Bildschirm. Sie verbarg ihr Gesicht in einer Armbeuge und weinte in den Ärmel ihrer Strickjacke.

»Es tut mir sehr leid«, sagte er. »Kann ich Ihnen irgendwas holen?«

»Nein, schon gut«, sagte sie und wischte sich die Augen. »Alles okay. Ich mache eine Tasse Tee. Möchten Sie auch eine?«

»Gerne«, sagte er, obwohl er eigentlich keinen Tee wollte. Er wollte Hanson antworten, wollte es jedoch außerhalb von Gretas Sichtweite tun. Als sie in die Küche ging, rief er: »Dürfte ich Ihre Toilette benutzen?«

»Natürlich, sie ist im Flur«, antwortete Greta.

Er nahm sein Handy und schrieb Hanson auf dem Weg eine kurze Nachricht, dass er bei Greta Poole war, die eine Festplatte voller Beweise habe. Er hoffte, dass sie antworten würde, solange er noch in der Toilette war. In der Küche hörte er den Wasserkessel rauschen und das Geklapper von Teetassen.

»Scheiße!«, rief Hanson.

»Was ist los?«

»Lightman ist bei Greta Poole.« Jonah spürte ihren beunruhigten Blick, während seine eigenen Innereien durchgerüttelt und scheinbar irgendwo neben der Autobahn zurückgelassen wurden. »Was soll ich machen? Soll ich ihn anrufen?«

»Schicken Sie ihm eine Nachricht«, sagte Jonah, so ruhig er konnte. »Sagen Sie, es gäbe ein Problem mit einem Verdächtigen, und er müsse so schnell wie möglich ins CID kommen. Wir sollten sie lieber nicht vorwarnen, falls sie sein Display sehen kann.«

»Okay.« Jonah sah, dass Hansons Hände beim Tippen zitterten, und erinnerte sich daran, wie er sich vor ein paar Monaten in ähnlicher Sorge um Hanson durch den stockenden Feierabendverkehr gequält hatte. »Es wird schon nichts passieren«, sagte er. »Sie ahnt nichts, und Ben hat einen kühlen Kopf.«

Lightman wäre beinahe in einen Wäscheständer mit trocknenden Kleidern gelaufen und hörte, wie Greta rief: »Entschuldigen Sie. Ich hätte Sie ins andere Bad schicken sollen. Aidan beschwert sich auch ständig darüber.«

Er zwängte sich in den Raum und drehte sich um, um die Tür zu schließen. Sie fiel zu, doch sie hatte kein Schloss. Nur eine Stelle mit nacktem Holz, wo das Schloss gewesen war.

Ein paar Sekunden lang blieb er, die Hand auf der Klinke, völlig reglos stehen. Sein Handy, das er wieder eingesteckt hatte, summte, doch er zog es nicht heraus.

Ich hätte Sie ins andere Bad schicken sollen …

Er atmete tief ein und öffnete die Tür ganz leise wieder.

Sie erwartete ihn mit einem Gesichtsausdruck, in dem sich Trauer und Wut mischten. Mit der Hand umklammerte sie ein langes spitzes Küchenmesser, das sie an ihr Bein drückte.

»Er hat sie nicht gelesen«, sagte Hanson nach einer Minute.

»Nur Geduld«, erwiderte Jonah. »Vielleicht hat er sie auf dem Home-Bildschirm gesehen.«

»Was, wenn er sie nicht liest?«

»Dann wird er wahrscheinlich das Beweismaterial sichern und sich verabschieden, und danach können wir reingehen.« Jonah bemühte sich, Gelassenheit auszustrahlen, obwohl auch er zutiefst beunruhigt war. Greta hatte ihm tagelang etwas vorgemacht, ihrem Mann sogar Monate. Sie war verdammt clever. Außerdem war sie stark und unberechenbar. All diese Eigenschaften mochte Jonah bei einem Mörder nicht.

»Scheiße«, sagte Greta und lachte dann unter Tränen. »Was für eine Idiotin ich doch bin. Es … es tut mir leid, dass ich Ihnen das angetan habe. Es war nicht Ihre Schuld. Ich war bloß einen Moment …« Sie schniefte. »Vermutlich habe ich mich einfach zu sehr in die Rolle der trauernden Ehefrau gesteigert und bin nachlässig geworden. Obwohl … es ist nicht alles gespielt. Irgendwann musste der Schmerz, der sich ein ganzes Jahr lang aufgestaut hat, wohl hervorbrechen.«

»Schon in Ordnung«, sagte Lightman und lächelte sie so gelassen und beruhigend an, wie er konnte. Greta hatte vor, ihn umzubringen. Sie war eine kräftige Frau mit einem Messer in der Hand. Ihre Chancen, ihn zu verletzen, standen gut. Trotzdem verspürte er keine besondere Angst. Nicht, nachdem er seinen Vater in diesem sterilen Krankenhaus zurückgelassen hatte, einem langsamen, qualvollen Verfall ausgeliefert.

»Aber eigentlich ist es nicht in Ordnung«, sagte Greta. »Ich muss Ihnen das Gleiche antun, was ich ihr angetan habe, nur dass Sie es nicht verdienen.« Sie runzelte besorgt die Stirn. »Aber ich fürchte, ich habe keine andere Wahl.«

»Natürlich haben Sie das«, entgegnete Lightman und lachte kurz. »Auch wenn wir wissen, was Sie getan haben, bedeutet das nicht, dass Sie dafür verurteilt werden. Während eines Gerichtsverfahrens kann eine Menge passieren, und es ist wirklich schwer, jemandem etwas zweifelsfrei nachzuweisen. Vor allem wenn er oder sie vorsichtig war.«

Darüber schien Greta einen Moment lang nachzugrübeln, während Lightman an das Handy in seiner Tasche dachte.

»Mit zwei Morden davonzukommen ist sehr viel schwerer als mit einem«, fügte er leise hinzu. »Und mein DCI weiß, wo ich bin.«

Sie nickte. »Das heißt, Sie müssen natürlich schon wieder von hier weggefahren sein. Ich müsste Ihren Wagen benutzen und darauf achten, dass ich an genug Kameras vorbeifahre.«

Lightman konnte nicht umhin, sie zu bewundern. Eine so schnelle Auffassungsgabe und kaltblütige Planung. Es war nicht bloß eine Frage der Sorgfalt, dachte er. Entscheidend war, ob man über einen Verstand verfügte, der ein Problem binnen Sekunden dekonstruieren und eine Lösung finden konnte.

»Eine Kamera würde vielleicht erfassen, dass Sie am Steuer sitzen«, sagte Lightman.

»Ich würde Ihre Kleidung brauchen«, sagte sie und musterte ihn.

»Oder wir könnten uns die Beweise für Aidans Verbrechen noch mal angucken«, sagte Lightman bedeutungsvoll. »Sie könnten für eine Verurteilung reichen oder zumindest begründete Zweifel säen.«

»Und dafür müsste ich vor Gericht monatelang um Mitleid buhlen, um nicht ins Gefängnis zu müssen? Glauben Sie, ich will vor all den Leuten weinen und ihnen erzählen, was für ein schrecklicher Mensch er war? Der Welt gestehen, dass ich so schwach war, dass ich ihn habe machen lassen? Ich müsste die betrogene Ehefrau spielen, und dabei habe ich alles getan, was ich konnte – *alles* –, um genau das nicht zu sein.« Greta schüttelte den Kopf und reckte das Kinn. »Da gehe ich lieber kämpfend unter.«

»Vielleicht sollest du gegen den Richtigen kämpfen«, sagte da eine leise Stimme hinter Lightmans Schulter.

Er war so erschrocken, dass er sich tatsächlich von Greta und dem Messer abwandte. Und es war sein großes Glück, dass Greta über die Ankunft ihres Ehemanns ebenso erstaunt war wie er.

»Zweiundzwanzig Minuten«, las Hanson die verbleibende Fahrzeit von Jonahs Navi ab.

Er sah sie an. »Immer noch nichts von Ben?«

»Nein.«

»Ich bin sicher, es ist alles in Ordnung«, beruhigte er sie, trat aber trotzdem ein wenig fester aufs Gaspedal.

»Was machst du hier?«, fragte Greta. Als sie mit ihrem Mann sprach, verlor ihre Stimme jede Wärme. Sie klang kalt, angewidert.

»Ich wollte mit dir reden«, sagte Aidan. »Weil ich kapiert habe, was passiert ist. Und nachdem ich zunächst wütend war, ist mir klar geworden, dass ich dir das angetan habe.«

»Warum musst du hier sein?«, fragte sie. »Fahr einfach zur Hölle und verbrenne!«

»Ich muss dir sagen, wie leid es mir tut.« Er machte einen Schritt nach vorn, und sie war sofort in Alarmbereitschaft. Sie hob das Küchenmesser, hielt es vor ihren Körper und stieß einen fauchenden Laut aus.

»Ich werde mir nicht anhören, was du sagst«, zischte sie. »Ich bin fertig mit Zuhören. Du hast mich wieder und wieder belogen. Du konntest mich nicht mal lieben, nachdem sie dich abserviert hatte. Du wolltest sie so sehr, dass du … dass du … ihr hinterher*spannen* musstest. Noch nie in meinem Leben habe ich mich so gedemütigt gefühlt.«

Lightman war gefesselter von ihrer Unterhaltung, als die Situation es erlaubte. Er musste etwas unternehmen. Er musste Aidan und sich hier rausholen oder Greta irgendwie überwältigen. Aber es war schwer, sich zu bewegen, wenn er den Blick nicht von den beiden wenden konnte, gebannt von diesem Augenblick, in dem Verletzung und Hass in Gewalt kulminierten.

»Ich weiß«, sagte Aidan. »Ich weiß, wie weh das getan haben muss. Ich habe schreckliche Dinge getan. Weil ich ein Loser bin. Du hattest recht.« Er machte einen weiteren Schritt auf sie zu und war jetzt nur noch Zentimeter von dem Messer entfernt, doch Greta rührte sich nicht. »Ich wollte mit dir zusammen sein, weil du stark und schön bist, und dann bin ich nicht damit klargekommen. Ich habe nach deiner Anerkennung gesucht, weil ich nie ein einziges anerkennendes Wort von meiner Mum bekommen habe, und das war nicht deine Schuld.«

Lightman zwang sich zu einer gründlichen Analyse ihrer Lage. Greta versperrte den Durchgang zur Küche, und er glaubte nicht, dass er es bis zur Treppe schaffen würde. Und Aidan blockierte die Haustür. Aber wenn er noch ein paar Schritte weiter ins Haus ginge, könnte Lightman an ihm vorbei zur offenen Haustür stürzen.

Das einzige Hindernis war Greta, die das Messer weiter auf Aidan richtete, um ihn aufzuhalten.

»Ich habe dir Anerkennung gegeben«, fuhr sie ihn an. »Damit du stolz auf dich sein konntest. Auch wenn du nie stolz auf mich sein konntest, weil das deine Männlichkeit irgendwie beeinträchtigt hätte. Ich habe dir verdammt noch mal alles gegeben, was ein Mensch geben kann, und du hast stattdessen diese … diese … diese *Hure* gewählt. Und du hast ihr erzählt, wie kalt ich zu dir bin.«

Lightman machte einen Schritt weg von Greta in Richtung Haustür.

Vielleicht könnte er es schaffen, sich an Aidan vorbeizudrücken. Idealerweise sollte er ihn mit sich aus der Tür reißen. Er machte einen weiteren winzigen Schritt nach links und ging die Bewegungsabfolge im Kopf durch. Springen. Aidan packen. Ihn rauszerren. Alles, bevor Greta eine Chance hatte, mit dem Messer Schaden anzurichten.

Die Frage war nur, ob er damit nicht ein zu großes Risiko einging.

»Ich habe mir immer wieder eingeredet, dass du kalt und unaufmerksam und desinteressiert bist«, sagte Aidan leise. Inzwischen strömten Tränen über sein Gesicht. »Es war meine einzige Rechtfertigung dafür, dass ich … dich beschissen behandelt habe. Und ich weiß, dass es unfair war. Aber es war das Einzige, was ich gegen dich vorbringen konnte. Dass du mein Ego manchmal nicht so gehätschelt hast, wie ich es mir gewünscht hätte. Aber ich habe dich falsch gesehen. Einfach unglaublich falsch. Du hast die ganze Zeit an mich gedacht. Und du warst auch kein offenes Buch. Du hast so viel Verletzung verborgen und trotzdem weitergemacht.«

»Hör auf damit!«, sagte sie.

»Womit?«

»Du sagst, was ich hören will! Du … du … du *lügst* doch wieder nur!«

Aidan schüttelte den Kopf. »Ich sage das nicht, weil ich hoffe, dass du mich zurücknimmst, obwohl ich glaube, ich werde nie aufhören, mir das zu wünschen. Ich sage es, weil du es verdient hast, es zu hören, und weil ich es vor einem verdammten Jahr hätte sagen und erwachsen genug sein sollen, um uns beide zu retten.« Er rieb sich das Gesicht. »Ich war niemals nicht besessen von dir. Von der Art, wie andere Männer dich ansehen und wie jeder von dir angezogen wird. Ich konnte nur aufhören, an dich zu denken, indem ich mir vorgemacht habe, du wärst eine andere.«

Lightman war beinahe in Position. Aidan leistete gute Ablenkungsarbeit.

Er würde handeln und das Risiko eingehen müssen, dass es schiefging. Greta würde bestimmt keinen Rückzieher machen.

»Bleiben Sie stehen!«, sagte sie plötzlich. Sie hatte die Gefahr erkannt.

»Greta«, sagte Aidan mit erhobenen Händen, »du musst ihn nicht verletzen. Du musst niemanden verletzen. Ich liebe dich. Ich liebe dich so sehr. Und ich möchte nicht, dass dir etwas Schlimmes passiert.«

»Wenn du mich liebst«, sagte sie mit einem Beben in der Stimme, das vorher nicht da gewesen war, »dann verschwindest du verdammt noch mal und lässt mich das hier regeln. Du verschwindest und hinterher kannst du mir vielleicht helfen, alles zu vertuschen, wenn ich dich brauche.«

Aidan lächelte ein seltsames kleines Lächeln. »Liebling, keiner von uns beiden kommt hier raus. So endet es nicht, oder?« Und mit diesem Lächeln auf den Lippen trat er vor.

Lightman versäumte es komplett, die Situation zu nutzen und abzuhauen. Er war überzeugt, dass er gerade gesehen hatte, wie Aidan direkt ins Messer gelaufen war.

Aber irgendwie war das Messer erst wieder an Gretas Seite und dann hinter Aidans Rücken, während sie sich an ihren Mann klammerte. Und dann waren beide für Lightman und die Welt verloren und in einer so leidenschaftlichen Umarmung vereint, dass er sich am liebsten aus dem Zimmer geschlichen hätte.

Stattdessen nahm er Greta das Messer aus der Hand und ging nach draußen.

30.

Jonah sah die ersten blinkenden Lichter, als Hanson neben ihm vernehmlich Luft einsaugte. Trotzdem beherrschte er sich, trat auf den letzten Metern nicht aufs Gaspedal und hielt vorsichtig hinter dem Streifenwagen am Straßenrand. Ein Krankenwagen war nicht zu sehen, zumindest noch nicht.

Noch bevor der Wagen zum Stehen kam, riss Hanson die Tür auf und rannte zum Haus.

»Ma'am!«, rief einer der beiden Polizisten in der Nähe der Einfahrt.

»Wo ist Ben? Wo ist Sergeant Lightman?«, hörte Jonah sie rufen, als er die Wagentür öffnete und ihr folgte.

»Juliette«, sagte Lightmans Stimme aus dem Off. Jonah eilte den Weg zur Tür hinauf, bis er seinen Sergeant sehen konnte. Ben Lightman stand mit einem Pappbecher Tee in der Hand und nun auch Juliette Hanson im Arm direkt hinter der Schwelle.

Jonah grinste kurz und wandte sich mit hochgezogener Braue an den nächsten uniformierten Beamten. »Könnte ich vielleicht einen Lagebericht bekommen?«

Greta war einige Minuten zuvor weggebracht worden, und Aidan hatte gebettelt, sie begleiten zu dürfen. Die Uniformierten, die unsicher gewesen waren, ob sie auch ihn festnehmen sollten, hatten schließlich eingewilligt.

Die Eheleute waren in unterschiedliche Vernehmungsräume gebracht worden, und Aidan hatte dem Sergeant, der die Festnahme vorgenommen hatte, bereits zweimal erklärt, dass alles seine Schuld und er derjenige sei, der ins Gefängnis kommen sollte.

»Echt verkorkst, was?«, murmelte Hanson im Flur des Kommissariats, während sie beobachteten, wie Aidan eine Tasse Kaffee gebracht wurde. Alle vier – einschließlich O'Malley, der sich geweigert hatte, außen vor zu bleiben –, bereiteten sich darauf vor, die Ermittlungen für eine Anklage gegen Greta Poole abzuschließen. »Glaubst du, er liebt sie wirklich noch, obwohl sie seine Geliebte ermordet hat?«

»Ich glaube, vielleicht schon«, sagte Lightman. »Als er in dem Haus mit seiner Entschuldigungsrede angefangen hat, dachte ich, er würde ihr irgendeinen Mist erzählen, um mir Zeit zu verschaffen rauszukommen. Ich dachte, er macht das echt clever. Aber dann hat er sie regelrecht eingeladen, ihn zu erstechen … Und ich wüsste nicht, warum er das tun oder warum er hier sitzen und sie verteidigen sollte, wenn er sie auf eine merkwürdige Weise nicht immer noch lieben würde.«

»Es ist schon seltsam«, murmelte Jonah. »Jede seiner Handlungen war durch Schwäche gekennzeichnet. Selbst seine mutigste. Ihre Geschichte ist wirklich ziemlich verkorkst.«

Hanson drehte sich um und sah ihn stirnrunzelnd an. »Ich bin anderer Meinung. Es ist nicht ihre Geschichte. Es ist Zoes Geschichte. Wie düster romantisch dieses Bis-zum-bitteren-Ende-Gesülze auch sein mag, Greta hat sie ermordet. Zoe war das Opfer, nicht Greta Poole, verdammt noch mal.«

»Amen«, sagte Jonah und seufzte. »Sollen wir loslegen?«

»Ich wusste es an dem Tag, nachdem er zum ersten Mal mit ihr geschlafen hatte«, sagte Greta, und ihre Stimme klang so kräftig und gemessen wie eh und je. Sie hatte die Arme vor sich auf den Tisch gelegt, die Fingerspitzen berührten sich, und sie rieb in einer winzigen Bewegung die Daumen aneinander. »Er ist jedes Mal zusammengezuckt, wenn sein Handy gesummt hat, und hat versucht, die Nachrichten zu lesen, ohne dass ich es mitkriege. Es war geradezu schmerzhaft offensichtlich.«

»Aber Sie haben ihn nicht zur Rede gestellt?«, fragte Lightman.

»Ich wusste nicht, wie ich es ansprechen sollte, solange ich keinen konkreten Beweis hatte«, sagte sie. »Aber der ließ sich leicht beschaffen. Ich bin an einem Sonntagmorgen früh aufgestanden und habe sein Handy mit nach unten genommen, mir seine E-Mails und WhatsApp-Nachrichten angeguckt und alles gefunden, was ich wissen musste.«

Ihre Stimme bebte leicht. Die Erinnerung nahm sie offensichtlich immer noch mit. Eine traumatische Erfahrung, von der alles seinen Ausgang genommen hatte. Und es hätte nicht so kommen müssen, dachte Jonah. Sie hätte ihn auch verlassen können.

»Was hat Sie davon abgehalten, einfach zu gehen?«

Greta zögerte. »Mehrere Dinge, und ich weiß nicht genau, welches das stärkste Motiv war. Zum einen die Demütigung. Zuerst wollte ich ihn einfach nur anschreien, doch mir wurde klar, dass ich ihn dann auch hätte rauswerfen müssen. Und alle hätten es gewusst. Alle hätten gewusst, was er getan hat, und sie hätten mich verurteilt.«

»Glauben Sie nicht, dass man eher ihn verurteilt hätte?«, fragte Jonah sanft.

Greta bedachte ihn mit einem vernichtenden Blick. »Haben Sie je beobachtet, was passiert, wenn eine Ehe so endet? Wie bei meiner Mutter? Haben Sie mitgekriegt, wie es nie, *niemals* die Schuld des Mannes ist? Nein, es muss daran gelegen haben, dass sie sich hat gehenlassen oder zu langweilig war oder ihn nicht befriedigen konnte …« Sie legte die Hände flach auf den Tisch und krümmte die Finger, bis die Knöchel weiß wurden. »Ich habe ziemlich früh gelernt, wie das läuft. Und ich wollte nicht zulassen, dass mir der gleiche Mist passiert. Ich hatte zu viel darin investiert, eine perfekte Ehefrau zu sein. Wussten Sie, dass ich mich in meiner Ehe nicht einzigen Tag lang ungeschminkt gezeigt habe?«

Jonah nickte, was ihre Wut ein wenig zu besänftigen schien.

»Sie haben also gehofft, dass er die Affäre beenden würde?«

»Ja«, sagte Greta. »Ich habe gehofft, dass er zur Vernunft kommen würde. Wie könnte er auch nicht, wo ich einfach perfekt war? Ich habe mir mehr Mühe mit dem Kochen gegeben und selbst weniger gegessen. Ich habe mir Gift ins Gesicht spritzen lassen, um die Falten loszuwerden, und ihm öfter einen geblasen, als irgendein verdammter Mann es je gekriegt oder verdient hat.«

Es war schrecklich, und es war komisch. Jonah versuchte, ein Lachen zu unterdrücken. Das klang auf einer Aufnahme nie gut. Obwohl er glaubte, dass es Greta vielleicht gefallen hätte. Stattdessen atmete er aus und fragte: »Aber die Affäre ging weiter?«

»Ja.« Gretas Stimme klang plötzlich belegt. »Und ich wusste es, weil er nicht halb so gut im Verschleiern und Täuschen ist, wie er selbst gern glaubt. Er hatte sein Handy mit seinen anderen Geräten synchronisiert, und wenn ich zu Hause war, leuchteten manchmal Nachrichten auf dem Bildschirm auf. Ich musste mich nicht mal einloggen, um sie zu lesen.«

Jonah dachte, dass sie viele Nachrichten von Zoe und nur wenige von Aidan gelesen hatte. War das einer der Gründe, die sie dazu getrieben hatten, Zoe zu ermorden? Dass sie immer nur die andere Frau gesehen hatte, die flirtete und anzügliche Nachrichten schickte, und nicht seine Antworten, die einen ebenso großen Teil des Dialogs ausgemacht hatten?

»Wann haben Sie beschlossen, Zoe umzubringen?«, fragte er leise.

»Das war kein spontaner Entschluss«, antwortete Greta zögernd. »Es ist vieles zusammengekommen. Nachdem ich ihn in einem Facebook-Foto markiert hatte, um dafür zu sorgen, dass sie von mir wusste, hat sie Schluss gemacht. Ich hab es an Aidans Gesicht gesehen, als er ihre Nachrichten gelesen hat. Ich dachte, es wäre zu Ende.«

»Aber das war es nicht?«, fragte Jonah.

»Nein.« Gretas Stimme wurde hart. »Zwei Wochen später haben sie weitergemacht. Danach konnte sie keine Unwissenheit mehr vorschützen. Sie wusste von meiner Existenz, und sie hat sich trotzdem nicht von ihm getrennt. Es wurde immer schwerer, ihr zu verzeihen.«

»Aber als sie Zoe ermordet haben, waren die beiden nicht mehr zusammen«, sagte Jonah. »War das nicht genug?«

Greta schüttelte den Kopf. »Sie hatte ihn zu gründlich bearbeitet. Er war immer noch … fixiert auf sie. Ich habe seinen Rechner durchsucht und Fotos von ihr gefunden, die er als Screenshot gemacht hatte. Bilder, die lange nach ihrer Trennung aufgenommen worden waren, ohne dass sie ahnte, dass er sie beobachtete. Und das hat sich bei Gott schlimmer angefühlt als alles andere je zuvor.« Sie atmete abrupt ein, fast klang es wie Schluchzen.

»Erzählen Sie uns von dem Abend«, sagte Lightman, »dem Donnerstagabend. Sie hatten alles penibel geplant, oder?«

»Natürlich«, erwiderte Greta. »Ich musste mich von ihr befreien. Ich wollte, dass Aidan nicht … nicht …« Sie schüttelte erneut den Kopf und war dann unvermittelt wieder die starke Frau. Die Frau, die gehandelt hatte. »Ich war an dem Tag zweimal in ihrer Wohnung. Beim ersten Mal habe ich die Kleider mitgebracht, die ich in einem Schließfach in dem DW-Fitnessstudio am Bahnhof deponiert hatte. Außerdem musste ich mich vergewissern, dass sie ein Teppichmesser hatte, das ohne Zweifel ihr gehörte und das ich benutzen konnte. Um später Scherereien zu vermeiden, habe ich es gleich mitgenommen.«

»Eins verstehe ich trotzdem nicht«, sagte Jonah. »Warum haben Sie es einerseits wie einen Selbstmord aussehen lassen, gleichzeitig jedoch Indizien platziert, die Aidan belasten?«

Greta lachte. »Ich hatte noch nicht endgültig entschieden, ihm die Tat in die Schuhe zu schieben, sogar da noch nicht. Eine schwache Seite von mir wollte nur, dass Zoe aus dem Weg war. Ich dachte, das würde vielleicht reichen. Aber ich hatte einen Plan B. All die Bilder, die ich in wochenlanger Arbeit auf seinen Computer geladen habe, das Gemälde und die Fingerabdrücke.« Sie schüttelte den Kopf. »Ich habe mir die Möglichkeit offengehalten, den Diebstahl des Badezimmerschlosses zu melden. Das hätte bezüglich seiner Fingerabdrücke genügend Zweifel gesät. Ich hätte ihn davonkommen lassen können. Am Ende war es diese grässliche Heuchlerin Maeve, die die Entscheidung für mich getroffen hatte. Kaum dass Zoe tot war, hat sie wieder angefangen, Aidan Nachrichten zu schicken.«

»Wieder?«, fragte Jonah.

»Oh, die beiden hatten eine Vorgeschichte«, sagte Greta bitter. »Ich dachte, es wäre eine einmalige Sache gewesen. Ein Kuss, als Aidan betrunken und aufgewühlt war, weil Zoe ihn abserviert hatte. Aber dann hat er sich mit ihr verabredet, und ich konnte mir vorstellen, wie das Ganze noch einmal passierte. Sie hat ihn bedrängt. Hat ständig Nachrichten geschickt. Wer könnte Zoe getötet haben? Sollten sie nicht gemeinsam den Mörder zu suchen, denn sie glaubte nicht, dass er es gewesen war. Ich habe mich nach Kräften bemüht, sie abzuschrecken. Manches von dem, was sie gesagt hat … kam der Wahrheit ein bisschen zu nahe.«

Jonah nickte, froh, dass sie den Angriff auf Maeve vor deren Haustür definitiv Greta zuschreiben konnten. »Danke«, sagte er. »Erzählen Sie uns, wie Sie zu Esther geworden sind.«

Greta lächelte. »Das war ein Riesenspaß. Ich wusste, wo Zoe arbeitete, und es war nicht schwer herauszufinden, wo sie wohnte. Ich hatte sie seit Monaten beobachtet, ohne dass sie etwas bemerkt hat. Als ich beschlossen habe, dass ich sie bestrafen musste, habe ich vor dem Café Gina geparkt und bin ihr nach Hause gefolgt. Mit mehr Erfolg als Aidan.« Sie lachte leise. »Ich hatte mitgekriegt, dass sie sich in dem Café mit Felix unterhalten hat, also habe ich ihn dazu gebracht, mich ins Haus zu lassen. Ich habe behauptet, mein Mieter würde die Tür nicht aufmachen. Das hat gereicht, um ihn zum Reden zu bringen, und von da an war es leicht, mich bei ihm einzuschmeicheln.«

»Dann haben Sie den Ersatzschlüssel zu Zoes Wohnung mitgenommen und sich eine Kopie anfertigen lassen«, sagte Jonah.

»Schon vor Wochen«, bestätigte sie. »Ich bin Felix an dem Tag sogar zufällig begegnet, hat er Ihnen das erzählt? Ich hatte das Badezimmerschloss eingebaut und das Messer mitgenommen und kam gerade aus der Wohnung, als ich ihn getroffen habe. Er hat keinen

Moment lang gestutzt und mich sogar zum Tee eingeladen.« Sie beugte sich vor. »Für einen Expolizisten war er ziemlich begriffsstutzig. Er hat nie gefragt, welche Wohnung Esther eigentlich gehörte oder warum sie nur gelegentlich dort war. Er hat immer nur über sich und seine Probleme geredet.«

»Sie hatten also das Messer«, sagte Lightman. »Und den Schlüssel.«

»Ja«, sagte Greta. »Ich bin nach Hause gefahren und habe mich für das Dinner umgezogen. Auf dem Heimweg hat die kleine Hure mir dann den letzten Grund geliefert, dass sie den Tod verdient hatte. Sie muss mich erkannt haben und hat mich verfolgt.«

»Das haben wir auf Kamera«, sagte Jonah. »Können Sie erklären, was passiert ist?«

»Sie hat mich angegriffen«, erwiderte Greta flach. »Ich wurde unversehens zu Boden gestoßen, lag auf dem Bürgersteig, und das Flittchen hat mich getreten. Und wissen Sie, was Sie gesagt hat? Das süße kleine Ding?«, fragte sie. »Sie hat mir erklärt, ich hätte ihr alles genommen, und sie wünschte, ich würde sterben. Das hat *sie* zu *mir* gesagt.«

In Gretas Miene lag so viel Wut, so viel selbstgerechter Zorn, dass es Jonah fröstelte.

»Was ist passiert?«, fragte Lightman. »Konnten Sie sie abwehren?«

»Das Ganze hat nicht lange gedauert«, sagte Greta. »Ein Passant, ein ziemlich kräftiger Mann, hat sie gepackt und weggezogen. Sie ist dann abgehauen, und ich habe dem Mann verklickert, dass er sich keine Sorgen machen solle. Sie sei eine Verwandte mit psychischen Problemen, und er hat es dabei belassen. Gut, dass die Leute Angriffe von Frauen nicht so ernst nehmen. Wenn man eine Verbindung zwischen mir und ihr hergestellt hätte, wäre der ganze Plan womöglich ruiniert gewesen.«

Jonah seufzte. Er fragte sich zusehends, ob Greta sich der Schwere ihrer Tat wirklich bewusst war und verstand, dass ihr eine hohe Gefängnisstrafe drohte. Es war keineswegs »gut«, dass die Polizei nicht eingeschaltet worden war. Denn sonst hätte sie vielleicht nie eine junge Frau getötet.

»Nach dem Angriff sind Sie also nach Hause gefahren«, fuhr Lightman nach einer Pause fort, »und dann zu der Preisverleihung gegangen?«

»Genau«, sagte sie. »So ein Event ist ideal, um unbemerkt zu verschwinden. Ich habe ein enges Kleid getragen, das so kurz war, dass es unter den anderen Klamotten nicht zu sehen war. Ich habe meine Zeit bei dem Dinner abgegessen, den Preis verliehen und dann vorgegeben, kurz telefonieren zu müssen. Stattdessen habe ich mir meinen Mantel geschnappt, bin durch den Garteneingang raus und in ein Taxi gestiegen, das ich gebucht hatte. Ich habe den Zug um 21:51 Uhr ab London Bridge erwischt. Mit dem Mantel über meinem Kleid und den Stiefeln sah ich einigermaßen informell aus.«

»Dann haben Sie sich umgezogen«, sagte Jonah, »und sich mit einem Trainingsanzug und einer Baseballkappe getarnt.«

»Ja«, sagte Greta. »Ich habe mich in dem Fitnessstudio umgezogen und meine Reisetasche mitgenommen. Dann bin ich zu Fuß zu Zoe gegangen und habe aufgeschlossen.«

Den Rest wollte Jonah gar nicht hören, doch Greta erzählte trotzdem weiter. Von dem Desfluran und dass es ein Geschenk der Götter gewesen sei, dass Zoe bereits in der Badewanne gelegen hatte.

»Hatten Sie keine Angst, dass Aidan Sie sehen könnte?«, fragte Lightman irgendwann.

»Seien Sie nicht albern«, erwiderte sie ärgerlich. »Ich hätte es nie durchgezogen, ohne das vorher kontrolliert zu haben. Ich wusste, dass er nicht weiter gucken konnte als bis zur Türangel. Ich habe sein kleines Spionageprogramm natürlich vorher ausprobiert.«

»Dann wussten Sie, dass er zugucken würde?«, fragte Jonah neugierig.

»Ich wusste es nicht«, sagte sie mit einem eigenartigen Lächeln, »aber ich habe es gehofft.«

Sie endete mit einer Schilderung, wie sie sich erneut umgezogen und als ältere Frau verkleidet die Wohnung wieder verlassen hatte. Jonah erinnerte sich an die Aufnahmen von einer Frau im Pelzmantel. Er hatte keinen Grund gehabt, zweimal darauf zu schauen.

Er dachte darüber nach, wie vieles in diesem Fall auf ein gegenseitiges Belauern und Beobachten hinauslief: Aidan hatte ohne deren Einwilligung Zoe beobachtet. Dabei hatte ihn wiederum Greta belauert. Maeve und Victor hatten den Verlauf der Affäre ebenfalls verfolgt und ihre eigenen Kicks und Verletzungen daraus gezogen. Und dann waren da noch die Überwachungskameras, von denen Greta gewusst und die sie für ihre Zwecke genutzt hatte.

Jonah erinnerte sich, dass irgendjemand einmal gesagt hatte, dass nichts wirklich geschah, wenn es nicht beobachtet wurde, und er hatte das Gefühl, dass darin eine bizarre Wahrheit lag.

»Was ist mit der Reisetasche passiert?«, fragte er.

»Ich habe sie in den Kleiderschrank gestellt und ein paar von Zoes Sachen hineingestopft«, antwortete Greta achselzuckend. »Es war unwahrscheinlich, dass jemand dort nachsehen würde, jedenfalls nicht sofort. Ich habe sie gestern wieder abgeholt. Oh, vielleicht sollten Sie mal die Katze füttern. Das dumme Ding saß gestern vor der Haustür, als ich aufgeschlossen habe«

Jonah schüttelte kaum merklich den Kopf, zum Teil über ihre Cleverness, zum Teil über ihre Arroganz und zum Teil über die bizarr anmutende Sorge um ein Tier, nachdem sie gerade eine junge Frau ermordet hatte.

Sie hob unvermittelt den Kopf und fragte: »Oh, haben Sie das Gemälde gefunden?«

»Das Sie gestohlen haben?«

»Ich habe es nicht gestohlen«, erwiderte Greta rau. »Seit dem Moment, in dem sie mich hineingemalt hat, gehörte das Bild mir. Es war meins. Es hat mir gezeigt, dass sie wusste, was geschah. Sie hat mich hineingemalt, ohne Augen und blind, und dargestellt, wie die beiden mir wehtun. Das heißt, sie wusste, was sie tat. Sie wusste, dass sie mich mit jedem Moment, den sie mit Aidan verbrachte, verletzte. Sie dachte bloß, ich wäre blind. Aber ich war nicht blind.« Ihre Stimme klang wieder normal. »Ich war niemals blind.«

Und dann erzählte sie ihnen, wo das Bild war: Es hing in einem unbenutzten Zimmer in ihrem Haus.

»Ich habe mir keine Sorgen gemacht, dass jemand es sehen könnte, weil jeder angenommen hätte, dass Aidan es gestohlen hat«, sagte sie lächelnd. »Es war bloß ein weiteres Indiz gegen ihn.«

»Was war, bevor Sie Aidan rausgeworfen haben?«, fragte Lightman stirnrunzelnd. »Hatten Sie keine Angst, dass er es entdeckt?«

Greta schüttelte den Kopf. »Aidan betritt das Zimmer nie. Und wissen Sie, selbst wenn, glaube ich nicht, dass er das Bild erkannt hätte. In all der Zeit, in der er mit Zoe zusammen war, haben sie fast nie über ihre Arbeit gesprochen. Ich glaube, es wäre ihm egal gewesen, wenn sie Cartoon-Kätzchen gemalt hätte, solange er von ihr bekam, was er wollte.«

Lightman ging noch ein paar Details durch, die geklärt werden mussten, aber das war mehr oder weniger alles. Die ganze schmutzige Wahrheit.

»Wissen Sie«, fügte Greta hinzu, als sie fertig waren, »als ich nach dem Dinner nach Hause kam, habe ich sein Gesicht gesehen, und es hat mich glücklich gemacht. Ich wusste, dass er irgendwas mitbekommen hatte, während er ihr nachspionierte. Ich wusste, dass er innerlich zerrissen war, was er tun sollte. Und es war so gut, ihn das fühlen zu lassen.«

Juliette hatte Gretas Aussage von draußen mitverfolgt. O'Malley war gekommen und wieder gegangen, interessiert, aber nicht so fasziniert wie sie. Vielleicht erschien ihm jetzt alles zu leicht.

Sie war erst gegangen, als Greta die Sache mit dem Bild erklärt hatte, zum einen weil es aussah, als ob das Verhör sich dem Ende zuneigte, zum anderen weil sie für Zoe von einem brennenden Zorn erfüllt war.

Als sie den Observationsraum verließ, hörte sie das Telefon auf ihrem Schreibtisch klingeln. Sie nahm ab, erkannte Siku Swardadines Stimme und war froh, dass sie drangegangen war.

»Ich rufe an, weil DCI Sheens eine Nachricht hinterlassen hat«, sagte Zoes Mutter aufgewühlt. »Sind Sie sicher? Sind Sie sicher, dass sie die Schuldigen gefasst haben?«

»Ja«, erklärte Juliette fest. »Das sind wir. Was die Details betrifft, muss ich Sie bitten, auf den Rückruf des DCI zu warten, aber wir sind sicher.«

Am anderen Ende war es so lange still, dass Juliette schon fragen wollte, ob Siku noch da war. Aber dann holte Zoes Mutter tief Luft und sagte: »Danke. Vielen Dank.«

»Ich hoffe, es hilft ein wenig«, sagte Juliette leise und legte mit peinlich feuchten Augen auf. Sie schniefte und versuchte, die Tränen hinunterzuschlucken. Als sie aufblickte, sah sie, dass DI Walker sie betrachtete, offensichtlich aus dem Rückweg aus der Küche. Sie spürte, wie ihre Wangen heiß wurden.

»Waren das die Angehörigen?«, fragte er.

»Ja«, sagte Hanson. »Es ist schwer, nicht mit ihnen zu fühlen.«

»Es ist beschissen«, stimmte Walker ihr mit einem Kopfnicken zu. »Aber nachdem der Fall nun abgeschlossen ist, kannst du deinen Kummer zumindest in Alkohol ertränken.«

»Stimmt auch wieder«, sagte Hanson und versuchte zu lächeln. »Wie läuft's bei dir?«

»Vielversprechend«, sagte er. »Einer meiner Vandalismusfälle sollte zur Anklage kommen. Sieht also so aus, als könnten wir später beide in den Pub.«

Hanson nickte und lächelte unsicher. Sie wusste nicht genau, was er vorschlug. Vielleicht ein Feierabendbier mit den Kollegen.

Sie nickte knapp, als Lightman an der Tür des Vernehmungsraums auftauchte, und vergrub sich dann in Arbeit. Um sieben hatte sie schließlich das Gefühl, die Initiative ergreifen zu müssen. Lightman hatte seit Stunden kein Wort zu ihr gesagt, und sie war es leid zu spekulieren, was der Grund dafür sein könnte. Hatte sie ihn durch ihre Umarmung in Verlegenheit gebracht? Hatte sie alles ruiniert?

Als Lightman in die Küche ging, um sich einen Kaffee zu holen, stand sie auf und folgte ihm beklommen.

»Hey«, sagte sie, als sie neben ihm stehen blieb. »Walker hat vorgeschlagen, später in den Pub zu gehen. Hast du Lust?«

Lightmans Gesichtsausdruck war so freundlich und unergründlich wie immer. »Lieber nicht«, sagte er und lächelte. »Um mich von dem letzten Kater zu erholen, habe ich zwei Tage gebraucht.«

»Du musst dich ja nicht betrinken«, sagte sie, bemüht locker. »Ich geh auch nur für ein oder zwei Drinks.«

Sein Blick schweifte an ihr vorbei zu Walker und dann kurz in die Ferne. Als er sie wieder ansah, war es mit einem Ausdruck, der sich wie ein Bildschirmschoner vor sein Gesicht gelegt hatte. Als ob Ben Lightman sich irgendwie verabschiedet hätte. »Ich komm schon klar. Aber danke.«

Juliette war sich jedes Schrittes zurück zu ihrem Schreibtisch bewusst. Sie fühlte sich wie mit vierzehn, als sie quer durch den Speisesaal hatte laufen müssen, nachdem sie sich bei dem beliebtesten Jungen der Schule eine Abfuhr geholt hatte. Immerhin lachte diesmal keiner.

Sie ging an ihrem Schreibtisch vorbei zu DI Walkers Arbeitsplatz. Als er aufblickte, lächelte sie ihn strahlend an. »Bereit für einen Drink?«

Jonahs erster Anlauf, den Papierkram zusammenzutragen, wurde von einem Besucher gestört. Ein gewisser Richard Hoskins wünschte, ihn zu sprechen, und er ließ ihn kommen, ohne eine Ahnung, wer der Mann war und was er wollte.

Während er wartete, checkte er sein Handy und sah eine Nachricht von Michelle. Er blickte auf, um sich zu vergewissern, dass er noch genug Zeit hatte, und öffnete sie.

Sie habe über alles nachgedacht, schrieb Michelle, und sei sich sicher, dass sie einen Fehler gemacht hätten. Dass sich im Grunde nichts geändert habe, wodurch ihre Beziehung jetzt funktionieren könnte, und dass sie ein paarmal mit einem Arbeitskollegen ausgegangen sei.

Es fühlte sich beinahe an wie eine erneute Trennung. Die Selbstvorwürfe. Die Verzweiflung. Er wollte sie anflehen, es sich noch einmal zu überlegen.

Dabei wusste er, dass sie recht hatte und dass es sein Leben wahrscheinlich einfacher machen würde, doch das half auch nicht.

Er legte das Handy weg, bemüht, damit auch alles andere beiseitezuschieben. Er musste sich auf den Abschluss der Ermittlung konzentrieren. Zoe Swardadine sollte Gerechtigkeit widerfahren.

Richard Hoskins tauchte in seiner Tür auf. Er war Mitte dreißig, hatte gegeltes Haar und trug eine zu kleine Lederjacke, die über seinem gemusterten Hemd offen stand.

»Mr Hoskins«, sagte Jonah, schüttelte ihm die Hand und wies auf den Stuhl vor seinem Schreibtisch.

»Richie«, erwiderte der Mann. »Einfach Richie.«

»Was kann ich für Sie tun?«

»Na ja«, sagte Richie und zupfte an seinem Ohrläppchen, »für mich eigentlich nichts. Es geht um meine Freundin. Angeline Judd.«

Jonah musterte ihn von neuem, überrascht, dass Angeline eine Beziehung mit einem leicht übergewichtigen, unscheinbaren Mann hatte, der mindestens zehn Jahre älter war als sie und dem man seine Herkunft aus der Arbeiterschaft von Portsmouth deutlich anhörte. Der billige Kleidung trug und penetrant nach Aftershave roch.

»Sie hat uns bei einer Mordermittlung geholfen«, sagte Jonah nickend.

»Ich weiß, und ich bin froh, dass sie helfen will«, sagte Richie und hob eine Hand. »Aber all das tut ihr sehr weh. Ich hoffe, man kann sie eine Zeitlang in Ruhe lassen.«

Jonah nickte langsam. »Ich denke schon.«

»Ich habe mich gefragt, ob ich das sagen sollte«, fügte er nach kurzem Zögern hinzu. »Aber ich habe sie an dem Abend ihres Todes gesehen. Zoe, meine ich.«

Jonah dachte an die Kameraaufnahmen und sagte: »Sie haben auf sie gewartet, als sie nach Hause gekommen ist, stimmt's?«

»Ja«, antwortete Richie. »Ich glaube, ich hab ihr einen kleinen Schrecken eingejagt. Das wollte ich nicht. Ich hab sie bloß gebeten, Angeline anzurufen. Denn die war furchtbar aufgewühlt wegen dem Streit. Ich meine, Zoe konnte mich sowieso nie leiden. Ich glaube, sie hat mir nicht getraut. Aber ich wollte trotzdem nicht, dass ein blöder Streit die beiden auseinanderbringt. Angeline war so abhängig von Zoe.« Er schnalzte und senkte den Kopf. »Aber jetzt ist sie nicht mehr da.«

»Das tut mir leid«, sagte Jonah.

»Ich weiß, schon gut. Sie wird schon irgendwie klarkommen.« Richie nickte. »Ich werde mich, so gut ich kann, um sie kümmern. Und sie hat ja auch noch Maeve und ein paar Mädchen von der Uni.« Er seufzte. »Es ist schrecklich, das zu sagen, aber vielleicht ist es sogar besser für sie. Diese Abhängigkeit von Zoe war nicht gut, glaube ich.«

»Mag sein«, erwiderte Jonah und erhob sich. »Sie müssen sich ohnehin keine Sorgen machen, dass wir sie noch einmal behelligen, Mr Hoskins. Zoes Mörderin ist bereits in Haft.«

»Oh«, sagte Richie und beeilte sich, ebenfalls aufzustehen. »Das ist gut. Das ist wirklich gut. Das erzähl ich Angeline.« Auf dem Weg hinaus drehte er sich noch einmal um und fragte: »Es war doch keiner von Angelines Freunden, oder?«

»Nein«, antwortete Jonah lächelnd. »Es war keiner von ihren Freunden.«

»Gut.« Richie salutierte knapp. »Viel Glück.«

Juliette und Walker hatten verschiedene Pubs in Erwägung gezogen und sich schließlich auf die Weinbar am Bedford Place geeinigt, die Juliette vorgeschlagen hatte, weil es dort einen Parkplatz gab. Falls sie doch mehr als ein Glas trinken sollte, konnte sie den Wagen dort über Nacht stehen lassen, ohne ein Knöllchen zu kassieren.

Der DI war vor ihr fertig. Juliette streifte ihren Mantel über und sagte, er solle schon vorfahren. Als Walker hinausging, klopfte sie kurz an die Tür des DCI. Sheens starrte mit abwesendem Gesichtsausdruck auf seinen Bildschirm.

»Bis morgen dann«, sagte sie.

Der DCI hob den Blick, sah sie ausdruckslos an und nickte plötzlich mit Nachdruck. »Super. Ich bleib auch nicht mehr lange. Muss nur noch meine Notizen für den Tag zusammentragen.«

»Glückwunsch zu allem«, sagte Hanson.

»Ihnen auch«, sagte Sheens. Als sie schon gehen wollte, fügte er hinzu: »Sie haben tolle Arbeit geleistet. Vor allem, was das Gemälde betrifft, haben Sie den Nagel auf den Kopf getroffen.«

»Nur dass ich dachte, es wäre Maeve gewesen«, erwiderte sie trocken.

Der DCI zuckte die Schultern. »Am Anfang dachte ich, dass es wahrscheinlich Felix war, und später hatte ich Angeline unter Verdacht. So geht's. Das heißt nicht, dass Sie nicht richtig gut gearbeitet haben.«

»Danke«, sagte sie mit einem widerwilligen Lächeln. »Das freut mich.«

Er nickte. »Ach so. Ich habe auch versucht herauszufinden, wer der Typ vor Ihrem Haus am Samstag war. Ob es Victor Varos war. Aber allem Anschein nach kann er es nicht gewesen sein. Ich habe ihn deswegen zur Rede gestellt, und er wirkte ehrlich verwirrt. Er sagt, er sei im Kino gewesen, und ich habe eine kurze Mail-Anfrage abgeschickt, um mir das bestätigen zu lassen. Sieht so aus, als wäre er tatsächlich dort gewesen.«

»Oh«, sagte Juliette. Bei der Genugtuung, den Fall abgeschlossen zu haben und die Zusammenhänge klarer zu erkennen, schien es einen Moment lang beinahe unwichtig.

»Ich wollte Sie bloß darauf aufmerksam machen«, sagte Sheens,

»damit Sie darüber nachdenken, wer es sonst gewesen sein könnte. Und, Sie wissen schon … ob es womöglich ein Problem darstellt.«

Der DCI sah Juliette mit festem Blick an, was sie aus irgendeinem Grund verlegen machte.

»Okay, mach ich.« Sie lächelte knapp. »Wahrscheinlich war es nichts.«

Erst als sie sein Büro verlassen hatte, kehrten ihre Gedanken zu der Gestalt vor ihrem Haus zurück, und sie erinnerte sich an eine Nachricht, die Damian ihr vor Monaten geschickt hatte.

Ich bin vor deinem Haus …

31.

ACHT MONATE SPÄTER

Maeve war zu früh. Wirklich viel zu früh. Die Tische mit Prosecco-Gläsern standen unberührt auf dem Rasen, die weißen Tischdecken flatterten irgendwie mutlos im Wind, und eine Kellnerin mit schwarzer Fliege und Weste kniete neben dem Tisch und schob Flaschen in einem Eisbehälter hin und her.

Maeve war stolz, so pünktlich gekommen zu sein. Sie hatte getan, was Zoe getan hätte.

Sie streifte ihre Handtasche von der Schulter und kramte ihr Handy hervor. Angeline hatte ihr gerade geschrieben, dass sie und Richie in fünfundzwanzig Minuten da sein würden. Sie müsse nur noch Monkfish füttern, dann wollten sie aufbrechen.

Zoes Katze war endlich gefunden worden, von ihrer Wohnungsnachbarin, die sie Zoes Eltern angeboten hatte. Die hatten vorgeschlagen, dass sie lieber eine der Freundinnen ihrer Tochter fragen sollten, und Maeve war erleichtert gewesen, als Angeline begeistert zugesagt hatte. Maeve wollte sich lieber nicht verpflichten. Das Jahr ging zu Ende, und sie hatte den vagen Gedanken, irgendwohin zu verreisen. Nicht um sich zu finden, sondern um sich zu verlieren. Um an einem unbekannten Ort alles zu vergraben und nie wieder aufzuwühlen.

Maeve schlenderte zu einem der Tische, nahm sich ein Glas und lächelte freundlich, bevor die Kellnerin protestieren konnte, dass die Getränke für später waren. Dann drehte sie sich um, betrachtete den neuen Flügel der Kunsthochschule und fragte sich, was genau sie empfinden sollte. Es war auf jeden Fall ein wunderschönes Gebäude, eine Kreation aus weißem Stein, Glas und Spiegelungen, die die anderen Gebäude der School of Art geschmackvoll ergänzte und überstrahlte, sogar die runde, von einem Wassergraben umgebene Bibliothek.

Sie freute sich sehr, dass das neue Gebäude Zoes Namen tragen würde, gleichzeitig war es ein unsägliches Unrecht, dass ihre Freundin nur die Baustelle gesehen hatte. Sie hatte nicht lange genug gelebt, um den fertigen Bau aus blitzendem Glas und leuchtend weißem Stein zu bewundern; den frisch gesäten Rasen und die dunkelbraunen mit Pfingstrosen und Rosen bepflanzten Beete, die noch nicht verwildert und überwuchert waren. Und sie hatte auch nicht mehr erlebt, dass ihre Eltern eingesprungen waren und die fehlende Summe gespendet hatten, nachdem die Baukosten höher ausgefallen waren als veranschlagt.

Zoe hätte selbst hier sein sollen statt als Erinnerung, einfach eine Studentin, die zur Eröffnung kam und Gratis-Prosecco stibitzte. Sie wäre hier in ihrem Element gewesen, mit ihrer Freundlichkeit und ihrer ansteckenden Lust, Spaß zu haben.

Maeve versuchte, den Gedanken, wie unfair das alles war, mit einem Schluck Prosecco herunterzuspülen. Als sie das Glas wieder sinken ließ, sah sie, dass allmählich die ersten anderen Gäste eintrafen. Ein Paar, das aussah, als wäre es für eine Hochzeit gekleidet, und eine gebeugte Gestalt in dunkler Jacke und Hemd ohne Krawatte.

Maeves Brust zog sich zusammen, als sie erkannte, dass die gebeugte Gestalt Victor war, der seit fast acht Monaten kein Wort mehr mit ihr gesprochen hatte. Victor, der sie abgewiesen hatte, als sie in den seltsamen Tagen vor dem Prozess mit Angeline ins Café gekommen war.

Die Worte hatten sich in ihre Erinnerung gebrannt.

»Was willst du hier?«, hatte Victor sie angefahren. »Wir haben nichts zu bereden. Ohne Zoe gibt es keinen Grund, dass wir je wieder miteinander sprechen.«

Sie erinnerte sich an den schrecklichen, pochenden Schmerz, an die Demütigung. An das brennende Gefühl von Ungerechtigkeit. Aber anstatt ihm zu widersprechen wie die alte Maeve, war sie wortlos erstarrt.

Stattdessen war Angeline vorgetreten. Die ängstliche schüchterne Angeline hatte einen Arm um Maeve gelegt und Victor erklärt, dass er ein Arschloch sei.

»Es ist mir egal, ob du trauerst«, hatte sie gesagt. »Du hast kein Recht, Maeve so zu verletzen. Sie musste schon mit genug Mist klarkommen. Und mir persönlich könnte es nicht egaler sein, ob du dich von allen abkapselst und dich selbst verrückt machst. Der Einzige, der am Ende darunter leidet, bist du.«

Sie hatte Maeve sanft, aber entschlossen hinausgeführt und ihr über den Rücken gestrichen, als Maeve in Tränen ausgebrochen war. Es war das erste, aber keineswegs letzte Mal, dass Angeline eine Stärke bewiesen hatte, die Maeve ihr nicht zugetraut hatte.

Sie blickte erneut auf ihr Handy und ließ den Blick kurz über den Rasen schweifen in der Hoffnung, Angeline und Richie zu entdecken. Sie wollte Victor lieber nicht allein gegenübertreten.

Sie wandte sich in die andere Richtung und ging wieder zu dem Tisch mit dem Prosecco. Auf dem Weg leerte sie ihr Glas, damit sie sich ein neues nehmen konnte.

Sie blieb neben dem Tisch stehen und hatte auch ihr zweites Glas bereits zur Hälfte geleert, als sie Victors Stimme hörte.

»Maeve«, sagte er irgendwo links hinter ihr. »Es tut mir sehr leid. Was ich gesagt habe … war Quatsch. Ich war ein … ein schrecklicher Mensch.«

Als sie sich wohl oder übel zu ihm umdrehen musste, erkannte sie seinen Gesichtsausdruck kaum wieder. Er war weich und offen. Als ob sein Zorn irgendwie aus ihm herausgespült worden war und einen anderen Menschen zurückgelassen hatte.

Sie nickte. Sie wusste, dass sie etwas sagen sollte. Sie wollte ihm erklären, dass sie ihn verstand. Sie wollte ihm erzählen, dass auch sie eine furchtbare Zeit durchgemacht hatte und dass es nicht fair gewesen war.

Aber am Ende grinste sie nur schräg und sagte: »Ja, warst du. Aber warum auch mit einer lebenslangen Gewohnheit brechen?«

Nachdem Angeline und Richie aufgetaucht waren, Angeline Victor erst ausgeschimpft und ihm dann verziehen hatte und Maeve versucht hatte, ihre Tränen zurückzuhalten, als sie Zoes Eltern umarmt hatte, wurden sie gut zwanzig Minuten später zur offiziellen Eröffnung des Zoe Swardadine Building gerufen. Siku war gebeten worden, ein paar Worte zu sprechen. Im Gegensatz zu allen anderen Rednern, die Maeve je gehört hatte, beschränkte sie sich wirklich auf ein paar.

»Ich war so wütend, dass Zoe nicht bei uns ist, um heute mit uns zu feiern«, sagte sie, »und dass sie so viele Dinge verpasst hat, die sie noch hätte erleben sollen. Aber wenn ich Sie hier heute alle sehe, dann … dann wird mir deutlich, dass ihr Leben wundervoll war. So viele von Ihnen waren ein Teil davon, und ich möchte Ihnen für jeden glücklichen Augenblick danken, den Sie alle ihr geschenkt haben. Ich bin stolz, heute hier zu sein.«

Sie trat wieder zu ihrem Mann, und gemeinsam durchschnitten sie das breite weiße Band, das vor dem Eingang gespannt worden war. Maeve klatschte, als das Band zu Boden fiel, und dachte, dass es aussah wie hell schimmernde, verlaufende Farbe.

DANKSAGUNG

Die Liste der Menschen, in deren Schuld man als Schriftstellerin steht, ist immer länger, als man es selbst je für möglich gehalten hätte. Ich hoffe, dass ich niemanden vergesse, der mir bei allen Wendungen und Herausforderungen dieses Buches geholfen hat.

Dank als Erstes an die wunderbaren Mitarbeiterinnen und Mitarbeiter von Penguin Random House in London, die unermüdlich für meine Bücher gearbeitet haben. Die Behauptung, dass *Bis ihr sie findet* ohne sie nirgendwohin gekommen wäre, ist eine Untertreibung. Sie haben meinen Traum, mein Buch in den Regalen zu sehen, wahrgemacht, und das ist phantastisch.

Dank an die wundervollen Girton Players, für gut zehn Jahre Unterstützung und dafür, dass sie all die Stücke, die ich geschrieben habe, zum Leben erweckt haben. Vor allem an Dave und Yvonne Peat, Helen Wilson, Paul Malpas, Maggie Phillips und im Gedenken an Richard »Bobdog« Austin. Ihr alle wart die bestmöglichen Menschen, um mit euch das Handwerk des Stückeschreibens zu lernen. Ich bin euch unendlich dankbar.

Danken möchte ich auch Catherine Wood, Lucy Beresford-Knox und den anderen tollen Mitarbeiterinnen der Lizenzabteilung bei Penguin, die meine Worte in eine wirklich atemberaubende Zahl von Ländern und wunderschönen Sprachen vermittelt haben.

Dank an Jennie Roman und ihr Adlerauge und die unglaublich geduldige Beatrix McIntyre samt ihren tollen Teams, die mich mit ihrer Redaktion und Korrektur vor großen Peinlichkeiten bewahrt haben. Und noch besser, ihr habt mir dabei nicht das Gefühl gegeben, eine Idiotin zu sein, was eine hohe Kunst ist.

Dank an Chris Haines für seine Bereitschaft und wertvolle Hilfe bei meinen Fragen zur Polizeiarbeit. (Für alle Fehler, die trotzdem auftauchen, bitte ich ausdrücklich um Entschuldigung. Es sind garantiert meine.)

Dank an Pa, Sandy und Nicky Lodge dafür, dass sie die ersten drei Augenpaare waren, die das Manuskript gelesen und mich auf den rechten Weg gewiesen haben.

Dank an Claire Bush und Ella Watkins, die dafür gesorgt haben, dass meine Bücher von sehr viel mehr Menschen gelesen worden sind, als ich es je für möglich gehalten hätte, und die außerdem einfach reizend sind.

Dank an die wunderbare Sarah Houtermans, meine phantastische deutsche Lektorin. Deine Unterstützung hat mich umgehauen, und es war eine Freude, wieder mit dir zusammenzuarbeiten.

Dank an den immens klugen und verständnisvollen Joel Richardson hier in Großbritannien, der jedes meiner Bücher so viel besser gemacht. Die Zusammenarbeit mit ihm ist das reine Vergnügen. Beide Bücher haben genauso viel Spaß gemacht, wie ich es gehofft hatte. Riesendank.

Genau wie an die bewunderte Felicity Blunt, *agent extraordinaire*, die offizielle gute Fee meines Lebens mit ihrem phantastischen Sinn für Humor. Du stehst am Anfang jeder guten Entscheidung und jedes großartigen Schritts in diesem unglaublichen Prozess.

Schließlich ein Dank an Rufus für all den Spaß und die Ablenkung, die aufmunternden Gespräche (vorwiegend über Minecraft, aber hey) und für deine Begeisterung, sich von mir vorlesen zu lassen. Ich werde zusehen, dass ich im nächsten Buch mehr kindgerechten Stoff unterbringe.

Gytha Lodge
Neben wem du erwachst
Kriminalroman
Aus dem Englischen von
Sepp Leeb und Kristian Lutze
400 Seiten, gebunden
ISBN 978-3-455-01229-3
Hoffmann und Campe Verlag

Der neue Pageturner der *Spiegel*-Bestsellerautorin

Als Louise mit einem fürchterlichen Kater aufwacht, liegt neben ihr die Leiche eines Fremden. Louise fehlt jede Erinnerung – und damit auch ein Alibi. Für DCI Jonah Sheens und sein Team von der Polizei Southampton ist sie zunächst die Hauptverdächtige. Doch schon bald tut sich vor den Ermittlern ein finsterer Abgrund aus Abhängigkeiten, Täuschung und Lügen auf, der sie vor völlig neue Fragen stellt.

»Voller überraschender Wendungen.
Gytha Lodge ist ein Phänomen.«
Daily Mail

»Absolut packend!«
The Guardian